新世界

New World

东南一隅剿匪记

杨少衡 著

作家出版社

目 录

· 上篇

▶▶▶

第一章　小猴子

一个黑衣黑裤男子忽然从巷口闪出，对王拓扬了扬手。

“甲浑甲浑。”男子道。

王拓听不懂土话，面露诧异。男子朝他举手，左手掌上有一只烟匣子，原来是请抽烟。王拓刚要说明自己不抽烟，却见对方突然伸出右手，竟握着一支短枪。王拓惊叫一声：“干什么！”霎时枪响，王拓身子朝后一弹，仰面摔于地上。

现场另一个人是通信员许志坚，跟在王拓侧后，背着一支冲锋枪。时天未全黑，街巷里依旧行人来去。由于一出衙内巷口就到县政府门外，两人当时都显松懈。王拓中枪倒地时差点撞到身后许志坚，许闪身仓促提枪应对，已经迟了，行刺男子窜入一旁另一巷子，眨眼间不知去向。

王拓左胸中弹，血流如注，倒地抽搐，不一会儿即告死亡。

这起恐怖袭击被日后地方史称为“王拓事件”，王拓时任县民政科长。刺杀发生后，人们在现场发现了子弹壳，还发现一团废绷带丢弃于地，绷带沾血带脓，散发着恶臭。这绷带是原本就在那里，或者是刺客无意中遗弃？难道刺客是个伤员？或者该绷带实为扰乱视线？没待疑问得解，紧接着又有一起恐怖袭击大案骤然发生，案中充当刺客的却是两架飞机，它们在光天化日之下造访本县城关，黑秃鹫般傲慢地在空中盘旋，俯瞰众生，而后急冲而下，大肆屠杀，制造了时称的“九二五惨案”，与王拓事件一起成为当年当地一连串重大事件的血色序幕。

多年之后，我来到这座县城寻访故事。旧日衙内巷已经被一个崭新楼盘覆盖，王拓遇难遗址荡然无存，只在地方史记载中留有几笔。“九二五惨案”的若干印记则被刻进一座纪念石雕，悄然立于小县城外延津河边旧桥桥头。我去看了那座石雕。该作品主体为一位卧伏于地的年轻农妇，抬起上身将右掌挡向天空，似乎要阻止什么。一个小男孩从农妇腋下露出半个脑袋，表情茫然。石雕底座说明文字称：“1949 年 9 月 25 日上午，两架美式 B-29 轰炸机跨越海峡空袭本县城关，赶集群众死伤近百。一位年轻农妇将五岁小儿护于身下，背中数枚弹片身亡，小儿得以幸存。时过六十载，延津母亲雕像落成于当年农妇蒙难处。”

这座石雕被命名为《延津母亲》，当地俗称“某阿嘎”，即闽南方言的“母与子”。我前来拜访时，建于 2009 年的雕像在日出日落中已存在了近十年，蒙上了一层淡淡的岁月风尘。据我所知，雕像说明文中提到的那个时间前后，现代战史所称的“漳厦战役”在近侧打响，该战役涉及福建南部漳州、厦门两座城市。空袭前数日，漳州已经易手，解放军陈兵海岸，正准备对厦门敌军发起进攻。空袭中两架飞机来得有些奇怪，它们没把炸弹扔到解放军前方阵地，而是爆炸于后方一座不知名的县城城关。难道那两架飞机飞错了方位，炸弹扔错了地方？

这座雕像传递的沉重内容令我震撼。或许因为关注之甚，我对它颇为不满，主要是对刻于石雕底座的说明文字。它们与雕像不太搭，过于简略，有毛病，或因建设时比较仓促，有关领导过于百忙，未曾细致推敲？我感觉很是遗憾，忽然便有一个奇想：或许我该去找一把凿子？我可以趁夜深人静之时悄悄回到这里，打开手机的电筒照明，用凿子叮叮当当对那段说明做一点订正。我情不自禁搓手，恨不得立刻付诸行动。

我觉得首先应当订正数字。说明文中提到的“B-29”明显有误，数字偏大，应当减去4，也就是改为“B-25”。虽然二者都是当年美制轰炸机，但其功能有一点区别，前者比后者要强悍得多。在这个故事里，“B-29”其实不是飞机而是一个人。这个人很特别，或者说是正人君子，侠肝义胆，或者竟是杀人不眨眼。

有一支破牙刷应当凿进石雕，它恰好就在当年的空袭现场。所谓“破牙刷”当然并不真是一把牙刷，它也表现为一个人。这个人像是一个孜孜不倦的摆渡者，他撑着一只单薄的皮筏子，竭尽全力绕开咕嘟咕嘟冒着黑泡的漩涡，要把众多生灵送过黑暗的地狱深潭，前往他心目中的新世界。而他自己却已经名列阎罗王的勾魂簿，死神伴着子弹、手榴弹和排子枪，花蝴蝶般在他身边翩然起舞。

显然我还应该凿出一圈轮回。劫难之中会有希望与祈盼升腾，在所有的血与火、死亡与仇恨之上，有国家、民族和永恒的人间真情。

可惜我使唤不动凿子，只能写下故事。

1

轰鸣声自半空中来，由远而近，迅速变成响雷般巨大吼叫。

有孩子惊叫:“大鸟！大鸟！”

时约上午十时。平常日子县城延津桥头集市这个时段最为热闹，从墟场到周边密密麻麻人头晃动。战乱初平，城乡百姓惊魂稍定，赶集人流虽远逊于平日，但毕竟也算热闹。两架飞机光临时，人们并没有意识到即将发生什么。因为迄今为止没有任何一架飞机从这片天空飞过，此间百姓很少有谁亲眼见过飞机，不知道它们有多么亲切。

飞机在众人紧张注目中俯冲，向着集场呼啸扑来，震耳欲聋的巨大声响逼得所有人低下头，捂住耳朵，集场上一时飞沙走石。声浪逼迫之际，飞机并无其他动作，没待场上惊慌失措的人们逃开，飞机已经拉起来，远远飞走。两只大鸟在人们眼中变成两个黑点，似乎就要消失到天边，忽然又从远处绕了回来。

侯春生就在这时到达现场。他与三个同伴坐一辆马车从地区赶来，四人都穿土黄色军装，携带武器，侯春生除了一支手枪，还背一个黄色皮包。马车已经穿过延津桥，却在桥头受阻于飞机骚扰引发的人群骚动。侯春生让车上人全部下来，趴于路坡边隐蔽，他自己却不躲，一纵身站在车板上，挥着手向慌乱逃窜的人们大叫："隐蔽！"

众人茫然。侯春生的北方话当地能听懂的人不多。

半空轰鸣迅速增强，飞机眼看又要冲到。侯春生当机立断，从腰间拔出手枪，举枪对空"砰砰"开了两枪。

"卧倒！"他大声呼喊。

人们为枪声所吓，一时发蒙，随即又乱成一团。这时连文正骑着一辆自行车匆匆到达桥头。连文正穿灰布长衫，长条脸上神情疲惫。桥头乱哄哄地过不去，他跳下车，张嘴对侯春生喊："长官！别开枪！"

侯春生一听连文正说话能通，即大声招呼："老乡来得好！帮帮忙！"

他让连文正招呼众人防空躲避。连文正听命，跳上路边一块空荡荡的肉摊，用土话对身边乱哄哄人群大叫："趴下！躲起来！捂住耳朵！"

没待大家反应，一架飞机俯冲而至。这一次不开玩笑，来真的，"嗒嗒嗒"一串子弹雨点般打进集场，如狂风扫荡。弹雨过后摊子倒了一地，买的卖的赶集人或趴伏于地，或站着发愣，或狂奔大叫，哭喊声在各个角落尖锐而起，到处血肉横飞。然后第二架飞机俯冲，更猛烈的扫射打得集场火光四起，硝烟弥漫。

侯春生领着同行几人趴在路坡上，靠桥头石栏掩护，拿他们的步枪和手枪跟天上的飞机对打，在半空而下嗒嗒嗒狂风般的扫射中，反击枪声一响一响，平淡而单调，不自量力有如蚂蚱逗鸡。两架飞机视若无睹，表演般扫射、拉起，再次远远飞开。

侯春生从地上支起身子，朝路上几个狂奔的赶集人大叫："你们！喂！"

那些人听不懂。

"老乡！老乡！"侯春生大叫。

连文正又冒将出来，直起身子拿土话对狂奔者大喊："趴下！不要找死！"

奔跑者一个个扑倒于地。

"老乡过来！"侯春生用力招手。

连文正弓着身子跑向桥头，在侯春生身边卧倒。这时马达轰鸣声又响彻天地，飞机从远处再次转弯，绕飞过来，直扑集市。东倒西歪趴在地上的人们心惊胆战，头皮发麻，听着半空中越来越强的轰鸣。又有沉不住气者从地上爬起来狂奔，试图尽快逃离险地，接二连三带起一些慌乱者随行，羊群遇狼般四散而逃，有的往县城方向跑，有的往相反方向，奔桥那一头而去，任侯春生怎么喊都喊不住。

侯春生转头命令："老乡，帮个忙，借你嘴巴。"

他也不多说，拿右手用力一推，把连文正推到一旁马车上，随后一把拽脱拴在树上的马绳，纵身一跃也上了马车。

"招呼他们。"侯春生说，"大声。"

他一甩鞭子打马，把马车赶出路坡，调头往延津桥急奔。连文正在马车上大叫，让逃命者让开、停步、卧倒，飞机马上要射击了，快找地方隐蔽。逃命者有的听从趴倒，有的依旧没命狂奔。侯春生使出吃奶之力，驱马飞驶，很快就越过所有逃命者，奔驰过桥。半空中的飞机发现了马车，追赶过来，砰砰砰一阵轰炸，弹雨自天而下，马车近侧腾起一排烟柱，眨眼间即被击中，整个车向边坡侧翻，倾覆于地，马被当场打死，马车散架，四分五裂变成了一地破烂。

幸而车上两人在子弹到达前跳下马车，逃过了子弹。

侯春生趴在边坡地上，扭头四处看："老乡？老乡？"

连文正从一旁探出头："在这儿。"

侯春生拿眼睛盯着连文正，眼中有一丝笑意："还行吧？"

"还行。"

"裤子没湿？"

"不会。"

"好。"

连文正忽然指指侯春生的黄皮包问："伤到没有？"

侯春生低头看，原来他的皮包中弹了，有一颗子弹扎进皮包下缘，留下一小截弹尾露在皮包外。侯春生伸手拔掉弹头，"当"一声扔到地上。

"打得准啊。"他调侃。

飞机停止射击，似乎要往上飞，却见飞机肚子下掉下两颗明晃晃的东西。

连文正叫："投弹了！"

片刻工夫，爆炸声震撼天地。

两架飞机一共投了八颗炸弹，而后飞开。爆炸声惊天动地几番轰响，硝烟腾起再渐渐散开，延津桥已经塌毁于河中，满河碎片。

有一颗炸弹就落在侯春生他们近侧，幸而是颗哑弹，没有爆炸。

他们听到了一个孩子哭声，在飞机俯冲的呼啸声中显得格外尖利。侯春生支起上身察看，前方不远处，一个年轻女子趴在血泊中，双膝拱地，身子一晃一晃，似乎想爬起来。哭声从她身下传出，声嘶力竭。

"让她不要动！"侯春生大叫。

连文正拿土话朝受伤女子大喊，女子没有反应，依旧死命挣扎。侯春生纵身欲起，连文正将他一把拉住。

"危险！"

子弹又如雨点般从空中泼下，在地上打出一片灰，尘土碎石在呛人硝烟中四处飞迸。弹排砰砰砰从倒地女子身边掠过，女子忽然停住挣扎，不再动弹。

孩子的哭声也骤然停止。

侯春生跳出路坡冲了过去，连文正随之行动。他们跑到女子倒卧处，女子已经死亡，鲜血还在身下流淌。侯春生把女尸搬开，从尸身下拖出那个孩子。是个光屁股小男孩，身上什么都没穿，黑乎乎身躯瘦小，顶着个大脑袋，模样像只小猴子。男孩被拉出时满头满脸血，人已经吓傻了，双眼大睁，表情木然。侯春生大声招呼，男孩毫无反应。连文正什么都不说，抬手往男孩脸上用力抽了一巴掌。

"你干什么！"侯春生大叫。

连文正用力再抽，这一掌把男孩打醒了，"哇"地哭出声来。侯春生忙把孩子抱起，那孩子用一只胳膊紧紧勾住侯春生的脖子，放声大哭。

一个老女人从一旁跑出来，惊慌失措，拿土话大叫："搞啊！搞啊！"

天上的轰鸣声渐渐远去。地面上到处稀烂，死伤者东倒西歪，惨不忍睹。

2

县长陈超怒不可遏，拍桌大骂，宣布立刻给侯春生一个口头警告。如果侯春生不服，那么就加重处分，直到撤职。

侯春生嘴里咕哝了一声。

陈超眼睛一瞪："说什么？"

"没说。"

"骂我？"

"还没张嘴。"

"在心里骂？"

"不行吗？"

侯春生称自己不是蛮干。当时他赶马车猛跑是想救人，把敌机引开，给慌里慌张的老百姓争取点时间躲藏。

“你以为天上就是两只野鸭子，你能飞过它们？”

侯春生承认自己飞不过。但是当时没有更好的办法。

“头脑发热！”

侯春生称自己很冷静。他知道自己在干什么。

“你把两架飞机引到桥上下蛋，几颗炸弹把那座桥炸个精光。”

侯春生不认这笔账。敌机驮着那些炸弹大老远飞来肯定不为了赶集，必有其攻击目标，显然延津桥就是它们的目标。

“你还毁了那个电台！”

“没告诉我车上有那东西。”

“什么都得告诉你吗？”

敌机炸毁的马车上有一个箱子，里边装着一部电台。随马车到来的年轻人中，有一位地委电报员，他带那个电台到达本县。本县与地区原有电话线，由于线路长，战乱失修，加上敌人破坏，眼下电话联络时断时续，很不可靠。地委特地给本县配来一部电台，以备情况紧急时确保联系。由于电台太重，电报员躲避空袭时未及把它搬下车。结果马车被侯春生赶开，设备毁于敌机轰炸。

与地委的电台联系不能顺利建立，陈超非常恼火，威胁要给侯春生一个处分。侯春生刚进县城就闹得如此惊险，接下去还了得？必须让侯春生从一开始就记住，敌人并未消失，危险无处不在，不允许冒失行事，别指望掉到身边的炸弹总是哑的。

侯春生不说话。陈超问他服不服，他依然不服。不是他一来就冒失行事，是敌人飞机来找事。如果陈超非要处分个谁才痛快，应当去处分那两个敌军飞行员。

“先收拾你再跟他们算账。”

侯春生嘿嘿：“我真那么招人嫌？”

“难道还要我喜欢？”

侯春生一摊手不再争辩。既然这样就认了。革命即将胜利，新世界就在眼前。生死置之度外，一个处分不算啥。

“真的吗？”

“真的。”

“记住是你自己说的。”

公安局长郑勇赶到。陈超把侯春生丢下，与郑勇到里屋里谈话。好一会儿，两人走出房间。陈超指着侯春生说，根据现在的情况，敌机炸毁延津桥这笔账，可以不算给侯春生。但是处分还是要给，不能免。

“我把你这个侯要来，不是让你当王拓第二。明白没有？”他说。

“明白。”侯春生说，“我也不想当。”

郑勇去地区开紧急会议，刚回到县里。他带来了敌情的最新变化，情况相当严重。此刻大仗在即，解放军部队从西北南陆地三面包围厦门岛，敌守军在厦门沿海滩头加固工事，封锁海面，准备决一死战。随着国民党统治在大陆失败，残余力量迅速撤往台湾，厦门岛作为台湾屏障的战略地位凸显，敌东南军政长官公署司令汤恩伯命所部死守厦门，借海水之天然隔阻、坚固的海防工事和海空优势顶住解放军兵锋。他们还强化特务破坏，本县被他们列为重点区域。根据上级获知的情报，敌特训室主任张荣成派了一个代号“橄榄核”的特派员潜入本县，要与预先潜伏下来的一个“B-29”接头，开展破坏行动。对本县的轰炸是敌破坏活动的一部分，主要目标是延津桥。这座桥长不足百米，宽只够三辆牛车并行，是一座由石磡和石条构建起来的石桥，初建于清初，已历二三百年。有一条简易公路从桥上经过，是从赣南闽西通往沿海的一条简便通道。这一带山多谷深，历来交通不便，战争期间道路失修，有限通道大多断路，目前这条简易公路还可供车辆行驶，把它炸毁将截断解放军人员与物资运往厦门前线的一条通道。轰炸的另外一个目标是制造死亡与恐惧，威吓群众不要跟从共产党，同时显示力量与影响，鼓舞“B-29”等应变潜伏人员从失败低落中振作起来，重新集结，进行破坏，让解放军后方动荡不安。

陈超说："现在清楚了，人家给咱们发一个大奖。天上明晃晃飞来两架轰炸机，地洞里暗中还藏着一架。除了扔炸弹，他们还给咱们扔来一粒橄榄核。暗杀和空袭只是开始，后头还有大的。"

上级命本县迅速组织应对，陈超即召集县主干和侯春生等人开紧急会，布置抢修便桥恢复交通，以及抓捕特务。他们开会的地点在县政府主楼二楼会议室，这里有一张八仙桌，该桌有时也兼饭桌，县里的头头脑脑常围在这里，一边开会一边吃饭。接管的最初几天，本县局势平稳，街道铺面从第二天起陆续恢复开张，镇区白天秩序正常，晚间除了偶有狗叫，并无特殊惊扰，百姓感觉到渡过战乱回归太平，有了一脚踏进新世界的欣喜。却不料平静不过几天，突然出了王拓事件和敌机袭扰。

由于县委书记田太原在南进途中负伤，留在省城福州住院治疗，由县长全面负责工作。县长陈超性子急，为人强悍，批评不留情面，侯春生等一批年轻人私下里管他叫"陈凶"，敬畏有加。陈超手下指挥的三四十个人虽穿军装，却都是地方人员，主体为华北晋冀鲁豫解放区的南下干部。年初，该解放区奉中央之命从太行、太岳两区抽调四千余干部，组建"中国人民解放军长江支队"，准备配合解放大军打过长江，接管新区政权。陈超、郑勇和侯春生都被编入南征队伍，属同一个中队，陈超是中队长。四月初队伍动身南下，八月部队进军福建。侯春生于途中被调到大队部，而后去了团地委，此刻又被陈超从地委要回来，接替突然牺牲的王拓担任县民政科长。侯春生刚踏进县城就遭遇空袭，靠几支轻武器与敌机对峙，还企图凭借马车与之周旋，即便不是胆大妄为，也是失之冒失。因此难怪陈凶不表扬侯春生救人有功，恨恨不休只想处分他。

"你要死了我怎么向地委交代？"陈超说，"给我看好你这条命，现在不准你死。"

"县长放心，这条命大。"侯春生保证。

此刻城关镇及周边形势紧张，有敌对人员频繁于夜间活动，四处放冷枪，制造恐慌，王拓被害和延津桥被炸后街头巷尾传闻四起，谣言翻滚，称国民党军已经从厦门发动反攻，解放军要打背包滚蛋了。县城一些旮旯出现相同反标，内容都只有三个字：“天光反”。“天光”是本地土话，指的是天亮，“反”则是起事、造反之意，该标语的意思就是：“天亮起来造反。”也可以解释为“起来造反迎接天亮”。两层意思用三个字表达，简明扼要，直截了当，可视为敌人发起对抗新政权行动的动员口号。此刻县城最不安之处是位于南山下的文庙，那里住着一庙国民党军伤兵。王拓被害当天下午，就是去文庙了解情况，代表县政府做遣散伤兵准备，傍晚返回时被跟踪、暗杀，估计杀手很可能就藏匿在文庙中。眼下县城里纷传伤兵准备谋反暴动。以现有敌情分析，可能为敌特派员“橄榄核”策动。

郑勇通报情况之际，远处枪声忽起，“砰！砰！砰！”屋里人们顿显紧张，个个屏息静听。陈超骂了一句：“妈的！”他问郑勇：“哪个方向的？”

郑勇感觉像是南边，南山文庙那一带响枪。

郑勇手下刚组建的公安队正在全力侦办王拓被刺案，此案眼下将与敌特破坏计划一起侦办。有一个可疑人物必须特别注意，如果橄榄核要找一个什么“B-29”在本县放一把大火，很可能就是这个人。此人原为敌军部队中校，后为旧县政府军事科长，不抽不赌不嫖，一个正人君子，却最为可疑。空袭当天此人表现异常，飞机飞来扫射投弹的时候，他不老老实实待在家中，却骑着辆自行车跑到延津桥头现场。难道他是去玩儿吗？这个人的名字叫作连文正。

侯春生插话：“我来多句嘴行吗？”

陈超点头：“说。”

侯春生初来乍到，不清楚连文正的底细，他认为郑勇怀疑肯定有其理由。但是要说空袭时连文正可疑，这一点可以排除。连文正告诉侯春生，县城有十几天没人吹牛角卖猪肉了，那天忽然听到，便追到集场，想割一块板油，不想撞上空袭。是否真是那样，侯春生不能确定。但是他觉得，如果连文正知道飞机要来轰炸，肯定躲起来，不会跑到集场上去凑热闹。枪子和炸弹都不长眼睛，它们不认识人，碰上谁就打死谁。那天连文正表现不错，空袭时他可以只管自己保命，但是却听从侯春生指令，跟着救人。如果没有连文正帮助喊话，死伤会更加惨重。

郑勇批评："那么他还是救命菩萨？"

"他是做了好事。"

"可不敢相信他，那个人绝对不是好老乡。"

侯春生调侃："我看他模样长得不错，比你端正。"

陈超说："这个事不能大意。"

陈超命郑勇集中力量侦查，尽快抓捕橄榄核。连文正确实有疑点，是不是"B-29"还不好说，如果是，为什么他没把自己早早藏起来，要明晃晃摆在我们面前？这个人背景比较特殊，牵扯独立团团长连文彪，在没有掌握确凿证据之前，不能轻易动。如果发现连文正确实从事反革命活动，郑勇可即行抓捕。这件事需要侯春生配合。旧人员的事情，目前由民政科负责处理，侯春生与连文正空袭中打过交道，可以深入了解。文庙伤兵也是旧人员，原本由王拓负责，现在转交侯春生处理。目前这些伤兵是县城一大隐患，有可能让橄榄核利用于其破坏活动，侯春生务必特别小心。

会议还在进行，有人在门外高喊："报告！"

是郑勇手下公安队的一个小组长，刚从文庙返回。该小组长带人进庙了解王拓被刺案情，庙里乱哄哄，忽然喊声大作，有人朝他们开枪。由于寡不敌众，也难以辨别枪手位置，他们没有还击，即迅速退出，跑回来报告。

原来刚才那几枪果然出自南山一带，如郑勇所判断。

小组长报称文庙这两天动静很多，附近群众反映，夜半三更还有人影出入，扛枪在周边晃荡。有谣言称县政府干部被伤兵暗杀，共产党正在调兵报仇，要包围文庙，把里边的伤兵全部打死。伤兵们慌乱不已，死硬分子密谋暴动，听说还把机关枪运进文庙。文庙大门外已经堆放有数个沙包，还有几棵倒树被拉到门侧形成障碍。

陈超骂道："半个脑袋三条腿，还反！"

文庙伤兵属于敌人一所战地医院。数月前随所部撤驻本县，占用文庙房屋收治伤兵。解放军解放本县时，敌驻军被击溃，大部被歼，余部分散逃往沿海方向。败军自顾不暇，无法照料医院及伤员。医院被遗弃后失去保障供给，负责军官和医生护士各自逃生，能跑的伤兵也都跑了，丢下大批没有能力逃脱的伤兵滞留在文庙，有两百多名，如无主之鬼，无医无药无粮，面临绝境。其中不少老兵战斗经验丰富，一些伤势较轻者还具备战斗能力，他们手中有武器，或由医院军官逃跑前发给，或从其他地方流入，七拼八凑，足以凑起一支战斗队，如果还有机枪，则更具实力。目前县城我方人员加起来不过三四十名，成员主要为地方干部，武器主要用于防身，火力不强，如果伤兵突然发起暴动，确实是一个重大威胁。

侯春生却质疑："他们怎么可能在这个时候搞？脑子中枪了？"

他认为伤兵毕竟是伤兵，即使有几个特务混在里边，总体而言不健全。靠一伙浑身缠着绷带的家伙能干什么？咱们也不是只有这么些地方干部，县城附近村庄还驻有解放军野战部队一个主力团。伤兵一旦闹事，不要一个钟头，解放军就围过来了，能这么找死吗？橄榄核要策动造反，应当会找些好手好脚的，再挑个合适的地方和时候。

陈超说："我们还得防范在前。"

他立刻打电话联系驻军，找到了团长，告称有情报表明县城文庙的敌遗留伤兵动静可疑，有暴动迹象，县里准备迅速处置。请部队派兵帮助地方包围文庙，缴械，遣散伤兵，消除隐患。

部队团长非常干脆："可以。"

他问陈超需要多少兵力？陈超说一个连可以了。团长即决定派团部侦察连来执行任务，该连是加强连，战斗力比较强。这种事当然兵贵神速，越快越好，但是夜间行动不方便，双方商量明日拂晓动手，看得清，也让对方措手不及。为确保行动成功，部队将于凌晨四点从驻地出发，五点左右到达。

陈超说："我这边公安队在文庙外围配合。民政科长在南山路口接应部队。"

郑勇、侯春生各自领命。陈超吩咐："行动严格保密。"

侯春生道："明白。"

郑勇特别交代："尤其要警惕那个连文正。对他多留点神。"

侯春生问郑勇为什么如此不放心？连文正到底怎么啦？又没见长三头六臂。郑勇说连文正没有三头六臂，却全身都是疑点。他的来历、举止、住所、关系无不可疑。

"最可疑是什么？"

"两腿完好。"

这是什么意思？本县解放前夕，旧政府县长及各要员几乎全数逃走，远跑台湾，近跑厦门，只有一个要员一动不动，留在县城迎接解放，这个人就是连文正。连文正不需要跑吗？他为反动军队和政权效力，不可能不担心被共产党追究。连文正是跑不动吗？他单身一人，无牵无挂，四肢健全，头脑敏捷，可以跑得比谁都快。为什么别人作鸟兽散，他坚守岗位？这就是重大可疑。

3

连文正看着来人。门边方桌上亮着一盏油灯，光线昏暗，来人戴黑礼帽，帽檐下脸面模糊一团。这个无妨，连文正知道他是谁。

来人拱手问候："文正兄无恙。"

连文正一声不吭。

来人回身关上门，插上门闩，再转过身，顺手把礼帽摘下来放在门边方桌上。连文正一言不发，当即拾起礼帽，戴回那人头上。

“文正兄！”

“快走。”连文正这才开言。

“兄弟有要事相谈。”

“不要说。”

“几分钟足矣！”

“片刻不留。”

来人僵在门边，还想开言劝说，连文正推了他一把：“要死啊？”

来人无奈，反身拉住门闩，扭头还要说话。连文正一把将他的手按住。

“别开门。”

来人笑：“愿听一说了？”

连文正不回答，抓住来人从门边拖开。快步经过桌子，把来客拉到屋子另一边。那里有一面窗子，窗门紧闭。连文正推开窗，外边黑洞洞的，有流水声哗哗不绝。

“从这里下去。”连文正说。

来人大惊：“文正兄这是为何？”

连文正不答，只简略说明。窗外是护城河，此刻河中水面离窗台有一人高，水不深，齐膝盖而已。下河后往上游方向走，五十米外有一座小桥，桥边石堤有坎子，可以从那里爬上岸。夜深人静，没有灯光，不会有人看见。

来人生气：“文正兄逼兄弟跳河啊！”

“快走。”

连文正揪住来人的衣领，把他往窗台上推。来人挣开连文正的手，自己爬上窗台，先把一条腿伸出去，连文正搬起他另一条腿推往窗外。

来人不由得开骂，骂人话比较直白，不那么文绉绉：“什么他妈的文正，狗屎。”

“你说什么？” 连文正问。

“狗屎。”

连文正用力一扯，把来人从窗台上拽回屋子。

来人还骂：“搞什么鬼！”

连文正不答，伸手关上窗户，走到桌边给来人倒了一杯水。来人在桌边坐下，端起杯子喝水，身子还在打颤，喘息不止。

这个人叫林庆，身材瘦小，长脑袋，职业特务。连文正当军事科长那段时间，跟林庆在专员公署军事会议上见过几回，后来林庆还曾陪张容成到本县安排应变。当时张容成是少将主任，林庆在他手下，军衔是中校。林庆这样身份的人半夜三更突然来访非同寻常，其目的连文正能猜出十之八九。

林庆喘息稍稍平稳，即抱怨：“文正兄有失客气。”

“小声。”

他告诉林庆，别以为夜深人静就安全了。近来风声很紧，他身边到处是眼睛，不能保证林庆进门没人看见，更不能保证林庆可以从这个房门安全离开。

林庆说：“兄弟敢来，早已不论生死。”

他掀开衣襟，从衣袋暗层里拿出一张对折的纸片。连文正接过，在油灯边打开来看，是张容成给他的密信。信中说连文正已被委任为反共救国军行动大队上校司令，相关详情请林庆细告。

连文正把信往桌上一丢：“一个屁。”

“兄弟提着脑袋前来，只是一个屁？”

连文正指着那张纸：“这是喜报啊？催命符。”

“昔日军中之鹰，不会落魄丧魂至笼中之鼠吧？”

连文正丧魂落魄吗？不，是自感绝望。战争已经结束，胜败已成定局。这个时候还折腾？什么“天光反”“行动大队”，是自己找死还是让人去死呢？

林庆说：“文正兄无须过于悲观，行动一起，大局可变。”

尽管此刻解放军横扫东南，大陆易手，国军毕竟还占据着台湾，保住台湾就有望反败为胜。目前福建沿海主要岛屿基本还在国军手中，解放军没有空军海军，渡海作战困难重重，沿海岛屿争夺战国军仍占绝对优势。目前厦门岛集结了国军重兵和强大海空力量，加上沿海和纵深密密层层坚固工事，可以有效顶住共军进攻。汤恩伯说，守住三五年没有问题。而三五年后形势必然大变，当是国军反攻的时候，厦门就成了反攻的桥头堡。解放军清楚厦门重要，眼下必全力争夺，大战在即。守卫厦门不能只依靠岛上守军，还需要外围友军策应助力，张容成奉汤恩伯之命做了多方行动安排，确定了几大重点行动，林庆任务为其中之一。

“张主任称之‘前进计划’。”林庆说。

连文正嘲讽：“一路前进，跑出大陆。”

“不要自我小看。”

林庆告知若干详情，称张容成计划不仅是为厦门守战应急，更有战略考虑。解放军把前线推到海岸，大陆成了他们的后方。国军退守海岛，却不能放弃大陆，必须把战线延伸到解放军的后方去，把后方变成前线，这就是前进。当下策应厦门守战，日后还要策应守护台湾，迎接反攻。实现该目标需要仰仗雄才，张容成说连文正可称杰出一位，不是一般战机，是B-29。

连文正一笑：“吹口哨骗小孩撒尿，还是哄鬼上吊？”

林庆要他提振信心，实施计划条件充分。例如在本县，虽然驻有解放军正规军一个团，以及若干地方部队，随着厦门之战临近，很可能转眼调往沿海前线。部队一走，县城这里就只剩下陈超所带几个地方干部，其骨干人员刚从北方下来，水土不服，语言不通，立脚未稳，容易对付。本县潜在的反抗力量很强，保密局派有潜伏应变小组，山区边界地带有几支地方武装可以联络，原保安团溃散后有一批人上了山，县城文庙伤兵里还藏匿着一批人。把这些力量整合起来大有可为。现在最重要的是找一个头头统一指挥，这个头头非连文正莫属。张容成信里都说了，非常器重连文正，期待军中之鹰重振雄风。连文正就位后，张容成会提供大量支援，要枪给枪，要钱给钱，需要炸弹还可以派飞机从台湾飞过来扔。前方后方密切配合，可成大事。

连文正摇头："一厢情愿。"

他嘲讽林庆所谈为"口水计划"，想当然而已。派一两架飞机过来扔几颗炸弹容易，其他的没那么简单。别以为在这旮旯里放一把火，就能干扰解放军攻打厦门。

林庆担保不仅仅一把火，计划一朝启动，会有遍地野火响应，让共产党应接不暇。正因为任务重要又艰巨，张容成才特别器重连文正，期待连文正奋勇而起。

连文正说："我猜他器重的其实是连文彪。"

林庆说："你大哥我们也要争取。"

"共产党已经给他一个独立团番号。"

"张主任可以委任他当军长。他有枪有兵，你有勇有谋，你们兄弟联手必成大事。"

"这是一个好梦。"连文正说。

"不是梦。"林庆纠正，"你马上可以听到枪声响遍县城。"

"莫非是那些伤兵？"

林庆对连文正竖起右手大拇指表示认可，当下确实是先策动伤兵起事。这些天庙里天天死人，有的死于伤病，有的就是饿死。伤兵们陷入绝境，没有退路了，左右是个死。共产党不灭掉他们，他们自己也会把自己灭掉。事情都安排好了，时候一到，举枪暴动，打出文庙，洗劫县城。

"他们是三头六臂，天兵天将吗？"

林庆称，凭那些伤兵，打陈超几个不在话下。

"伤兵凭什么要听你的？"

不需要伤兵听从林特派员，只要他们听从共产党。刺杀王拓让共产党死盯着文庙，林庆准备再开一枪，把王拓第二也送上西天。共产党能放过吗？当然不会，那就打吧。

“新接手的那位科长你也要？”

是的。此刻民政科长那条命比县长有用。

“伤兵的命呢？”连文正张嘴开骂，“他妈的！那二百多条命全是草芥？”

眼下本县共产党不仅是几个地方干部一支公安队，他们还有一个团的野战部队。只要开来一个连，残兵哪里抵挡得住，枪一响就成了两百冤鬼。

“不怕他血流成河！”林庆道，“看他们共产党怎么屠杀伤兵。”

“你是拿那些脑袋给你们祭旗？”

林庆称伤兵们躺在地上叫唤，实不如一把草芥，只有让解放军打死，那些命才叫命。如果伤兵起事能拖住解放军，那也是对厦门的支援。如果解放军荡平文庙，这些反抗伤兵便成为党国忠勇烈士。此时此刻，党国特别需要烈士。

“屁话！”

连文正称自己绝不参与这种勾当。他已经解甲归田，无意再披挂出山，谋害人命。他大哥何去何从与他无关。他本人对时局有自己的看法，不会被谁的口水计划哄骗。靠几个伤兵加四乡乌合之众，“天光反”闹腾一番，即便攻进县府，也不可能长久，更不可能成事。数百万正规军都丢光了，不要再鼓动一帮子长短不齐的家伙起来送死，让那么多人流血丧命掉脑袋，百姓跟着生灵涂炭，何必呢？

林庆说：“文正兄大丈夫，竟然丧气至此！”

连文正抓起桌上的那封密信，当着林庆的面放到油灯火苗上点着，丢在红砖地板上，看着它烧成灰烬。

林庆一拍桌子骂道：“连文正你太让人失望了！”

连文正“噗”一声把油灯吹灭。

有枪响在近处应声而起，“砰砰砰”惊天动地。

“听到没有？这才是勇士！”林庆说。

“是找死！”

随着枪声，有脚步声啪啦啪啦响起，匆匆朝这边跑来。

连文正把林庆拉起来，快步推到窗户边，打开窗户。这时房门已经被砰砰敲响。

“连文正！开门！”

连文正不慌不忙回应：“谁啊？”

“公安。快开门。”

“是公安长官啊。我点个灯。”

一应一答间，他干脆利落把林庆推上窗台，拉着手放林庆下河，再关上窗户。

两个公安队员进门时，房间已经被连文正整理清楚了，被子摊开在床上，纸灰给踢到床下，方桌上的煤油灯亮起火，连文正一边扣衣服的扣子，一边去提水壶。两个公安队员进门后，一个走到窗户边，推开窗户看外头，另一个抽着鼻子四处察看。

“这是什么味？烧什么？”那人问。

连文正说：“煤油灯引火。”

“刚才谁在这里？”

“我啊。”

“没有别人？”

连文正很平静：“没有。”

“那几枪怎么回事？”

连文正说：“不知道，听得有些近。”

说话间，枪声突然砰砰砰又爆响起来，距离果然很近，就像在窗外河道上。连文正脸色变了。好在油灯昏暗，对方注意不到他的表情。两个公安队员握着枪守着后窗边，屏息静气，听着外边枪声渐渐平息。

4

接近凌晨时，县政府电话铃响起，陈超被从床上叫起。

是驻军团长紧急电话。半小时前，师部发来命令，该团须于今日清晨开拔，立刻奔赴沿海前线。原已安排侦察连支援地方执行任务，根据上级命令只能取消。请县里尽快向地区报告，另寻支援。

陈超失声感叹："哎呀！"

所谓军令如山，部队调动事关大局，不能被文庙伤兵异动所干扰。县里只能另想办法。陈超命通信员立刻通知郑勇、侯春生等人到会议室急商。几分钟后大家陆续到达，郑勇最后一个进屋，当晚他一直守在公安局指挥公安队员连夜执行任务。

陈超追问夜间县城响枪情况，郑勇报称是执行任务的公安队员在太古桥附近发现可疑人员，追踪时对方开枪，趁乱逃跑。由于天黑，敌人地形熟悉，窜入小巷消失了。可疑人员活动地点与连文正宅相近，公安队员进连宅查看，没有发现异常。

"光是追到个影子，加几个枪声。"陈超不满。

也不是毫无发现：监控南山文庙的公安队员发现两个黑影借夜色掩护靠近文庙，从侧门窜进院内。从时间分析，两个窜入者很可能是县城里放枪逃离的家伙，或许橄榄核也在其中。待明晨包围搜查文庙要格外注意搜捕。

陈超说："现在有新情况。"

一听部队开拔，无法支援文庙行动，大家面面相觑。

此刻能怎么办呢？

郑勇说："我带公安队打进去。"

陈超摇头："力量不够。"

此刻本县境内还有一支队伍可以提供支援，就是连文彪独立团，有两个营兵力。这支队伍是地方部队，属于军分区，驻地在溪坝镇，离县城有四十里地。由于有一定距离，即使该团可以支援，凌晨前也不可能派兵开到县城。这种情况下不能仓促行事，原定对文庙发起的行动只能后推。

郑勇感觉焦虑："里边那些家伙蠢蠢欲动，只怕咱们手中时间不多。"

侯春生忽然提出建议："先不动武，来个文的试试怎么样？"

他所谓文的就是不用枪，用舌头解决问题。此刻文庙内肯定有坚决为敌、执意谋叛的死硬分子，但是大部分伤兵肯定不想死，他们只是被死硬分子裹胁。因此派人进去宣讲政策，让伤兵脱离反动分子控制，听候新政权遣散，可保性命回家，他们会愿意接受，效果可能比动武更好。

"如果县长同意，我马上去谈。"侯春生说，"这原本就是民政科的任务。"

陈超说："你找死啊？"

几天前王拓前去文庙，返回时被跟踪、暗杀于途，那时敌人打的还是暗枪。昨日公安小组长带人进去，里边的家伙竟公开射击，可见其气焰嚣张。文庙里的大部分伤兵肯定不想死，但是裹胁他们的反动分子肯定不会让他们与我们接触，听从我们劝告。我们的人一踏进那个大门，肯定要挨枪。王拓已经牺牲，不能再把这个侯搭上。

这时只能另想办法。陈超决定立刻向地委报告情况，同时命郑勇密切监视文庙动静，随时掌握动态。

"我干什么？"侯春生问。

"去睡觉。"陈超道。

当然是气话，局面无法掌控，陈超很焦虑。此刻天已微白，早不是睡觉时候了。

侯春生离开会议室，走出大楼回到民政科。许志坚已经起床，站在天井边刷牙。

"这就出发去接侦察连吗？"他问。

侯春生说：“不去。情况变了。”

侯春生在天井边石椅上坐下，身子一歪干脆躺在石椅上，只觉脊背上一片凉意。抬眼看东方天空，那里的云彩正在一点一点地发亮。

他把黄皮包垫在头下，顺手从包里掏出一个用手帕包起来的物件，打开来，里边却是一支口琴。口琴已破损，左侧琴把一角缺失，有细铁丝捆扎固定。侯春生把口琴放在嘴里，轻轻吹出几个音符。不成曲调，只吹音符。每吹一个音，他都要闭上眼睛，屏息静气听一会儿，似乎很享受，其实音符声早在空气中消失得无影无踪。

他突然收起口琴，直起身坐好，一抬手对许志坚发令。

“跑步去找连文正，让他立刻来这里。”

许志坚一声都没吭，把手里东西一丢，背上枪冲了出去。

十分钟后连文正到达。他骑一辆自行车，把许志坚驮在车后架，匆匆赶到。

侯春生问他一个问题：“你跟文庙那些伤兵还行吧？”

连文正把手一摊：“怎么说呢？”

伤兵医院迁来本县时，连文正是军事科长，恰好管这个事。把伤兵安置在文庙就是他的主意。文庙原为城关小学校舍，因战乱停课，场所放空，可让伤兵入住。伤兵医院事情繁多琐碎，需要帮助解决，连文正经常在文庙进进出出，与不少人相识。主要是军官和军医，跟伤兵基本不直接接触。解放军打过来时，军官和军医全跑了，只剩跑不动的伤兵留了下来，这些人与连文正并无特别交情。

侯春生问：“你觉得他们会朝你‘砰砰’吗？”

连文正一愣：“侯长官什么意思？”

“你帮过他们，他们看你是自己人，应该是吧？”

“也许是。”

“这就对了。”

侯春生让连文正在这儿别动，等他。说罢站起身要离开，连文正将他一把抓住：“侯长官可是想去文庙？”

“行吗？”

“可不敢去！危险！”

连文正称听到传闻，文庙那边乱哄哄动静异常，像是要闹事。这几天文庙天天死人，有的因伤而死，有的活活饿死，剩下的待死鬼都不是善茬，现在可惹不得。

侯春生问：“那天扔炸弹的两架飞机是两只野鸡吗？”

“侯长官怎么说？”

侯春生说，满集市惊慌失措，大家都像没头苍蝇的时候，出来大声招呼“卧倒！”那是救人命。现在到文庙大叫“停下！”同样是救人命。

侯春生叫许志坚给连文正倒杯水，要他们在民政科等一会儿，他马上回来。交代毕他即跑上县政府二楼找陈超，打算再次请缨去文庙。不料陈超不在办公室，政府通信员说，陈县长随郑勇局长匆匆离开，可能有急事，也不知道什么时候会回来。侯春生无法请示，悻悻返回。连文正一见他即站起身，请求回家。

“我不能随侯长官去文庙，那不合适。”连文正说。

“为什么？”

眼下他是一介草民，那地方不是他可以去的。

侯春生说连文正为旧政权效力时，曾负责伤兵医院事务，现在连文正有责任向他做移交。他本人还没到过文庙，不了解那边的情况，那些伤兵也不认识他。因此有必要请连文正一起到现场，把他介绍给伤兵们。这对连文正不算什么吧？举手之劳。

连文正推托称不是不愿效劳，是大有不宜。昨晚他的住所附近有人开枪，马上有两个公安队员打门进屋察看，临走前还传达郑勇之令，交代他不得四处走动。文庙眼下是是非之地，他跑到那里去，属违抗郑勇局长之令，只怕麻烦大了。

“这个无须担心，我会告诉他情况。”侯春生说。

连文正苦笑：“侯长官行行好，别让我跳到黄河洗不清。”

侯春生顿时有感觉，连文正如此推托，或许是有些什么事情说不出口。

“假如真像你听的，伤兵们要闹事，他们会怎么闹？躺在地上打滚，胡乱开枪，或者搞暴动？”侯春生问。

连文正称此刻风吹草动，听到的都未必可信。

“吃的都没有，他们占领一座破庙有什么意义？”

“未必一定要困死在那里。”

“难道还会一瘸一拐打出来，扫荡县城？”

“这可不敢说。”

侯春生紧盯着连文正看，好一会儿。

“情况挺严重。”侯春生说，“咱们得往前赶。”

他决定闯文庙，必须得试一试，没什么大不了的。连文正得协助行动，此刻必不可少。伤兵认连文正是自己人，连出面做工作，他们更听得进去。伤兵们是连文正安排到文庙的，连不能听任他们死在那里，帮助做工作，救人，于连文正也是义不容辞。

“连先生应当看清大势，一起来为新世界效力。”

连文正一耸肩：“我是什么人啊。”

“关键是想成为什么人。”

侯春生和颜悦色，却口气坚决。他动之以情，称解放了，战乱应当平息，生命不应当再无谓葬送。新世界不只是侯春生的，也是连文正的，是大家的，参加进来人人有份。侯春生也晓以利害，称连文正有责任提供帮助，不听从会有后果。

连文正苦笑，忽然说了句话：“我也是担心侯长官有危险。”

“为什么？”

县城里风传，前些天死的那位民政科长是被伤兵暗杀的。如果所传确实，侯春生面对这些伤兵应当特别小心。

侯春生一笑：“难道他们专杀民政科长，一个王拓不够，还要王拓第二？”

他让连文正无须担心，即便有人这般上心，侯春生也不会让他们如愿以偿。此刻侯春生需要一些帮助，他觉得连文正可以帮助他。

连文正好一阵说不出话，末了提了两条：如果侯春生非要他领路去文庙，只好恭敬不如从命。但是希望听他两句话，一是人员宜少不宜多，千万不要带公安队，否则只怕一见就打。二是时间宜快不宜慢，慢了只怕忽然生变。最好是迅雷不及掩耳。

侯春生说："现在就走。"

三人刚走出大门，侯春生又叫停，命连、许在门外守候，自己匆匆跑回门去。

此刻事急，无法等陈超返回后请示。侯春生跑回县政府是去伙房。有一笼馒头刚被抬下蒸锅，这些馒头是县机关干部的早餐。

侯春生找来一只面粉袋，把一大笼热乎乎的馒头全部倒进面粉袋。

炊事班长惊叫："侯科长这是干什么！"

侯春生宣布民政科临时征用这笼馒头，有重要用途。请炊事班长赶紧另做点面疙瘩汤什么的顶早餐，别让大家饿着肚子骂侯。

侯春生把一袋馒头放到自行车后架，让连文正推着走，他自己和许志坚走在一旁，三人匆匆往城南而去。那时还早，县城坎坷不平的破旧街道上空空荡荡只有他们三人。

走到街道尽头，南山和山脚下的文庙静悄悄呈现于前方。有一个着便衣年轻人忽然从一面破墙后边闪出，向侯春生敬了个礼。

这人是公安队员，守在那里监视文庙伤兵动静。

5

天色还早，年轻女子悄悄出了门。

她换上一件土布斜襟大褂，褂子是土灰色，很旧，下摆打着补丁，穿在身上不大合，过宽也过长，只能将就。她找了块头巾把头发包起来，再用手掌抹把窗台上的尘土涂在脸颊上，然后拿柜子上的破镜子照了照。镜子里的女子灰头土脸，面容憔悴，一下子老了十岁，但是依然不像本地女子，看上去破绽很多。

此刻没有办法，只能简单化装。

她把孩子背出门去。孩子睡得很熟，她用一条土布背带把孩子背在身后，布带子绑在胸前。本地妇女都用这种布带背孩子，可以腾出两手做事。年轻女子用的布背带、大褂和头巾都是房东的东西，房东是个寡妇，带着个十岁的女儿，母女俩都很安静，话不多，一看就是好人。年轻女人背孩子出门时，房东母女都在自己的房间里，静悄悄一声全无，没有谁出来多管闲事。年轻女子出了居所，顺着小街的墙根往前走，一路低着头，尽量不引人注意。她的眼睛和耳朵却没有一丝懈怠，始终高度警觉，留意着身边的动静。清晨时分，弯弯曲曲坑坑洼洼的县城街道上罕有行人，有头猪在路头泥坑里哼哼叽叽，坑边有一只黄狗吠个不停。年轻女子绕过水坑，赶开黄狗，从小路翻过一个小山包，穿过一片小树林。

她在那里听到了当天清晨的第一声枪声："砰！"

枪声是从山脚传上来的，似乎响自文庙那边。在静静的清晨显得格外突兀、不祥。

年轻女子停下脚步，站在路边犹豫。她的背上，孩子还在熟睡。

停了许久，没有其他动静，山岭上到处静悄悄，或许刚才那一枪是个意外？走火了，或者那根本就不是枪声？年轻女子不再犹豫，轻轻抬脚接着往山下走。这时忽然枪声再起："砰！"

还是单发一声，方向依然是山脚文庙那边。

年轻女子再次停下脚步。这一次接得比较紧，很快地又响起一枪："砰！"

年轻女子不再犹豫，即迅速转身往回。眼看快走到山岭上，前方小树林一侧，近在咫尺处突然爆出两枪："砰！砰！"

年轻女子一惊，背上的孩子醒了，"哇"地哭泣。女子忙伸手到背后拍孩子。前方林子里传出杂乱脚步声，急速而来。女子心知不妙，转身加快脚步向山下走，只听后边脚步迅速逼近。小路边恰有一堵废弃的矮墙，女子在废墙边止步，转过身背墙站住，让背上孩子靠着墙，自己面对小路，把右手伸进衣襟下摆里。她看到两个汉子，一高一矮，都穿黑布褂，头上戴着斗笠，脚步急促，从她面前飞快跑过。

年轻女子把手从衣襟下抽出，抬起来抹了抹额头，那里已经汗津津一片。女子站在矮墙边喘气，刚觉得心跳平稳一点，小树林那边又是一阵声响，一小队人马闪出林子，朝这边快步前进。

年轻女子没有动弹，站在矮墙边看着那队人马跑下小山包，从她眼前经过。这些人是公安队的，穿黄色军装，手持步枪。

有一个战士从年轻女子身边跑过，忽然站住脚，回身问了一句："大嫂，见到两个人跑过去吗？"

年轻女子又把右手插在衣襟下边，她摇了摇头，没回答。

"戴斗笠，穿黑衣服？"战士又问。

年轻女子还是摇头，不说话。

后边有一个人跑过来问："什么情况？"

"她没说。"

两个战士站在年轻女子面前看了看，女子对着他们摇头，拿手指了指自己的喉咙。

"她不会说话。"一个战士说，"咱们走。"

年轻女子身后的孩子又醒了，"哇"地大哭出声。年轻女子把手掌从衣襟下摆抽出来，往后拍孩子，哄他止哭。紧张之间，一不小心把衣襟里的东西带了出来，"啪啦"一下落在地上，当即砸出一声清脆声响。

已经转身准备离开的两个战士一起举枪对准年轻女子。

掉在地上的是一支小手枪。

年轻女子高举双手，终于从喉咙里发出慌乱尖叫："不要伤着孩子！"

6

侯春生一行逼近庙门时才被防守人员发现。对方没有开枪，可能因为时间早，行动突然，对方没有准备，反应失措。也可能他们不知道侯春生是共产党，当然还可能是因为连文正。伤兵们不认识侯春生，却认识“连科长”，他们本来就是一伙的，无须举枪相向，因此侯春生一行顺利进门。

侯春生清楚自己是一脚踩进了鬼门关。侯春生未经批准，带一个通信员，让连文正领路前往正在酝酿暴动的文庙，无论碰上什么都是可能的。他坚持要上，一来是自认为眼下没有更好的办法，二来也因为感觉急迫。他刚在陈超那里吃了一个警告，转过身未经批准又擅自行动，心知陈超不恼才怪，却也不能因此错失时机。好不容易把连文正逼上梁山，自己更当一往无前，哪怕鬼门关也要一闯而入。只要把伤兵们拦阻在闹事之前，拔除暴动引信，其他都是小事。

事实上，此刻连文正本身就是一大威胁。这个人全身都是疑点，郑勇认定他是 B-29，当然不会全是无端怀疑。连文正推托不去文庙，很可能是他确实身牵瓜葛，知道那边在密谋什么，说不定他参与有份甚至一手安排。此刻他突然被带进文庙，计划可能会给打乱，所以他百般推托。在被侯春生逼来后，只要他在文庙一声令下，妖魔鬼怪立刻会一拥而上，侯春生、许志坚两个人，一长一短两条枪，以及陈超县长以下数十共产党干部今晨的早餐馒头将尽数成为暴动伤兵的战利品。这是最坏的状况。如果连文正没那么坏，单单文庙里的妖魔鬼怪也就够了，他们会不会真要制造王拓第二？或者无须一枪打死，只要把侯春生扣为人质，就足以让郑勇镇压暴动时投鼠忌器，贻误战机。侯春生把自己送给妖魔鬼怪，无异于为他们的暴动雪中送炭。

侯春生不管这么多，脚一抬拿自己雪中送炭来了。他头脑发热吗？没有。他知道自己在干什么。除了最坏的可能，也有最好的可能：此刻突然进入，出乎对方意料，或许反有打乱其计划之效，可以抓住机会做工作，把希望带给伤兵，让他们摆脱恐惧，不受敌控制，事情有望向好。侯春生要力争实现这一可能。

几乎就在他一脚踏进文庙大门之际，对方已经有人警觉。悄悄地，有一个黑洞洞的枪口对准了他。枪口紧贴着墙边一根柱子，柱子上拉着一条绳子，乱七八糟搭着伤兵们的衣物。枪口藏在一件破军装下边，跟着侯春生的步伐缓缓移动。

此刻文庙里的情形比侯春生想象得到的还要糟糕十倍，场面不说恐怖，至少十足骇人。大殿上、院子里、走廊上全是伤兵，或坐或躺，或者靠立在院子的树旁，个个军装褴褛，蓬头垢脸，身上这里那里缠着绷带，三分像人，七分像鬼。一眼看去，缺胳膊断腿的，满头纱布只露出两个眼睛的，匍匐在地蠕动不止的拥挤成堆。靠墙脚躺着一排，直挺挺一动不动像是俱已死亡。空气里飘着刺鼻的臭味，血腥味、消毒水味、汗臭和尿臊味混合在一起。侯春生感觉自己似乎到了阴曹地府，站在阎罗殿前，面对着一群活鬼。这些鬼个个面目狰狞，却又饥肠辘辘，伤病交加，濒于死境。他们目光灼灼，有人看连文正，有人看侯春生，还有人看许志坚。许志坚手中抓着那个面粉袋，有一股诱人的热馒头香味从那袋里散发出来。

侯春生什么都没说，先让连文正帮助分发馒头。人多馒头少，只能几人分吃一个。哪怕吃一两口，也能顶一顶饥。连文正听命与许志坚一起分馒头，几分钟后袋里的馒头一扫而光，两人回大殿站在侯春生身边。侯春生让连文正帮助“介绍介绍”。连文正便大声宣布请“侯长官训话”，侯长官是县人民政府新任民政科长。

那时整个文庙非常安静，鸦雀无声。

侯春生大声宣布两条：“战争已经结束。我是来救你们的命。”

无人回应。活鬼们均已麻木。

侯春生从馒头讲起，称一大早赶来，是因为听说这里的伤兵在挨饿。可惜一时弄不到更多食物，他只能把县政府伙房里刚出笼的馒头全部带来，尽管不能满足，毕竟聊胜于无。人都得吃饭，都想活命，相信这个文庙里，没有谁想要饿死，或者被打死。

“你们喜欢去见阎罗王，还是活着回家？”

这时突然爆起枪声，“砰”的一声轰响，侯春生只觉耳畔生风，一颗子弹几乎是贴着他的头皮飞过，打在他身边大殿的木柱上，“噗”的一声，一股白烟腾起，呛人的枪硝味猛烈钻进侯春生的鼻子。

这是当天清晨文庙里的第一枪。侯春生看到里边的所有人脸色全都白了。

还亏了连文正。侯春生说话时没留意大殿侧边的枪口，一旁连文正却发现了。几乎在枪响那一刻，连文正“哎呀”一叫，伸手推了侯春生一把，力道不大，刚刚把侯春生推开一点点，让他闪过了子弹。

侯春生镇定如常。当着眼前满庙没有血色的面孔，侯春生转身，不紧不慢，抬头看着枪响的方向。

“是谁？”他问。

他看到了对面柱子边的枪口。一支步枪藏在军衣下，枪口晃动，枪手很紧张。

“别慌。”侯春生道，“出来给我看看。”

枪口晃动更显剧烈，持枪者藏在墙柱后边不敢露面。

连文正在一旁大喊：“弟兄们不要误会，有话好说！”

侯春生身边的许志坚把冲锋枪一举对准墙柱，侯春生一把按下他的枪口。当着满屋子神情紧张的伤兵，侯春生平静道：“别玩了。出来吧。”

枪手哆哆嗦嗦从墙角走了出来，居然是个小男孩，个子还没有墙边那张竹椅高。小男孩穿着一件破背心，是成人背心，背心下摆拖到男孩的脚脖子上，就像套了一条布裙。男孩头上古里古怪戴着一顶敌军军官的大盖帽，脖子上挂着步枪，枪带过长，枪身垂挂到他的膝盖下边。男孩那么小，绝对玩不动这支步枪，一定是有人在墙柱边开过枪，再把枪挂到了男孩的脖子上。

场面挺滑稽，但是现场没有一丝笑声。大殿上下、天井走廊的伤兵个个脸面紧绷，气氛诡异而不祥。

小男孩后边的人或许就是在伤兵中策动叛乱的要角，此刻的大敌，直接威胁侯春生的生命。侯春生进庙时他没有马上下手，待搞清楚身份后便扣下扳机。一枪未中，他肯定还要寻机再来一枪。但是侯春生不急着追索，只是招招手："小孩过来，没事。"

小男孩呆立原地不动，浑身哆嗦，一声也没有。侯春生抬脚走过去，把大盖帽从男孩头上取下。他不禁一愣，身后跟来的连文正也"啊"了一声。

竟是"搞啊"，空袭那天他俩从女尸身下拉出来的男孩。

"你怎么在这里？"侯春生问，"奶奶呢？"

男孩睁着一双眼，眼神茫然。

侯春生把步枪从男孩脖子上取下来，拉开枪栓看看。举枪朝向对面墙壁，扣动扳机开了一枪。"砰"的一响，枪声震耳欲聋，大殿上下伤兵们为之一惊。

"看那个字。"侯春生指着院墙对大家说，"害死人的。"

那面院墙到处斑驳，满是尘土污迹。有人用黑炭在一侧墙体上涂写了三个大字："天光反"，侯春生那一枪正打在那几字间。

"反什么啊？谁有第二条命？"侯春生问。

他当众又开了一枪，子弹再次击中那面墙。

打中那面墙不需要太好的枪法，枪声却足以提供警示。

站在侯春生脚边的小男孩突然放声大哭，手捂着耳朵。他给枪声震醒了，吓坏了。侯春生把步枪交给许志坚，蹲下身拍拍孩子的屁股，哄男孩别哭，问他怎么会跑到这里？家人都在哪里？男孩没有回应，一味大哭。

连文正在一旁说："侯长官，他听不懂。"

侯春生把手伸进黄皮包，从里边找出一粒糖果。糖果是缴获的敌军物资，由管理科分配给干部以备吃不上饭时顶一顶饥。侯春生把糖果放在手心送到小男孩面前，孩子两眼放亮，哭声止住了。侯春生把指头合起来，将糖果捏在掌心。小男孩伸手去掰，掰开时糖果不见了。小男孩吃惊地看着侯春生，侯春生把拳头合上再打开，这一次糖果回来了。小男孩一把抓住糖果，小手却被侯春生握在掌心。小男孩抬眼看侯春生，侯春生也看着孩子，微笑着，眼睛里亮光闪耀。

他忽然注意到孩子的右胳膊上有伤，斜拉一道，足有五六公分长，又是血又是脓，已经红肿溃烂。记得空袭那天他把小男孩抱起时，男孩浑身是血。或许那不全是沾了母亲的血，他自己也受了伤?

侯春生把糖果交给孩子。直起身发问:“有医生吗？卫生员？”

没有人回应。

“谁给我一个破伤风针？”他大声喊。

依旧没人回答。被遗弃的伤兵医院早已山穷水尽了。

这时忽然又传出枪声。“砰砰”两响，是外边的枪声，似乎在山坡那边。

伤兵们顿时一阵骚动。侯春生大声喊:“不要慌。”

他让大家注意。枪声很远，在山坡上。此刻没有谁要进攻文庙，只有他奉县长之命前来表示关心，解救大家。

“大家看连先生。”侯春生说，“他长得挺好，是不是？当初他安排你们住到这里治伤，现在他协助我帮助你们离开，回家与你们的家人团聚。”

侯春生手上什么都没有，没有一片药，没有一条绷带，除了临时征用有如打劫的一袋馒头，再无一粒粮食。医院事态危急，二百余绝望的敌方遗留伤兵无医无药，肚子饿得冒火，他们不会一味坐在文庙等死。有人企图策动他们暴动，他们以及暗藏的武器使文庙成为此刻县城一只最危险的火药桶，侯春生必须予以清除。这是县民政科的任务，侯春生自认为这项任务除了防范爆炸，更是救命。这二百余伤兵的命在他手里，由他负责解放，予以拯救。他拿什么来防范爆炸，拯救这些人呢？

他讲新世界。内战打了四年，国民党几百万大军打没了，大江南北丢光了，东南一带除了几座沿海小岛，也已经大部解放，残兵除了逃往台湾，再没有还手之力。所谓兵败如山倒，台湾他们也是保不住的，要不投降，就被消灭。战争眼看就要结束，旧世界已经彻底崩溃，这时候还“反”什么？“天光反”成不了，顺应天下大势才有救。为什么要不人不鬼在这里等死？应当起来迎接新生，热爱和平，回家过日子，建设新世界。新世界可以容下所有人，包括这里的所有伤兵。新世界里没有战争，没有饥饿，没有失业，没有欺压，可以安居乐业，可以幸福生活。值得大家向往与努力。

侯春生说，世界上有许多声音比枪声更好听，新世界里会充满各种好听的声音。他要领大家去听这种声音，只要大家交出武器。交枪其实就是保命，他到文庙来，目的就是救命。他自己一个救不了这么多人，需要帮手，得就地取材。医院的军官们跑光了，要从伤兵里找人出来牵头管事，自己的事情自己办。

“劳驾连先生。”侯春生对连文正说，“你比我熟，请帮助找几个好手。”

侯春生“训话”时，连文正把小男孩带到一旁，请人帮助处理伤口。听到侯春生点名，他没推托，即走下大殿在伤兵中穿梭，拍拍这个，唤唤那个，不一会儿，十个伤兵被他带到大殿上。十个人都带伤，有的还拄着拐子，但是走动尚不受影响。

在大殿上下传出走动声时，侯春生的侧后方，又有一个枪口从一面木窗格的镂空雕花洞眼中悄悄伸出一小截，跟随着侯春生。

侯春生穿过大殿，走到连文正领上来的十个伤兵面前，当场委任那几人为协理员，帮助县政府民政科处理伤兵事务。首先收缴武器，马上进行。协理员两人一组分片包干，伤兵们必须将全部枪支武器交出。

“把枪给我，把新世界给你们。”侯春生大声宣布。

木窗格后暗藏枪口对准目标了。却不料门口动静忽起，在庙里伤兵和侯春生等人都不注意间，十来个武装人员突然一拥而入冲进门来，端着武器在门边站成一排，黑洞洞的枪口对准庙内伤兵。

竟是援兵自天而降。侯春生认出领队的是郑勇手下公安小组长，队伍主体竟是解放军野战部队战士，他们军装的颜色不一样，手里一式的美式卡宾枪，动作姿势都有一种正规部队的强悍。

援兵到来使侯春生不再显得势单力薄，却也让一庙伤兵双目圆睁，全都醒了。靠屋角那里，有几个伤兵迅速抓起了枪。

侯春生大喝一声：“小组长！”

小组长大声回应：“报告！我在这里。”

侯春生命令该小组长带公安队人员以及大军指战员马上退出文庙。这边没有问题，伤兵弟兄们已经同意交出武器，各自回家。

小组长起初还犹豫，侯春生板起脸，在大殿上用力挥手，小组长不敢抗命，即迅速带那一队人马退出大门。

侯春生不动声色：“我们继续。”

他命连文正监督收枪。连文正带着那些协理员开始行动，侯春生和许志坚站在大殿上密切观察。大庙里只有他们两个，处于对方人员层层包围之下，实力悬殊，一旦有人举枪射击，他俩插翅难飞。但是这个危险已经减弱，因为援兵就在外头，让图谋异动者不敢小看。对被胁迫的伤兵而言，暴动将立时被消灭，交枪或许还有生路。侯春生已经用他的言辞、举动以及馒头做出表示，或许他是可以相信的。

人都本能求生，只要感觉到生机，任何蛊惑者都难以让人放弃。这时蛊惑者只能先把自己藏匿，否则就先丧命。

枪支给收缴起来，大小三十余支，有步枪和手枪，没有传闻中的机枪。协理员在殿后木窗格下捡到一支步枪，枪里子弹已经上膛，持枪者不知去向。

清点枪支过程中，小男孩又钻了出来，拉着侯春生的黄皮包，还想从他的拳头里找一颗糖吃。他胳膊伤口已经给胡乱包扎起来，用的是旧绷带，绷带上全是血斑，脏得不成样子。侯春生一见小男孩，眉头当即抽紧，连声问："奶奶在哪里？"男孩还不懂事，什么都不应，讨不到糖果就跑去看枪。忙着清点枪支的连文正嫌他碍手碍脚，把他往边上赶。男孩磨磨蹭蹭不走，连文正抬手往男孩屁股上就是重重一巴掌，干脆利落一声脆响，听得出打得不轻，男孩顿时尖声哭叫。

一个老女人应声而至，从文庙门外跑进来大叫："搞啊！搞啊！"

这老女人侯春生认得。空袭那天，小男孩被从女尸身下拖出来后，她从一旁扑过来抱住小男孩，坐在女尸边哭天喊地，不停地叫。一旁人说老女人是小孩的奶奶，连文正则解释"搞啊"就是土话"猴子"。这孩子瘦瘦小小确实也像只猴子。

连文正喝老女人："赶快带走！"

老女人不敢多说，拖着小男孩往外走。小孩大哭，不想走，老女人恼火，抬手往男孩屁股上又是一巴掌。男孩哇地一下，哭得撕心裂肺。女人抬手还要打，被匆匆赶上前的侯春生一把拦住。

"别打！好好说。"侯春生道。

男孩就像看到救星，回身抱住侯春生的大腿哭泣。侯春生即握起右手拳头伸到男孩面前。这一招灵，男孩顿时不哭了，拿两手去掰拳头，还要找糖果。

侯春生学老女人叫唤："搞啊，搞啊，听话。"

这是他学的第一句土话，音调不伦不类，听来分外滑稽。

一个年轻乡下汉子应声闯入文庙。此人个子矮小，打赤膊，是个愣头青。进门后他什么都不说，跑过去把小男孩从侯春生身边拽开，拖起来扛到肩膀上，顺手把身边老女人的胳膊一抓，转过身子往文庙门口拖。

“快找医生！”侯春生在后边大喊，“小心破伤风！”

门外“砰砰”突然又传出两声枪响，乡下汉子停在门边没敢往外走。侯春生冲过去把汉子推到一边，拔枪跳出文庙大门，许志坚等人紧随而出。

外边公安队员和解放军战士都卧倒于地，黑洞洞的枪口对准对面山包，对面山包上有一片树林，树梢在风中摇晃。

7

侯春生在县政府大门口将总务王文明拉住：“想鬼鬼到，我正要找你。”

王文明不说话，顺手一拽把侯春生拽到身后，扭头朝大门外张望，表情紧张。

侯春生诧异：“干什么？”

“那是谁？”王文明问，“谁跟着你？”

侯春生扭头去看，县政府大门外空空荡荡，一个人影都没有。有一只狗卧在衙内巷头，伸着舌头喘气。

“见鬼了你？”侯春生问。

王文明声称没见鬼。确实有个人跟在侯春生后边，鬼鬼祟祟，形迹可疑。

侯春生哈哈大笑：“少来装神弄鬼。”

王文明不笑，称并非装神弄鬼。侯春生不能不小心，王拓就是给暗杀在这个地点。

“放心，他们肚子饿了，枪打不响。”侯春生不当回事。

他们一起进了伙房。时当午饭时间，伙房供应的午饭比较简单，面饼子就冬瓜汤。

侯春生向王文明要粮食。王文明说：“你还敢要？一笼馒头让你倒去给伤兵当见面礼，县政府全体干部饿肚子，县长快给你个侯气死了。”

侯春生说就是靠那一笼馒头拿下两百伤兵，物有所值了，别那么小气。但是伤兵也还没有全部拿下，还得给他们粮食才好遣散，因此要找王文明。

“哪里有？我到哪去生？”王文明说。

“王总务接收库房，总该弄到一点吧？”

旧政府库房里除了几床破棉絮烂草席，什么都没有。这不奇怪。钱啊粮食啊，民脂民膏，人家剥削搜刮，来之不易，别指望他们省下来留着慰劳咱们。

侯春生问：“那我咋办？拿口水遣散伤兵？”

郑勇说：“别跟他们客气，机枪架起来，逼出去。不走就消灭，看谁敢。”

郑勇主张来硬的。特别是伤兵武器已经收缴，不怕他们再闹暴动。侯春生却不认可，因为已经说出去了，人家缴枪，他给粮食。优待俘虏是老传统，缴枪不杀，回家给路费。现在缴枪已经完成，该还以粮食。那些伤兵需要粮食，否则必死无疑。

郑勇说：“你去跟县长说。小心他给你一个耳光，加倍处分。”

“不会。说是陈凶，其实他心里最清楚。”侯春生道。

他认为陈超该给他一个嘉奖。伤兵的枪让他缴了，一颗暴动引信拔除，没花县长一颗子弹，只动用了一袋馒头，这应该算是功劳。其实真没什么可怕的，不就是两百多个伤兵吗？他自信镇得住，伤兵们已经陷入绝境，需要给他们指一条活路。

侯春生闯文庙前，到县政府找陈超未见，那时陈超在县公安局。得知侯春生带连文正擅自行动后，陈超气死了，说这个侯就这毛病，处分归处分，做照做，没当回事啊。这回要不给敌人打死，回来也要枪毙他。当时恰好部队一位白队长来接洽工作，却是奉刚刚开拔离开的解放军团长之命来的。该团留下一小队人员在本县征粮，由白队长带队。团长交代，如地方上有需要，征粮队可先协助行动。

陈超一听喜出望外，立即把征粮队派往文庙支援侯春生，免得侯春生死于暴动伤兵之手。

“他还是喜欢亲自枪毙你。”郑勇说。

侯春生认为自己死不了，没问题。伤兵虽然缴械，人还在文庙里，当务之急得遣散他们。这事谁去干？枪毙民政科长侯春生，难道派给前军事科长连文正？

“你好大胆子！居然敢把那家伙带上！”

侯春生承认自己只想连文正了解伤兵情况，可以帮忙，其他没多考虑。还好事实表明连文正长相正确，不是什么凶神恶煞B-29。

“你怎么知道？”

侯春生说，今天没有连文正恐怕是进不了文庙。在文庙连文正还帮他躲过一枪。

“我给你讲个情况。”郑勇道。

连文正是公安队一个重点监控对象，他住在县城东北太古桥附近一条巷子里，所居老宅仅有一个前厅一间卧室。连家在县城有几处房子，无不宽敞气派，连文正不住大宅，偏住小屋。昨晚连宅附近有人闹腾，躲在一堵破墙后边射击，利用夜色掩护与公安队员兜圈子，末了不知去向。公安队员彻夜摸查，查出了一点线索：有一个住户住在护城河边，半夜户主听到外头有动静，从床上爬起来到自家后窗察看，发现有一个黑影从河中涉水而过，恰在其时斜对面护城河另一侧一户人家的后窗忽有灯亮起，那正是连文正的住所。目击者回忆的大体时间，与当晚公安队员叫开连宅门，进屋察看的时间基本吻合。由此判断，从河里溜走的人很可能是去密会连文正，在公安队员堵住连家前门时从后窗下河逃走。

侯春生问：“连文正怎么说？”

“咬定独自在家，没有外人来过。”

“目击者看到那个人从连家后窗下河吗？”

“看到时人已经在河里。”

“那还不能说一定是从连家后窗下来。”

郑勇恼火道：“你个侯！我说是，你就说不是！”

“郑胡子！我是在帮你分析。”

无须侯春生分析，郑勇已经掌握了情况。昨夜蹚护城河的家伙姓林，号称林长官，军衔是中校，一个烟鬼。他很可能就是橄榄核。

侯春生不禁吃惊：“你怎么知道？能掐会算了？”

“刚拜了个算命先生。”

“郑胡子急糊涂了？”

却不是糊涂。县城北大路头有一个绰号大神的中年人是流动算命先生，家中兼卖杂货。由于其宅靠着路口，过往行人都要经过，公安队要他帮助留意可疑人员与动静。昨晚午夜过后，大神已睡下，有人敲门，说要买一包烟，加一盒火柴。大神起身给客人找了一包“哈德门”。他注意到另外还有两个人站在他家门外，各推一辆自行车。天色很暗，看不清是什么人。买烟的那人是个下手，拿了烟赶紧就跑过去，递给站在路边的头头，那头头正犯烟瘾，接过去“唰”一下开盒，点火抽烟。火光一闪，大神感觉那张脸似曾相识，仔细再看，却是林长官。数月前，解放军还没来，有一天大神扛着他的算命幡走到衙内巷口，这个长官带着两个随从恰从县政府大门走出，他们把大神叫住，让他算一算。他一看到这人军服是两杠两花，便算了个“飞黄腾达，大富大贵”。那人哈哈，骂大神尽是废话，但是钱没少给。当时大神听随从管那人叫“林长官”，还谈起“保密局上峰”什么的，心里有点数，知道是特务，可惹不得。没想到一晃几个月，共产党来了，这个林长官居然还在，只是变成了夜猫子。

“大神说的那个时间刚好可以衔接。”郑勇说。

从时间上推算，这个所谓“林长官”从护城河里湿漉漉爬上岸，即得到了事先安排的同伙接应。原来推测林长官可能窜回文庙，现在看他们是骑自行车从城北大路头离开县城。也许他从连文正老宅后窗爬下时不慎摔到河里，弄湿了自己的烟和火柴，瘾头一起难以忍受，让随从给他买烟，不料却让大神给认了出来。

侯春生问：“你为什么认为他是橄榄核，不是 B-29？”

B-29 要在本县号令叛乱，一定要有地方根基。“林长官”除了大神算过一二，大部分人并不知晓，在地方上没有号召力。

“这里有一个破绽。”侯春生质疑。

如果姓林的是敌特派员，要来策动文庙伤兵暴动，应当藏匿县城兴风作浪才对，怎么会在起事前夕拔腿跑开？

“我怀疑文庙伤兵就是一团烟雾，目的只在把我们的注意力牵在这里。或许他们另有真实目标？”郑勇说。

侯春生不禁大睁双眼。

“这个情况想必连文正知道。”郑勇道。

如果所谓“林长官”确为特派员橄榄核，且他确实是从连家老宅的后窗跳下河，那么他们已经接上头了，连文正对他们的行动已经了然心中。

“要是那样，连文正该跟橄榄核一起拔腿就跑。”侯春生道。

“他不跑就更加可疑。”郑勇说。

郑勇还谈了另一个情况：侯春生在文庙应对伤兵时，在南山执行任务的公安队员抓到一个伪装成哑巴的带枪年轻女人，怀疑是前往文庙接头的女特务。该嫌疑人正在接受审问。此刻最重要的是了解“林长官”去了哪里，具体计划如何。要下力气从女特务和连文正两方面去查。这是头等大事，需要侯春生一起来做。

侯春生持怀疑态度。他认为连文正是否与“林长官”接头见面是要害，目前郑勇掌握的都是间接证据和推测，仅凭这些不足以证明连文正知情、有问题。

“说得好。现在要你去把问题给我找出来。”郑勇说。

“这还派给我？”

郑勇称必须派给侯春生，因为侯与连有瓜葛，从空袭那天就结对成双。

“那行，我帮你弄个明白。”侯春生说。

回到民政科后，侯春生命许志坚去请连文正。不到十分钟连文正到达。侯春生给他倒了一杯水，对连在文庙提供的帮助表示感谢。

连文正说：“侯长官不必客气，有什么用得着尽管吩咐。”

侯春生开口，问的是粮食。此刻县城哪里有粮食可以应急？县政府刚刚接管政权，手中还没有掌握多少物资，遣散伤兵必须用粮，这一大堆粮食该到哪里去找？

“侯长官打算拿钱购买吗？”连文正问。

侯春生说，如果手里有钱，他不需要向谁讨教。

连文正建议侯春生可以借粮应急，日后政府再通过减免公粮或者补给粮款方式补偿。遣散二百多个伤兵，需要的粮食数量不少，时间比较急，最好从一两个大户家去借。县城里的存粮大户有那么几家，最有实力的是张泰顺。张家是城关有数的大地主，在县城还经营米店，囤积下的粮食应当不少，粮源不成问题。但是张泰顺出了名的一毛不拔，鬼头鬼脑非常精细，光拿嘴巴只怕一粒米都借不到，得来硬的，拿枪逼，甚至得把人先捆成一只粽子，那才能把粮食从他手里抠出来。

侯春生摇头：“那是旧世界，不是我们。”

“张泰顺绰号‘咸橄榄’，别的法子恐怕不管用。”连文正说。

解放军到来前夕，旧县政府紧急筹款，给张泰顺派“保护捐”，要他一百银圆。张泰顺呼天喊地，死活不出那个钱，给关进黑牢里。其家人费好大劲把人赎出来。张泰顺回家，一听说是拿了加倍“保护捐”才保出他一条命，竟然一头往墙壁撞去，不想活了。此刻他头上那个伤疤只怕还在。

侯春生说：“带我去看看那个疤。”

连文正称可以带侯春生去见张泰顺，只是帮不了别的。如果侯春生决意找张借粮，他推荐一个人，或许有点用。张泰顺有个女婿是文化人，叫郭维基，原是城关小学校长，让这个人出来劝说其岳父，或许比较有效。连文正与他不熟，但是知道郭住在衙内巷，就在县政府边上。如果需要，他可以领路去找。

侯春生即下令："小许，你去请郭先生。"

侯春生把连文正留下谈话，问了个问题："连先生刚才说的'咸橄榄'是个啥呢？"

连文正笑笑："侯长官有兴趣啊。"

侯春生让连文正不要再管他叫"侯长官"，那是旧世界的叫法，听起来别扭。新世界已经到来，抢夺百姓的事不能再有，"长官"也一样，日后大家都叫"同志"。

连文正表示："叫习惯了，一时改不过来。"

他解释"咸橄榄"是一种腌制品，就好比腌萝卜。把树上摘下的青橄榄放进陶罐里，铺一层橄榄撒一层盐，腌上一段时间就制成了咸橄榄。本地民间认为咸橄榄助消化，可以做药，治小儿积食。这种咸橄榄又咸又酸又涩，被人拿来形容吝啬鬼。

许志坚匆匆返回，空手而归。他找到郭维基家，郭外出，家人说郭的一个老友去世，郭被老友的家人接去参加葬礼，该老友家住溪园乡。

连文正说："恐怕得等他回来。郭一起去或有希望，否则只怕落空。"

侯春生说："没关系，不等。"

此刻必须抓紧，不能一味等待。无论这颗橄榄多咸，未必比一庙伤兵难应对。

他们动身出门。张泰顺家在城区中部，有一个大宅。进了张宅，侯春生发现不倚仗连文正还真是不行：张泰顺个头瘦小，身板薄弱，额头上果然还见一道伤疤，两只小眼睛滴溜溜转，一副精明模样。这个土财主居然不识字，只会说土话。

侯春生让连文正向张泰顺说明来意。连文正与张泰顺叽咕了半天，侯春生坐在一旁听，几乎没有一句能听懂。好一会儿，连文正向侯春生报告，说张泰顺咬定自己手中已经没有余粮。

侯春生笑笑道："没有粮食不要紧，我们不强求。"

连文正把他的话翻译给张泰顺。张的小眼睛转了一转。

侯春生指着张泰顺头上的伤疤对连文正道："给他讲讲旧世界和新世界。"

侯春生把那伤疤比喻为旧世界，说他知道那疤痕是怎么来的。现在新世界已经到来，不会再有欺负与压迫，不会再有强取豪夺。新世界刚刚到来，还需要为它的建立扫清障碍，这是借粮的目的。

侯春生不知道连文正把多少意思翻译给了对方。对方听罢只是小眼睛一转，跟连文正说了一句土话。连文正告诉侯春生："他说你和气还'好才'。"

侯春生诧异。连文正解释说那是土话，指长相好，端正。

侯春生不由一笑，抬手指着连文正问张泰顺："连先生呢？好才？"

张泰顺点头。

侯春生说，新世界里大家都"好才"，长相不同，心气相通。人人为我，我为人人，社会主义，世界大同。但是建设新世界需要多方努力，眼下特别需要粮食。

对方还是小眼睛一转，报称没有余粮，无法效劳。

侯春生说："请他领我们参观参观谷仓。"

当着侯春生的面，连文正与张泰顺叽咕了好一会儿。看得出张不太情愿，最终还是站起身，带着他们走出了屋子。

连文正对侯春生悄声道："有粮食。只是不能动。"

"为什么？"

"说是不敢动。"

到了谷仓，答案有了：谷仓大门左右交叉贴着两道封条，封条上盖有红色大印。张泰顺说，昨天晚间，县政府两位长官来到他家，宣布购买他的全部余粮。他们贴了封条，不得他们允许，任何人都不能打开，包括张泰顺自己。

“真的吗？”侯春生感觉有疑问。

他凑近谷仓门细看，发现封条上有一个红圈，乍一看似乎是枚大印，其实不是真印章，是手绘的，写上了“县人民政府”等字样。

侯春生说：“很好，谢谢张先生。”

或许并不是有谁拿假大印和假封条欺骗张泰顺，是张泰顺自己小眼睛一转搞的鬼。如果他要囤积粮食，不让别人染指，以已被封存为名是个合适办法。侯春生心里有数，却不予揭穿，反而顺势而言，称张泰顺愿意把粮食交给县政府封存，很值得赞赏。他代表县政府来取走这些粮食，他会给张留下借条以为凭据。

侯春生伸出手去，当场撕掉那两道封条。张泰顺脸顿时发白，张着嘴说不出话。侯春生站在谷仓门外，从自己的皮包里掏出纸和笔，写了一张借条，以县民政科名义向张泰顺借粮。侯春生说，新政权刚刚建立，还来不及刻公章，由他签名暂代。不必担心，这张借条肯定有效。

“我们马上安排接粮食。”他说。

他们离开张泰顺家。刚跨出大门，侯春生突然止步，迅速伸手拔枪。

连文正一惊：“侯同志怎么啦？”

侯春生四顾，即收起枪。

“原来是疑神疑鬼。”他自嘲。

出门时他突然发现对面有一人影闪到墙柱后边。现在看清楚了，不是什么刺客，是对面那户人家把棕衣挂在墙柱上，风一吹棕衣晃动呢。

8

年轻女子接受了数次审问，无不谎话连篇。

她自称姓徐，名碧彩，是四川重庆人，但是她的话带江浙口音，不像四川人讲话。她解释是因为父母在江苏扬州做生意，她从小在江南生活，长大了才随双亲回到重庆。后来父母于抗战中死于日军飞机轰炸，亲人俱亡，她家也在轰炸中夷为平地。她被迫从高中辍学，在一所小学找了份工作，当老师，在那里与一位同事交往，结了婚。她丈夫是抗战中逃难进川的上海人。抗战胜利后，他们学校毁于一场洪水，学校冲光了，他们也失去工作。丈夫决定带她返上海谋生，不料出川前有了身孕，反应很厉害。丈夫必须赶去面试一份工作，不得已只能先动身。她留在重庆，千辛万苦生下孩子后，丈夫忽然失去音信。她非常着急，生活无着，今年初横下一条心携子离川寻夫。到上海四处打听，有人说她丈夫好像去了广东，当时解放军已经准备渡江，上海眼看有场大仗，她在上海无处立足，重庆也回不去，只能匆匆南逃，直到流落本地。

年轻女子与本地有什么渊源？为什么别地方不去，偏偏落脚于此？这里有她什么人？她要来找谁？她咬定一个人都不认识，流落本县事出偶然：她在路上结识的几个逃难女子，她们雇一辆牛车去厦门投亲，她与之结伴。不料车到县城，忽然听说厦门那边要打仗了。车上几个女人急着找亲人，硬着头皮继续往前走，她却不敢再跟随，万一真的打起来，她带着个孩子可怎么办？因此她下了牛车，准备先落脚再做打算。流落人员怎么会带着一支手枪？她的解释是需要防身，牛车上一起逃难的一个中年女人跟她最说得上话，聊起来才知道人家原是一个军官太太。军官太太看她孤身一人带个孩子逃难，非常同情，分别时送了她这支手枪。至于为什么在南山山坡上装哑巴，直到手枪掉落才开口说话？她声称是因为害怕。她不是本地人，满嘴外乡口音，只怕一张口就引人怀疑，不如装聋作哑不惹麻烦。没想到孩子忽然哭闹，她又特别害怕，一不留神把手枪弄掉，这才引来怀疑，给自己招来麻烦。

年轻女子的身份、来历疑点重重，其自我描述似乎完整，实破绽不少，所谓“亲人俱亡、学校毁灭”，要点都在无从核实。她对流落本县原因及手枪出处的解释也同样可疑。很明显她是在试图掩盖真实身份。她要表明自己不是特务，不是到这里找谁，不是由谁派来执行任务，她就必须编出一个看似真实的故事，让她显得像是一个普通人。所有编造的故事难免都有漏洞，在一些关键部位上会显得十分勉强。例如年轻女子称自己刚刚流落本地，就于拂晓在南山山坡上被抓，这绝无可能。她不可能只穿一身衣服，抱着一个孩子，带着一支手枪，连个包袱都没有即流落此地，她在县城必定有一个藏身点，她那么说的目的显然在于避免暴露其藏身之所。

因此必须找到年轻女子的藏身点，以戳破谎言，查实身份。本县县城不大，主要街道就那么几条，一个外来陌生年轻女人抱着一个孩子在县城街道上走过，不可能不引起注意，公安队员没费多大劲就在街头巷尾访到线索，顺藤摸瓜找到城东一条小巷，这里有一户人家，只有两口人，一个寡妇，还有其十岁的女儿。寡妇承认，几天前有一个带孩子的陌生女子打门求助，希望能租住寡妇家空置的西厢房。女子穿洋装上衣，城里人打扮，外乡口音，讲的话不好懂，又说又比划好不容易才让寡妇听明白。寡妇怕惹是非，不想收留该女子，她竟当场抹眼泪，说自己的孩子才一岁半，随她远道寻亲，兵荒马乱中千辛万苦，太可怜了，求房东帮她一把，让她母子俩喘口气。房东家的小姑娘伸手拉拉母亲的衣襟，那母亲便点了头。年轻女子拿了两块现大洋押为租金，还请房东给自己找几件旧衣服，因为她身上的装束在这里不太合适。房东给她找来衣物，什么都没多问。女子入住后很安静，没什么话，只是每天抱着孩子到外边转悠，时间都不长。昨日清晨出门时，情况与平日无异，却不料一去不返，至今不见人影。

寡妇打开年轻女子借住的西厢房门，公安队员仔细搜查，确定这个房间就是被捕年轻女子的藏身窝点。年轻女子藏进大柜的包袱被找了出来，包袱里有旗袍和女装，表明该女确实不像她换上的土布大褂那样普通。包袱里还有各种杂物，以及十数块银圆，短期活动经费基本充足。但是公安队员在她的窝点并没有找到更多可证明特务身份的物证，难以确定她到本地承担什么特殊任务。

只有一张纸上写的东西比较特别。

9

两个公安队员奉郑勇之命，到文庙带连文正。连文正随侯春生等人在那里连夜为伤兵们发放粮食。公安队员让连文正推自行车步行离开文庙，穿过县城街道，直接带到与县政府相邻的县公安局审问室。

郑勇了解：“他什么状态？”

公安队员报称连文正一路上很正常，步履平稳，若无其事。

郑勇走进审问室时，坐在桌边的连文正起身打招呼。郑勇看他一眼，板着脸坐下。

“知道这是什么地方吧？”郑勇问。

“警察局。现在是公安局。”

“知道为什么叫你来吗？”

连文正摇头。

“还打算从这里出去吗？”

“听郑长官发落。”

“说说你都干了些什么。”

郑勇有意一上场就施加压力，同时透露一点已经掌握的内情，看看连文正作何反应。

郑勇需要从连文正这里打开缺口追踪橄榄核，掌握他们的下一步计划。但是所知线索非常之少，只有目击者深夜隔河一瞥，单凭这一点东西很难让连文正就范。连文正以攻为守，说他注意到所住小巷外多了些陌生面孔，天亮起就在那里出现，晚上不知何时才离开。他感觉自己的住所应当是被注意了。那天晚上枪声大作，马上有两个公安队员去敲他的门，察看屋里动静，想必是早有守候。既然这样，郑勇对他的一举一动应当了如指掌，清楚他要不是在文庙协助遣散伤兵，就是独自在家。

“我们清楚你那个小房子不太寻常。”郑勇说。

连文正解释房子其实不小，有厅有室有厨，他单身一人，足够用，周边小店多，生活方便。当年他父亲连大木占据北山区时，他被秘密送到县城读小学，巷子里的房子是连大木命人悄悄置办的。他在那里住了数年，有感情。他父亲后来在县城另置几处宅院，都大些，但是有的破损失修，有的已让人租住，所以他宁愿住在小巷旧宅里。

“我猜你中意巷子旧宅避人耳目，特别是还有那个后窗。”郑勇说。

连文正承认当年他确实挺喜欢那个后窗。夏天时常从那里爬下护城河玩水。小孩淘气，难免干些傻事。

“眼下到了要紧时候，那个后窗还是用得着。”郑勇说。

连文正称根本不需要。如果还得拿那个后窗做一条退路，何不早早就从大门走掉？

“你没有走掉，所以就需要那个后窗。”

连文正强调因为不需要考虑逃跑，所以他才留下来。他留下来只为老老实实过日子，没想做其他什么。

郑勇问连文正什么时候老老实实在家过日子？他不是总在天底下晃荡，走南闯北吗？解放前夕，旧政权头面人物争相逃走，跑得不知去向时，连文正才忽然变得老老实实。为什么留下来？热爱解放军吗？

连文正称个人渺小，天下大势只能顺不能逆。天变了，日子还得过。他确实走过不少地方，那些地方也能活人，却没了从小熟悉的东西，例如太古桥的咸粥和豆干面。

“你牵挂家门口的咸粥和豆干面，所以留下不走。”郑勇嘲讽。

连文正承认：“也是。”

“其实你成了 B-29，在等一粒橄榄核。”

连文正称不知所指，请郑勇明示。

郑勇突然问：“胡得贵跟你见面了？”

“郑长官问的是在下旧日管家？”

“他跟你说什么了？”

“未曾见到。”

连文正说明：胡得贵跟他沾点亲，曾经当管家替他打理家事。解放军到来前夕，他把家里用人全部遣散，也让胡得贵回家过日子去。胡得贵走后再也没有回来。

“他回家去了吗？”

“确切说，走了后再无消息，回没回家实不得而知。”

郑勇东一榔头西一棒子似无重点，其实是在悄然接近要害，那就是所谓“东边还是西边？”根据算命先生大神提供的情况，“林长官”一行深夜匆匆出城，走的是北门。郑勇感觉这个方向不对，命手下公安队着重收集城西方面的情况，果然有所收获：侦察员寻访到一位牛车老板，该老板载一车木柴从溪坝镇到县城售卖，曾于溪口处遇到三个骑自行车的男子，顺大路往溪坝方向骑行。那时大约凌晨五点来钟，天色还暗，骑行人的面目看不清楚，车老板只记得有一粒火星远远而来，一路晃动，近前才看到是一个骑行者嘴里叼着支烟。那个时段路上罕有行人，三个夜行男子显得怪异，让车老板记住了。从时间推算，郑勇断定这三人就是大神所见的“林长官”一行，他们绕行北门出城，那一带比较荒僻，有利隐瞒行迹。出城后他们便折转西行，凌晨时分到达溪口。溪口被称为“三岔口”，从溪口往西，不远处就是道路分岔，有三条牛车路分别通往溪坝镇和附近两个村庄。此刻溪坝镇方向最让郑勇担心，他需要搞清楚“林长官”打算在那里干些什么。如果林确实是从连文正家后窗下水，那么连必有所知。

郑勇单刀直入，突然追问：“你和连文彪之间通过谁联络？”

连文正说："我和他没有联络。"

"不是胡得贵吗？"

连文正断然否定："没有。"

郑勇用力一拍桌子："来！"

身后两个公安队员应声上前。

"铐上。"

公安队员拿出手铐铐住连文正。郑勇宣布连文正因从事反革命活动被拘留，如不老实交代问题将受到严惩。言毕郑勇起身离开，连文正即被押进一旁拘留室里。该拘留室位于地下，以往被称为"地牢"，是个黑屋子，无窗无灯，只铺着一地稻草。

半小时后，郑勇让人去释放连文正，以遣散伤兵需要配合为由，暂时放他出去。一旦事毕必须立刻回县公安局报到。暂放期间必须老老实实，不得暗中活动。不要企图逃跑，一旦发现异动，将采取一切必要措施制止，直至就地处决。

连文正步行离开县公安局。他的自行车被收缴，理由是该车为连文正任旧县政府军事科长时所用，属于公产，必须交还。

郑勇安排人员密切监视连文正动静。如果发现连文正潜逃，不得开枪，不必制止，让他跑，设法跟踪，将计就计。

事实上郑勇向连文正透露情况只为令其恐慌，让他待黑屋子意在令其难以忍受，所谓"就地处决"则是恐吓。此刻越显严峻，会让对方逃意更坚决，而不会吓止。只要他一跑，便有可能把郑勇他们带往橄榄核和他们的计划。

当晚无月，县城街道一片漆黑，仅有零星晃动不定的油灯光透出若干住家的窗子。

10

清晨时分，伤兵们一组一组离开文庙，互相搀扶着踏上返乡之旅。

全部伤兵被编成十几个小队，根据伤兵家乡籍贯，尽量把原同部队相熟伤兵编在一起。侯春生给各小队指定了负责人，让伤势较轻的伤兵与同乡、同部队重伤员结对相帮，按照路途远近发给粮食以充路费，重伤员加发粮食以示帮助。

侯春生站在文庙门口，看着伤兵们离去。

连文正请求离开，说："这里已经就绪，我可以走了吧？"

侯春生问："有急事？"

连文正自嘲："眼下除出恭拉屎，实无事可急。"

"那么善始善终吧。"侯春生调侃，"保证不妨碍侯先生如厕。"

"是有些不得已。"

连文正称昨晚被郑勇短暂拘留，关进黑屋子，他感觉自己确实不该出头露面，引发注意。郑勇问的都是些莫名其妙的东西，他不明白为什么会被那般怀疑，连自行车也要收缴。其实那自行车是他父亲留下来的，不属公产。他没多解释，因为没用。人家就是找个理由扣车而已，可能是怕他骑车跑掉。自行车能跑多快？他要是想跑早就跑了，何必现在才蹬个车子逃命？

侯春生要他把心情放平和。本县刚刚解放，破坏骚扰还此起彼伏，郑勇作为公安局长责任重大，不能放过任何一个疑点。如果连文正确实没有参与敌对行动，郑勇终究不会无中生有冤枉好人。侯春生对郑勇很了解，可以很负责地说这句话。

"郑胡子做事从不含糊。"侯春生说。

连文正说："没见郑局长留胡子啊。"

侯春生解释，那胡子不是下巴上长的，是藏在山林里的，通俗说那叫作土匪。郑勇有勇有谋，在北方抗日根据地时，曾经奉命上山，单枪匹马收编一支土匪武装，在当时堪称传奇。后来大家拿"郑胡子"跟他开玩笑，其实是表示钦佩。

"无论他问什么，如实说明就对。"侯春生道。

"有时越是实话越让人不信。"

“总归真的不会变假。”

连文正忽然请教一个问题，却是“新世界”。侯春生冒险闯文庙，面对蠢蠢欲动之众解说新世界，竟然化险为夷，大事底定。感佩之际，连文正也不免好奇，侯春生的新世界听来很新鲜，那究竟是个什么？一个真实的世界？或者是在心里？

侯春生道：“在我们心里，也在我们眼前。”

连文正说：“侯同志谈起来神采飞扬，真是从心里往外播洒阳光。”

他指着文庙门外陆续离开的伤兵表示忧虑。这些人中一定有很多会受到感召，听从侯春生给他们带来的新世界声音，但是也会有些人顽固不化，受到优待了，拿着粮食走了，可能并不回家，反而跑回旧世界，再去拨弄枪响。四乡里都有人在招兵买马，文庙这里没反起来，接下来可能到其他地方去反。

侯春生说：“我知道。”

侯春生一进文庙就向伤兵宣布战争已经结束。其实他很清楚，枪声还在响，还有人蠢蠢欲动，不把人命当回事。侯春生决意闯文庙，因为他最看不得人们受苦受害，也看不得坏人伤害他人。救助被伤害者，消灭坏人、制止伤害，这是同一回事。不管坏人怎么破坏，侯春生相信今天遣散的大多数伤兵将重获生命，走进新世界。无论如何，太阳终究会升起，阳光终究会播洒大地。

“侯同志一身胆气，其实最是心善，悲悯有加。”连文正说。

侯春生问连文正见没见到“搞啊”？他牵挂小猴子胳膊上的伤口，特意找卫生员要了消炎粉和绷带，还带来几颗糖果。不料从晚上到早上，都不见孩子及其家人。那孩子要是得了破伤风可怎么办？他很为之不安。

许志坚跑过来找侯春生报告情况。有十数位重伤员因伤势过重动弹不得，一时无法遣散。怎么处置？是不是让他们暂时留在文庙？

侯春生抬脚进庙察看，那十几个人被集中在大殿上，东倒西歪，状况凄惨。无处可去只能先留下来，问题是没人照料，无医无药，他们必死无疑。

侯春生说：“得想个办法。”

他抬头找连文正，却不见人影。忙问：“连先生呢？”

身边人面面相觑。没有谁注意到连文正去哪里了。

“快找。”

几个人应声而去，在文庙内找了个遍，没见到连文正人影。连文正去哪里了？难道不告而别，“带着粮食跑回旧世界去了”？

外头突然响枪：“砰！”在平静的清晨枪声凌厉，惊心动魄。侯春生拔枪冲出文庙，就听人在外边大叫：“那边！那边！”侯春生带着许志坚等人冲向前边围墙，只见围墙边有人倒在血泊里，却是公安侦察员，着便衣，腹部中弹。他们扑过去一摸，伤员还有气，嘴里吐着血沫，“刺刺刺……”说不成话。

“刺什么？什么？”侯春生问。

伤员眼睛一闭昏迷过去。

“挺住！”侯春生喊，“快给他止血。”

他起身四望，紧紧抓着手里的枪。忽然他看到前边屋角闪出一个人，随之又有一个人闪出来，两人一前一后，撒开腿朝这边跑。

侯春生大喝：“站住！”

来人远远大叫：“侯同志！是我！”

却是连文正，身后跟着一个年轻人，手抓一根扁担，是本村农人。

他们竟是追凶手去了，凶手是个黑衣人。刚才连文正离开文庙，到村里打听小猴子家人下落，恰遇到年轻农人挑一担空畚箕走过。年轻人告诉连文正，小猴子一家与几个流浪汉住在村头破庙里，今天没见，可能是到周边其他村庄乞讨去了。两人正说着话，前边路头有个黑衣黑裤装束者匆匆走过，连文正眼睛一瞥看到了，顿时脸色一变，只见黑衣人忽然回身，拔枪开火。其身后一棵树旁，有个人应声倒地。黑衣人跑过去，举枪对准倒地者，似乎要补枪杀人。

连文正大叫："住手！"黑衣人很紧张，顾不得再开枪，转身拔腿就跑。连文正与年轻农人跟上前察看究竟，已经不见影踪。

"侯同志千万小心！"连文正说。

十几分钟前连文正离开文庙时就见过这个黑衣人在文庙门口探头探脑，形迹诡异。侯春生当时就在庙里。连文正怀疑黑衣人是个刺客，或许是冲侯春生而来，直到发现后边有公安侦察员跟踪才调转了枪口。

侯春生骂了一句："该死，我有这么讨人喜欢吗？"

他问连文正附近哪里有医生？连文正往城东一指，称天主堂里有个诊所。

"快带我们去。"

他们即从一旁人家里借用一副门板，抬起伤员匆匆赶往城北。

跑到天主堂，伤员抬进了诊所的小手术室。医生施救之际，一个穿黑色长袍的瘦高个中年人来了。那是本堂神父，也是一位医生。

侯春生说："拜托贵诊所想办法救我们这位伤员。"

神父表示一定尽力。

侯春生忽然提出一个要求，称还有十几位伤员也要请求帮助，说的却是滞留文庙的那十几个重伤号。神父一听是旧军队伤兵，顿时支支吾吾，称诊所地方小，床位少，挤不下那么多伤员，也没有足够的药品与粮食。侯春生表态说，所有问题他都会想办法帮助解决。反复劝说，神父终于勉强答应暂时先收下伤员。

这时县政府通信员跑步赶到，命侯春生立刻返回县政府，十分钟内必须赶到。命令是县长陈超下的。陈超说，过时不到，枪毙。

侯春生嘿嘿："我在这里救人命，他倒要我的命？"

他匆匆安排许志坚与连文正找人运送重伤员，自己即掉头赶回县政府。

陈超却不是闹着玩。侯春生一进陈超办公室，就见陈的办公桌上丢着一张纸条，竟是侯春生写给张泰顺的那张借条。

陈超指着那纸条问："是你干的？"

"是我。"

"谁批准啦？"

侯春生承认是自作主张，时间较急，未经请示。王文明那里没有粮食，他只能另想办法。伤兵得吃饭，遣散他们需要粮食。

陈超勃然大怒，在桌子上用力一拍："他们伤兵要馒头，县政府干部就得饿肚子？他们伤兵要吃饭，我们战士就得吃土？"

原来张泰顺家谷仓门口的封条竟不是假的，是王文明所为。陈超安排王文明帮助白队长征粮，部队需要粮食数额很大，时限特急，决定先从县城几个大户那儿应急征调，张泰顺是其中一户。由于县人民政府刚刚成立，政府大印还来不及刻，原国民党县政府的印章也不能用，王文明便拿红笔画了一个大印权为替代。不料侯春生不知底细，不待王文明动手就把张家那些粮食运到文庙供伤兵享用去了。

侯春生分辩："王文明那个大印画得太粗，一看就是假的。"

"去把那些粮食统统给我运回来。"

"都发光了。"

陈超怒火大起："那么多粮食一点不剩？"

侯春生承认还剩一些，是留给天主堂医院的。不给点粮食，人家确实没法接收，总不能把十几个伤兵丢在文庙等死。借粮未经请示批准，他愿意承担责任。现在先容他把剩下的伤兵事情处理清楚，然后请领导允许他带队下乡征粮，迅速补足军粮缺额。

"谁告诉你张泰顺那里有粮食？"

"我问了连文正。"

陈超大喊："郑勇！郑勇！"

郑勇就在旁边厢房，应声而来。陈超命郑勇立刻带人去把连文正扣起来。追查那家伙是否有意破坏军粮征集，哄骗侯春生上当。

侯春生连称连文正没有问题，借粮是自己决定的，连只是据实提供情况。连文正本人在那边村子还救了人，如果不是他，郑勇手下那个侦察员只怕没命了。

陈超大怒："要你替他说！"

陈超命令侯春生立刻把枪交给郑勇，自己到禁闭室去，关两天，闭门思过。侯春生进县城第一天就吃一个警告，却不见悔改。擅闯文庙，自作主张运走军粮，不给个大处分怎么可以？这回要把侯春生狠狠打痛，新账老账一起算。

侯春生道："县长，先让我把事情办完。"

"存心让刺客打死你？"

当时由不得侯春生，郑勇缴了他的枪，命手下人员把他关进了禁闭室。

陈超性子急，个性强，侯春生和郑勇都知道其凶，盛怒之下谁也不敢跟他犟。

侯春生在禁闭室只待到当晚，远不到陈超宣布的两天之限，郑勇就把他放了出来。

"郑胡子好大胆。"侯春生问郑勇，"不是自作主张吧？"

人家郑勇请示过县长了。陈超批准把侯春生放了，因为办案需要。

"难道你们真把连文正抓了？"

郑勇问："为什么光操心他？"

"抓他必须有理由。"侯春生坚持。

"他是敌军中校，反动政府军事科长。这不是理由？"

"他已经投降，没有发现新的罪行，你怎么可以说抓就抓！"

"着急啥呢？"

原来此刻连文正还在街上晃来晃去，并未被捕。按照陈凶的脾气，连文正早给逮起来了，只因为侯春生替连文正说话，郑勇也主张先不抓，陈超才决定暂缓。郑勇不是不抓连文正，只是目前抓不如放，只要连文正一跑，"B-29"有了，橄榄核也有了。

陈超下令，在刺客落网之前，必须确保安全，禁止侯春生随意走动。此刻侯春生的任务是协助郑勇办案，办什么案呢？郑勇从口袋里掏出一张纸片交给侯春生看。那是一张手写的乐谱，所绘线条和音符十分工整、笔迹纤细。

“这些豆芽菜是个啥？”郑勇问。

“是五线谱。”侯春生说。

“我们都不认识，只有你懂。所以才请县长放你出来。”

“谁说我懂？”

“你不懂，你的破牙刷懂。”

侯春生骂：“欺负我勤刷牙啊。”

所谓“破牙刷”就是侯春生包里的那支口琴，郑勇他们调侃它为破牙刷。侯春生的破牙刷懂五线谱吗？当然不懂。除了知道五线谱什么样子，侯春生自己对豆芽菜也一无所知，他只懂得一点简谱，属自学成才。郑勇以口琴为证，用一张五线谱说动陈超，只是想个办法把侯春生从禁闭室弄出来。

郑勇说：“反正跟县长报告过了，这个事情归你。”

郑勇要侯春生把纸上豆芽菜搞明白，从现有情况分析，怀疑五线谱里藏有特殊内容，可能是联络密码，也可能是行动指令。或许可以通过突破它掌握敌人计划，捕获橄榄核。是否如所期望，要靠侯春生去解决。

侯春生问：“这张纸怎么来的？”

“女特务窝里搜到的。”

侯春生看那张纸，除了感觉那些纤细工整的线条与音符可能真是出自女子之手外，并没有看出其他什么。

“你去审问，把底细搞明白。”郑勇说。

侯春生打开自己的黄皮包，把五线谱往里收。郑勇突然压住他的手。

“小心点，你个侯。”他正色道，“女特务长得漂亮，不要鬼迷心窍。”

“我刚好鬼迷心窍呢。”

外头忽然“轰隆”一声巨响，是手榴弹的爆炸声。侯春生与郑勇一起跳起来，握枪闪到后窗边察看情况，窗外夜幕漆黑，看不到什么。只听得“砰砰砰”又有枪声接连响起，先在北侧，再传东侧，四处枪声响应，有如大年初一放鞭炮。

郑勇骂道：“妈的。”

侯春生发觉手中乐谱已经被他捏成一团。

第二章　粉肝

这座宅院如今被命名为“连家大院”。

我注意到该县各种旅游介绍文字都会提到这座宅院。我手头有一份《旅游指南》，该指南实为一张地图，除了标画政区、道路、村镇与河流等，更点缀有一幅幅景点图片，其中既有山水风光，也有人文景观。连家大院属于人文景观一类，据旅游图上的介绍，位于一个山间小盆地的该景点于2014年成为县级文物保护单位。

我找到了一段关于该宅院的说明文字，该说明称：“连家大院旧称‘大楼’，建于上世纪三十年代，为当时地方统治者连大木故居。该宅院原有左中右三落，占地三千多平方米，曾于1940年被兵火焚毁，于1946年由连大木长子连文彪重建。1950年宅院再次毁于战火，只存两侧残破厢房。本世纪初，宅院重修，主体部分得以恢复。该大院兼具生活、防卫功能，闽南传统建筑风格鲜明，亦融入大量域外建筑元素，以其独特面貌和传奇故事，成为地方文化的一个载体。”

这段说明很耐琢磨。所谓“兼具生活、防卫功能”，指的当是这座宅院的特殊形态。要我看，这座宅院实不如称之为“连家炮楼”或“连家城堡”更为贴切。其形制、结构，无不以利于固守为第一考量。事实上当年这个宅院就是一个大炮楼，土话称“土匪兽”，也就是土匪巢、土匪窝。连大木号称“北山王”，修建这所日后的“故居”时，势力已达鼎盛，控制了全县。作为一个起自草莽的老匪，他颇有忧患意识，在自己的老家盖了这座炮楼城堡，留下一条退路，以备一旦风云变幻可以退守。从资料上看，当年此宅院四角都建有炮楼，下边还有地道暗通。眼下恢复的只是大宅的主体部分，包括左侧两个炮楼，另一侧则被一条公路所占无法复原。仅从已恢复的部分看，该土匪窝确不寻常，可谓雄踞一方。我觉得有趣的是，时过境迁，这么多年过去，“北山王”土匪头子连大木如今被称为“当地统治者”，“土匪兽”更名为“连家大院”，成了“地方文化一个载体”。相关说明当然不好直陈本宅院承载了本地的“土匪文化”，目前该文化项目尚未得到专家学者的阐发和认可，因此隐而不论，只拿建筑文化、传奇故事等等说事。就建筑而言，该宅院确实独树一帜，在当地普通乡间民居中鹤立鸡群，有一种强悍之气。与其相关的诸多故事确也可称传奇，无不匪韵十足。

1

连大木并非天生的“地方统治者”，这位本县头号土匪头子来历非常普通，出身非常卑微。连家世居本县北山区的崎峰乡，所谓北山区包含崎下、崎上和崎峰三个乡，崎峰最山最穷。连大木出生时家中一贫如洗，十岁还光屁股，连条裤子都穿不上。连大木生性倔强，为人粗暴，少年时受人欺负，一怒之下杀了仇家，年纪轻轻上山入伙为匪，以勇猛过人渐渐崭露头角。民国之初地方残破，政权腐败，军阀争斗不休，各地“民军”蜂起。连大木所部也改称“民军”，控制了北山一带，势力迅速扩展，有了“北山王”之称。抗战前期连氏势力达到鼎盛，影响力遍及全县，国民政府委派的县长都要拜他码头，仰其鼻息，不听话的多被连大木威逼赶走。省府无奈，只能将连大木所部编入保安部队，先委任连大木当保安司令，继而把县长也给了他，命其率部在本县防守，抵抗日军进袭。连大木当县长不满一年，就在官场倾轧中被视为异己，省府主席决意下黑手除掉，以开会为名把他骗出本县，在一个峡谷处设伏乱枪打死，再宣布是因谋叛就地正法。同时被打死的还有连大木的两个儿子，连家老二与老三。连大木的大儿子连文彪留守县城，没有与父亲同行，逃过一死。他的四子连文正远在昆明，没有被这场大难波及。

连大木娶有两个老婆，本地俗话称之为“大某小姨”，两个老婆各生了两个儿子。老大老二是大老婆所生，老三老四出自小老婆。连大木的大老婆是一位山里女子，会使双枪，随夫打家劫舍，所生两个儿子从小跟她练枪，成人后子承父业。连大木的小老婆则是乡绅家的女儿，家住溪坝镇，从小读书识字，有文化，是当年县城中学非常稀罕的女初中生之一。那年暑假她从县城回家途中被土匪劫持，作为礼物送给连大木当填房。她寻死觅活，无计逃脱，生下儿子后才死下心，嫁鸡随鸡。

连家四兄弟里，老大连文彪与父亲最像，而老四连文正最不像，从长相到喜好都随其母亲。连文正母亲教自己所生的老三老四兄弟俩识字，告诫他们要读书，脱离草莽，走入正途。连文正的三哥很聪明，跟着母亲写一手好字，只是时运不济，该上学的时候，由于父亲与地方当局对打，家人随队伍进退，漂泊不定，孩子给耽误了，没能进入学堂，母亲把希望放在连文正身上。连文正懂事时，父亲的势力范围已经扩展到县城，由于母亲坚持，连文正给送进县城小学读书，他很听母亲的话，读书非常用功。连文正小学毕业那年，母亲患重病，临死前念念不忘儿子的学业，向父亲提出要把连文正送到省城读中学，她的亲姐姐也就是连文正的大姨嫁在省城，姨夫是个医生，他们可以督促外甥读书，帮助他上大学。得到丈夫亲口允诺后，母亲才瞑目而去。连大木没有对亡者食言，果然把连文正送到省城读中学。连文正在省城一直读到高中毕业，学习成绩上乘，时因抗战爆发，大学内迁，连文正从父亲那里要了路费，跟着几个同学一起远去云南，考进西南联大，读的是外语。

连文正在西南联大只读完大二，即离开昆明，参军去了印度，成为从缅甸撤退到印度的国军驻印军的一个译员。不久远征军第二次入缅作战，连文正进入战斗部队，参加了缅北的几场恶仗，因作战勇敢迅速擢升，后被挑选进入位于四川合川的中央军校特别训练班。训练结业后他被调到重庆，在一支新组建部队当了少校营长。国共内战爆发，他的部队被空运到山东前线与解放军作战。1948年济南战役打响，所部被解放军包围，激战数日，死伤惨重，上司命令停止抵抗，缴械投降，他成了解放军的俘虏，当时他是军部的中校参谋。战后解放军遣返俘虏，他请求允许他回家，终获准离开，几经周折得归。连文正回乡时，国共两军还在北方激战，东南相对平静。时任县长的一位朋友是连文正军中旧谊，由于朋友力荐，加之军事态势严峻，需要懂军事之人，该县长力请他出任军事科长。

那时候地方当局需要面对的最直接军事威胁，却是连文正的大哥连文彪所部。时本县境内有多股与当局抗衡的武装力量，占据北山的连文彪部最为强大。该部是从连大木队伍残存力量中发展起来的，由连文彪承继衣钵。当年连大木遭当局暗算的同时，省保安司令部所属部队突然向连大木部发动进攻，企图一举消灭连家势力。留守县城的连文彪率众抵抗，于混乱中撤出县城，逃过追杀，重新上山为匪。当局决意赶尽杀绝，派大兵分三路进击会剿，打进连氏老巢北山。连文彪放弃父亲在老家所建城堡，退到三县交界处山沟沟里，与会剿大兵周旋，历经三个多月苦战，队伍损失惨重，却终于坚持到对方撤兵。会剿部队为显示大胜，在离开北山时大开杀戒，枪杀了百余名所获“连匪”，其中大部分其实仅为连氏武装人员的家眷，连文彪的母亲、妻子和几个孩子也一起死于此难。连大木在家乡所建城堡同时蒙难，被一把火焚毁，作为连氏老巢覆没、会剿大胜的一大战果。剿兵撤走后，连文彪率队返回北山活动。由于军情变化，当局再也无力大规模进山会剿，只能看着连文彪一天天重新壮大。抗战后期，连文彪完全控制北山，有一年秋天突然出山，猛袭溪坝镇，把驻扎该处，在当年进山围剿连氏武装中打先锋的保安团一个营包围，全数歼灭，远近为之震动。而后连文彪部迅速进军，兵临城下，声称要踏平县城，为死难“连匪”报仇。地方当局无力对抗，弃武求和，派了与连氏父子有旧的几个乡绅、头面人物带了数担银圆出城游说，居间调停。连文彪借此下台阶，在显示力量后撤兵走人。此后双方相安无事，连文彪不再出山攻击，当局也听任连文彪割据北山，为所欲为。连文彪以老家为基地，势力扩展到周边几县的山区地带，渐渐有了“新北山王”之气。重整旗鼓后，连文彪在老家重修大楼，把被毁后残破不堪的旧宅恢复起来，成为所部的据点与指挥所。他还在山间择一风水宝地，为遇难的父亲连大木和两个弟弟修了坟墓。这三个墓其实都是空墓，里边三具棺材装的只有衣冠，并无尸体。原因是当年连大木父子三人被地方当局设伏诱杀，遇难地在一个峡谷，峡谷中有一条河。三人被打死后，尸体直接扔进河里，时为汛期，该河下游通海，尸体落水即被大水卷走，冲下海后再无踪影。

解放战争期间，闽南地下党游击队迅速壮大，当局为加强“剿共”，曾派人与连文彪谈判，提出将连部收编为保安旅，由连文彪出任旅长，参加剿共，被连文彪拒绝。当局即将连部视为通共武装，在组织联合清剿时一并打击。连文彪率部抵抗清剿，与共产党游击队开始接触、合作。

这时北山崎峰乡连氏老巢发生了一起特别事件：有人凿开深山间连大木的墓穴，往里边塞进一颗手榴弹，把该墓炸毁。“新北山王”连文彪如日中天之际，这无异于太岁头上动土。是哪个好汉如此大胆？原来是个名叫吴铁板的打石匠。石匠有力气，还有开石技能，他把连大木墓从顶端凿开，炸棺后逃出北山，不知去向。连文彪暴跳如雷，声言此仇必报。不料没待找到肇事者，其部突然爆发内乱，兄弟相残，元气大伤。有人附会，称连大木墓挨炸，风水被毁，所以才发内乱，连文彪从此将风光不再。

连文彪率众搏杀山里山外，手下有一帮同生共死的铁杆兄弟。

连大木倚重四个儿子，连文彪则依靠四个把兄弟。早在连大木还在主事，连文彪刚刚掌握一个小队之际，他就开始结拜兄弟，培植自己的力量。连文彪在把兄弟里是老大，兄弟们唯他马首是瞻。老二、老三、老四、老五个个忠心耿耿，让连文彪可以以命相托。五个人里，老三死得最早，在连大木被杀，队伍几乎被当局赶尽杀绝那时，老三带着十几个人据守一座土堡，掩护连文彪他们逃走，最后弹尽粮绝，身负重伤被抓，当局将他公开处决，尸首在县城城头吊了三天。老三死后，其他把兄弟同心协力，跟随连文彪渡过危难，到了连部与共产党游击队联手抵抗当局“清剿”时却意外分裂：当局策反人员暗中收买老二，拉走一批人另立山头。老四、老五挺身前去劝告老二归队，却因当局策反人员居间作祟，兄弟们谈不拢，反目成仇，竟至拔枪相向。最终老二把老五打死，自己被老四击毙，老四把离去的人又拉了回来。这位对连文彪忠心耿耿的老四名叫黄松。

内乱之后，连文彪痛定思痛，决意改弦易辙。当时解放军已经渡过长江，连文彪宣布接受共产党领导，所部编入地方游击队。不久解放军进军福建，连文彪部配合解放本县，改编为军分区独立团。连文彪当了独立团团长，黄松成了参谋长兼一营营长。

连文彪走出草莽踏上新途，他四弟连文正则落入困境，眼看大祸将临。

2

年轻女子注意到审讯方换了人，新来的这个跟其他人一样也穿黄军装，军帽帽檐有点塌，人很精神，两个眼睛闪闪有光，五官长得端正，看上去感觉明亮，年纪跟前边那几个审讯者差不多，也就二十出头模样。

这个人表情严肃，板着一个脸，与他人无异，审讯却比较特别。不像其他人一上来直击要害，他另辟蹊径，一张嘴自我介绍，说他叫侯春生，在县民政科。然后他问年轻女子叫什么名字？女子称自己叫徐碧彩。审讯者即摇头。

“我告诉你一个真名，你给我一个假称。”他说。

年轻女子说：“我真是徐碧彩。”

“姑且先认。”对方说，“你自己要记牢，以后别说混了。”

这个人目光炯炯，显然心里很有数。他直言不讳，干脆利落，总是一语戳破假话，虽言语平稳，却有逼人之势。接下来该是问她怎么当的特务？任务和计划是什么？却不料人家不问特务，问她是怎么当母亲。

“你都喂孩子吃些啥？”他问。

年轻女子眼泪落了下来。她回答说，孩子才一岁半，由于缺奶水，在家里都给他吃米糊。出门逃难时她带了一些米糊，半路上吃完了，只能跟着她，有啥吃啥，没东西吃时，野菜都吃。孩子忍饥挨饿，瘦得像只小猫，太可怜了。

“我们没有米糊。”侯春生说，“我会交代炊事班做点面条，煮烂点给孩子吃。”

年轻女子哭泣道：“行行好，放了我们娘俩吧。我们就是逃难的。”

侯春生说：“你们不只是逃难的。”

当时屋子里有三个人，年轻女子，侯春生，隔着一张桌子面对面坐着，女子身后站着一个卫兵，卫兵背着步枪。女子的儿子留在拘留室，另有人看管。女子一提起孩子就哭，脸上泪水纵横，满是灰尘的头发与脸上的泪水沾在一块儿。侯春生吩咐卫兵去端来一盆水，还有一条毛巾，让年轻女子洗脸。年轻女子身子不动，只是哭。

“我们娘俩什么都没做啊，长官。”

“先洗脸，然后再说做过什么。”

女子拿毛巾擦了一把脸，这一擦就收不住，她一遍遍拎毛巾，擦了左脸擦右脸，一盆清水让她洗得就像刚擦过地板似的。年轻女子在小山包下被捕时本就灰头土脸，带着孩子在拘留处睡地铺，铺稻草盖旧被单，搞得头发上衣服上乱糟糟满是稻草末，哭得脸上这一块那一块尽是污迹，整个人就跟身上穿的土布大褂一样又烂又脏。待到清水一抹，除去灰尘污垢，脸面顿时清爽，忽然间变成了另一个人。

侯春生说："以后不要再穿那个褂子。假的，不合适你。"

女子说："求您让我给孩子洗个澡。"

"可以。"他问，"孩子睡觉踏实吗？"

女子说孩子一饿就睡不踏实，这两天尤其不踏实。她整夜抱着哄，拍他，没用。

"给他唱歌吗？"

"是，有时候。"

侯春生从他带来的黄皮包里拿出一张纸，从桌那头推给年轻女子。

"这是什么？"

女子看着那张纸片，回答："是乐谱，五线谱，我写的。"

"孩子的歌吗？"

女子略一停顿，回答说："不是。"

此前年轻女子已经就其谎言接受过审问，她知道自己在县城的住所被找到了，她藏在屋里的东西尽被查获。她痛哭流涕，承认自己说了谎，但是依然坚称不是特务，撒谎的理由只是因为害怕。她的包裹里有点盘缠，往后他们娘俩还要过日子，只怕被没收充公。她也曾对搜出的乐谱做过解释，说自己当小学老师，学过五线谱，虽然已经失业，用不上了，有时她还会在随便什么纸上练习写一段乐谱，以免日久生疏，不说把乐曲忘了，别连音符怎么标都忘记了。

侯春生问："这上边写的是什么曲子？"

"是《欢乐颂》。"

侯春生不知道《欢乐颂》。女子解释该乐曲很有名，是一个叫贝多芬的外国人所作。侯春生也不知道这个外国人，想听一听怎么回事。他让女子拿那张乐谱哼一哼。女子听命，轻声哼了两遍。

侯春生不吭声。年轻女子问:“不对吗?”

侯春生询问，这种五线谱除了标示音符，是否还可以表达另外一些东西，例如某项行动，某几个人的名字，或者暗号?是否可以借助音符在五条线位置的高低，按照某种约定的规则把某些内容藏进去，然后再翻译出来，有如密码?

女子哭称绝无此事。乐谱里藏的只是音乐，没有妖魔鬼怪。

侯春生问:“会吹口琴吗?”

“会一点。”

他从桌上皮包里取出口琴，口琴包在一个手帕里。侯春生揭开手帕，隔着桌子把口琴递给年轻女子。女子看了看，说是把好琴，德国产的“和来”。

“我管它叫‘破牙刷’。”侯春生说。

女子面露惊讶。侯春生说，口琴跟牙刷不是一回事，除了用时都含在嘴巴里，没有其他共同之处。说是“破牙刷”纯属调侃。

“怎么会摔成这样?”女子问。

侯春生让她看桌上黄皮包，那包面有一个用细线仔细缝好的裂口。侯春生告诉她，敌机来袭那天，在本县桥头，有一颗子弹扎进了这个黄皮包。当时口琴就放在包里，被弹头削掉了一个边角，琴身钢片也被打弯。说来也是万幸，那颗子弹不是直接命中，是跳弹，打到一旁石头上再弹过来，穿透力减弱，加上“破牙刷”阻挡，否则子弹一定会在他身上钻一个洞，没给打死，至少会让他从此走路一瘸一拐像撑船一样。因此他特别感激这把口琴，自己鼓捣把它修理起来。

侯春生让女子试试那口琴，女子两手握着口琴放在嘴前，先吹音阶试音，而后演奏曲子，吹了一遍，再吹一遍。

她暗暗吃惊。始终一脸严肃的审讯者听到口琴声突然变了个样子，只见他把头仰起，看着审讯室的天花板，静静听曲，非常投入。

她又吹了一遍曲子。侯春生一声不吭，似乎听入迷了。

“长官喜欢吗？”她轻轻问。

“你说这叫什么？”

“《欢乐颂》。贝多芬。”

侯春生不说话。

“好听吗？”

“好听。”

侯春生说，他特别佩服和敬重口琴吹得好的人，如果她不是特务的话。

“我真的不是。”女子再次申明。

侯春生问了一个问题：可不可以用这把口琴伴奏，让孩子们来合唱这支歌？女子想了想，表示有点难。这把口琴是C调的，拿它伴奏，童声可能唱不上去。不过可以设法变调，跟童声相和。一般人做不到，她可以。

侯春生拿出纸和铅笔，让女子把这段乐曲写下来。女子接过笔默写，对眼前那张乐谱一眼也不看。不一会儿写毕交给侯春生，侯把两张乐谱摆在面前看，一声不吭。

女子问：“我能再加几笔吗？”

侯春生把纸张推回女子面前。女子把它反过来，拿铅笔在背面唰唰唰写了一段，再交给侯春生。这一遍她写的是简谱。

“这个您一定懂。”她说，“翻成简谱是这样。”

侯春生看了看，点点头，把那两张纸收进皮包，再从里边取出一支手枪摆在桌上。

“认得它吗？”侯春生问。

女子点头。

“怎么拿到的？”

女子还是那句话：同行的一个军官太太看她娘俩逃难可怜，送她手枪防身。

“假话。”

女子脸一苦，无言以对。

“拿这支枪暗杀人，够用吗？”

“我不知道长官说的是什么。”

侯春生板着脸，当着女子的面退出手枪弹匣，看看匣里的子弹，再把弹匣推上，拉开枪机，举枪对准女子。年轻女子看着黑洞洞的枪口，一时满脸发白，浑身发抖。

“求长官饶了我们！”她哭，“孩子太可怜了。”

“说实话。”

女子痛哭。却不说话。

侯春生把手枪放下，从桌子那头推过来，刚好推到女子的面前。

“拿起枪。”他命令。

女子看着眼前的手枪，哆嗦着，不伸手。

“拿起来。”

女子拿起了手枪。侯春生看着枪管在她手掌里抖动。他命女子打一枪试试。女子不吭声，枪管在她手中抖动得越发厉害。

侯春生说：“打。”

女子闭上眼睛，举枪对着窗口扣了一下扳机。枪没响。

“再来。”

女子再扣，还是打不响。她把手枪丢在桌上，一脸茫然。

侯春生站起身走出去。老长一段时间后才回到房间，把桌上那支手枪收进皮包里。

年轻女子央求：“天可怜见，求长官放了我们娘俩。”

侯春生突然问：“认识连文彪吗？”

她一愣：“连，连？我不知道。”

“不知道吗？”

“是的。”

“为什么假话连篇？”

年轻女子又是哭，不说话。

他看着女子，好一会儿才说：“抱上孩子，想去哪里去哪里吧。”

年轻女子顿时泪眼圆睁：“长官释放我们？”

“好好教你的孩子，别让他从小对你撒谎。”他说，“新世界不该有谎话。”

侯春生起身离开。年轻女子还觉难以置信，坐在椅子上一动不动。

卫兵说：“徐碧彩，侯科长下命令了，还不快走？”

年轻女子抱着她的孩子离开了公安局。走出公安局大门她情不自禁扭头回看在门口站岗的卫兵，似乎还不相信自己真给放了。

十几分钟后，年轻女子抱着孩子来到太古桥边。黄昏刚刚临近，店铺多已关门，几家还未打烊的也都冷冷清清。年轻女人进了一家粥铺，讨了一碗粥喂她的孩子。粥铺里除了她，没有其他客人。年轻女人一边喂孩子，一边看着外边街面。街面已经暗了下来，行人不多，偶尔经过的无不行色匆匆，低头快步而行。

有一个穿短褂的汉子挑着一副担子途经粥铺，从年轻女子眼前一晃而过。汉子那副担子在扁担的两端甩动，看上去是一副空担。汉子走得很急，刚穿过粥铺门面，突然就见他把担子丢在地上，抬腿快跑。

后边传来大喊：“站住！站住！”

汉子狂奔。枪声骤然响起：“砰砰砰！”

年轻女人抱紧孩子，紧张地看着几个持枪便衣从粥铺前快步冲过。

3

连文正没有到县公安局报到，转往太古桥方向回家。

连文正没有仓促行事，在文庙没有跑，到了天主堂也没有跑。因为察觉有监视者，且大白天众目睽睽，难以脱身。郑勇命令连文正须在事情办完之后回县公安局报到，连文正没去，因为伤兵事情并未了结，侯春生要他“善始善终”，可以为据。如果郑勇确实需要扣他，无须他主动上门，监视的人自会把他带去那个黑屋子。

快到太古桥时，前方忽然枪响，声响嘈杂。连文正紧急止步，等动静平稳后才抬腿前进，走到那条小街，那里已经一如往常。

连文正到包子铺买了两个菜包，问了老板一句："刚才这里响枪？"

老板姓张，外号张胖子。他伸舌头，说挺吓人的。公安追一个挑担子的汉子，两边拿枪对打，好凶。末了公安把挑担子的按在地上，捕走了。

"模样有点眼熟。"张胖子压低声音告诉连文正，"像是胡管家。"

"胡得贵？"

张胖子悄悄点头。

"谢谢，我知道了。"

连文正拿着包子走进小巷，回家。

他倍感冲击。郑勇审问时突然提起胡得贵，确实不是随口问及。显然胡得贵回来了，参与了某些活动，被郑勇注意到了，刚被抓获。胡得贵回来干什么？很可能是林庆找来帮忙的。胡得贵曾是连氏管家，可以在林庆与连文彪、连文正兄弟之间牵线。胡虽然还未直接与连文正见面，很可能却是把林庆带到连宅夜访的人。胡得贵在本地生活多年，认识他的人很多，容易暴露。他一落网，意味着林庆与连文正联系的一个人证被郑勇所掌握。如果胡得贵还参与联络连文彪，其落网马上就会牵连到那边，弄不好会出大事。连文彪一旦出事，其对四弟连文正的无形庇护就无法指望了。

连文正感觉到一股凛冽寒意环绕身边。

当晚他关起门独自在家，点油灯，吃包子，看书，时候到了吹灯上床，但是没有睡觉，躺在床上听窗外的风声。他特意打开后窗，让护城河上的风吹入屋中。半夜里他悄悄蹲到后窗观察许久，见到斜对面一幢临河民舍的后窗边，有一粒火星闪了一下。

果然有监视者。应当是个抽烟的。

连文正回到屋内，轻手轻脚迅速收拢一包东西，悄悄背到身上，再搬出一架竹梯靠在墙边，顺梯子爬上阁楼。该阁楼为储藏物品而设，靠近屋脊处有一人之高，里边已经堆满杂物，有木箱、纸箱，还有一口棺材。连文正躬起身子，轻手轻脚，迅速从杂物中挪出一条通道，爬到阁楼一侧，这里位于屋顶西侧斜面下方，有一个天窗，站在阁楼板上，直起身刚好可以够着。

其实这天窗才是连文正预留的逃生通道。从天窗出去可爬上屋顶，沿一根房梁攀到房屋侧墙，从那边跨到邻居家院子围墙，绕到另一侧一个荒废园子。园子与一条排水沟相邻，排水沟穿过几条街，在街巷上方铺有大青石盖板成为暗沟，沟里的水往下注入护城河。只要进入园子，翻过破墙，就可以通过暗沟上溯，穿过小巷，从邻近的另一条巷子边上岸。由于天窗位于屋顶斜面中部，背后有屋脊阻挡，邻居是个大户，沿河房屋有两层，对岸监视者的视线被有效阻挡，巷子两侧的监视者也不可能查看暗沟下的动静，这条逃生通道可谓神不知鬼不觉。连文正在县城读书时，就曾从天窗爬上屋顶，跑到那园子去，当时是小孩淘气闹着玩，却早早为今日逃生蹚出了一条路。

连文正用一只杂物箱垫脚，就着天上一点微光，用一把螺丝刀卸天窗。不一会儿就把天窗玻璃取下。他直起身，从天窗口探出头和肩膀，两手摸索着着力点，正准备把身子撑起来，远处突然响起枪声：“砰！”

他停止动作，把头伏在屋瓦上，静听动静。

枪声相当远，可能来自西侧城郊，很孤单，仅仅一响，难以判断出自什么情况，唯一可以肯定的是它与连文正无关。但是却是这一枪让连文正停止了动作。

他问自己这条逃生通道可以相信吗？邻居厢房里的人会不会被屋顶上的动静惊醒？郑勇会不会早在园子那边安排布控？是不是已经没有时间选择更好的逃生办法？

他在天窗上静静思忖，末了把探出天窗的半个身子收回，悄悄再把天窗玻璃安放回去，顺着竹梯爬下阁楼。

他躺上床，让自己很快入睡，一觉睡到天亮。

隔日晨，他动身到县政府找侯春生。民政科关着门，侯春生不在。有一个卫兵在前排平房入口处站岗，卫兵说："侯同志在开碰头会。"

"那么早就开会？"

"是早碰头。"

连文正没离开，就在门外恭候。民政科所在的这一排平房对面有一幢两层楼房，那是县政府主楼，侯春生当在那楼里开会，早碰头时间当不至太长，商量一下当日要事，即当分头去办。散会后侯春生应当会回民政科来。民政科这间房子于侯春生既是办公室，也是卧室。此时的共产党干部多是外乡人，无家无室，目前多在办公室后边，拿柜子或布帘子隔出一小块空间，搭一张竹床当卧室，办公睡觉都在一个房间里。

连文正站在平房走廊，看着对面的县政府主楼二楼窗户。那是一个会议室，里边的人可以从窗户看到下边的动静，外边的人却看不到里边。早先连文正的军事科就在主楼二楼，当时他研究过主楼的结构。这座楼建得很结实，形状是方形，石头砌的外墙，里边一个大天井，四边房间，窗户窄而高，整座楼修得像碉堡，它确实就是按碉堡形制修建，是在连文正的父亲连大木控制县城，然后当县长期间修建的，与北山的连氏大楼差不多同时期。连大木土匪出身，修衙门也要易守难攻。只可惜这座楼建成后并没有遇到真刀实枪攻防，也没能防止连大木本人遭到暗算。

有个年轻女子从平房那头走了过来，连文正抬头看了一眼。是个陌生女子，穿着普通，长得很周正，一举一动猛一看很像接管队伍里那些年轻女干部，是那种读过书，而后投奔共产党的城市女孩。但是她显然不是，因为女干部多着军装，她穿家常衣裳，手里还抱着个孩子。

年轻女子走到连文正身边，停下脚步："请问先生，侯同志的办公室是哪间？”

连文正指了指民政科的房间门：“他不在，听说一会儿回来。”

女子不是本地人，讲话口音听上去像是江浙一带。

陌生女子走到前边小天井，那里有一张石桌，女子把孩子放在石桌上，从口袋里掏出一个烤地瓜，剥了皮喂孩子吃。

十几分钟后，侯春生从主楼的边门走了出来，他向连文正伸出一个指头晃晃，示意连文正慢一点，他先处理女子的事情。

“侯同志，我要我的包袱。”年轻女子说。

侯春生说：“保管物品的同志回来后马上会把包袱退还给你。”

“我不认识他们，求您好人做到底，再帮帮我们娘俩。”

侯春生已经向公安局办案人特别交代过，不会有问题。

连文正一声不吭，站在一旁听。他注意到年轻女子的眼神挺特别，她看着侯春生，眼光闪烁，似有躲藏，又透着大胆。她上门讨包袱，听起来似乎多此一举，那是公安局的事，不归民政科，且侯春生已经为她交代过了。女子并没有对包裹表现出特别不放心，似乎更像是借以求见。

年轻女子离开后，连文正试探着问了一句：“你们这位女同志还带着孩子？”

侯春生没回答，只问：“连先生有事？”

连文正向侯春生报告了一个情况：小猴子失踪了，其父亲和奶奶在四处找人。连文正知道侯春生关心那孩子，特意赶来报信。

侯春生脸一沉：“难道让人拐跑了？”

连文正估计是小孩贪玩迷了路。眼下大乱初定，大家生活都还困难，谁喜欢多一张嘴吃饭？加上孩子胳膊伤成那样，不会有谁想要拐卖他。一个五六岁的小孩，独自走失，不可能跑太远，应当是流落在城南一带乡村里。让孩子的家人自己去找，过几天应当也能找着。只不过孩子家人不像是本地人，得多费点时间，而那孩子有伤，只怕不能再拖，弄不好真会搞成破伤风。此刻得有人帮助他们。

“如果侯同志信得过，这事可以交给我。”连文正说。

侯春生脱口道：“好啊。”

连文正清楚，如果有工夫，侯春生一定会亲自去找那孩子。只是眼下县城刚刚解放，百废待兴，干部特别忙，心有余而力不足。且以侯春生的情况，目前恐怕轻易不要出城。侯春生已经在文庙里挨过一枪，还有个黑衣人像是来者不善。

“现在禁止我随意走动。”侯春生调侃，“我只好自己在民政科里走着玩。”

因此不如把找小猴子的任务交代给连文正。连文正一向不喜欢小孩，只是曾随侯春生从血泊中拖出小猴子，想来也觉可怜，因此特别希望这孩子好好活下去。以连文正的身份，提出办这事可能显得冒昧，所以想请侯春生派一个人跟他一起行动。可以找一辆自行车，轮流骑载，加快速度，一两天内把城南外几个村庄都跑个遍。即使没找到人，也会听到些线索。

“让小许跟你一起。”侯春生立刻决定，“我去找郑胡子要回你的车。”

“未必非要那车，报告郑长官却是必不可少。”连文正道，“免得还要生疑，以为我想伺机逃跑。”

连文正主动提及自己的主要疑点，解释说，解放前夕旧县政府头面人物一个跟着一个跑掉，当时他确实也曾考虑出走，担心共产党来了后会跟自己过不去。本来他在济南已经做过一次解放军的俘虏且被释放，如果回乡之后没再当那几个月军事科长，也就无须担心。说来只怪自己不识时务。为什么想跑而最终止步？因为心灰意冷，自感走投无路，没处可跑，相比而言不如静以制动。他年轻时离开本县，在外边读书、从军，没有参与家乡是是非非，没当过土匪，回来任军事科长时间很短，没做什么坏事，没跟谁结仇，估计乡亲们还能容他。大哥连文彪成了共产党的人，看在连文彪的面子上，留他连文正在家乡老老实实当个草民还是有可能。因此与其隐姓埋名跑到外头躲藏，不如待在自己家中。有过济南被俘经历，知道没什么好害怕。毕竟读过几年大学，本行是外语，当过外文译员。可能的话，来日在家乡谋个教职，教孩子们读读英文字母也还够格。

侯春生微微侧身看连文正，眼光落在连的膝盖之下。连文正诧异。

“侯同志怎么啦？”

侯春生调侃，称自己仔细察看连文正的腿脚，真是有些感觉。连文正不仅看起来“好才”，还腿长脚大，他要想跑准是第一，没有谁跑得比他更快。

连文正也笑：“我确实是没想开拔。”

“你留在家乡应当有些牵挂，所以腿脚不便。”

连文正承认多少有一点，例如他对郑勇说过的太古桥咸粥和豆干面。其他的倒也无须牵挂太多。他的许多亲友在当年那场“连匪”之灾中或死或逃，目前本地只剩一些远亲。他本人年近三十，孑然一身，只因战场上生死难料，不敢贸然结婚，担心误妻青春，害子一生。眼看着战争将息，他本人解甲归田，待太平日子到来，或许就近找个乡下婆子度日，如侯春生所说，安生于新世界。那时大约就会多出些牵挂。

“听来好像太轻松了。”

“侯同志不相信？”

“我感觉应当还有些隐情。”

连文正叹气：“有时真是说不清楚。”

别说侯春生有疑问，原先连文正那些同僚也都大有疑问。连文正告诉侯春生，解放军打过来前夕，有一个叫林庆的人来找，要他紧急撤退到厦门去，说有大人物要接见他，将委以重任，让他重起为党国效力。他左思右想，终不听命，拒绝前往。对方大惑不解，问他为什么留着等死？难道对共产党心存幻想？他告诉对方党国大势已去，战争即将结束，他已经极其厌倦，哪里也不去，哪怕死也要死在自己家里。

“如果情况确实，应当说连先生做了正确选择。”侯春生道。

“跟侯同志当然要坦诚。”

侯春生了解连文正提到的林庆是个什么人，连文正称林庆是保密局特务，解放军到来前夕曾数次到过本县，当时连是军事科长，彼此打过交道。

“这个人后来什么情况？活蹦乱跳吗？”侯春生问。

“去厦门了，不知道是不是去了台湾。”

连文正以攻为守，不动声色进行试探。从侯春生的反应看，他们似乎只知道“橄榄核”、“林长官”，而不知道林庆。当然也可能是侯春生不知其详。目前县城里共产党干部人数不多，互相间配合着做事，信息相通，他能感觉到侯春生与郑勇关系相当密切，如果林庆身份被他们掌握，侯春生该会知道情况。

侯春生从他那个黄皮包里取出一个布包交给连文正，那里装着绷带和消炎粉。侯春生让连文正做好准备，侯春生自己马上就去找郑勇说明情况，而后派许志坚与连文正一起出发去找小猴子。一定要尽快找到，先给孩子上点药，然后赶紧送回来。

连文正说：“放心交给我。”

这时许志坚快步从门外跑了过来。

“科长！侯科长！”他大喊，“天主堂出事了！”

4

几天前，有一个乡民打扮的人员在连文正所居小巷外探头探脑，东张西望，表现异常，被便衣侦察员发现。当时有一个穿长衫汉子刚巧从一旁经过，跟可疑人员打个照面，站在路旁攀谈了几句，而后分开，可疑分子匆匆走掉。侦察员认出穿长衫者是本县初级中学一位体育老师，遂找该老师了解情况，得知可疑对象叫胡得贵，是连文正的管家。体育老师说胡得贵以往也穿长衫，解放军到来之前离开县城不知去向，眼下突然回来，换了一身乡民打扮，乍一看让他吃了一惊。

胡得贵因此成为重点追查人物。两天后其行踪再次被发现：他化装成挑夫于太古桥头经过，被公安队员捕获。

胡得贵四十左右，长得粗大，比较老相，人很狡猾。他是连家远亲，管连大木叫表舅，从小跟着连大木，当过土匪小队长。当年连大木在县城置了几处房产，让他带队守卫，后来就成了管家。连大木被杀后他没有逃走，一直守在县城管那些房子。连文正回来后继续让胡当管家，直到解放军打来之前，连文正让他去谋一条生路，这才离开。胡得贵称自己只身去省城投奔大伯，打算跟大伯做酱菜，却不料兵荒马乱，他大伯已经破产，酱菜铺也已关门。他返回本县想找原东家，又怕连文正怪他私自跑回来，几番犹豫还未上门。审讯中，胡得贵口口声声表示清白，没有从事反动活动，之所以化装成挑夫，在太古桥上抗拒公安队员抓捕，只是出于害怕。

郑勇问：“是谁派你回来找连文正？”

他咬定没有谁委派。

“见过连文彪了？”

“大少爷那里实不敢随便打扰。”

“林长官怎么样？离开县城去哪里了？”

“我不知道哪个林长官。”

郑勇不动声色，问起另一件事：胡得贵被公安队员逮住之前，挑着一副空担子从太古桥边一间粥铺门口经过，当时粥铺里有人，胡得贵记得吗？

胡得贵没有片刻迟疑，马上回答记得。当时粥铺里坐着个年轻女人，穿着件灰布大褂，怀里抱着个小孩子。

“她是什么人？”

“回长官，本人不认识。”

“以前没见过？”

“从来没有。”

郑勇给胡得贵看那张五线谱，胡得贵一脸茫然，就像看一张蝌蚪文。郑勇断定他不是装相，徐碧彩跟他没有直接联系。但是这并不意味徐绝无问题。

郑勇让胡得贵交代“林长官”姓名来历。胡得贵连叫冤枉，咬定确实不认识。郑勇命令将胡得贵押回牢房，让他去跟墙壁喊冤，看他说不说，看他能扛多久。

胡得贵长得粗壮，却满脸倦容，审讯中哈欠连连，喷嚏一个接一个，鼻涕眼泪一起出来，一望而知是鸦片鬼犯瘾了，郑勇断定他扛不了多久。果然如他所料，胡得贵毒瘾难耐，在牢房里号叫，拿头撞墙壁，要死要活。看管队员拿绳子把他捆在床上，他在床板上弹动蹦跶，痛苦万分，像条扔到岸上的鱼。

公安队员向郑勇报告：“他求我们开恩，给一点烟土。”

郑勇说：“去给他找一点。”

解放军到来之后，明令县城各大小烟馆关门禁烟，有烟馆老板阳奉阴违，暗中继续经营烟土，被县公安队抓获，查扣封存了一批烟土。因为办案需要，郑勇特批拿出一点，让胡得贵过了一次瘾。

这以后他放弃抵抗，开始交代。

5

侯春生赶到天主堂时，民兵已经控制了局面。

事情涉及文庙转过来的伤兵：有一个乡下汉子闯进天主堂诊所找伤兵吵闹，相争中汉子抡起一根扁担要动武，神父急请附近巡逻的民兵帮助，民兵到场后命汉子交出扁担，汉子拒不服从被制服，关进一旁小房子等待处置。

侯春生问：“他们为什么争吵？”

“听说是小孩不见了。”神父说。

侯春生立刻警觉:“是个五六岁小男孩?”

神父不清楚。

连文正忙说:“快带侯同志去看看。”

他们把侯春生一行领到医院杂物间,闹事汉子被绑在一张椅子上。侯春生一看就认出来了:正是小猴子的父亲。这汉子特别愣。

侯春生吩咐放了汉子。没待民兵除去汉子身上绳索,屋外突然传来女人哭闹声。转头一看,是小猴子的奶奶跑到门口。侯春生吩咐让老人家进来。老婆子刚进屋,解开绳索的乡下汉子站起身,竟一头朝侯春生撞了过来。幸好一旁许志坚肩膀一顶把汉子撞开,大家七手八脚把汉子扭住。汉子极力挣扎,大叫:“该死的!孩子还给我!”

连文正在一旁大喝:“喊什么?自己孩子都看不住!”

一旁老太婆“哇”一下放声大哭。

“长官行行好!”她喊。

连文正说:“侯长官已经安排我帮你们找小孩,急什么。”

小猴子走失了,其父亲、奶奶万分焦急。这家人从乡下流浪到县城,住在城南一处破庙里。男孩母亲不幸丧生于空袭后,孩子失管,常跑到文庙跟伤兵混在一起,有时晚上也在那边,盖着伤兵的大衣睡觉。伤兵被遣散当晚,孩子彻夜未归,不知到哪里去了。其父找不着人,焦虑不已,有人吓唬称伤兵会拐小孩取粉肝,说得他急火攻心。听说没走的伤兵都到了天主堂,他跑到天主堂要人。天主堂重伤员缺胳膊断腿,有的眼看要死了,即使有心拐人小孩,哪里还有力气?他们又能把小孩藏在哪里?小孩父亲却不依不饶,揪着伤兵要人,不给就要打,因而惹出风波,惊动了侯春生等人。为什么侯春生放了那汉子,汉子反过来掉头要撞侯春生?因为他认为侯春生有份。侯春生曾经变糖果哄他们家“搞啊”,后来伤兵都爱拿这个骗小孩,说要带他去找共军变糖果吃,小孩只怕就是这样给骗走的。

侯春生注意到一旁连文正脸色有些不对。

“什么叫‘粉肝’？”侯春生问连文正。

“那是吓唬小孩。”

连文正询问汉子从哪来？汉子不吭声，好一会儿才说是从崎峰乡逃难到城关。连文正又问汉子叫什么名字？汉子说自己姓吴。

“是个石匠？”连文正问。

汉子不吭声。连文正不再发问。

侯春生在一旁听，伸手拍拍连文正的肩膀，招呼他走出小房间。

“一头雾水啊，我得问个明白。”侯春生说。

连文正解释，所谓“粉肝”出自本地民间传闻。据说强人匪帮举大事时，会抓仇家小孩开膛，取出肝脏，血淋淋切碎，分给部众生吃，以此提壮胆气，振作威风，能保获胜。这个传说其实是大人编来吓唬小孩的，不见得确有其事。

“说的是哪家的光辉历史？你们家吗？”侯春生追问。

连文正承认：“据说家父干过。”

“这个汉子来自崎峰，是你老乡？”

连文正是崎峰人，但是他本人并没有在老家生活过。他不认识这个汉子，只是听口音觉得像是北山一带的，所以才多嘴问了问究竟。

侯春生把几位相关人员叫到身边了解，他要知道小猴子失踪的线索，转过来的伤兵有什么动静？医院护士提供了一个情况：今天上午，有几个伤兵赶着一辆牛车来到本院，接走了这里的一个重伤员。该重伤员被手榴弹炸掉一只眼睛，断了一条腿，穿士兵军服，自称是上等兵，不识字。人被接走后，才听其他伤兵说那个人其实是师部政训处的上尉军官，干特务的。

侯春生顿时警觉，记起郑勇曾提起一个藏在文庙领头作乱的独眼特务，搞暴动也搞暗杀，侯春生挨的黑枪以及刺客都跟那只独眼相关。被牛车接走的会是他吗？难道他除了瞎了只眼，还给打断了一条腿？

此刻侯春生最关心的还是小猴子。他询问牛车上是否有小孩？

那些人均摇头。

“牛车大约什么时候离开？”侯春生问。

上午八点来钟，也就是约一小时前。

“有谁耳朵好，听说了他们去哪里？”

没有。

侯春生转头找人：“连先生？连先生在哪里？”

许志坚喊：“连先生！侯科长找。”

连文正在医院大门口，身边站着个乞丐。乞丐衣衫褴褛，头上戴顶破斗笠，手里晃着一只破搪瓷盆向连文正讨钱。听到招呼，连文正快步走回来。侯春生注意到他脸色显黑，有点阴沉。

他报告：“确实有个孩子。”

乞丐告诉连文正，他从西门乞讨过来，路上看到一辆牛车，车上有几个伤兵，隐隐约约看到车上有个光屁股小孩，穿一件阿兵哥的长背心。

侯春生一拍手：“是他！”

侯春生命许志坚赶紧去把乞丐叫过来细问。许志坚跑到门边，乞丐已不知去向。

侯春生问连文正：“连先生觉得那辆牛车会往哪里去？”

连文正摇头：“不好说。”

连文正曾提醒，有些伤兵拿着粮食走了，可能并不回家，反而跑去当土匪。也许这时他们还要带上一块“粉肝”？如果这些人真的打算上山为匪，共襄盛举，来个“天光反”什么的，他们最可能带着孩子往哪个方向去？连文正能不能提供一点看法？

侯春生眼光灼灼，一动不动盯着连文正看。连文正把自己的眼睛移开，看着天主堂窗户上一块破碎的玻璃，而后再移回来看着侯春生。

“应当是出西门去。”他回答。

本县县城以东是平地，行百里到海边，目前那方向大军云集，大战在即，不会有谁往那里找死。县城往西四十里是溪坝镇，溪坝镇扼守进山咽喉，出溪坝可以进入北山，那一带是三县交界处，山高水深，易守难攻，最适合土匪藏匿生存，当年连大木，后来连文彪都倚仗那里起事回旋。此刻连文彪的独立团驻地在溪坝镇，如果有人试图前往北山为匪，必须经过独立团的防区。

侯春生转头问身边神父："请问这儿有车吗？"

天主堂现有四辆自行车，当地人称脚踏车。神父、诊所所长各一辆，一辆属于一位医生，另外还有一辆加重型专用于采购。

"如果长官要用，尽管先拉去。"神父说。

侯春生指着连文正道："你带路，咱们走。"

连文正立刻劝阻："侯同志不急。"

连文正力劝，因为不仅仅牛车上的人构成威胁，从县城往溪坝要经过几道山岭，那都是土匪经常出没的地方，一旦遇匪非常危险。而且牛车是不是真的去溪坝也未可知，目前只是猜测，即使是，隔了这么长时间，只怕自行车未必追得上。

"一定追不上吗？"侯春生追问。

"也不敢这么断言。"连文正承认。

"那么就追，不能轻易放弃。"

连文正苦笑，称不是自己多事，只担心万一出事跳到黄河洗不清。他也是为自己着想，实在不敢跟侯春生一起出城。倒不是他贪生怕死，主要因为郑勇有言在先。连文正原以为小孩意外走失在县城周边，因而表示只要报郑勇批准，他愿意帮助去找。现在看来不对，孩子不在附近，还可能牵连到土匪那些事，以连文正的情况，可不敢卷入其中。另外连文正也不愿意到独立团驻地溪坝镇去面对大哥。他们多年不同道，名为兄弟，实已异己。别的事他愿意相帮，不惜赴汤蹈火，只是别让他去见连文彪。

侯春生说："无须去见你大哥，我们就是找那辆牛车和孩子。"

此刻这孩子的事连文正已经不好再介入了。如果他没有猜错，小猴子的父亲应当是石匠吴铁板。这个人他虽不认识，却曾听说过一些事情。如果所传无误，那么吴铁板是他们连氏的一个仇家。

侯春生即警觉："告诉我怎么回事。"

连文正讲了吴铁板炸坟的事。

"他怎么会无缘无故炸你父亲的坟？"

其中一定有些原因，只是传闻众多，连文正不得其详。他与大哥连文彪分属不同阵营，彼此没有联系，所听到的事情未经证实。无论如何，连大木毕竟是他们共同的父亲。如果吴铁板果真炸了连大木的坟墓，那么既是刨连文彪的祖坟，也是刨他连文正的祖坟。他本人置身事外，可以不受那些恩恩怨怨影响，不管那些是是非非，但是此刻吴家小孩的事情，他还是不沾为好。

侯春生看着连文正，好一会儿不说话，而后一转头对许志坚说："咱们走。"

他另外指定两个民兵跟随，四人一起骑车出发。

连文正被晾在一旁，却还不甘寂寞，插嘴道："请侯同志再听我一句话。"

他建议，如果侯春生执意追那辆牛车，应当多防一手。是不是应该先报告一下？至少请公安局派公安队员一起行动，可以确保安全。

侯春生一时无语。许志坚在一旁请示："科长，我跑步去报告吧？"

侯春生沉吟："不急。"

连文正的提醒很含蓄，也很到位。陈超禁止侯春生随意行动以防不测，连文正知道这个情况。侯春生自己也明白，如果他一意孤行，即便什么事都没有，县长那里也不好交代，陈凶一定暴跳如雷。问题是现在有时间报告商量吗？小猴子可能在牛车上，车上还有一个伤眼断腿特务军官，凭着侯春生现有几人几枪，只要及时赶上，拦住那辆车还有把握，伤兵武器已被收缴，哪怕还私藏若干，侯春生自信可以压制住。县城外几处山岭常有土匪出没，毕竟是在白天，土匪活动有所顾忌，一旦遇匪亦可向溪坝镇独立团靠拢。因此如果不出意外，抓紧时间追上去还有胜算。而如果考虑抓捕特务、防备叛乱是公安部门工作，此刻返回县政府报告，待七商量八商量，调兵遣将，肯定耽误时机，只会白白放跑牛车，特务、刺客逃之夭夭，小猴子则必死无疑。

这是侯春生不能接受的。

他下了决心："走。"

四辆自行车被推出医院。

"还要劳驾'好才'，给连先生派个任务。"侯春生说。

他匆匆写张字条让连文正去县政府交郑勇转陈超。字条上说发现一小孩失踪，涉及一辆可疑牛车，可能与土匪下一步活动有关。时间紧迫面报不及，他已经带三人骑车出城追赶。具体情况回来后再报。

6

乞丐突然从巷子口蹿了出来，把讨钱钵伸到连文正面前。

"行行好，行行好！"他喊。

连文正停住脚步，把手伸进衣襟口袋，做出掏钱的模样。看看周围没人留意，即低声喝："快走开！"

乞丐频频点头，头上的破斗笠一晃一晃，像是哀求不止。

"林长官命我专程赶来，请你务必急避！胡得贵被捕，你非常危险！"乞丐低声道，"林长官的藏身地已被搜查，幸而他已离开。胡得贵招出他，必定也招了你。"

"我跟你们的事没关系。"

"共产党不会放过你。林长官等你去共举大计，地点你知道。你大哥已决意反正，兵变即刻发生，大事转眼可成。"

"别跟我说那些。"

"无论如何请先求自保。连先生的寓所已经被搜查控制，千万别回去。”

连文正没有吭声。

“赶紧藏身，不躲就迟了！不要自投罗网！”

连文正把一张小票子放在乞丐的讨钱钵里，转身走开。走出几步后他微微侧身看，乞丐已经不在那个巷子口了。

他感觉震惊。

事实上连文正早在谋划逃走。他向侯春生自告奋勇要去找小猴子，目的就是借以安全离城，一旦到了城外，就有机会甩掉监视者，设法逃脱。刚才在天主堂，侯春生决定亲自带人去追小猴子，让连文正同行，这于连文正也是机会。尽管侯春生不那么容易对付，连文正毕竟地形熟悉，一出城门就如困鸟出笼。即便不跟侯春生同行，连文正仍然还可以跑，假乞丐无疑可以提供帮助，一起设法出城，去“那个地方”与林庆会合，“共举大事”，掺和到即将爆发的事件里。

但是连文正一动不动，因为他已经改变主意，不想跑了。

离开天主堂后，他目不斜视沿县城那条大路往前走，步履平稳，不慌不忙，一直走到县政府大门一侧的县公安局。

郑勇坐在会议桌边，身旁站着一个公安队员。

郑勇说：“来得正好。”

连文正称由于侯春生所交代的伤兵事务还未全部办完，因此没有迅速回公安局向郑勇报到。此刻前来是奉侯春生之托，转一张纸条。

郑勇一看纸条，知道侯春生带人出城往溪坝去了，顿时拍桌子骂：“谁让他去的！”

“我劝说了，侯科长不听。”

郑勇即起身往门外走。连文正也站了起来。

“我可以离开吧？”连文正问。

“不行。”

连文正没吭声，坐回那张椅子。郑勇离开会议室仅仅几分钟，转眼又走进门来。

连文正说：“只怕城外不安全，侯科长身边人少。”

“他不需要你管。”郑勇说，“现在说你自己。”

郑勇命连文正老实交代，把叛乱计划原原本本全部交代清楚。

连文正说：“我不知道郑局长说的是什么。”

“装！”

郑勇会议桌上放着个档案袋，他打开档案袋，取出几张照片放在连文正面前。那都是连文正在军中的旧照片，抗战时期在缅北，内战初期在重庆，以及驻守山东济南时的照片。这些照片原都收在连文正家中的皮箱里，现在给摊在县公安局的会议桌上。可见假乞丐说得没错，他们已经搜查并控制了他的寓所。郑勇的动作很快，突破胡得贵后立刻组织搜捕，如果连文正没跟侯春生前去天主堂，可能已经给捆起来了。

但是连文正依旧镇定。

“这些不说明什么。我从不隐瞒个人履历。”他说。

郑勇从那些照片中挑出一张，问连文正：“这是个什么鸟？”

照片上并没有鸟，背景是山岭和丛林。照片中的连文正军装褴褛，身边有几个士兵，有一个将军伸出右手与连文正相握，头戴美式钢盔，身边还站着一个外国军人，长着个大大的鹰钩鼻子。照片右侧题有四个字“军中之鹰”。

连文正告诉郑勇，该照片拍于缅甸北部的坚布山。戴钢盔的是他的上峰长官。

“好气派，莫不是你们老大蒋介石？”郑勇调侃。

连文正道：“那么大的长官我够不着。戴钢盔的是我们师长。”

该师长为孙立人。时为瓦鲁班战之后，连文正所在团将几个连残兵拼凑起来，重组一个主攻连，命连文正率领参加打坚布山。那一仗死伤众多，最终把日本人打败，占领坚布山，打开了孟拱河谷的大门。

“看来那只鸟是你。”郑勇点头，“他们管你叫‘军中之鹰’。是吗？”

连文正道："好汉不提当年勇。"

郑勇指着桌上的照片："这后边还缺了一张，你把它藏起来了。"

"我不明白郑局长说什么。"

"你不是刚刚升官吗？行动大队上校司令。"

连文正一笑："我没那福气，消受不起。"

"那么特派员林庆，橄榄核呢？他跟你说了些什么？"

"我没见过他。"

郑勇用力一拍桌子："还有你大哥连文彪怎么叛变，把独立团拉上北山！"

连文正道："那不可能。"

7

枪声平息，但是战斗并没有结束。一连长报告说，残匪全都逃进前边那座土楼，有二十来人，一挺轻机枪。

连文彪命令："你们的大炮撒尿去了？给我轰。"

"楼里边可能还有村民。"一连长报告。

连文彪说："派坦克上去。把门给我炸了。"

"明白。"

连文彪强调："打进去，所有抵抗的一律送给阎王。"

"明白。"

站在连文彪身边的黄松动动连的胳膊，以示提醒。连文彪没理会，继续发令："敢跑到老子眼皮底下作乱，让他们死个痛快。"

一连长匆匆朝土楼那边跑去。黄松张嘴小声道："老大，分区交代要俘虏。"

连文彪不吭声。

战斗发生于上流村，上流村为溪坝边远村，位于河上游处。崎峰河由北山流下，经上流村往溪坝镇，再折转下行。上流村一带丘陵、盆地相间，有若干座土楼，形制都不大，但是无不坚固，易守难攻。该村邻近北山，以往常有土匪骚扰，格外需要防备。连大木父子为匪时，曾经是这些土楼的主要防备对象，此刻世情翻转，连文彪率独立团驻守于溪坝，成为剿匪主力，而土匪则窜进了土楼。

几天前，军分区参谋长前来独立团视察并通报敌情，称敌人企图在后方作乱，干扰我军解放厦门，溪坝是一个重点部位，独立团务必高度警惕。接通知后，连文彪命所属部队做好战斗准备，并通过各个渠道全力搜集情报。今天上午一条情报传到溪坝，称有巡水农民发现武装人员从北山方向而来，有一二十人，或穿军装，或穿便衣，带有长短枪支，穿过了上流隘口。连文彪闻讯即从所辖两个营各调一个连，自己亲率前去围捕，让参谋长兼一营营长黄松随同指挥。围捕这么小股土匪原本不需要连文彪亲自出动，但是连文彪决意牛刀杀鸡。连团长坐镇溪坝，还有土匪敢来拜见，不收拾清楚怎么行？北山是谁的老家？居然有人也敢染指，因此必予以痛打。

他们在上流村外围一个山包下与敌人相逢，一碰就激烈对打。对方战斗力不弱，有机枪，一营一连进攻土匪据守的山包时，遭到敌猛烈火力杀伤，有一个排长中弹牺牲，几个战士受伤。连文彪非常恼火，命部队隐蔽，先用大炮轰炸山包。所谓大炮是连文彪自己的说法，独立团从地方武装改编过来，手中都是轻武器，未曾配备火炮，只拥有几门迫击炮。山地剿匪，迫击炮倒是好用。一营炮手往山包上轰了几炮，土匪就受不了了，匆匆撤退，经上流村向北山方向逃，却在村外遇到二营四连阻击，那是连文彪预先安排，绕道包抄，赶在敌之前截断其退路。土匪一看后退无路，迅速回撤上流村，进入村旁一座土楼，紧闭大门据楼防守。

由于土楼里有老百姓，不能拿迫击炮轰炸，连文彪决定用坦克打。坦克其实也是笑谈，纯属土造，那就是找一辆牛车，铺几块厚门板、竹床，覆盖几层厚棉被，倒上沙，泼上水，让对方子弹难以打穿，人藏在车下推行而已。早在当年活动于北山时，连文彪就曾让手下队伍用这种土坦克打过土楼，如今拿来对付土匪，一营驾轻就熟。连文彪和黄松赶到土楼外时，战士们已经把坦克造好，推到土楼旁的山边。

连文彪下令："上。"

几个敢死队员藏在车板下，挪动土造坦克，从山坡下爬出。设在山坡上的各火力点向土楼齐射，以猛烈火力掩护坦克前进。对方亦猛烈反击，从土楼墙上的枪眼向土坦克射击，步枪、机枪哗哗哗开打。土坦克顶着弹雨前进，移动了数十米，忽然停在半道开阔地上。

连文彪大骂："妈的！不能停！"

此刻土坦克停在那里挨打非常危险，连文彪看得火起，拔出枪大喝："跟我冲！"

他从临时指挥所跳出来往前跑。黄松一跃而起，从背后将他一把推倒于地。

"一排跟我上！"黄松大叫，"机枪掩护！"

他们猛冲上前。身后所有枪支一起开火，压制土楼敌人，一时间无数子弹飞向土楼，对方的射击被有效压制，机枪也停止叫唤。眨眼间，黄松带着人冲到土坦克前，大家一边射击，一边飞快把土坦克推到土楼门洞里。然后他们迅速闪到土楼下的射击死角。炸药引爆，轰隆一声巨响，又重又厚的土楼大门被炸飞，门洞塌下，露出一个豁口。黄松带着战士们一刻不停，从豁口冲进土楼。对面山坡上，成群的战士一起跃出掩体，扑向土楼。

十几分钟后战斗结束。有二十一名土匪被击毙，两个匪伤员被捕。死亡匪徒被集中到土楼中部的空场上，在地上排成一行。连文彪把驳壳枪推上膛，提在手上，一个一个检查尸体，黄松紧随其身后。

连文彪吩咐道："跟我一起找，仔细看。"

他们一个个看那尸体，看一个摇一下头，直到最后一个。

"没有。他不在这里。"黄松说。

"再看一遍。"

“我会错，团长肯定不会错。”黄松说，“确实不在这里。”

连文彪恨恨道，那家伙不要活的，只要死的。打死了还不够，他要亲自往尸体上补枪，打烂，割下那家伙的脑袋挂到树上。

两个俘虏被用担架抬到连文彪面前。连文彪指着一地尸体，宣布如不老实，即当场枪毙，让俘虏一起做死鬼去。

两个俘虏连声求饶。

他们报称所部属于陈国辉。陈国辉原是邻县保安团长，其县与本县接壤处就在北山。陈国辉是连文彪的老对手，当年曾参与三县会剿，进军北山打连文彪。解放军到来前夕，陈国辉率保安团上山为匪，活动于边界地带。连文彪部改编为独立团，出山配合解放军解放县城，而后驻守溪坝，控制三县枢纽，对几方面残敌保持警戒，陈国辉部是其中主要一股。陈部在边界地带活动，偶尔会越县界进入北山，却谨慎地远避独立团，从未靠近溪坝镇。这一次例外，两个俘虏兵均为一般士兵，内部军情所知不多，只听队长说陈司令让他们打前站，后边大队人马也要跟随下山，有重大行动。

黄松追问：“是谁调陈国辉的兵？”

两个俘虏表示他们确实不知道。

“很好。”连文彪骂道，“看我打回北山，把你们一窝灭了。”

部队在上流村休整吃饭，准备下一步行动。通信员从团部飞马而来，给连文彪送上一份机密电报。

是军分区司令部的紧急通知。根据近期敌情动态及市区安全需要，决定增加市区兵力，调独立团一营到市区，由军分区司令部直接指挥。命独立团参谋长兼一营营长黄松率一营迅速到军分区报到。连文彪率团部与二营仍留守溪坝镇。

连文彪看罢电报，面无表情，将电报递给黄松。

黄松歪了下嘴巴：“这什么意思？”

独立团现有两个营，每营只辖两个连，骨干人员以连文彪旧部为主，也整合了几方面地下党游击队人员。一营长是黄松兼任，二营长是原地下党游击队长。连文彪可以绝对控制一营，政委康明对二营则有较大影响力。康是地委派来的，此刻回军分区汇报工作，突然下达的调防命令有可能确出于加强市区防备，增兵防匪，也可能与康明汇报有关。无论出于何故，一营调离等于让连文彪变成半个光杆，黄松离开则有如让连失去左右手。一营脱离连文彪掌握后，很可能迅速被分区整训，黄松及多年跟随连文彪的骨干兄弟都面临新情况，会发生什么难以料想。

黄松张着嘴："这节骨眼上，怎么会这样？"

连文彪说："他们一定听到了什么。"

他命黄松即草拟回电。报告溪坝附近敌情异常，有敌重要人物潜入活动，周边股匪亦有集结态势，似有重大行动。一营刚于上流村消灭陈国辉股匪一部，击毙二十余人。据俘虏供述，陈部已经进入北山，似准备大举来袭。根据匪情，有必要迅速应对，包括趁匪立足未稳挺进北山剿匪。此刻调走一营，将严重削弱剿匪力量，无异于把三县枢纽拱手相让，建议暂收回成命，待匪情平稳。

黄松担心："口气硬了吧？"

连文彪用力一摆手："就这样。"

通信员骑上马，飞奔往回。只一小会儿工夫，连文彪主意改变，命令道："赶紧去一个人，把他给我叫回来。"

黄松即命一个战士骑上马飞驰前去。

通信员被追回。连文彪在电报上改了几个字，将口气放缓，最后再加一句，请求让康政委速返团部，加强剿匪指挥。

黄松悄声问："说橄榄核吗？"

连文彪摇了摇头。

没料到紧接着又有第二封电报送到了上流村。连文彪看过电报，一声不吭交给黄松。黄松接过电报看，一脸困惑。

"侯春生？"黄松道，"这是哪路神仙？"

"给阎王吧。"连文彪说。

8

枪声砰砰砰响起，子弹密集而来，打得溪岸边碎石泥块四处飞迸。

侯春生伏在地上低声喝：“隐蔽，藏好屁股。”

情况不妙。从侯春生藏身的石块边缘看去，山坡上竹林边人影晃动，至少有十多人，一个土匪小队。土匪在暗处，对身在明处的侯春生他们了如指掌，知道对手只有四个人。这四人其实都是没有多少作战经验的地方人员，双方实力悬殊。

侯春生低声命令：“不要慌，听我命令。”

一阵射击之后，土匪开始动作，一个个蹿出竹林，握着枪，弓着身子，在树木石块间跳来跳去，迅速下行，利用地形优势向溪岸逼近。匪伙便衣为多，也有几个穿着军服，所持都是步枪，火力不强，但是他们适应山地，动作敏捷，速度很快。

侯春生看到他们接近竹林下缘的开阔地，大喝：“打！”

他从石头后边抬身，举枪砰砰砰连打一匣子。身边许志坚拿冲锋枪对准匪伙扫射，整整打了一梭子。土匪“扑通扑通”趴下躲避子弹，举枪还击，进逼气焰受挫。

侯春生低声吩咐许志坚：“接下来留一手。点射，节约子弹。”

趴在石头另一边一个民兵着急：“科长！科长！”

“怎么样？”

“枪卡了！”

民兵是一支旧步枪，他只开了一枪，子弹卡壳，那支枪变成了烧火棍。

侯春生趴在地上，把身上的皮包挪过来，打开，掏出一支小手枪，递给那个民兵。

“拿着这个。”

民兵吃惊：“这能使吗？”

“凑合。近身才用。”

是徐碧彩那支手枪。它原来是坏的，根本打不响。侯春生好鼓捣，他找来一些废枪械，用一个晚上，七拼八凑把手枪修好，放在自己的皮包里，这会儿派上用场。这支枪只算聊胜于无，实际上不顶事，侯春生的实力已经立减四分之一。

许志坚低声叫：“科长，科长，看！”

开阔地那边人影乱晃，土匪又在蠢蠢欲动。

侯春生喝：“打！”

双方乒乒乓乓对打，枪声震耳欲聋。

战斗发生区域位于县城至溪坝镇的半道处，道路在这里依山傍水，路左边有一条溪流，右边有一座乱石岭，当地人管乱石岭叫“王爷岭”，岭上竹林茂密。双方是意外相遇：侯春生一行四人骑着自行车拐过山口，从山岭下经过，土匪刚好从竹林里钻出来。双方同时发现对方，各自迅速反应，侯春生四人翻身下车，把自行车推倒在路边，就近滚到小溪边，以溪岸石头为掩护，土匪则立刻缩回竹林。彼此一上一下，隔着山坡对峙了好一会儿，土匪才发起进攻。

侯春生伏在地上，眼睛紧盯着坡上，密切注意对手的动静。坡上人影又开始晃动，侯春生说：“咱们运气好，牛屎粘住脚。”

他有意放轻松，免得手下惊慌失措。情况看来糟糕，土匪没打算走开，反倒认起真来，想要一决高低。刚才他们仗着人多一哄而下，受挫后迅速改变战术，摆开架势迎战。侯春生注意到对方把兵力分开，一小组人继续正面攻击，匍匐通过那块开阔地，另一组人利用山上的乱石向右侧迂回，往山口那边前进，显然别有意图。

侯春生低声交代：“先对付前边这些，别让他们太近。”

那时一阵排子枪响，子弹狂风一般扫过来，噼里啪啦打在溪岸边的树木石块上。侯春生他们屏息静气，一动不动趴在石头后边，躲避对方射击。侯春生听着枪声稍停，大喝一声：“咱们上！”即闪出身子，抬手朝坡上快步下冲的土匪开枪。许志坚跟着探出身子射击，追使土匪接二连三再扑倒于地。

侯春生往右侧看看，发觉不好，山口迂回的那组土匪已经跑下山坡。一旦他们到达山口边的小山包，退路就给切断，侯春生他们将陷入土匪的合围中。

“顺溪往下游撤。”侯春生下令，“改打右边。”

许志坚问：“自行车呢？”

“先放下。”

他们向坡上齐射，不待对方抬起头还击即起身撤退，跑出藏身之处，顺着溪流边的鹅卵石滩快步向下游移动。

山坡上的土匪大叫：“跑了！跑了！”

土匪追击，射击，右侧那股土匪配合行动，加快动作，直奔山口小山包。侯春生带着许志坚他们爬上溪岸，在子弹追赶下沿岸边猛跑，拼命要抢在对手前占领小山包。却不料跑在侯春生身后的一个民兵突然“哎呀”一叫，一个前扑摔倒于地。

不是中弹，是奔跑中一脚踩空，脚脖子崴了。

侯春生把伤员拖起来，想带着他跑，那民兵痛叫，一步也跑不动。侯春生一看不行，即下令停止前进，跳回溪岸下边隐蔽。几分钟后小山包被对手占领，侯春生等四人的退路断了，被包围在那个狭窄的河谷。

“不要怕。坚持住。”侯春生道。

他竭力稳定军心，却清楚已经无救。打到这种程度，对方绝对不会主动退出，不把侯春生四人全部打死在溪岸边不会罢休，这已经不需要太长时间。说来真是可气，刺客左一枪右一枪做不成的事，却由意外遭遇之匪来一笔勾销。

这时“嗒嗒嗒嗒”响起机枪的射击声，小山包上弹如雨下。侯春生命大家隐蔽。他们卧倒于地，经受机枪猛烈扫射。这时才发现，子弹不是对着他们打，呼啸着一串一串从他们上方掠过，射向山坡上追赶而下的土匪，土匪顿时七零八落。

“共军援兵！”他们大叫。

十几分钟后枪声平息，土匪撤进竹林，跑得无影无踪。

侯春生他们从地上爬起来，看着援兵跑到跟前。援兵人数不多，也就十来人，一个班，但是有一挺机枪，靠着那机枪打跑了土匪。

带队的班长向侯春生敬了个礼，问：“是侯科长吗？”

侯春生看看对方身上的灰布军装：“独立团的？”

“我是独立团侦察排一班长。”

独立团等地方武装的军装是灰布做的，与解放军野战军的军服不同。这一个班所在的侦察排归团部直接指挥，驻于溪坝镇外围一个村子。他们接到团参谋长黄松的命令，从驻地出发，沿溪坝通往县城的道路急行军，搜索接应侯春生一行。半道上听到响枪，他们跑步赶来，打跑了土匪。

“居然惊动你们了？”侯春生诧异，“谁通知的？”

侦察班长接到的命令是护送侯春生一行到团部。到达后侯春生才知道，由于县城与溪坝还不通电话，陈超直接给军分区司令部打电话，通过分区向独立团发电报，下达了接应侯春生的命令。

侯春生没想到自己就这么一头撞进了溪坝事件里。

9

连文彪与警卫员骑马回到团部。黄松站在团部门外守候。

他报告：“团长，回电到了。”

军分区回电依然要调兵。命令一营一连迅速撤出上流村返回驻地，如剿匪行动需要，可调二营接管其任务。一连返回驻地后需要立刻做好各种准备，限三日内与二连一起，由黄松率领到军分区报到。

连文彪说：“催命符。”

“那个民政科长也接到了。”黄松说。

连文彪不吭声，抬腿上台阶走进大门。团部安在祖厝，也就是当地的祠堂里，门外有卫兵站岗。黄松跟连文彪进屋，一进门就改口过来：“老大，他们在王爷岭打了一场，还不清楚是哪一帮伙在岭上折腾。”

黄松刚跟侯春生见过面。得知侯春生刚从地区下来接替被暗杀的王拓，连文彪感觉蹊跷。此刻土匪蠢蠢欲动，一个民政科长带几个人贸然出城干什么？如果有天大的急事需要冒险前来，为什么不早早通知接应，要在仓促间由军分区紧急发电报？一听说侯春生自称是追赶一牛车伤兵，要找回一个流浪男孩，连文彪连连摇头。

“这是他傻还是你傻？”他问黄松，“信吗？”

“当然不信。”

“这种人不如直接放他去骗阎王。”

黄松称还是把情况弄清楚好。如果有问题处理也容易，眼下四处有匪，遍地阎王。

连文彪问黄松对侯春生感觉如何？黄松觉得侯春生有头脑，为人开朗，胆量大，只有三条半枪也敢出城，还在王爷岭顶着土匪打了半天。援兵到的时候，他们已经被包围，弹药基本打光，只差一点就去地下骗阎王了。

连文彪判断：“这个人一定有来历，所以派来做侦察。”

“他提出想见见你。”

“连我也要侦察？”

“想瞧瞧你和文正长得像不像。”

连文彪了解侯春生与连文正之间有何瓜葛？一听说侯连两人近日在县城一起处理伤兵医院后事，打过不少交道，侯春生还曾想让连文正一起到溪坝，连文正推辞不来。连文彪好一阵不吭声。

黄松已经拒绝侯春生求见要求，称连文彪不在溪坝，率部在上流村准备下一步战斗。黄担心对方纠缠，特让人把侯春生一行带离团部，安顿到村边侦察排驻地过夜。

“我说团长跟文正一点也不像，不信日后自己看。”黄松报告。

“对。要这么说。”

当晚连文彪在团部开军事会议。午夜时会议结束，待与会人员四散离开后，连文彪命黄松：“去几个人，把他们搬到团部这里。”

黄松吃惊：“搬谁？”

“那民政科长。”

侯春生一行已安置在侦察排驻地，连文彪决定让他们夜半迁居团部。黄松不解，询问究竟，连文彪不应。黄松不再多说，赶紧起身安排。

连文彪又发话了：“悄悄搬。”

半小时后，黄松前来报告，侯春生一行已经搬到团部客房。给他们的说法是确保安全。侯春生听说是团长亲自下令，又提出想见一见连文彪。

连文彪说：“不见。”

也就过了一小时左右时间，村子西侧突然传出“轰隆”一声巨响，睡在床上的连文彪被爆炸声惊醒。他跳下床，抓着手枪火速冲出门去。几分钟后，连文彪赶到出事地点，身后跟着黄松与两个警卫员。

出事地点竟是团部侦察排驻地，有人往该排一间空置营房扔了一颗手榴弹，炸得房间里到处是破棉絮烂稻草。这房间无床无桌，设有一地铺，垫有稻草，当晚原住有四人，就是侯春生一行。

连文彪骂道：“他妈的哪路毛神！”

第二天一早，黄松把侯春生领到小伙房，陪连文彪喝粥。两人一见面，连文彪就仔细察看，把侯春生从头到脚看了一遍。

“是谁盯住你了？难道是橄榄核？”他问。

侯春生已经听说昨晚的手榴弹。他对连文彪说：“应该是藏在伤兵中的特务干的。”

“你怎么会那么招人喜欢？”

“他们对我有意见，听说想要个王拓第二。”

“那你还到处乱跑，一头撞到溪坝？”

侯春生很镇定，称溪坝这里有独立团，有连文彪，他无须害怕。

连文彪说，如果侯春生打算找死，应当寻一个合适的地点，不能死在独立团驻地，否则他不好向上级交代。昨晚那颗手榴弹居心不良，要除掉侯春生，还要连文彪背黑锅，一举两得。真是他妈的特务勾当。

“团长有先见之明，谢谢了。”侯春生说。

“不要谢我，去谢阎罗王。看来阎罗王不只会要人命，有时也会救人命。”连文彪宣布，“你这条命现在归我了，到时候要你还。”

侯春生笑笑：“团长开玩笑。”

连文彪问：“侯科长感觉我怎么样？比我们家老四漂亮？”

侯春生不讳言：“那应当是连文正长得好。”

他调侃称，连文正绰号“好才”。那是他给起的，那句土话还是连文正教他的。

“你喜欢叫人绰号？”连文彪问。

“我喜欢开开玩笑。”

“你自己也该有个绰号。”

侯春生说，有时开玩笑，大家会叫他“你这个侯”，简单一点叫“你个侯”。

连文彪哈哈大笑，说姓侯的就是这个好，讲“侯”也对，说“猴”也是。他还问侯春生准备给“好才”的哥哥起什么绰号，或许叫“坏才”“凶神恶煞”？

侯春生也笑，称感觉还没找到。连氏兄弟猛一看很不一样，再一看却又有些相像。这叫作“神似”，出自一家门，真是一家人。

连文彪笑笑：“我四弟像是跟你处得还好？”

侯春生称初来乍到，连文正对他开展工作颇有帮助，闲来聊天彼此也有话说。有时谈谈风土人情，有时聊聊个人情况，也谈当年怎么打日本，现在怎么进新世界。

“听起来文正是吃饱了撑着，你个侯是吃饱了没撑着。”

“连团长觉得好笑？”

“你跟我们家四弟真是有点像。”

侯春生说：“我就当作是表扬我？”

不算表扬。连文正从小毛病多，最大毛病是一根筋，例如鬼使神差跟上国民党反动派，一条道走到黑，不晓得应当在某个拐弯点撒腿跑开。人家封他个什么鸟，他就信以为真，似乎自己就是那个鸟了。

侯春生问：“团长说的是什么鸟？”

“你自己是什么鸟？一根筋，盯着一个小孩，不在乎一头撞进土匪的包围圈里。”

侯春生承认：“我有点估计不足。”

他原以为牛车载伤兵跑不快，骑自行车猛追，应当有望赶上，没想到追到王爷岭还不见踪影。当时他曾考虑是不是掉头返回县城。最终还是决定继续追，都追这么远了，放弃了实在可惜，说不定牛车就在前边。结果一上王爷岭就与土匪遭遇。

“你们一定搞错了。”连文彪说，“人家根本就没往这边来。”

侯春生说：“昨晚那颗手榴弹算是确认了。”

追赶途中，侯春生曾一路询问，有几个目击者看到过那辆牛车以及车上的伤员，有两个放牛娃还注意到车上有一个小男孩。可以肯定这辆牛车没往其他地方去，走的就是通往溪坝的道路。

“这么说是来投奔我的？”连文彪扭头看黄松，“老四，听说这辆牛车了吗？”

黄松用力摇头，称牛车又不是一只苍蝇，如果真有一头牛晃晃悠悠把那些人拉进溪坝，怎么谁都没来报告？那不可能。

“咱们那些兵要么瞎了，要么都成了哑巴狗。”连文彪嘲讽。

他让黄松迅速通知各连队加强查核防范，如发现可疑伤兵与小孩，尽快送到团部。

侯春生说："想请求连团长再支持一下，帮人帮到底。"

他感谢独立团派侦察班接应，还帮他躲过那颗手榴弹。既然追到这里，他希望能留一天，在附近村庄了解一下情况。确实如黄松所说，牛车不会变成苍蝇，只要来了，必定会有人看到。可否请团部通知各连队提供帮助，或者派人带他们下村去寻访？

连文彪一口拒绝："不行。"

军分区命令要保护侯春生安全，接到人后迅速送还地方，必须坚决按上级命令办。事实证明侯春生很危险，是个找事的人，官不大，命不小，刚到溪坝住下，立刻有手榴弹伺候。让侯春生继续待下去，不知道还会出什么事，出了事还怎么交代？侯春生一行必须立刻离开，早饭吃完后，即由侦察班护送出发。独立团当前有重要剿匪任务，还要追查昨晚那颗手榴弹，侯春生不要在这里碍手碍脚。

侯春生却不退让，称这里边有一个特殊情况，他需要向连文彪说明。

"不需要……"

"因为吴铁板。"

连文彪脸一板："哪个？"

"孩子的父亲是吴铁板。"侯春生说。

侯春生已从连文正那里得知了相关情况。连文正因为避嫌无法前来，想必连文彪也有不便，目前这小孩的事情交给地方民政部门比较合适。这件事依然需要连文彪支持。这孩子不能在溪坝失踪或者出事，否则可能造成误会。

如果连文彪允许侯春生在溪坝寻找小猴子，侯春生不会提供底细，毕竟吴铁板是连氏仇家。但是连文彪态度强硬，明摆的一定要把侯春生赶走，这时怎么办？侯春生决意走险棋。吴、连恩怨纠缠为人所知，说出小猴子的来历，连文彪再坚持阻挡侯春生寻找，就有挟嫌报复之嫌，作为地方部队首长，对此当有所顾忌。侯春生特别强调孩子不能在溪坝出事属未雨绸缪，如果听任小猴子在溪坝被害，连文彪无法摆脱责任。这可能有助于保护孩子生命安全。最坏的可能是连文彪并非不知情，反是小猴子失踪与运送溪坝的幕后操纵者。那样的话，提起吴铁板，表明情况已被掌握，可能让连文彪对孩子下手时更多顾忌，除非他已不想再当共产党的独立团团长。

连文彪忽然站起身，不多说，抬手朝侯春生一指对黄松说："去见阎王。"

他起身离去。

10

侯春生一行刚刚离开岸边村，三连连长刘胜利即下达命令，让副连长李东来立刻率一排赶上去，拘押侯春生等人。

李东来吃惊："这是怎么啦？"

"假的。特务。"

"连火参谋呢？"

"一起抓。"

李东来迅速带兵行动，几分钟后就把侯春生一行包围于村外菜地。侯春生一行走得不快，因其中一个民兵脚扭伤刚刚恢复。李东来带了二十几个人，二十余支枪一起举起，侯春生只有数人数枪，双方力量悬殊。

随侯春生行动的团部参谋连火大叫："你们干什么！"

李东来命令："把枪交出来。"

"反了你！我是连参谋！"

"缴枪不杀！"

如刘胜利估计，侯春生没敢抵抗，因为力量不济，也因为他们是被解放军包围，指战员一色灰布军装，这里是独立团二营三连驻地，不能打。

侯春生下令："交枪。"

他把手枪递给李东来。身边许志坚和两个民兵也无奈交枪。战士们迅速把枪取走。

连火大叫："你们要叛变吗！"

有两个战士上前将他强行缴械。

李东来宣布，侯春生一行是伪装成县政府干部的特务分子，公然进入独立团驻地收集军事情报，必须立刻逮捕。胆敢反抗，就地处决。

连火大骂："找死啊！快去问黄参谋长！"

李东来眼一瞪喝道："给我捆起来。"

几个战士一拥而上，把连火捆成一团。

连火年纪轻轻，是团长连文彪的本家后生。黄松派他带路，领侯春生一行下来，负责与下边连队接洽，为侯春生执行任务提供方便。一小时前他们到达岸边村，连火直接领他们到连部见了刘胜利。得知侯春生一行已经走了一个上午，跑了三个村庄，均无收获。刘胜利什么都没说，只让通信员带他们到村里找目击者，继续打听牛车、伤兵和小孩。据反馈过来的消息，侯春生他们东问西问，在岸边村也没有问到线索，即匆匆离开。他们的下一站是东溪村，那里是一营二连驻地。刘胜利没让他们踏进东溪，直接抓回本村，包括连火也没放过。侯春生于刘胜利是陌生人，有疑问先行拘留说得过去。连火不一样，独立团里谁不知道？刘胜利照抓。连火当然大为光火。

俘虏被押回岸边村，关进连部禁闭室。刘胜利命将侯春生单独关押。押送人员跑来，报称侯春生提出要见刘胜利。刘胜利说："先关他一会儿。"

十几分钟后，刘胜利命人把侯春生押到连部。

刘胜利年纪与侯春生相仿，个头矮小，长着双细眯眼。一个来小时前两人刚见过面，此刻重逢，刘即眯起眼睛嘲讽："原来你还能干特务。"

侯春生问：“难道你是那个阎王？”

“什么阎王？”

“你得到什么命令？抓住，然后杀掉？”

“我得告诉你吗？”

侯春生指着桌上的电话机道：“我要给团部打电话。”

“打。”

侯春生使劲摇了摇电话手把。拿起听筒听听，里边寂静无声。

“不通？”刘胜利问，“谁给破坏的？”

侯春生请他即派人到团部找黄松参谋长确认他们的身份。

“你自己不会说吗？”

“我已经告诉你了。”

刘胜利一招手叫唤：“来人！”

几个战士拥进门。刘胜利命他们去找一条绳子，把侯春生吊起来。

侯春生说：“告诉我，到底是谁指使你？”

刘胜利下令动手。是狗是猫，吊起来就知道。看侯春生招是不招？还需要找谁确认身份？让侯春生自己说就可以了。

侯春生问：“昨晚那颗手榴弹也是你扔的吧？”

刘胜利冷笑：“我不扔手榴弹，我扔绳子。”

“内奸！”

“你这条命看来很让人喜欢啊。”刘胜利说。

刘胜利命那几个战士动手，一会儿工夫侯春生就给捆住吊在屋梁上。他们在侯春生脚下塞了一张小木头凳，让他可以站住。踢倒小凳就会背悬吊起。

刘胜利站起身走到侯春生身后，一只脚踩在木头凳上。

“你到底是来干什么的？”他喝，“老实说！”

侯春生镇定道：“我警告你，反动派死路一条。”

刘胜利用力一踢，木头凳倒了，侯春生整个身子被吊起来在半空中晃动。

“好好想，想起什么再告诉我。”刘胜利说。

他站起身，带着他的人走出门去，把侯春生独自一个丢在屋里，吊在半空中晃荡。

刘胜利站在门外抽烟，听里边的动静。屋里静悄悄的，声音全无。刘胜利把耳朵凑到门板上，忽听侯春生在里头大声开骂。

“刘胜利！瞎猫！”侯春生叫，“我知道你在外边！你给我进来！”

刘胜利把烟抽完，吩咐战士开门，走进了屋里。

“想起什么了？”他问。

侯春生提出两个要求，一是要刘胜利释放连火，让他回团部报告情况。连火是团部参谋，刘胜利不能任意扣留。二是释放许志坚和两个民兵，让他们到东溪村找那小孩。无论刘胜利想把侯春生在屋梁上吊多久，侯春生都可以奉陪，但是事情不能耽误。他们只有今天一天时间，明天就得回县城，错过了只怕就永远找不着了。

“你那小孩到底怎么啦？难道是金子打的？”刘胜利问。

侯春生称孩子很可怜。胳膊上有伤，已经感染了。

刘胜利突然伸脚把小木凳钩起来，推到侯春生的脚下。侯春生立住脚，全身重量不再悬于胳膊脊背，顿时感觉松快。

“确实有一辆牛车，还有一个小孩。”刘胜利说。

侯春生不禁一愣。

刘胜利已经得到确切消息，该牛车于昨日傍晚悄悄进入二连驻地东溪村。东溪村有两座祠堂，一座陈姓，一座林姓，牛车和小孩在林姓祠堂。但是侯春生不能去，进村就是找死，因为祠堂里不仅有牛车小孩，还有特务。几天前由一个特务头目率领潜入该村，昼伏夜出，暗中活动。外面还有几股土匪起而呼应，从四面八方悄悄向溪坝靠拢。他们要干什么？旁人不知道，二连连长知道，团长连文彪也知道。特务在东溪村受二连保护。独立团主力被拉到上流村，明说打土匪，实为准备叛乱，就近上北山。当初连文彪率部接受地下党改编，并不是真心投身革命，只是学他父亲连大木，抓住机会，可投就投，不行就反，目的只在保存实力，保住地盘，继续当北山王。独立团内部存在问题已经为上级察觉，政委康明被军分区召回研究对策，调走一营是一大防范举措。连文彪清楚一营一走就不再姓连，接下来他们暗中通敌的问题将很快被揭露，此刻对他们来说生死攸关。

侯春生板着脸问："你是什么人？"

"自己人。"

刘胜利是早先与政委康明一起派到独立团的地下党员。三连干部战士中有一批地下党游击队员，也有不少连文彪旧部。由于党员骨干认真工作，做好团结，两部分人融合得很好。三连决不会参加叛乱，但是个别人可能有问题。因此还要小心行事。

侯春生使劲摇身子："你就是这样对待自己人？捆起来，吊上屋梁说话？"

"委屈点，必需的。"

刘胜利称此刻情况非常严重。连队里、村子里都有连文彪的耳目，万一露出破绽被察觉，后果不堪设想。另外，他得相信侯春生真是自己人，而且足够坚强，要是一吊就软，什么都招，哪里可以托付大事。

"现在需要有个人赶紧去向上级报告。"刘胜利说，"你可以帮助我们。"

"为什么你不直接去报告？"

刘胜利他们无法越过团部与上级联系。由于情况复杂，随时可能发生异常情况，康明不在时他们不能离开，必须掌握住部队。侯春生恰好到来，正可提供帮助。

"你是设一个圈套要我往里钻？"侯春生不相信，"就是让我们赶紧离开？"

"通匪叛乱这么大的事情，我敢乱说吗？"

"你们是不是掌握了确凿证据？"

刘胜利称近日有许多异常迹象，东溪村那边动态可疑。有可靠同志报告，二连在悄悄分发弹药，整理枪械，处理文件，准备大行动。二连战士中有传言，说要跟老大回老家了。二连骨干中，有不少是跟随连文彪多年的北山人。

“这不能算确切证据。”

“这些迹象已经足够危险，必须让上级掌握。”刘胜利说，“我感觉情况很紧急。弄不好一两天内就要出大事。”

刘胜利要求侯春生把他谈的情况迅速向上报告，同时告诉上级，独立团里的同志会坚守岗位，不怕牺牲，配合上级粉碎叛变。事关重大，既要快，又需严格保密，万一侯春生落入敌手，打死了都不能说。这件事只能拜托侯春生，不是他们给侯春生找麻烦，是侯春生自己闯进来的。

“你不怀疑我是特务？”

“当然。”

尽管以往并不认识，但是从一见面起，刘胜利就认为侯春生肯定是自己同志。一来侯春生是北方人，南下干部模样。土匪里也有北方人，但是一看就是些兵痞。那些人如果要干些啥，一定会用其他借口，不会只说追一个小孩。

“我们还没找到小猴子。”侯春生说，“如果情况像你所说，土匪的刀已经架在他脖子上了，得赶紧把他救出来。”

刘胜利道：“一个小孩是小事。”

侯春生反对：“小孩也不是小事。”

如果刘胜利所说属实，确实非常严重。作为自己人，侯春生帮助传递紧急情报义不容辞。但是他毕竟是县政府地方干部，对独立团内部情况毫无了解，无法判断情报可靠程度，如果非他去报告，除了传个话他什么都不能做。一旦上级要深入核实，或者紧急布置应对，他无能为力。他觉得事关重大，刘胜利应当想办法向上级直接报告，或者派出自己同志紧急前去报告。侯春生可以写一封信让他们带给县领导，请县领导速帮助与地委联系，报告紧急情况。

“你不一起去？”

“我还没找到那孩子。”

刘胜利生气道：“你就知道这个！”

他用力一蹬，侯春生脚下的木凳被踢翻，侯春生又给吊起来在半空中晃荡。

侯春生大骂：“瞎猫！该死！”

刘胜利拿脚把小凳子钩回来，又塞到侯春生脚下。

“侯科长！你得知道轻重！”他也叫。

11

侯春生决定相信刘胜利，尽早动身。一行人带上干粮，匆匆上路，那时太阳还没落山，天色还亮。

刘胜利安排一小队人护送侯春生一行离开，由李东来带队。李东来除了负责侯春生一行安全，还负责通过县委与地委联络，用电话向地委和军分区紧急报告，请求指示。此刻风云诡异，随时可能发生事件，刘胜利本不想让李东来离开，但是终于还是听从侯春生意见，派李去执行报告任务。侯春生也听从刘胜利意见离开溪坝，条件是小猴子由刘胜利负责找到并确保安全。侯春生强调小猴子于他非常重要，所以他才会从县城追到这里。如果孩子有个三长两短，日后他跟刘胜利没完。刘胜利不给侯春生打包票，但是保证千方百计想办法。侯春生心里并不踏实，却只能转身离开，因为军情事大，也因为没有其他选择。如果小猴子在特务手里，特务被二连保护着，侯春生去闯东溪村等于自投罗网。他们已经扔过一颗手榴弹，这时刚好当面一枪。或许连文彪“去见阎王”就是让他到东溪村去。哪怕侯春生不计生死去闯东溪村，小猴子却肯定会给特务藏起来，侯春生别指望能够找着。交给刘胜利处理或许更有胜算。

小队匆匆离开岸边村，从连部后边小路直接上山，再从山后绕行，以尽量减少注意。不料恰是这样一个精心设计的迂回路线，把侯春生直接送进突然而起的事件里。

那时他们已经接近山头，身后突然传出动静，远远听到一阵马蹄声从山下迅速而来。天色开始转暗，看不清远处动静，侯春生决定先隐蔽，一行人赶紧离开道路，藏进附近林子里。没待大家喘口气，就见一支马队闪出山路。马队规模不大，仅有五马五人，由于是上坡，速度不快，却也一刻不停，一阵风似的从侯春生他们眼前掠过。侯春生躲在一块大石头边观察，发现领头者不是别人，却是独立团团长连文彪。

李东来伏在侯春生旁。侯春生问："除了连团长，还有谁？"

李东来认出连文彪的两个警卫员，另两个没看清楚。

侯春生说："咱们走。"

一行人从所藏林木、石块后走出来，沿小路继续前进。不到五分钟，前方突如其来传出一声枪响，山谷的寂静被一枪击碎，随之狂风骤起，枪声大作，响成一片。听得出有步枪声、冲锋枪声，还有轻机枪在"嗒嗒嗒"射击。激烈枪声中，忽有两匹马从山路上蹿出，拼命往回奔逃，却是两匹空马，已经没有骑行者。

竟是马队遇袭，连文彪遭到伏击。

侯春生与李东来面面相觑。

"谁干的？"侯春生问，"难道你们先下手？"

"我们不会擅自行动。"

这片山岭靠近岸边村，属于三连防区。如果刘胜利预先策划在这里设伏袭击连文彪，他不可能让侯春生一行也走这条路。东溪村的二连是连文彪旧部，他们更不可能越过防区跑到这里伏击自家老大。那么只可能是土匪暗算连文彪。根据刘胜利的情报，连文彪已经暗中通匪，准备叛变，这个节骨眼上，土匪怎么可能杀连文彪呢？

前边枪声还在激荡，已经没有太多考虑时间，必须迅速决定行动，是突然打上去，还是悄悄退下来。侯春生的任务是返回县城，李东来的任务是汇报情况，他们与前边这场战斗无关，完全可以抽身退出，但是侯春生决定打上去。

李东来迟疑："这可以吗？"

"听谁命令？"

小队出发前，刘胜利曾交代，队伍听从侯春生指挥，此刻侯春生毫不客气，即行指挥权。侯春生询问地形，知道前边是个山口，两边山岭，道路从山口经过，地形适合打伏击。两道山岭中，左侧山岭相对平整，有利安排兵力设置机枪阵地。

"你打仗有经验，你看怎么打？"侯春生问李东来。

李东来建议分两边打。根据地形情况，伏击者应当会在两侧设伏，左侧为主。

侯春生夸奖："果然是老手。"

他们这一小队人不多，也有十来个，三连装备不错，枪好弹药足。由于担心路上不安全，刘胜利特别要求把机枪带上，火力因此大为加强。侯春生把人员分成两拨，李东来带主力打左侧之敌，机枪随之行动。侯春生只带三个人打右侧之敌，这一侧不是主攻，目的在于施加压力。此刻已是黄昏，敌情不明，自己力量不大，战斗目标不能定高，只求突然袭击把土匪打蒙打散，中止其伏击计划。居高临下，地形有利，加上打击突然，火力强大，对方猝不及防，可有胜算。

侯春生和副连长分别带队，迅速向前方运动，前方枪声此起彼伏，双方还在接战。侯春生这一小队先到达山口右侧山岭，只见山坡上有人影晃动，边射击边向山下道路逼迫，山下抵抗枪声显得稀落，伏击战到了最后关头。

侯春生命令："打！"

眨眼间几颗手榴弹飞下，在山坡上爆炸，于伏击者冲下山坡前截住了他们。伏击者停止运动，一起趴在山坡上藏身，起初毫无反应，似乎蒙头转向，而后即转身向侯春生他们射击。这时左侧山岭也打响了，排枪猛烈，机枪扫射，子弹像风一样扫过山坡，战斗形势迅速扭转。

十几分钟后，对方人员撤出战斗。侯春生带着他的人冲下山坡，到达山口。

他们在一块石头后边找到了连文彪。连文彪身边躺着两个警卫员，都已阵亡。另两个人受伤，一个是团部参谋，一个是侦察排长。除了逃走的两匹马，另三匹马均被枪弹打死。连文彪坐在石头上，看着侯春生一队人走近。他的手枪丢在地上，枪里已经没有子弹。他竟毫发无损，只是光着一只脚，鞋子是遇袭跳下马时给甩掉的。

李东来向他敬礼。他抬手指着山坡上一块石头说："派两个人到那里看看。"

几个战士听命上去。那边地上躺着两个人，一个死了，一个腹部重伤。死伤者均着独立团灰布军装。战士们把伤员抬下山，送到连文彪面前。

这两个是连文彪撂倒的。连文彪遇袭时躲进路旁石头边，忽然有子弹击中他身边警卫，他回身看到山坡上有人抬手放枪，即甩手还击，两枪打中两个，一死一伤。

连文彪亲自审问俘虏，他拿装上子弹的手枪指着俘虏身上的灰布军装追问："这身虎皮是谁给的？"

俘虏说是连里发的。他是独立团二营三连士兵。

"胡说！三连没这个人。"李东来在一旁斥责，"知道我是谁吗？"

那人答不出来。

连文彪也不多说，抬手开枪，"砰"一响，俘虏右腿炸开一个大口，顿时惨叫不止。连文彪随即举枪对准俘虏的脑袋。俘虏大叫"饶命！"

他承认他们奉命假扮独立团三连人员行刺连文彪。他们是林长官的人，秘密驻扎于东溪村林氏祠堂里。

"什么狗屁林长官？林庆吗？"连文彪追问。

"是的。"

连文彪扣扳机，一枪打开了俘虏的脑袋。

他大喝："到东溪村找兔崽子算账。"

他命李东来带人立刻随他动身。李东来抬眼看侯春生。连文彪察觉了。

"侯科长，你还指挥我的兵？"他追问。

侯春生即解释，称自己在完成任务。三连长刘胜利派副连长配合。

"什么任务？"

"我不能说。"

连文彪即宣布，此刻说什么都没用，谁说的都不算数，只有他的命令算数，他的命令就是任务。敌特派员林庆躲在东溪村林氏祠堂，策动暗杀和叛乱，必须立刻剿灭。三连干部战士只能听他的命令，侯春生也必须配合部队行动。不要以为他们刚为他解围，他就会高抬贵手。不服从军令，照样就地正法。

侯春生道："我们服从命令。"

如果拒绝听从，连文彪未必就敢开枪，毕竟连文彪自己已经被一场伏击打成光杆司令，手下只有两名伤员，还不如侯春生的人多，更别说还有三连这十几个兵。问题只在于侯春生完全陷于迷雾，此刻还能跑回去报称连文彪勾结林庆预谋叛乱吗？如果连文彪跟土匪勾在一起，林庆怎么还会派人伏击他，往死里打？连文彪怎么会气都不喘一口，光着脚也要追回东溪村去打林庆？

侯春生决定跟连文彪走，东溪村林家祠堂不仅有土匪特派员，还有一个小猴子，这小孩让侯春生特别牵挂，因而乐意相随。

他们把伤员暂时安置在路旁，给连文彪找双鞋，而后即匆匆出发。连文彪不愧久经山林，有马能骑，没有马依然健步如飞，带着一行人迅速爬上山。在山顶上，连文彪把大家召集在身边做战斗部署，称一会儿包围土匪窝，大家尽管往死里打，无论狗特派员龟孙子，只要尸首，不要活人。

侯春生即提出意见，称活的还是需要的，可以审问，掌握情报。

“不需要。”连文彪立即喝止。

侯春生不退让：“我们有俘虏政策。”

连文彪骂：“再多嘴我枪毙你！”

侯春生只能闭嘴。

队伍继续前进。连文彪把侯春生叫到身边，竟笑了笑。

“别计较。”他说，“其实我挺喜欢你个侯。”

“我没计较。”

“你这条命不错，有用。还好阎王还留着。”

侯春生调侃：“团长，咱们算扯平了？”

“没有。”连文彪道，“这条命还是我的。”

“不公平嘛。”

“跟我说说你那个新世界。你跟文正怎么侃？”

侯春生很意外，一时不知说什么好。连文彪即自行发挥：“你那个好地方吊死鬼改叫伸舌头了？阴间地府和阎罗王都换个什么好听名字？”

侯春生说：“那都什么呀。”

连文彪给侯春生讲了个故事，主角竟是林庆。连文彪说，前些时候胡得贵到溪坝，给他带来一封信，写信者署名“阿庆”，就是林庆。胡得贵给弄上贼船，替林庆送信、传话，林庆本人不敢直接来见连文彪，只在信里希望冰释前嫌，共商大计。连文彪让胡得贵回去告诉林庆，想来尽管来，保证有来无回。于是那家伙从此没了声息。林庆与他其实没什么前嫌，只是不共戴天。谁都知道他父亲连大木靠四个儿子，他靠四个把兄弟。后来发生内乱，兄弟反目成仇，自相残杀，罪魁祸首就是林庆。当年林庆奉特务头子张容成命令，带一门迫击炮两挺轻机枪当见面礼，跑到北山，游说连文彪与当局合作，一起参加剿共，打共产党游击队。连文彪拒绝了，留礼送客。林庆转而策动老二叛变，那一场兄弟相残大戏，就是林庆一手策划。

因此连文彪对林庆恨之入骨，早宣布只要死的，不要活的，死了也还要拴条绳子吊到树上。

“橄榄核敢算计我，我要给他换个世界，让他到阴间地府去。”他说。

侯春生问：“为什么叫他橄榄核？”

该绰号却是连文彪起的。林庆当年总戴一顶帽子，摘了帽子可见脑袋细长，上下两头尖，就跟一粒橄榄核一般。

一行人匆匆到了三岔口，往前两条路分别通向东溪村和岸边村。连文彪忽然指着通往三连驻地岸边村那条路，命李东来安排一个战士，护送侯春生跑步下山，进村传达他的命令，让刘胜利立刻率三连赶到东溪村，配合二连消灭林庆。

侯春生说：“团长，我要跟你去东溪村。”

连文彪眼睛一瞪：“我要你去碍手碍脚吗？”

山下突然传出一片枪声，却是在刘胜利部驻地岸边村方向。

大家面面相觑。

连文彪喝道：“还不快去！”

李东来请示：“团长，我回连里看看情况吧？”

“不行，你跟我。”

“我们才十几个人，东溪村土匪不知道有多少，加上二连……”

连文彪不操心二连，到时候只要他站起来大喊一声，二连全连即便已经爬到天上去了，也会立刻飞下来跟随。但是三连刘胜利不能待在一旁看热闹，必须立刻带全连赶到东溪村，封锁所有进出路口，绝不放过一个土匪。哪怕橄榄核变成一只蚊子，也得挡住，一巴掌拍死。

侯春生不敢耽搁，即与那位战士一起迅速下山，奔岸边村三连连部去。此刻情势紧急，如果没有三连支援，连文彪所带十几个人未必能消灭林庆匪帮，如果二连站在土匪一边，连文彪一队人马反可能被敌消灭，那样的话，小猴子就救不出来了。

他们跑步进村，刚到村头就摸黑吃了一枪：有人从暗处向他们射击，没有对准打，子弹射到半空，属于警告性质。

“站住！”黑暗中有人大喊，“不许动！”

“别开枪！”侯春生身边战士回应，“是我们！自己人！”

“放下枪！”

他们把枪放到地上，对面亮起两支手电筒，直照侯春生眼睛。侯春生赶紧别过脸。黑暗中脚步声杂沓，一队人马包围过来。

几分钟后他们被送到三连连部。走进连部，侯春生大吃一惊：刘胜利被五花大绑，悬挂在屋梁上，刚好就是下午吊侯春生的那个位置，有几个看管战士站在他身边。

“这是怎么回事！”侯春生叫。

有一个人从里屋走了出来，却是黄松。一见侯春生，他笑逐颜开。

“来得正好。”他说，“热烈欢迎。”

侯春生指着刘胜利：“他怎么啦？”

“别操心他。”

黄松右手一挥，屋里几个战士一拥而上，把侯春生按倒在地，用绳子捆了起来。有人请示黄松要不要把侯春生也吊到屋梁上？黄松指令不吊，说这个北仔跑得很辛苦，可以优待，让他先歇着，一会儿弄个牛车拉去上流村。

侯春生说：“谢谢。请黄参谋长给我个明白。”

黄松说：“我要告诉你一个好消息。”

竟是小猴子。黄松说那小孩已经找到了，此刻正在送往上流村。侯春生到上流村后，可以让他们见一面。

“上流村有什么好事啊？”侯春生问。

明天一早，上流村将召开一个公审大会，以暗杀团长连文彪之罪公审刘胜利，然后处决。随后公审大会改为誓师大会，会上需要砍一个人头，就砍侯春生。本来应该砍的是康明，因为康是刘胜利的后台，暗杀连文彪是康明的命令。只因康明提前跑了，必须另外拿一个顶替。侯春生是北方人，南下干部，共产党，代替康明再合适不过。砍下侯春生这颗脑袋，在地方上的震动比砍康明还大。侯春生不老老实实待在县政府民政科，一头钻到这里刺探军情，侥幸逃过一颗手榴弹，还不知躲避，硬要留在溪坝找死，丢脑袋见阎王怪不了别人。誓师大会上还要杀吴铁板的儿子，取粉肝壮杀气，这也是为连大木和连文彪报仇雪恨。

侯春生说："原来是叛变。"

黄松道："是逼上梁山。"

他追查，据刘胜利供称，侯春生一行已经离开，怎么突然又折转返回了？这是搞什么鬼？侯春生决定先不透露连文彪情况，只说自己离村后听到前方激烈枪响，加之夜已临近，担心路上不平安，才改变主意返回岸边村。

黄松哈哈大笑："那么是老天爷要你这颗人头，怪不了别个。"

侯春生说，事到如今，生死置之度外，这颗头老天爷要也罢，阎罗王要也罢，无所谓。但是他想替刘胜利求个情。刘胜利不可能暗杀连文彪，黄松咬定是刘胜利干的，要公审枪决，那也没办法，是真是假只好让刘胜利到阴间地府去跟连文彪理论。既然是个死，不要折磨人了。吊在那里太难受，他亲自领教过，苦不堪言。放下吧。

黄松狐疑："你想干什么？"

侯春生说："哪怕是瞎猫，人家好歹是你手下连长。"

黄松盯着侯春生看，好一会儿，一摆手，吩咐把刘胜利放下。

"不许说话，不许搞鬼。"他命令。

侯春生与刘胜利两人坐在地上，背靠墙壁，彼此隔一段距离。侯春生闭上眼睛，拿耳朵仔细搜索外边动静。此刻唯有拖以待变。

外边突然传出一阵枪声，距离很近，像是就在村头。

黄松喝道："怎么回事？"

他命人赶紧出去看看。告诉村头那些小子，没事别乱开枪。

侯春生说："不必去。我知道怎么回事。"

“你知道个屁。”

“一定是连文彪团长到了。”

“胡说！”

侯春生称不信等着看。连文彪确实挨了埋伏，但是没有死，毫发未损。

黄松脸色当即一变：“鬼话！”

“林庆派特务伏击他。我们把特务赶跑了。”

黄松大张嘴说不出话。他突然举枪对着侯春生，枪口晃动不止。这时外边一片喧哗，有声音大叫：“别开枪！是团长！团长在这里！”

黄松一屁股坐在椅子上，呆若木鸡。

几分钟后，连文彪带着李东来大步跨进连部。

“黄松呢，他在哪里？”连文彪大叫。

黄松不见了，厅中只有一把空椅子。

“黄松！老四！”连文彪继续大叫。

里屋突然传出一声枪响：“砰！”

大家冲进里屋。黄松倒在地上，身子还在抽搐，他的手枪丢在血泊里。

原来连文彪一行没有打进林氏祠堂。他们在东溪村口遇到哨兵，得知林庆一伙已经离开，二连主力由黄松带到岸边村去了。连文彪立刻掉头扑岸边村而来。进村前他们吃了一顿乱枪，待连文彪一喊话，对方一听真是老大来了，立时停止射击。连文彪到达前，岸边村已被二连控制，黄松在连部扣了刘胜利，三连各班战士被命令留在所居民房待命，由二连人员监控，双方均持武器，没有命令彼此都不敢贸然开打。连文彪一到即给三连解围，命二连、三连战士全部到晒场集合，准备行动。连文彪带人到连部找黄松。他一到黄松就躲进里屋，他一喊“老四”，黄松就往自己嘴里开了一枪。

当晚连文彪率部在溪坝镇驻地展开行动，搜捕林庆匪帮。连文彪派通信员骑马疾奔上流村，命令驻于该村的一、四两个连队连夜返回溪坝镇配合剿匪。当晚行动中，有阵阵枪声在溪坝镇周边响起，直到凌晨才渐渐平息。

凌晨时分，一个女子被押进连文彪设于三连连部的临时指挥所，押解她的战士带回一个包裹，打开来，里边竟有十几根金条。该女子有几分姿色，一见连文彪就“扑通”跪倒，大叫：“大哥救命。”

这女子是东溪村人，一个破落地主家的寡妇，黄松的相好。女子有个亲弟弟，被林庆搜罗为手下特务。当年连文彪部发生内乱，黄松枪杀老二拉回部队时，林庆被黄松扣在东溪，林通过寡妇之弟给其姐悄悄送去六根金条，她便缠着黄松，劝黄放了林庆，留条后路，林终得以潜出东溪逃命。而后林庆几次通过这条途径与黄松暗中来往，给了黄不少好处。这一次林庆前来策动叛乱，心知连文彪对他恨之入骨，难以合作，便把赌注下在黄松身上。林庆许诺给黄松高官厚禄，挑拨称一旦共产党知道黄松暗中通敌，一定不会放过，连文彪也不会轻饶。恰军分区命黄松带一营去地区，黄很紧张，感觉大祸临头，行将败露，只怕有去无回。黄已有心叛变，却又碍于与连文彪的交情。林庆设计为他扫除障碍，让黄松提供连文彪行踪情报，由林庆手下特务去设伏暗杀，事情要嫁祸给三连，再让黄松出来为连文彪复仇，把部队拉上北山。为了让黄松收拢连文彪旧部，林庆早做安排，设法把小猴子弄到溪坝，到时候用于祭连文彪。挟持小猴子到林家祠堂的断腿特务军官，就是黄松相好寡妇的弟弟。计划天衣无缝，终归于失败。黄松发现落败，没脸见连文彪，自杀了事，其相好寡妇被捉招供，真相大白。

但是林庆在得知伏击连文彪的特务意外遭袭后，感觉情况不妙，先行带人逃走，将黄松弃之不顾。此刻未知去向。

侯春生只问一个人：“小猴子呢？他在哪里？”

小猴子以及挟持他的特务军官同样下落不明。

“我一定得找到他。”侯春生说。

连文彪命侯不要管了，答应让部下全力搜寻，太阳底下找不到，月亮底下也能找到。找不到活的，至少会给侯春生一具全尸，心肝不缺，供侯春生埋进他的新世界。侯春生感觉连文彪话中有话，心里无比担忧。

“我得留下来找他。”他坚持。

连文彪骂：“你还想要挨一颗手榴弹，或者乱枪打死？”

林庆与独眼特务军官均下落不明，此刻他们有更多的理由把侯春生送给阎王。侯春生可以不怕死，连文彪却必须摆脱干系。他给侯春生出示一份军分区电报，竟与侯春生有关：命独立团派人将侯春生安全送回县城，必须以最快速度，不得耽误。

“要不要把你捆起来，抬回去？”连文彪问。

侯春生无语，眼泪忽然掉了下来。

连文彪大喝道：“一个破小孩算什么！瓮北！”

那是一句骂人土话，大意为：“傻北仔。”

12

他们在一座山岭下发现了情况。

李东来低声喊：“侯科长！怎么办？”

侯春生伏在地上，握枪看着前方山冈，低声下令：“派个好汉上去。”

李东来使个眼色，身边一个战士从土坡后边爬出，端着枪，利用山坡上的石头、草丛弯腰前进，上山侦察。坡下众人举枪对准山上，密切观察，随时准备战斗。

这是在溪坝镇外一处山岭上，离王爷岭还有一段距离。连文彪派李东来带人护送侯春生一行返回。此刻受阻不是发现土匪埋伏，只是情况异常：山顶上有异常响动，“梆梆梆”，是硬物敲击声响，速度不快，持续不绝。山口风大，敲击声在风中传得很远。

侯春生他们伏在山下土坡后边，看着侦察员悄悄接近山口。很快侦察员在山口站起身，转身向这边用力招手，大声喊：“副连长！副连长！”

显然上边情况异常，但是并无敌人。

侯春生下令：“快上！”

他们从土坡后边一跃而出，快步冲上山头。

山口道路边有一株大松树，有三个人被吊死在树杈上，他们的尸体在风中摇晃，撞击树干，发出“梆梆”的声响。三个吊死鬼都穿敌军的黄布军装，头上身上分别缠着绷带，一望而知是三个伤兵，其中一个只有一条腿是完整的，另一条腿只剩半截。

侯春生说：“快把人放下来。”

伤兵被放到地上。经检查确认无误，断腿尸体只有一只眼睛。

旁边忽然有人喊：“这里！这里！”

路旁有一棵小松树，树干下部靠着一个东西，顶着一个大斗笠。摘掉斗笠，下边竟是一个小孩，光膀子，耷拉着头，用一件旧军装蒙头盖脸，旧军装的两个袖子把小孩扎在小松树树干上。侯春生赶紧跑过去，蹲在小孩面前，掀开他头上的旧军装。

是小猴子。活的。侯春生喜出望外。

第三章　胡萝卜

我在当地的一份资料里读到粉碎林庆策动黄松叛变事件的大段记载，该事件被命名为“溪坝事件”。在将近七十年后读相关描述，已经没有太多新鲜感。一切都明摆着，就是这么回事，没有扑朔迷离，没有左右摇曳，更多的是毫无悬念的陈述和战绩战果的详细罗列：“此战共击毙匪徒十八名，捕获十名，缴获敌轻机枪一挺，步枪二十支，驳壳枪五支，弹药若干。”

事件中有一段阐述容易引起歧义：“敌特派员林庆潜入溪坝镇，住进连文彪、黄松控制下的东溪村林氏祠堂。”这段话似乎没有错，当时东溪村是独立团一营二连驻地，黄松是团参谋长兼一营营长，连文彪是独立团团长，该村当然是在他们控制之下。但是独立团还有一位领导人，政委康明，是否可以把名字也加进去：林庆住进康明、连文彪、黄松控制下的东溪村？显然不行。以我理解，这段话实暗含林庆被通敌人员保护的意味，而当时通敌的仅是黄松等人，连文彪不在其列。连并不清楚林庆行踪，如果知道，想必林庆早就陈尸村头了。我在当年的旧档案里看到了侯春生事后亲笔提供的一份《溪坝事件情况报告》，里边明确写道：“连文彪同志痛恨特务头子林庆，立场坚定，斗争坚决，但是他公开宣布只要死的，不要活的，有军阀主义、不讲俘虏政策倾向。”作为亲历者，写于事件刚发生之后的这份报告很能说明问题。

侯春生自己却消失了。将近七十年后，我注意到人们描述“溪坝事件”时已经不提这个人物。作为县民政科长，这个人似乎不太应该在一起剿匪大事件中扮演重要角色，特别是他进入事件的起因是一个失踪的小男孩，与事件相比越发显得不匹配。因此悄悄地他就淡出了，只把连文彪、黄松、林庆、刘胜利等人物留在记载里。溪坝事件中那场反伏击战如今被描述成：“独立团二营三连连长刘胜利派副连长李东升带一排战士及时赶到，打散了林庆匪帮的埋伏，挫败了敌暗杀连文彪嫁祸三连的阴谋。”

无足轻重的小猴子当然也跟着侯春生从记载中消失了。

我感觉遗憾。侯春生以及这个孩子怎么可以被忘记呢？即便时过境迁，他们依然远比若干有形物体更重要更有意味，比击毙多少，缴获多少更应当留在历史中。

1

侯春生喜欢好听的声音。他说世界上有一种声音最好听。

侯春生十二岁那年听到了那个声音，是在北方山间村落里一座土台子下边。台下当时挤着村里的百姓，还有流浪汉侯春生。台子上是抗日宣传队表演，有一群孩子登台唱歌，那些孩子与侯春生年龄相仿，他们不是流浪汉，他们穿小军装，模样像小八路。他们在一个大人指挥下表演合唱，嘴巴一张，侯春生就给迷住了。

后来他总是说，世界上最好听的声音是孩子们的歌唱，那就是天籁之声。

侯春生出生成长于河北南部一个小镇上，小镇附近有一座铁矿，修有一条铁路支线。他记得家境虽不富裕，却也不缺吃穿。他父亲是镇上中学的教师，母亲在家照料孩子。他们家有六口人，四个孩子，两男两女，他是老大。他的父母都是陕西人，母亲也有文化，知书识礼，只是身体不好，有肺病。侯春生四岁时，父母教他识字，五岁上小学，九岁上高小，隔年夏天，“七七事变”爆发，日军大举进攻华北，国军败兵一部沿铁路线撤退，过境时劫掠学校，竟开枪打死了他父亲。父亲突然离世，母亲难以承受，一病不起，两个月后病亡。母亲走得非常痛苦，一直在哭，一来是身体难受，二来四个子女都小，让她牵肠挂肚。侯春生已经十岁，懂事了，他向母亲保证照顾好弟妹，看着母亲咽下最后一口气。后来两年间，他成了三个弟妹的父母，靠四处求助、讨要，费尽千辛万苦照料他们，但是三个弟妹一一夭折，无一幸免。最先死的是二妹，她才五岁，还不懂事，因为肚子饿吃了观音土，消化不了，腹胀如鼓死亡。半年多后大妹也跟着走了，她已经八岁，可以帮助他乞讨、照顾弟弟，却因讨饭回来晚了，在路上被一辆马车撞倒，天亮被人发现时已经冻僵。大妹死后，日军占领铁矿和小镇，居民大批逃难，他带着四岁的弟弟随逃难队伍离开小镇，打算到陕西老家，投奔父母的亲人。逃难途中他弟弟的鞋子破了，光脚走路时踩到一根铁钉，而后伤口感染发炎，逃难途中无医无药，终死于破伤风。自弟弟脚扎到钉子后，他一直背着弟弟走路，弟弟在他肩膀上死去后他依然背着弟弟走，还拼命想喂弟弟东西吃，不愿意相信弟弟已经没了，直到一起逃难的大人发现，帮他挖个坑把弟弟埋进土里。从那以后，他最不能听的就是“破伤风”。

于他而言，触及这些事确实非常难受，格外惨痛。提起这些总让他自责，觉得没有完成母亲的托付，没有照料好自己的弟弟妹妹。看到其他小孩，他总会想起在他身边相继亡故的三个幼小生命，想起肩膀上弟弟僵硬的身子。于是他就更着迷于那种声音，他所说的“世界上最好听的声音”。

从华北南下福建途中，队伍曾驻扎于苏州。有一天侯春生在驻地外小街上听到一个琴声，感觉非常动听。寻声而去，却是街边修鞋铺里传出的，该铺子生意清淡，修鞋师傅人届中年，拿个口琴吹奏，自己找乐。侯春生坐在一旁静听，竟难以割舍，末了把口袋里带的钱全掏出来，买下了这支口琴。行军路上他学吹口琴，使上全身之劲，听者无不笑话，说他拿个破牙刷杀猪，那猪崽不歇气地尖声叫唤，要多难听有多难听。侯春生并不气馁，每晚杀猪不止，弄得小队里、中队里怨声载道，陈超甚至威胁要以影响同志们休息和情绪为由，永久没收他的口琴。侯春生不得不跑到更远的地方去“杀猪”，让猪崽的尖叫声被风吹散。无论吹好琴于他有多困难，他始终锲而不舍。

他相信自己可以吹好，因为他心里有那种声音。

2

侯春生归来，刚好赶上开会。

陈超县长身边，八仙桌边围了一桌人，由郑勇汇报情况。侯春生在门口探头，陈超一眼看见，即召唤道：“看什么？进来。”

侯春生赶紧在桌边坐下。

陈超问：“小孩找到了？”

侯春生说已经命人送去天主堂医院。同时通知了其父亲。

“军分区的人见了？”

侯春生已经向军分区派来的同志汇报了所知情况。他们赶往溪坝找连文彪了。

陈超回头道：“郑勇，继续讲。”

郑勇汇报：“我们考虑召开公审大会，枪毙这五个人。”

侯春生坐在县委秘书秦世宗后边，他看了一眼秦世宗面前的记录本，记录本上有名单，写在第一的是连文正。

郑勇介绍情况。公安队抓捕、突破胡得贵后，已有十余个涉案人员被捕。已查明连文正被委任为行动队司令，是首犯之一。连文正被捕后咬定没有见过林庆，没有接受伪职，也没有协助林庆逃跑。但是胡得贵等人的供词表明连确实与林庆有接触。连文正拒不坦白交代，坚持反动立场，必须严厉惩办。另外几个罪犯都是林庆搜罗发展的敌对分子，他们奉林庆之命在县城制造混乱，其中一人已确认是暗杀王拓、跟踪侯春生的黑衣刺客。目前林庆在逃，敌人还在竭力煽动叛乱，为了把反叛气焰打下去，根据地委指示，决定公审这五个罪犯，判处死刑，公开处决。

侯春生情不自禁“啊”了一声。

陈超眼睛一瞪：“侯春生？”

侯春生道：“他的腿脚没有问题。”

“谁？”

侯春生说，他曾命连文正一起离开县城去追牛车，连文正拒绝了。如果连文正是潜伏敌头，那时候三十六计走为上，恰好有机会借以逃脱，他为什么不？

郑勇问：“难道你还喜欢他跑？”

“难道他喜欢一动不动被抓去枪毙？”

陈超说：“所以要你这个侯。”

根据所掌握的情况，敌特派员林庆除了企图策动兵变，还计划召开一次联合指挥会议，简称“联指会”，正式成立行动指挥机构，委派各部指挥官，制定、推行行动计划并分派军事资源。此刻黄松自杀，兵变流产，林庆要继续推进叛乱，只能靠联络周边股匪起事。他找哪些人到哪里会商，是目前最需要弄清楚的。现在落网的十几个犯人层级不高，包括胡得贵，都只知其事，不知其详。连文正贵为行动队司令，了解的内情肯定比较多。这个连文正不一般，以前只知道是中校参谋、军事科长，现在才清楚原来还是所谓“军中之鹰”，为敌人特别看中，所以委以大任。

侯春生立即打听“军中之鹰”是怎么回事。郑勇说了那张照片。侯春生不禁一拍手：“原来是这只鸟。”

连文彪对侯春生提到连文正时曾说“人家封他个什么鸟，他就信以为真，似乎自己就是那个鸟”。原来说的不是什么斑鸠麻雀，是一只老鹰。细论起来，连文正在缅北作战勇敢，被他们称为“军中之鹰”，这个不能计为反动，倒可以算作功劳，是对国家、民族做贡献，因为当时连文正拼死作战，打的是日本鬼子。

郑勇说：“你替他拎得清，所以要你来。”

郑勇对陈超提出，让侯春生来提审连文正，陈超已经同意。所谓一把钥匙开一把锁，郑勇问不出来的事情，或许侯春生问得出来。

郑勇说：“连文正本人也要求跟你见一面。”

“为什么？”

“他知道自己活不过几天了。”

侯春生对处决连文正提出看法。如果连文正掌握较多内情，处决他等于自断线索，能不能暂缓？即使连文正一时不坦白，也先留着；而如果连文正认罪了，提供了知道的情况，是不是可以按坦白从宽处理，不杀？

郑勇说：“这个不可能。”

处决连文正等人的决定已经报上级批准，不能轻易改变。此时此刻需要震慑敌人，枪决一个司令，比杀掉十个八个小匪有分量。审问不外两个结果，一是连文正如实招供，那么作为匪首必须枪毙。二是连文正顽固不化，死活不招，那么作为拒不交代的匪首也必须枪毙。

侯春生称自己有疑问：“他们为什么让连文正当司令？‘军中之鹰’是以前的事，眼下他除了自己‘好才’一个，手上连个管家都没有。”

郑勇说：“你该问为什么别人都跑了，只有他没跑。”

郑勇怀疑连文正是敌人早就安下的一个棋子，预先留下来准备适时组织叛乱。连文正表面上一个兵都没有，暗中却可能掌握着一个网络。这个人为人沉稳，是个做大事的，懂军事，社会背景复杂，有一定号召力。推连文正当叛乱头目，还有利于拉拢连文彪加入，迅速壮大叛乱力量。如果连文彪立场坚定不入伙，也会因为弟弟成为叛乱头目而不受共产党信任，可谓一石二鸟。

“这些都只是怀疑。”陈超说，“现在要你设法把他嘴巴撬开。”

侯春生再次建议将连文正暂从拟公审枪决的名单中拿下，待审问有结果再说。郑勇再次表示连难逃一死，只是要争取让他死前说出下一步计划，以利剿灭林庆。

侯春生称自己于心不忍：“如果人家确实没有去参与呢？”

陈超立即批评：“侯春生还不接受教训？警惕性哪里去了？”

侯春生不吭声了。

当着全体与会人员的面，陈超宣布了两个与侯春生有关的决定：一是侯春生屡屡擅自行动，决定给予严重警告处分。二是侯春生在溪坝事件中对敌斗争英勇顽强，决定呈报地委，建议记大功。

侯春生问：“这是让我哭，还是让我笑？”

“该哭就哭，该笑就笑。”

侯春生请求：“不必记功，处分也免了，将功补过行吗？”

“就是要给你一个教训，让你记住。”

散会后，侯春生没有离开，留到最后，等着跟陈超和郑勇说一句话。

“又怎么啦？一个处分算什么？没完没了。”陈超批评。

此刻侯春生不在乎处分，命都可以不要，处分算什么？他没完没了却是为了连文正。会议上不好公开跟陈超没完没了，因此留下来个别报告。他请求不要公审、枪毙连文正，至少暂缓，别那么急，搞清楚再说。

“莫非你还敢担保？”陈超问。

如果需要，侯春生愿意担保。

“你拿什么担保他？”

要是侯春生错了，愿意承担一切责任，处分、开除直至枪毙，都可以。

陈超骂：“鬼迷心窍！我现在就枪毙你！”

3

连文正说：“看到侯同志，感觉放心了。”

侯春生道：“现在只有‘好才’可以救自己。”

他们相逢于公安局看守所的审讯室。连文正声称并不指望侯春生把他放出去，只是心有牵挂。那天上午在天主堂门外，看着侯春生匆匆带人出城，他就非常担心。此刻看到侯春生安然无恙，感觉特别欣慰。不知侯春生一行顺利否？小猴子找到了吗？

侯春生说：“谢谢你牵挂。”

他告诉连文正，小猴子找到了，过程非常曲折。他们意外撞进发生于溪坝的一起事件里，连文正的大哥连文彪险遭暗杀。此刻那里的风波已经平息，叛乱图谋已被粉碎，但是特务头目林庆在逃，还在拼命活动。

连文正说：“他们一定要你审问林庆之事。我其实一无所知。”

侯春生说：“告诉你一个内情：暗杀你大哥的主谋就是林庆。”

连文正表示自己与连文彪早已各走一路，但是依然为连文彪逢凶化吉庆幸，希望日后他大哥能好自为之。他猜想连文彪与林庆间一定有很多恩恩怨怨，他不了解，也够不着。至于他自己与林庆的关系，记得他早跟侯春生提起过，都是一些旧事。

“这回林庆没找你拍拍肩膀？”

“确实没有。我是无辜的，其实侯同志也清楚。”

他的理由正是侯春生在会上提到的疑点：如果他真是叛乱头目，他早应当拔腿走人，为什么要留在县城束手就擒？为什么要替侯春生捎纸条，把自己送到郑勇面前？这个理由无疑成立，却不足以洗清嫌疑。连文正始终咬定自己跟林庆没有见面，不知道被委为“行动队司令”。这是要害。如果两人见过面，那么林肯定跟连提过他们的计划和安排，连无法辩称自己毫不知情，其不说即为拒不交代，而帮助林庆下河逃跑也是一大罪状，坦白招供必死无疑，因而不如咬定没有。连、林接触是胡得贵交代出来的，胡本人是个配合人员，并不在现场，不属亲眼所见，另一当事者林庆尚未归案，因此并无确凿证据表明连、林合谋。或许因为这个，连文正才敢于咬住不说。

侯春生注意到连文正非常镇定，表情真诚无辜。侯春生很难不相信他，但是又本能地感觉连文正一定隐瞒了什么，这个人总是深不可测。

侯春生另辟蹊径，提起另外的事情："听说连先生曾是'军中之鹰'？"

连文正笑了笑："无论是鹰是鼠，到了现在都属异己，当不了免死牌。"

侯春生称自己感觉好奇。据他了解，连文正从小一心读书，考上西南联大实不容易，为什么忽然弃文从武，离开学校进了军队？是不是觉得从武比从文更能报效国家民族？听说连文正原本是到部队去当译员，为什么后来转而带兵打仗？末了又去当参谋？想必都与"军中之鹰"有关。可以介绍介绍吗？

"现在是牢中之鼠，没什么好卖弄，不说那个吧。"连文正回答。

"连先生应当尽量合作才是。"侯春生说。

连文正直截了当问："不合作就要处决，是吗？"

"你很清楚。"

"合作了同样也是处决，不是吗？"

"我觉得要看情况。"

"手指勾在扳机上了？一两天内？"

侯春生点点头。

他竟然一笑："在我预料中。"

他称自己自懂事以来已经遇到过许多死亡，包括其父亲和二哥、三哥的死亡，战场上的尸横遍野。所谓大丈夫义不辞死，死亡对他不算什么，虽然如此冤死实在有些憋屈，事到如今也没有什么办法。

心里确实有些东西放不开，希望有所托付，所以他才提出要跟侯春生见一面。他感到自己与侯春生有缘，也许竟是生死缘吧。

侯春生说："既然这样，你就不要隐瞒。"

他问："侯同志知道沈振道吗？"

侯春生摇头。

"他是你们解放军的高级干部，在兵团政治部任职，此刻他应当就在厦门前线。恳请侯同志尽快设法帮我联系一下，我有情况向他报告。"

"这是怎么回事？"

"一言难尽。"

连文正让侯春生不必多问，这里边有些情况不好说，且无论他说什么，侯春生未必能相信。他自知此刻提出这种请求极为冒昧，也非常奇怪。侯春生是地方基层干部，与军队高级干部之间不可能有直接的联络渠道，但是相信只要想办法总是有可能联系上。连文正没有向郑勇等人提出这个请求，因为清楚他们不会理会他，只有侯春生能当回事。对他来说这个请求生死攸关，如果侯春生不愿、不能相帮，或者无法迅速找到渠道联络，那只能听天由命。

侯春生道："连先生该知道一句老话：远水不解近渴。"

"说的是。"

"要救自己只有一条路：坦白吧。"

"我说过了，死活都是那些话。"

侯春生反复说服，没有结果。

陈超听了情况汇报，说："就这样结了，毙掉。"

侯春生建议："是不是设法联系这个沈振道？"

郑勇说："肯定是拖延之计，不要相信他。"

侯春生还想再说，陈超眼睛一瞪："找死？"

侯春生无奈，闭嘴。

经几位县领导碰头，公审大会定于后天举行。

当晚，公安局送来了判决公告，陈超命侯春生帮助审定公告文稿，侯春生反复看那份文稿，其他几人并无特别感觉，唯有判处连文正死刑的几段文字让他放不下，字斟句酌，难以定稿。末了他把稿子放在桌上，叫上通信员许志坚，推出两辆自行车连夜出门。自行车是新配给民政科的，侯春生用的正是连文正上交的那辆。

他们前去文庙。许志坚担心："不安全吧？"

侯春生看着漆黑夜空说："喜欢这条命的人死得差不多了。"

"还是小心点。"

"走吧。这个侯就这样。"

他们到文庙兜了一圈，深夜才返回县政府。

第二天，侯春生提出再次提审连文正，最后给一次机会。郑勇问："舍不得吗？"

侯春生说："就算最后见一面吧。"

郑勇同意侯春生再试一次，看看能否突破。他提醒侯春生务必打掉连文正的幻想。侯春生说："我知道。"

提审中，连文正询问："侯同志可曾设法联络沈振道？"

侯春生不吭声。

连文正笑笑："没关系。理解。"

侯春生说："不要指望拖延时间。你只有一条路，只剩最后一天。"

他苦笑："既然如此，听天由命了。"

侯春生眼皮一垂，看一眼连文正的腿脚。连文正忽然一笑。

"侯同志又要笑我腿长脚大？"

侯春生问："你怎么会跑不动呢？"

连文正还是那个说法：心灰意冷，自感走投无路，没处可跑。在济南已经做过一次解放军的俘虏，知道没什么好害怕。

"你觉得我是问这个？"

连文正知道侯春生问的不是解放前夕为什么坚守岗位，是这一次被抓前为什么还是不跑。他愿意说心里话。被郑勇关进黑屋子后，他感觉危险缠身，确实曾经考虑一走了之。说来很意外：有个陌生人突然在街上拦住他，叫他“连先生”，称他有杀头之祸，要他赶紧跑。恰就是这个人的警告让他改变主意，不走了。

“什么陌生人这么有趣？”

“从不相识，很奇怪。”

为什么陌生人的警告适得其反？因为它让连文正意识到自己的危险不仅仅在眼前，更在于未来。即便他顺利逃走，躲过眼前之灾，却是将更大危险揽上身来。他往哪里跑呢？难道真的去当什么B-29？他早就认定那是条死路，本就不打算跟林庆一伙勾搭，为什么还要丧家之犬般惶惶然跑去投靠，千方百计自己找死？只要他拔腿开溜，那就是做贼心虚，自认有罪，与林庆及其计划再也摆脱不了干系。所谓早知今日何必当初，现在仓皇走这一步，还不如解放军到来前一跑了之。既然当时心有不甘，决定冒险坐等，何不咬咬牙再等下去？如果留下来是死，跑也是死，那不都一样？费老大劲跑什么？不如以逸待劳，坐着等死吧。

“你心里有个小算盘。只要咬定没见过林庆，说你通匪就没有确凿证据。”

连文正点头承认。自忖一没卖身林庆，二没畏罪潜逃，三毕竟还有一个连文彪在后头，或许不跑亦为生路。有人给他塞一支枪，让他去杀人放火，他拒绝接受，立地成佛了，不可以吗？没想到终究还是要去吃那一枪，只好自认活该吧。

侯春生看着他，一声不吭。

连文正对侯春生表示感谢，称这些日子与侯相处，深感侯的坚定勇敢可敬，正直善良可佩，特别是悲悯之心实在难得。记得他曾跟侯春生探讨过新世界，其实于他而言，侯春生本身就是新世界，侯春生让他意外感觉这个新世界于自己似乎也可期待。可惜看来彼此认知都有不及。人皆有归属。侯春生的新世界不是所有人的，归属连文正的另一个世界是阴曹地府。既然命中注定，那么虽心有不甘，也得坦然以对。

“明明有一条生路在你面前，为什么不？”

“真的有吗？”他笑一笑，“侯同志不必劳烦，仁至义尽了。”

4

第二天上午，连文正与另四个罪犯被五花大绑，押出公安局大门，拖上一辆牛车，送往文庙外南山边参加公审大会。

侯春生没有参加，因为早餐时郑勇告诉他一个意外情况：徐碧彩于昨晚被捕，再次关进了公安局看守所。

“不是什么‘欢乐颂’。你上当了。”郑勇说。

侯春生非常意外。

徐碧彩被释放后，郑勇安排公安队外松内紧，继续密切监视。昨天晚间，监视人员发现徐碧彩抱着孩子离开住所，在街上兜了几圈，突然不见踪迹。正不知哪去找人，却不料徐碧彩竟窜到连文正所住小巷，推开连家房门一头钻进屋去。连文正被捕后，郑勇命封锁消息，同时安排公安队员蹲守其屋，徐碧彩被逮个正着。其落网表明她与连文正有特殊关系，估计她确实承担有接头任务。

侯春生连说不对：“这两个人根本就是路人，他们互不认识！”

“你怎么知道？”

上次徐碧彩被释放后，曾经与连文正在民政科办公室外相逢，侯春生刚好在场。以他观察，两人彼此完全陌生，不会错。

“现在徐碧彩为什么忽然跑到连文正家？”郑勇问。

侯春生把筷子往桌上一放：“难道走错路了？”

郑勇说：“这次一定得给我问出个女特务。”

侯春生还想抓住这一意外机会为连文正争取一线生机，即提出能否把连文正先留下不杀，待把徐碧彩的事问清楚再说？

郑勇批评：“果然鬼迷心窍！”

侯春生叹气："真是于心不忍，人死不能复生。"

连文正是公审大会上的头号罪犯，必死无疑。连文正带到坟墓里的秘密可以通过徐碧彩交代出来。徐不会没事找事半夜三更跑到连司令家去"欢乐颂"，她肯定是受指派前去联络，林庆的下落就在她身上。能不能通过她找到林庆就看侯春生。

"你的破牙刷呢？"郑勇向侯春生伸出一只巴掌。

侯春生嘲讽："郑胡子会刷牙吗？"

郑勇称侯春生的破牙刷必须先扣押，免得审讯时出岔子。要是侯春生忍不住又把破牙刷从黄皮包里掏出来交给女特务，眼皮一翻听个如痴如醉，那还能问出个鬼？

侯春生不交："我不想问出个鬼，只想听人家刷牙。"

"小心陈凶枪毙你！"

侯春生调侃，看起来他这条命很严重，刚逃过敌人暗杀，又面对自己人枪毙。比较而言，让陈凶枪毙不如去当王拓第二，那还是烈士。

侯春生到公安局审讯室审问徐碧彩。谎话连篇的徐碧彩一如既往地痛哭流涕，这一回编的谎话更加怪诞离奇。上一次被捕时，她自称丈夫是流亡重庆的上海人，其学校同事。这一次她改了口，竟称丈夫就是连文正，跟她结婚时为少校营长。她说，1947 年秋天，连文正随部队调防山东，当时她已经怀孕，留在重庆等连文正安定后再接她去团聚。不料隔年初夏孩子出生后，连文正竟失去音信。她本人则因一场洪灾冲毁学校，工作和寄居所都毁于大水，无处立足，只好携子出川追踪寻亲，一直找到这里。连文正是国民党军官，她不敢冒冒失失打听，被公安队拘押时也不敢供出真情，只怕反受牵累。获释后她悄悄打听，昨日意外得知连文正早已回乡，住在太古巷里，一时喜出望外，连夜跑去相认，却不料又一头撞到公安队手上。

侯春生在最后一刻咬住嘴唇，没有立马予以揭穿。徐碧彩与连文正在他面前直接见过面说过话，何须再去哪里偷偷探听连文正真身何在并跑去相认？徐碧彩根本不可能是连文正的老婆，她至今不知道当时站在面前的就是连文正，因此也不知道其谎言马脚早被侯春生掌握。侯春生让她接着往下编，看看她还会露出什么。

侯春生问起林庆，她拒绝说认识。“前进计划”以及联指会当然更不知所云，时间地点无从得知。五线谱依然只是《欢乐颂》，唯一的新解释只是她会哼该乐曲给孩子听，这孩子是连文正的亲生儿子。

侯春生回身，问站在一旁的公安队员：“孩子在哪里？”

在办公室里。他们给孩子找了个摇椅，临时请个老女人帮着照看。

侯春生吩咐把孩子抱来：“我看看是不是‘好才’。”

公安队员听命出去，片刻工夫领着老女人过来，孩子在老女人怀中，他在睡。

徐碧彩一见孩子便眼泪汪汪，说孩子太遭罪了，昨晚闹了一夜，凌晨刚刚入睡。她伸手要去抱孩子，侯春生制止，伸手比了个动作，让老女人把孩子给他。老女人抱来孩子，侯春生接过放在臂弯里，仔细端详。

他暗暗吃惊。这孩子眉眼果然有点像连文正。如果徐碧彩没有提到连文正，侯春生不会做此联想，但是提起之后再来看，那就感觉怎么看怎么像了。问题是无论怎么像，事情显然说不通。侯春生清楚记得，那天徐碧彩在民政科与连文正相逢时，手中就抱着这个孩子，该母子俩与于连文正完全就是路人，那情形不可能是装的。这样的两个路人不可能转眼变成夫妻，这孩子与连文正怎么会有关系？但是徐碧彩为什么要如此供述？其连篇谎言后边究竟藏着些什么？

孩子醒了，他怕生，睁眼一看侯春生即“哇”地放声大哭。

徐碧彩起身要抱孩子，侯春生让她坐下，自己站起身抱孩子晃，哄得孩子不哭了。

徐碧彩惊讶：“侯科长还会哄孩子？”

侯春生问：“这孩子叫什么好名字？”

大名还得等他父亲取，她给孩子起的小名叫“胡萝卜”。因为孩子出生时浑身皮肤发红，就像一根胡萝卜。

侯春生点头：“很好。我喜欢。”

胡萝卜大概不喜欢被人议论，他在侯春生手中扭动身子，又哭了起来。侯春生招招手让老女人接回孩子，自己取过皮包，从里边掏出那支口琴。

“你哄哄他，帮他放松一点。”

侯春生要徐碧彩给孩子吹一支乐曲，就《欢乐颂》吧。徐碧彩接过口琴，像上次一样先试试音，而后吹奏。侯春生仰起头看着天花板，听她吹奏。这一次效果不好，未曾如痴如醉。原因是徐碧彩竭力保持平静，但是听得出琴声颤抖不定，透着紧张。

孩子哭闹不休。

侯春生说：“你本来可以吹得很好听。”

她放下口琴，忽然拿手掌捂着脸，眼泪哗哗落下。

“侯科长行行好，放了我们娘俩吧。”她哭求。

侯春生摆摆手，让老女人把孩子先抱出去。而后继续审问，徐碧彩依然如故，谎话连篇，还是携子寻夫，丈夫就是连文正。

侯春生问：“你知道连文正现在多好吗？”

她不清楚。也不知道公安队员为什么藏在连文正家里，为什么她一到就把她带走，不让他们夫妻见面，不让她的孩子见一见父亲。

这话有一部分应当不假。如果她知道连文正已经出事，想必不会去自投罗网。或许她真是一个特务，因被抓过一次便格外小心，先悄无声息，待到不被注意时再趁夜上门找连文正接头，不料一头撞进郑勇的罗网。这时她得给自己找一个合适的上门理由，情急中只能自称是连文正的妻子，千里寻夫而来。问题是如此解释多有漏洞，这么干特务也显得太笨。此刻该女除了谎话连篇，实在没有表现出足够的专业能力。

她问：“连文正是出了什么事？”

侯春生告诉她，连文正参加反革命活动，已经被判处死刑。

她大惊失色：“真的吗？”

“今天南山开公审大会。会后枪一响，他就了了。”

她骇然，大张嘴巴，五雷轰顶一般。

这时来了不速之客，是两位军人。他们先去县政府，没找到侯春生，许志坚把他们带到了公安局看守所。不速之客从前线而来，是兵团政治部保卫处干部，他们带来联系公函，提出因相关工作需要，请本县将在押人员连文正交给他们，押送部队审查。待相关工作完成后，他们会将连文正押还本县。

“白队长要我们直接找侯科长联系。”他们说。

白队长是解放军野战部队开往前线后留下的征粮队队长，曾经在遣散文庙伤兵中帮助过侯春生。伤兵遣送后，征粮队住进文庙，侯春生与白队长配合很好。前天晚间，侯春生与许志坚骑自行车前往文庙，就是去找这位白队长。时白队长正在紧张忙碌，准备于第二天拂晓率队押运一批粮食去前线，以备部队攻厦之用。侯春生找他打听一位名叫沈振道的领导。白队长证实沈振道确有其人，目前是兵团政治部的副主任。

“能帮助我们向他报告一件事吗？”侯春生问。

白队长听了侯春生介绍，感觉挺棘手。沈振道是部队首长，他一个连职干部够不着。如果有时间慢慢来，也许还行，时间急只怕办不成。

侯春生说：“请你想想办法，拜托了。”

“事情非常重要吗？”

“关系一条人命。”

白队长很坦率：“我可以试试，不敢打包票。”

侯春生很清楚，白队长并非推托。侯春生其实并不抱太大希望，只是觉得自己还是应当做点努力。没料到白队长行事那般落实，部队反应那般迅速。可惜为时已晚。

两位来人一听连文正已经给送上刑场，不禁着急："怎么是这样！"

侯春生问："两位同志不是拿脚走来的吧？"

他们有一辆美式吉普车，特开来押送犯人。

侯春生叫道："快快！也许还能赶上！"

几个人上车，急奔南山。

公审大会已经结束。远远地，侯春生看到南山脚下人头涌动，人们拥向山边，处决罪犯马上就要开始。侯春生命吉普车驾驶员快开车，自己从车窗探出身子，对着前方大声喊叫，让执行队先停一下。当时场面上喧哗阵阵，热气腾腾，根本没有谁注意到他的呼喊。侯春生当机立断，拔出手枪，举起来对着天空，连续扣动扳机。

砰砰砰砰！

5

连文正感觉到小村庄的紧张气氛。

这个小村与战地相近，位于一片小山丘中。小村傍着一条河流，河面挺宽，流水缓慢，从小村往下，绕过几个小山头，河水从右岸注入九龙江，厦门在九龙江的左岸。由于接近入海口，这一带江面宽阔。小村虽与江岸近在咫尺，却又藏在山丘间，是一个理想的隐藏之处。连文正判断这里应当驻有解放军一个前方部门，主要负责收集、处理情报，显然也是一个保卫机关驻地。这里离前线指挥所应当不远。此刻厦门战役即将打响，这里的一切全都处于高度紧张状态。

连文正住进小村的第一天，保卫干部就找来一件干净衬衫给他，说准备首长提审，换件衣服精神点。但是当晚并没有提审，以后两天也都没有任何动静。连文正断定他们遇上了更大更急的事情，一时爱莫能及。以此时情况，最大最急的莫过于战斗，这一仗估计马上就要开打，沈振道暂时没时间管他。

可能由于战斗临近缘故，连文正感到自己所受的看管趋向松弛。到来之初他们给他上了手铐，因为在首长提审并确定其身份之前，他只能以被地方政府判处死刑的罪犯身份临时关押在这里。连文正关押处是一个空置的农家小院厢房，有保卫干部日夜看管。连文正向保卫干部提出，戴着手铐他睡不着觉，他们干脆给他解开了，因为无须担心，厢房大门一锁，任何人插翅难逃。头一天他们给连文正送饭，一日两餐，而后不送了，开饭时间一到就把连文正放出来，让他到饭桌边一起吃。农家小院里除了犯人和保卫干部，还驻有一个警卫班。连文正以天气转冷，自己没带衣物为由，向保卫干部要了一件旧军装，穿上军装几可乱真，坐在一条板凳上一起吃饭，看上去没什么不一样，似乎连文正就此参军入伍了。大战发起前夕，小村内外繁忙异常，车辆来来去去，小院里的警卫班战士进进出出，搬运各种军用物资。两个保卫干部也非常忙碌，小院另一侧厢房成了他们的临时审问室，一个又一个被捕或叛逃过来的敌军军官被送到这里，交给他们审问，此刻他们重点了解的当是厦门沿海阵地防务部署的最新变化。这种情况下看管自然减弱，连文正甚至利用午饭后放风时间，于保卫干部不注意间径直走出小院大门，门边站岗哨兵把他当成自己人，丝毫不加阻挡。连文正在小村里兜了一圈又走回小院，这时保卫干部刚刚发现他不在厢房，正在紧张安排寻找，他一进门，一屋人全都松了口气。

保卫干部批评：“你怎么可以乱跑！”

他让他们放心，他哪里也不会去，就待在这里静等首长。战斗眼看就要开始，战斗胜利后首长就会腾出时间接见，接见后对他的误会就会消失，此后首长一定会请他吃饭，到时候他会要求请两位保卫同志一起参加。

那天下午三时许，东北方向爆发出持续不绝的枪炮声，连文正不禁长喘一口气。

他知道那是什么。厦门战役终于打响。

从下午直至深夜，枪炮声始终不息，响成一片。晚间，连文正躺在床上静静聆听。远远的，他分辨出榴弹炮的沉闷声响，也听出山炮、海岸炮弹的爆炸声。轻、重机枪的射击声响无止无休，难以分辨是从岛外往里猛轰，或者是从岛内往外狂射，只能从枪炮声的远近和密集程度来推测哪些可能是解放军在进攻抢滩，哪些可能是守岛国民党部队在阻止对方突击部队登陆。从枪炮声起落间歇之短暂可以听出战斗激烈而胶着。

这一仗结果将如何？连文正早有自己的判断：无论守岛部队如何抵抗，终难逃覆没。厦门离大陆太近，三面可攻，虽隔有一片海水，其险却不见得超过长江，解放军能渡过长江打到此地，厦门周边这片海水对他们不算天堑。一旦战役开打，少则三天，多则五天，胜负自明。那时候沈振道就能腾出时间，请吃饭其实未必，见面则是肯定的，无论是保卫干部称之的提审，或者连文正自称的接见。

他没料到有两个人赶在首长之前来到小院，专程提审，或称接见。

那是厦门战役打响的第二天，上午连文正坐在房间床头，静静听着外边一阵紧似一阵的枪炮声。保卫干部忽然打开门进屋，把他带出厢房，送到临时审问室提审。进门时他不觉一愣：坐在桌子后边的竟是侯春生，桌边还坐着一个记录员，那是郑勇的手下，记得郑审问时，他也坐在一旁记录。

连文正当即扑倒在地，“扑通”磕了个头。

保卫干部把他拖起来，喝道：“干什么！”

连文正说：“救命大恩，无以言谢。不是侯同志劫法场，文正早是枪下鬼了。”

侯春生当即纠正：“什么劫法场，不是。”

连文正说：“侯同志不要见怪。”

他其实挺诧异，心知侯春生无事不登三宝殿，追到这里提审他必有重大事情。此刻前线大事是厦门战斗，后方会是什么？叛乱。林庆橄榄核真他妈死也罢。

侯春生一开腔就给连文正施加压力。他警告说，连文正的死刑判决依然有效，目前只是暂缓执行。一旦部队这边了事，人犯遣返本县，仍然需要执行。眼下没有谁能救连文正，除了他自己。

连文正点头："请侯同志给指一条生路。"

侯春生称此次前来是奉领导之命，也是他主动请缨。他到本县工作时间不长，一来就与连文正发生接触，彼此有些了解。连文正在文庙帮他躲过一枪，他在南山还以枪下留人，有了这么一些来去，可能有利于说服。他来找连文正，既是为了粉碎土匪叛乱，也希望能为连文正争一条生路。这条生路在哪里？林庆以及他的计划。林庆在逃，近日几股土匪接二连三在本县边界地带活动，"联指会"与叛乱行动箭在弦上。协助政府摧毁这一图谋是立大功，按照立功受奖政策，有望争取救连文正一条命。

连文正说："哪怕不足以免死，仅凭侯同志急救之恩，我也当如数奉告。可惜所问事项在县里已经被反复问及，文正确实不知情。"

"假话。"

"侯同志一向最讲道理，怎么忽然如此断言？"

侯春生要连文正回忆一下。有一个人，乞丐，在天主堂门口与连文正有过接触。

"记得。"连文正说，"他缠了我好一阵。"

"怎么缠？'行行好，给两个饭钱'？"

"差不多。"

"不必装了。"

侯春生告诉连文正，乞丐身份已经确认，是林庆的秘密联络员。

"文正不认识那个人。当时除了讨钱，他没有说起其他。"连文正一口咬定。

"他受林庆派遣找你，只让你行行好？"

"确实不曾说起其他。"

"那两个讨饭钱有这么难说吗？"

连文正叹气："我是跳到黄河洗不清。"

侯春生提起一件事：连文正被公审前他们有过一次谈话，当时连文正称有个陌生人在街道上拦住他，警告他快逃。说的是谁？莫不就是这个乞丐？

连文正断然否认："不是。"

他只能如此咬定，否则无以圆谎。

"我喜欢听实话。"侯春生说，"'好才'应当讲实话。"

连文正苦笑："实在对不住侯同志。"

侯春生突然转换角度，提到了另外的事。

"想过徐碧彩吧？"

连文正不觉一怔："谁？"

侯春生又说一遍。连文正眉头一皱，摇摇头："我不知道这个人。"

"她不是你妻子，连夫人吗？"

连文正一笑："我向侯同志报告过，困于战乱，本人尚未娶妻成家。"

"1947年夏天，你在重庆与徐碧彩结婚，那时你贵为少校营长。"

"那时鄙人确实在重庆，确实任营长，只是并未结婚。"

"现在她千里寻夫，找到太古巷你家了。"

连文正面露惊讶："还有这事？哪路仙女啊！"

侯春生打开自己随身皮包，从里边取出一张纸放在连文正面前。

"欣赏过这个吗？"

是那张乐谱，五线谱。连文正把乐谱拿起来仔细看，摇头。

"我没有钻研，只知是乐谱，不懂其详。"他说。

侯春生问："笔迹呢？很亲切？"

连文正说："绝对陌生。"

"这是《欢乐颂》。另外还有一根胡萝卜。"

连文正面露疑惑。侯春生告诉他胡萝卜是个小男孩。

"是你儿子。"

“什么？”

侯春生讲了那个孩子，以及徐碧彩的携子寻夫故事。

“这女子难得。可惜是他人故事。”连文正说。

他坚决否认徐碧彩与之有关，胡萝卜儿子当然更无从谈起。

侯春生说：“连先生越是否认，我越是多了些明白。”

解放军到来之前，本县旧政权负责官吏跑的跑藏的藏，为什么连文正一动不动，硬着头皮等着共产党到来？如果连文正不是有意留下来谋叛，等着张容成的委任状，显然另有一个天大的理由让他甘愿经受各种危险与威胁，死活不走。他心里必有一个牵挂，或许就是徐碧彩与胡萝卜？

连文正苦笑道：“我很愿意有这种牵挂，只是造化弄人。”

侯春生说，连文正拒不承认徐碧彩与胡萝卜，一定有其缘故。无论什么情况，连文正是因为心中牵挂而没有一走了之。连文正曾说过“心有不甘”，或许就是不甘没有等到亲人？无论是与不是，为了心里的牵挂，连文正确实不应当自寻死路，否则所做的、所忍受的一切不是都白费了吗？

连文正没吭声，好一会儿，忽然抬手指了指厢房的后窗。

“侯同志听。”他说。

窗外传响枪炮声，远远自东北方向而来。轰隆轰隆，持续不绝。

侯春生说：“战斗很激烈，胜负如何已经没有悬念。”

连文正说自己现在只牵挂这些枪炮声，等它平息之后，也许他就该被押回本县南山，等着属于他的那一枪。此刻听着外边的枪炮声，想到自己的那一枪，虽然确实心有不甘，却也明白是命中注定，无须过于伤悲。

“其实你还可以选择。”

“实在对不住。”

他很感念侯春生风尘仆仆专程过来劝说，其实此刻追问他已经没有什么意义。即使他知道林庆那些勾当，什么时候，在哪里会合等等，时过境迁还有什么用？林庆一听他被捕，第一件事会是推倒重来，以防他向共产党供出内情。林庆在溪坝闹腾失败，计划也会相应改变，明日黄花一点价值都没有了。

侯春生当即盯紧不放："你不是不知道，是认为说了没用？"

"我只是假设一下，打个比方。"

"咱们继续假设。"

侯春生假设连文正知道林庆那些事，出于一些考虑，连对出任行动队司令参与叛乱并无兴趣，但是他宁可袖手旁观，任其发展，不会去揭发，是吗？

连文正坚持："我说过我不知道。"

"假如你知道，你会很高兴告诉我吗？"

连文正无语。

侯春生问："你是不是另有幻想？"

"我还能幻想什么？"

"听说部队首长还没时间请你吃饭？"

连文正笑："或许侯同志想了解我与沈振道是什么关系？"

这个问题不在侯春生审问范围内，他只是有些好奇。连文正与这位部队首长之间的关系肯定很特别，否则情况早是两样。

连文正还是那句话："说来话长。"他什么都不多谈，只讲与沈振道有关的事情他不能说，需要的话，侯春生可以直接找沈振道了解。

"不要提审我，去提审他。"连文正打趣。

侯春生也调侃："这个提议很好。"

他告诉连文正，县里派他赶到部队，一个任务是提审连文正，另外还有一个任务，就是把连文正一案向部队报告。连文正被判处死刑，其通匪证据确凿，必须让部队首长了解掌握。侯春生将如实报告全部情况，无论连文正坦白交代，为剿匪立功，或者拒不合作，顽抗到底，所有情况都将原原本本上报。

连文正说："我知道。沈振道也帮不了我，只能把我送回去执行枪决。”

“你明明还有一条生路可走。”

“侯同志已经反复劝说，我很感念。”

侯春生跟连文正磨了整整一个上午，其间外头枪炮声此起彼伏，农家小院里军人匆匆进出，夺岛守岛双方战斗激烈，厢房里的攻防也此起彼伏。

中午饭前侯春生结束提审。连文正再次道歉，称自知未能帮上忙，很惭愧。

侯春生回答说：“你顽固不化，我很生气。”

两人都咧咧嘴，似笑非笑。

连文正说：“有件事忽然想到，不知可不可以问？”

“我喜欢你问。”

连文正了解，侯春生愿意担保他，是担保他会招供吗？

侯春生摇头：“没担保你招供，只担保你不是坏人。”

连文正拱手作揖：“侯同志抬举我了。”

他还关心侯春生此来是否立了军令状？没能完成任务是不是会有麻烦？侯春生笑着调侃，让连文正先参加革命，像连文彪那样成为自己人，内部事务才方便交流。连文正转口问连文彪，不知侯春生印象如何？他们兄弟俩相像吗？

“你大哥也这么问我。”

“你怎么告诉他？”

“模样不太像，但是也有神似。你是‘好才’，他算不上。”

“他生气了？”

“骂我‘你个侯’。”

连文正哈哈一笑。

还有一件事让他挂念，不知侯春生救下的小猴子近况如何？侯春生一张脸顿时乌云密布。那孩子可怜，右手臂上的伤没能及时处理，伤口感染，坏疽，可能危及生命，为了保全孩子一命，无奈之下，医生对小孩做了截肢手术，孩子从此成了残疾人。侯春生原先非常担心孩子患破伤风，还好逃过。

“如果不是侯同志悲悯有加，执意相救，这条小命早没有了。”连文正说。

侯春生说：“现在还有另一个孩子让我操心。”

“一定是胡萝卜。”连文正说，“他确实与我无关。”

侯春生说，这孩子目前只有小名，大名还有待其父来取。以他感觉，胡萝卜眉眼似乎与连文正颇像，长大了一定也是“好才”。这孩子体质像是偏弱，很怕生，哭起来没完没了。他让徐碧彩给孩子吹《欢乐颂》，没能哄他止哭。他很想让孩子笑一笑，听一听那个笑声。可惜没做到。他感觉，那笑声一定会是非常好听的。

连文正说：“孩子的笑声都好听。”

“如果他们唱起来，那就是世界上最好听的声音。天籁之声。”

连文正举起手指着窗外，窗外枪炮声还在轰鸣，无休无止。

“眼下还是枪炮声最为真实。”连文正道。

侯春生断言战争很快就将结束，枪炮声一定会成为过去。这个世界已经有太多枪声，它应当被更好听的新世界的声音取代。

“在文庙伤兵面前听过。”连文正感叹，“我记住了。侯同志讲起新世界的声音，脸上那么明亮，浑身阳光啊。”

侯春生看着连文正，一时说不出话来。

“不对吗？”连文正问，“也就是‘人之将死，其言也善’。”

侯春生说：“我喜欢。”

他觉得新世界是所有人的，特别是孩子们的。他所做的一切，说到底都是为了让孩子们可以幸福地歌唱。他觉得所有人都可以为之努力，包括连文正。

“谢谢侯同志耐心。文正感恩不尽。”

侯春生起身离去。

当天傍晚，枪炮声听来格外炽烈。连文正在饭桌边对两位保卫干部说，从枪炮声判断，厦门岛西南海上的鼓浪屿打得激烈，解放军应当是打上滩头了，但是没有得手。另外一个进攻方向是厦门岛北部，解放军攻岛部队应当已经突破滩头阵地，撕开了守军防守缺口，向纵深猛烈进攻。

两个保卫干部面面相觑。根据他们掌握的战况，连文正所说准确。

连文正说："我对厦门地形相当了解。自从军以来大小打过数十仗，未必总能打赢，分析战况还算看家本事。"

晚饭后放风，一个保卫干部领着连文正在院子外转了转。这位保卫干部姓王，比较年轻，好奇心强，他特意领连文正走远一点，一直走到村头小河边。这里没有村中军人匆匆来去的纷扰，山岭那头传来的枪炮声显得更为清晰。

连文正站在河边仔细聆听，透过一阵强一阵弱远远传来的枪炮声，他判断解放军突击部队已经打进城区，开始巷战。守岛军队正在撤退，兵败如山倒。

"厦门马上就要解放了。"他说。

小王喜笑颜开。

连文正突然轻轻伸手拔走小王腰间的手枪，举起来对准他的眉间。

小王大惊，叫道："干什么！别开玩笑！"

连文正一声不吭，毫不犹豫，当即扣动扳机。"砰"一声枪响，小王中弹，身子朝后边弹出去，摔进小河里。连文正把手枪一收，迅速跑到河边一棵龙眼树下。有一条五篷船靠在河岸边，船头绳缆系在龙眼树树干上。连文正匆忙解开绳子，爬上小船，在船舱上躺下。船顺水晃离河岸，向下游缓缓漂去。

他听到了岸上扑通扑通的脚步声，有手电筒光闪来闪去。有人在大声吆喝："谁开枪！什么情况！"

连文正紧紧趴在船舱里，一动不动。这是只运输船，船舱空间狭小，弥漫着一股汽油味，摆着一只铁皮大油桶，连文正只能趴在油桶之上。他试着用身子晃了晃，油桶纹丝不动，显然是满满一桶油。驻于这个小村的解放军部队配有摩托车，有电台和其他设备，他们有一台发电机，需要用到汽油。五篷船为他们拉来一桶汽油，可能因为天色晚了，没有马上卸货，要等天亮再召集人马搬运。他们没有起重机，要把这个大铁桶从河里弄上岸不是一件轻松的事情。

现在他们不需要为这桶油操心了。连文正感觉到五篷船在水中越漂越快。

远远地，连文正听到岸上有人喊叫。

“那条船怎么回事？谁在上边！”

几声喊话，而后射击。砰砰砰，子弹从五篷船上空呼啸飞过。他们没有对准船只开火，因为船上有一桶汽油。他们开枪示警，命躲在船上的人露面，把船划回岸边，否则将予消灭。事实上他们并不知道船舱里是否真的有人躲着，连文正始终没有任何动作，刻意维持一种假象，让船像是脱开绳缆自行漂走一样。天色在迅速暗下来，不要多少时间，这条船就将被罩进夜幕，完全消失。他们没有探照灯，无法在漆黑的江面上找到它，那时就安全了。

五篷船越漂越快，追兵沿岸追赶，不多久就被挡在村外山岭下。前方不远处就是河口，小河在那里汇入九龙江主流。再往下是九龙江入海口，左岸枪炮不绝，是激战中的厦门岛，右岸是大陆，前方是夜幕中的大海。

这时轰隆一声巨响，一颗炮弹在船左舷前方爆炸。突起的一片亮光中，河中水花四溅，船体激烈摇晃。

是迫击炮弹，发射地点应当是在小山岭上。他们决定击毁这条小船，现在是炮击小船的最后机会，几分钟后它就将消失在黑暗中。

连文正趴到船头，又一颗迫击炮弹呼啸而来，落在船右舷后侧不远处，爆炸溅起的水花泼了连文正一头一脸。

连文正心知不好。这是个神炮手，动作快而准，一前一后两发攻击未中之后，他会立刻修正参数，把水的流速加上去，射出致命一发炮弹。

这时候能怎么办？听天由命？

不行。如果说他曾经决意听天由命，现在已经不是了。因为忽然之间得知了一个意外情况，有了个最大的理由：胡萝卜。

第三发迫击炮弹准确命中五篷船。巨大的爆炸声中，船体四分五裂，迸散于河道中。船舱的油桶被抛向半空，而后爆炸、起火，刹那间河面燃烧起来，熊熊火光照亮了半条河流，映红了夜空。

十几分钟后汽油燃尽，小河沉入夜幕，归于平静。

6

几天后，郑勇亲率公安队紧急出动，开展一次秘密突袭，目标是溪坝镇外野鸭铺。

此刻厦门已被解放军攻占，林庆组织叛乱干扰解放军攻厦的企图已经失败。但是他并没有偃旗息鼓，依然潜伏于本县，竭尽全力实施其“前进计划”。据判断，林庆网罗的各路叛匪代表今晚可能集中野鸭铺举行所谓“联指会”，这是集中摧毁的一个有利时机。但是本次突袭具有极大不确定性，因为情报难说可靠，甚至有可能是虚假，其获得途径比较可疑，究其来历竟出自顽敌连文正，通过侯春生获取。

开始行动前陈超说：“如果发生重大失误，枪毙侯春生。”

侯春生拿手指做手枪状顶在自己脑门上调侃：“特务暗杀未遂，陈凶举枪对准。”

侯春生实为陈超爱将，枪毙侯春生当然未必，但是大家手里都捏着把汗也属事实，无论是陈超、郑勇，还是侯春生本人都一样。

说来侯春生是自找麻烦，事起于一具敌尸：郑勇的公安队在城东截住一位敌特联络员，该联络员拒捕，被当场击毙。侯春生听说该匪化装为乞丐，忽然联想起天主堂门口连文正与乞丐说话那一幕，赶紧跑去认尸，确认个头、身材、服饰和斗笠均相同，这就旁证连文正与林庆确有联络，连文正在供词中撒谎。侯春生向郑勇、陈超报告情况，主动请缨，因此才有了赶到前线再审连文正的情节。

侯春生觉得，除了已掌握的连文正与敌联络员乞丐确有接触外，徐碧彩的供词也提供了一条劝说途径。徐碧彩谎话连篇，所供情况疑点丛生，却显然与连文正有所关联。连文正咬定自己并无家室，徐碧彩的出现表明其可能有意隐瞒。徐碧彩谈到的情况与连文正履历吻合，时间也对得上。连文正随部从重庆调到山东是 1947 年 10 月，而徐碧彩称胡萝卜生于 1948 年 4 月，连文正在济南战役中成为解放军俘虏的时间是同年 9 月。从这几个时间分析，连文正离开重庆前已经知道妻子怀孕，却可能没见过这个孩子，也许出生消息都为兵火所阻。连文正被解放军于济南释放，到他返乡任军事科长，中间隔有数月时间，不排除他曾在这段时间跑回重庆寻找过妻儿，遍寻无着才掉头回乡，在老家等候妻儿前来投奔，这是家人团聚的唯一希望。为什么妻儿没待在重庆等他归来？可能确因兵荒马乱，流离失所，无处立足，被迫带孩子出川寻亲，最终找到丈夫老家。如此分析，可为连文正不跑提供合理说明，却不能解释所谓夫妻为什么彼此不识。这是整个故事最怪异之处，应当别有玄机。尽管真相尚模糊不清，有一点却可想见：如果连文正因家人失散，怀一线希望留在老家等待，此刻徐碧彩和胡萝卜出现，一定有助于劝说他放弃抵抗，选择合作，设法求生。

陈超批准侯春生到部队再审连文正。侯春生提了个请求：如果连文正合作，应该给一条生路。陈超说要看情况，必须有重大立功表现。

“你想办法完成任务，也是将功补过。”陈超说。

侯春生保证努力完成任务。如果真有成果，无须给他报功，撤销处分就成。

“你小子生死置之度外，怎么计较这个？”

侯春生嘿嘿，称自己总是让人表扬，现在忽然背个处分到达新世界，不免感觉惭愧，叫作“自惭形秽”，因此耿耿于怀。

陈超说："处分是为你好。"

连文正拒绝合作，侯春生劳而无功。从厦门前线返回后报告情况，陈超、郑勇都非常恼火，决意务必把连文正抓回来枪毙。当晚侯春生躺在床上，辗转反侧总是睡不着觉。他仔细回想审问连文正的整个过程，感觉里边似乎暗藏着一些什么，他应当注意而没有注意到。这个念头很强烈，挥之不去，压在心头让他放不下。他不知道自己为什么会有这种感觉，或许只是因为不情愿白走一趟，非得搞出个结果不可？

他回忆、梳理审问情况。审问中主要内容是追查林庆及其计划，连文正不予合作，态度很明朗。徐碧彩部分很耐寻味，侯春生记得自己提起时，连文正表情一怔，而后才否认，再次声称并未成家。显然徐碧彩这三个字于连文正不是毫无感觉，但是连文正作为眼下一个死囚，承认事实未必对家人有好处。连文正对胡萝卜的态度比较特别，起初毫无感觉，知情后便不一样，表现在连文正问起小猴子的伤势与救治。他对小猴子不会那样上心，不可能随口提起，很大可能是借之做话题，不动声色引侯春生谈另一个小孩也就是胡萝卜。显然他关切后者，胡萝卜跟他有关。审问中比较意外的段落该是结束前，连文正忽然主动问及连文彪，说了一通王爷岭和王爷庙，还打趣让侯春生去烧一炷香。这些话像是闲聊，是不是有些东西就藏在闲聊中？

侯春生记起连文正一句话："土匪在那里出没不是无缘无故。"王爷岭多有土匪出没，并不表明那小队土匪非得在王爷岭。那么是什么缘故让该匪伙在那个时间出没于王爷岭，连文正又是怎么知道他们会在那里出现？或许此前乞丐通知连文正前往会合的地点就是这条路上的某个点？这就是所谓的"他们在那里出没不是无缘无故"。

如果这个分析正确，那么王爷岭值得注意。连文正问起王爷岭，一语泄露天机。王爷岭地域宽阔，哪个地点最适合林庆一伙聚集？王爷庙有可能。王爷庙傍于旧路，与现今主要道路相距较远，比较荒僻，能够避人耳目，又拥有可供密谋商议的场所，房间锅灶不缺，有吃有住，适合林庆干那种勾当。除了秘密会商，说不定他们也想在那里烧一炷香，请王爷保佑他们“前进计划”炽热，大功告成？连文正聊东扯西，别的不提，只讲这个王爷庙，仅凭这般好兴致，这座庙就足可怀疑。

侯春生左思右想，越琢磨越觉得有理。这时候哪里还能睡觉，他从床上爬起来，披件外衣跑到县公安局，把郑勇弄醒。

郑勇听罢侯春生述说，摇头不止。

侯春生说：“如果手中没有更多线索，那么抓住一条是一条。”

郑勇摇头：“这个不算线索，只是猜测。”

但是他决定跟进，不管依据多么不足，只要有一点可能他就必须抓住。郑勇迅速安排几位得力侦察员化装前往王爷岭，分别在周边了解，并直接进庙上香。侦察员在那里发现了一些疑点，得知近日常有诡异人物进出小庙。王爷庙属道教，常住道士有五人，疑点集中在道长身上，这位道长出自本县一个破落家族，人虽出家，交道却广，与三教九流众多人物都有瓜葛。侦察员在王爷庙得知这位道长恰在当天上午离开小庙，出山到溪坝镇做法事。道长只离开两天，后天就当回山，因为本庙另有一场法事由其主持。侦察员赶到溪坝，没有发现道长踪迹，断定其隐瞒了真实去向，他们设法找到送道长出山的挑夫，发现道长是去了野鸭铺，野鸭铺离溪坝镇有十多里地，位置很偏，在山坳里，傍着一条小溪，原是一个小村，因为匪患与瘟疫，十室九空，只存两三户人家。道长住在小村河边一座旧祠堂里。

郑勇通知侯春生一起来研究情报。侯春生断定野鸭铺是会合点。两天后道长将回王爷庙做法事，那么这伙人的秘密会商时间当在道长回庙之前，也就是明天。届时林庆等人将集中于野鸭铺，旧祠堂就是他们的会场。

“机不可失，赶紧动手。”侯春生说。

郑勇却显谨慎："咱们再理一下。"

郑勇又回到原点，质疑情报的最初来源。王爷岭王爷庙这条线索从哪里来？连文正的嘴巴里。连文正拒绝合作，拒绝立功赎罪，拒不提供林庆的情报，为什么又要在闲聊中扯出王爷岭和王爷庙，将重要线索拱手相送？如果他有心要告诉我们，为什么不明确说出，坦白检举，这样还能记为立功，或能帮他保住一条命，他为什么不？

侯春生承认确实有疑问，但是他认定连文正伪装闲聊，提到王爷岭绝不是随口而出。连文正心机很深，行事细密，不是那种会在无意中脱口而出，意外泄露天机的人。他用闲聊方式扯出王爷岭一定有其考虑，出于某种目的。

郑勇说："也许是在耍我们？"

"或者是给我卖个人情，亲切表示？"侯春生分析。

提审中连文正曾伏地磕头，屡次表示"对不住"。如果不是侯春生，连文正已经是南山野鬼，因此可能他会自感欠点情分。侯春生前来追查内情，劝告他立功保命，对他仁至义尽，连文正却咬紧牙关不说，让侯春生完成不了任务，两手空空而归，这就更欠了人情。因此他要把王爷岭当一个人情还给侯春生？

郑勇反对："如果真那么情深义重，他为什么不直接告诉你？"

侯春生说连文正挺复杂，自称一条道走到黑，不想掉转枪口，耻于出卖旧日袍泽，立场、感情都跟林庆他们在一起，因此不会坦白交代检举揭发。但是如果有这样一种选择，不会危及林庆一伙，又提供线索还侯春生一个人情，连文正会不会干呢？

郑勇说："扯淡嘛。"

侯春生认为有可能，需要打一个时间差。连文正表面恭顺温和，实际心高气傲，不太把人放在眼里。对侯春生也一样，既因为枪下留人觉得欠一点情，又不会太看重侯春生。连文正年长，读过大学，打过大仗，当过中校，"军中之鹰"，比较起来侯春生只算后生，因此连文正会本能地小看人，以为他那个葫芦里的药这个侯不可能搞明白。例如王爷岭王爷庙，闲聊而已，侯春生一时不会太在意，时候到了才会突然想起来。什么叫时候到了？等林庆他们闹起来了，而后破灭了，一切水落石出，整个密谋发动过程都会给翻出来晒太阳，那时候王爷岭王爷庙的特殊含义就会为人所知，于是侯春生一定扼腕叫冤，明白人家连文正很够意思，早就用貌似闲聊的方式给了暗示，只恨自己太愚钝，当时没能参透，现在才搞明白。

郑勇不禁摇头："是连文正跟你玩心眼，还是你跟自己玩？"

侯春生说："我一直在琢磨他。琢磨越深，越觉得有可能。"

交谈中，有电话打到公安局找侯春生。侯春生跑出去接电话，一会儿回到郑勇办公室，脸上表情与刚才大不相同，气恼加上震惊。

"出什么事？"郑勇吃惊。

"怎么可能！"侯春生嘴角抽搐，"他怎么会这样！"

是白队长打来的电话，通报连文正死亡情况。连文正趁保卫干部一时疏忽盗船逃跑，逃跑前残忍枪杀一个保卫干部。在警告无效之后，警卫部队用迫击炮炸沉连文正所盗船只，船上汽油桶爆炸起火，连文正与五篷船一起粉身碎骨。

郑勇听罢情况，用力一跺脚："该死！"

侯春生于震惊中依然难以置信："这怎么会呢！"

"你还担保他！你完蛋了！"

郑勇狠批侯春生。要不是侯春生，连文正早给毙掉，埋在南山下了。侯春生误信连文正，一再想帮他保命，反搭上前线一个解放军保卫干部。

侯春生无言以对。

"现在知道什么叫'好才'了？"郑勇问，"或者还要等他弄死你才知道？"

侯春生摇头："我真这么该死吗？"

"一个重重的处分，你逃不过的。"

这个意外消息给王爷岭行动带来重大疑问。连文正如此不可信，他对王爷岭的说法或暗示就可以信吗？提起王爷庙会不会是连文正逃跑前耍的诡计？要设个局让公安队上当？会不会没有消灭林庆，倒让土匪包抄了？

“这个可能性很小。”侯春生说。

侯春生坚持己见，认为他的分析没有不合理，不能因为连文正盗船死亡就完全推翻。两人争执许久。郑勇其实不是反对行动，只是需要考虑各种可能以及危险，争取行动成功，至少不要出现重大失误。他不断质疑，让侯春生提出反驳，以此研判合理与否。两人探讨了半天，最后一起到县政府见了陈超。

陈超说：“动手吧。”

郑勇说：“感觉不踏实，怕搞错了。”

陈超指着侯春生：“搞错了枪毙他。”

陈超未必真想枪毙侯春生，事情的严重性却也不言而喻。

郑勇领命，迅速投入准备，把所有力量全部动员起来。野鸭铺与溪坝镇相邻，为确保行动成功，陈超向独立团临时借兵。连文彪什么都不问，即派刘胜利率队协助。

行动于夜幕中展开。突袭队员冲进野鸭铺旧祠堂时，祠堂里亮着油灯，却没有人，没有道长，没有土匪，更没有林庆。突袭队长用步话机向设于村头山岭上的行动指挥部报告，请求下一步命令，是否撤出行动？

郑勇下令：“给我搜。”

这时小村突然枪声大作。

会场不在旧祠堂，却在小河边一个饲鸭窝棚里。枪声响起时人影杂乱，鸭飞狗跳。突袭队迅雷不及掩耳包围窝棚，被困匪徒拼死顽抗。突袭队以猛烈火力和集束手榴弹炸毁窝棚，摧毁抵抗，而后冲到河边，用机枪扫射封锁河道，将混在鸭群中企图顺水逃脱的匪徒一一击毙于河中。

这一仗歼灭各路匪徒十余人，重伤被捕两人，敌特派员橄榄核林庆死于河滩。

侯春生没有参加野鸭铺之战，因为不是他的任务。那天晚上，侯春生待在他兼做卧室的民政科办公室里，静听县城西侧远方的动静，心中分外忐忑。他还不能从连文正出事的震惊中解脱，却知木已成舟，不相信也得相信，连文正杀人逃跑肯定是事实。如果郑勇在野鸭铺扑空，侯春生还要多一份担责。如果郑勇得手，侯春生误信连文正的事实也难以改变。将被如何处分还在其次，心里的内疚才让他难以安宁。

半夜里他从床上爬起来，从皮包里取出“破牙刷”练习吹奏。无论他怎么使劲，吹出的琴声依然还像杀猪尖叫，没有哪怕一丁点“欢乐颂”味道。他锲而不舍，一遍一遍“杀猪”，此刻只有这个有助于让自己心里平静下来。

无论他将遇到什么，新世界已经如太阳喷薄而出，这就够了，相比起来个人遭际不算什么。他还可以努力，可以工作，闲下来还可以“刷牙”。他相信不懈努力必有进步，有朝一日他会把一群孩子叫到身边，让孩子们歌唱，他用口琴伴奏，那一定是天籁之声，新世界里最动听的声响。

· 下篇

第一章　不速之鬼

据说那个高速公路收费站不时出点事。曾经有一辆集装箱车在进入收费通道时没有减速，直接冲撞收费岗亭，幸而有岗亭下的水泥台拦阻，只把台子撞出一大豁口，没有掀翻岗亭，收费员安然无恙。据查该车司机是疲劳驾驶，进入收费通道时居然还在睡觉。还曾经有一辆轿车未留意收费口的提示标识，驶入未开放收费通道。发现失误后司机倒车，试图插队进入旁边的开放通道，结果在挤进过程中与一辆卡车剐擦。卡车司机下车理论，与轿车司机污言相对，大打出手，致收费口关闭了近一个小时。还有诸如收费员上岗时忽然扭伤脚脖子，找钱时意外数错，等等，事故多发。

为什么此处偏好于事故？有一种未见于正式文本的说法，称该收费站的风水有些问题。这种说法很值得商榷。如果风水不佳，怎么早先会被选中，建造当地一个著名大墓？高速公路建设时这个大墓给迁移了，在其位置上建起了那个收费站，所以说风水没有问题，问题只在那个墓。

该墓属于连大木，人称“北山王”。人们都知道连大木及其两个儿子的墓只是衣冠冢，里边并无真身。墓地虽占地广大，却早已掩蔽于荒草荆棘中，非常破败，有如一片无主野坟，可见后人式微。坟里没有遗骨，无须另择位置安放骨殖，其迁移其实就是炸平了事。不料炸坟作业却出了意外：导火索点着了，有一门炮不响。一个爆炸作业工前去检查，还没走到墓前，炮响了，一颗石头飞起来，砸断了那人的一条腿。于是大家谈墓色变。一座空墓野坟，鬼魂尚且如此强悍，可见当年北山王之了得。

那时得怎么办？此地民间的说法是要“找人做一下”，那就是找些懂行的例如业余道士什么的去作法驱鬼，或称捉鬼。据说施工队真的这么干了，尽管他们从不承认。无论干了还是没干，连大木坟终究是没了，高速公路收费站建了起来。这条高速公路为省内一大通道，北山收费站外有一条联结线，联结线在北山有开口，还穿过隧道联结溪坝，延伸到了县城，这一设计使北山收费站成了本县的枢纽通道口。在高速公路建设之前，北山人出山要走溪坝，再到县城，从县城踏上四通八达之途。现在倒了过来，本县人踏上四通八达之途，最方便的通道是从联结线经北山进入高速公路。北山忽然有了交通区位优势，于是便有了很多新景象，例如加工区、农家乐、美丽乡村游等等。此间高速公路收费口的捉鬼故事亦成为趣谈，作为山乡聊斋，供人们茶余饭后消遣，亦供游客乡野猎奇消费。

我在进出北山途中考察那座收费站，感觉与其他收费站没有更多不同，如时下城市小区里的公寓楼均大同小异，尽管它的下边藏着空坟。我忽有感慨：不说这座终于消失的当地著名大墓有鬼无鬼，它肯定与炸药有缘。据我在北山所听，被高速公路工程队炸平之前，上世纪九十年代，它已经被盗墓贼炸过一次。当年那些盗墓者觉得连大木作为巨匪，墓里不可能什么宝贝都没有。结果他们一无所获，其炸墓反使已经湮没无闻的连大木父子被人记起，最终导致同样早已荒废的连家大楼被视为当地一个旅游资源。不知这是否亦属连大木闹鬼的一种特殊方式？

仅以当地传说论，这位土匪强人看来确实比较会闹鬼。对这样强悍的鬼魂，唯有炸药可以匹配。眼前的收费站让我想起最初在墓穴里轰然爆响的那颗手榴弹。或许日后该墓的若干次被炸以至完全消失，追根溯源都是它的余响。

1

吴铁板与连文彪同是崎峰乡人，两家人原为邻居，以往并无过节。

连文彪出生时，父亲当土匪头子，母亲做压寨夫人，队伍在山间周旋，婴儿随队不便，连文彪给送回老家，交祖母看顾。那时连家旁住着户吴姓人家，本是个外来打石匠，常年在崎峰为雇主打石头，后来娶了村中一个寡妇，在本村定居下来，生了个儿子名叫吴铁板，比连文彪小几岁。连文彪八岁那年祖母过世，他被父亲接上山，就此离开村子，那时邻家小儿吴铁板还在地上爬，不会走路。二十几年后，连大木被杀，连文彪率残部退回北山区，那年年初一，连文彪悄悄带人下山，跑回崎峰旧屋给祖宗牌位烧香，在村头遇到了吴铁板。吴铁板跟连文彪打招呼，称他“大少爷”，连文彪问：“你是哪个？”一聊，才记起早年自己离家时邻居石匠家那个爬地小儿。连文彪一听吴铁板子继父业打石头，看看吴铁板上下一身破衣服不禁摇头，说兵荒马乱谁还用得上石头？打石头能吃上饭吗？不如去打枪。连文彪让吴铁板跟他上山入伙，许诺过两天就让吴当小队长。不料吴铁板竟一口回绝，称父亲说过，学得一门正经手艺，日后靠它养家糊口，无须去做盗为贼。吴铁板是个直肠子，说话不绕弯，所谓“做盗为贼”未必是有意影射，在连文彪听来却非常刺耳，顿时拉下了一张脸。虽然不高兴，连文彪也未即刻发作，毕竟兔子不吃窝边草，看在邻居份上放了吴铁板一回。

几年后，吴铁板再次惹恼了连文彪。这回不是言语冲撞，却是小鬼作祟。那时候连文彪已重新做大，在老家重起炮楼，同时为父亲和弟弟修墓。由于连大木父子三人死在他乡，尸体不存，本地风俗需招魂入墓。连文彪请和尚做道场，让道士作法，在村头高高树起招魂幡。不料有一群村里小孩趁卫兵解手之际，跑去爬招魂幡玩，把那幡给弄斜了。卫兵回头看到大叫，小孩子一哄而散跑了，留下个光屁股小孩跑不动，坐地大哭。卫兵把他拎起来，老鹰抓小鸡般拖到连文彪面前。闯祸小儿又瘦又小跟一只小猫差不多，一路哭叫，声嘶力竭。隔会儿其家人赶来，竟是吴铁板，原来肇事小儿是他儿子"搞啊"，时虚岁两岁。吴铁板替儿子赔罪，称儿子尚小，不懂事，跟着村里孩子冒犯了招魂幡，请连文彪不要计较。没等连文彪发话，站在他身边的老四黄松即上前，用力打了吴铁板一大嘴巴，一脚踢倒在地。

吴铁板大叫："黄老总得讲理！"

黄松骂："讲个屁！"

黄松那些日子坐镇崎峰，替连文彪总管督建大楼、墓园事宜。因工程需要，他征用吴铁板在山窟窿里为其他客户打的几方条石，说是计为吴铁板孝敬连大木。吴因为拿不到雇主工钱，损失承受不起，屡次找黄松讨钱，让黄松非常恼火。黄松认为吴铁板找事，欠收拾，早就记恨于心。此刻吴家小子肇事，正好痛加收拾。黄松声称小子光着屁股挺个鸡巴玩招魂幡，冒犯了连大木亡魂，老爷子不高兴，魂魄哪里能安？得剪了那个小鸡巴，开膛破肚拿粉肝给老太爷谢罪。吴铁板不服，顶撞黄松，称谁家小儿不是随处爬？这里边哪一个小时候没光过屁股？哪一个该给拿去开膛破肚？连文彪一听小时候光屁股的事都要翻出来了，即发话，说真是什么爹生什么儿，这个打石头的嘴比石头还硬，拿去磨一磨。于是黄松让人把吴铁板拖下去收拾，"磨嘴"，也就是打嘴巴。吴铁板不服，骂骂咧咧，被打得嘴肿如猪，话都说不出来。

这以后黄松盯住吴铁板了，不时让手下去"关照关照"，也就是派款派物，让吴铁板"赎罪"。那年中秋节，黄松又派人去向吴铁板派黑单，要吴交十块大洋。当时吴铁板刚刚给亡父办过丧事，家中一贫如洗，欠了一屁股债，哪有大洋可交。黄松的人给了吴铁板两条路：卖老婆，要么卖儿子。吴铁板咬咬牙，提出给他三天期限，到期没钱就卖老婆。黄松同意了，又公开对身边人说，无论吴铁板交钱没有，这一回一定要让他卖老婆，然后还要他卖儿子，最后再把自己卖了，让小子下辈子也不敢嘴硬。

当天晚上，崎峰山间的连大木墓被人凿开，塞进一颗手榴弹，里边给炸得乱七八糟。黄松发觉后查到吴铁板家，吴家破屋已空空荡荡，一家人不知去向。

吴铁板带家人逃离北山，灾祸依旧如影相随。走投无路间天翻地覆，一个新世界如朝阳而起，来到这家人的面前。

2

前方半坡上有一个窝棚，门掩着，窝棚外丢着砍刀、锄头、畚箕等农具，四周静悄悄不见人影，未显异常。

侯春生没有立刻行动。他命大家隐蔽于林子，先派人过去侦察。

吴铁板说："我去。"

吴铁板戴斗笠，穿一件破布褂，扛一支两头尖，即当地人称的"纤担"，与做活农人没有两样，比较不显眼。

侯春生交代："不要慌。深呼吸。"

吴铁板听命，做两个深呼吸，让自己平稳下来，再扛着"纤担"走出林子，放慢脚步，不慌不忙沿山路走向窝棚。如果窝棚情况异常，他会沿门前小路一直前行，有如赶路经过。但是他在窝棚门外停了下来，而后上前推门。紧接着便见他从窝棚里跑出来，在门外小空地上使劲挥手。

"区长快来！"吴铁板大叫。

侯春生下令："上！"

一行人从藏身的林子里跑出来，迅速扑向窝棚。

窝棚地上躺着一男一女两个人，满身是血，尸体已经僵硬。男尸脸面向下趴伏于地，吴铁板跑过去翻过尸体查看，叫道："黄水金！"

侯春生赶过去，蹲下身子细看，确认无误，是黄水金，他记得这个人。黄的脖子上有一条长长血口，死于割喉。

另一死者是黄的妻子，同样为割喉。凶手手段残忍，干净利索，都是一刀了事。

刘胜利骂：“妈的！谁干的？”

从现场情况看，黄水金夫妻应是夜宿窝棚时遇难。这个窝棚用树枝、竹席、稻草简单搭建，旁边是黄家的一片梯田，山坡陡峭，排布坡上的一丘丘梯田几乎都是巴掌大。眼下春耕在即，农人们要劈田岸做田埂，黄家这些梯田费工多，加之离村远，为了赶工，夫妻两人住在窝棚没有回家，不料遭遇不幸。

吴铁板东张西望：“孩子不会有事吧？”

侯春生顿时警觉：“还有孩子？”

吴铁板记得黄水金有三个小孩，两儿一女。两个大的三五岁，可以放家里让老人管。小女儿还在吃奶，离不了母亲。

侯春生道：“不好。”

一行人立刻散开，分头在窝棚内外紧张搜寻。这时有枪声响起：“砰砰！”所有人都身子一震，抬头朝着枪响方向张望。

刘胜利说：“不管它。远得很。”

枪声像是从后山传来。那一带土匪多如牛毛，时聚时散，无论白天夜晚，冷不丁这里一枪那里一响，都属平常。

侯春生要刘胜利速安排外围警戒，其他人抓紧时间继续搜查，不要放过任何可疑痕迹。众人听命散去，各自行动。

他们没找到孩子的踪迹，却发现一处异常：窝棚北侧，靠山坡有一低洼地，洼边有一片松土，地面似乎被动过，有人还砍了一大把棘条丢在上边。刘胜利心细，带着人警戒周边时注意到异常，拿树枝挑开棘条，发现了地面的松土。

侯春生赶过去察看，说：“有鬼。挖出来看看。”

窝棚外有两把锄头，当是黄水金夫妻留下的。锄头被抓过来挖地，几个人轮流上，大家都下了气力，只一会儿工夫就在那里挖出一个坑，一具男尸被从坑里掘出。

从现场情况看，这里原有一个旧墓穴，已朽塌多年。男尸却是新埋的，被塞进旧墓穴草草掩盖。没有棺材，尸身上只裹着一团乱麻似的织物。扯掉那些乱麻，男尸被清理出来，发现竟穿着解放军军装，看起来还新，军装上血迹斑斑，裤管上有破损。男子脸面和头都有伤口，为皮肉擦伤，他死于割喉，与黄水金夫妇一样。除了这身军装，没有发现男子的其他个人物品，没有包，也没有枪。最蹊跷的是缠绕在男子身上的织物，蓬蓬松松，摊开来有一大堆，有布有绳有包，结实而轻盈，像是丝绸质。看着它，现场几个人面面相觑。

侯春生问："刘胜利是专家，认得这什么麻袋？"

刘胜利迟疑道："会不会是降落伞？"

"很可能。"侯春生说，"居然是天上来客。"

除了这一织物，还有几个小圆罐被丢弃在墓坑里，与死者相伴。侯春生捡起来察看，是空罐头罐子。拿手电筒照照，罐身上全是英文。

"算一算他吃了几个。"侯春生说。

一共四个，一式的美国罐头。罐头盒不小，死者不可能一口气吃四罐。

"四个人。"侯春生说，"不多。"

刘胜利指着男尸："这是第五个吗？"

这个人或许在吃罐头之前就死了，那样的话他就是第五个。如果四个空罐头罐有一个是他的，那么他的同伙只余三人。如果他与另几人不是同伙，他该是与黄水金夫妇一样弃尸于窝棚，不会单独掩埋在土坑里。其同伙显然不想让人注意到他，包括他身上的军装和身边的乱麻，所以匆匆挖坑掩埋，并且用棘条伪装。根据这具男尸，可以断定杀害黄水金夫妇的凶手不是活动于本地的土匪，而是外来者。如果男尸身上裹着的织物确为降落伞，那么他们是从天而降，而后在这里大开杀戒。黄水金夫妇是一般农人，他们上山做活，夜宿窝棚，遇难的原因不可能是与不速之客有瓜葛，极大可能是不速之客不想让人发现，而他们碰上了。凶犯不用枪而用刀，可能是为了减少惊动。被杀害并掩埋于土坑中的男子同为割喉而亡，似乎是同一个人动的手，凶手当是男子的同伙，男子竟死于自己人之手，这令人费解。此刻解放军不可能从天上掉到这里，死者身上的军装肯定是伪装，他的同伙一定也同样伪装为解放军。

“为什么只有一副降落伞？”刘胜利问。

侯春生估计，带着这团乱麻在山上爬必定累赘，因此那几个人落地后各自处理，就地简单掩埋，只有死者的这个降落伞因某个特殊原因未及处置。

吴铁板盯着死者的脸，看了一遍又一遍。侯春生问：“铁板，这是谁家老几？”

吴铁板摇头：“说不准。”

“眼熟吗？”

死者的脸形让吴铁板想起崎下村的臭丸。那个人年纪比他小几岁，家有十几亩地，境况还好，读过几年书。有一年吴铁板给臭丸的父亲请去打石条，当时臭丸在家跟着父亲种地，做活打不起精神，被父亲骂为懒虫。后来听说臭丸跟人上山投奔连文彪，打家劫舍当土匪去了。死者看起来真像那小子，想来却不该是。此刻臭丸应当在溪坝独立团，不该从天上掉到这里。

刘胜利跑过来仔细看了一番，连连摇头。如果死者在独立团，刘胜利应当会有点印象，但是他感觉根本没见过，他也想不起独立团有一个叫臭丸的。虽然刘胜利原本只是三连连长，并没有管到其他连队，毕竟独立团只有两个营四个连，人不是太多。兄弟连队里的兵，见了他都会敬礼，他也都有些印象。

“这人死得奇怪。”刘胜利说。

侯春生说：“不管是不是臭丸，总之是老伙计来了。”

所谓“老伙计”实为敌人。侯春生带着刘胜利、吴铁板等人赶到山上就是要搞清情况，此刻“老伙计”光临已经明朗。

三个多月前，侯春生卸掉县民政科长职务，被派到五区工作。五区就是北山区，穷山恶水，天高皇帝远，是连文彪父子的老地盘，长期处于割据状态，政府鞭长莫及。新政权接管本县之初，由于力量薄弱，暂时难以顾及，没有立刻派干部深入五区建立机构，开展工作。溪坝事件之后，县里决定抽调干部进山，打开五区工作局面，考虑再三，把侯春生派上来。侯春生工作热情高，干劲大，办法多，适宜去开拓新区。特别是侯春生在溪坝事件中救过连文彪，连比较认同，让侯到连的老家后院去工作，比派别人去更为有利。五区情况复杂，工作责任大，危险也大，别人去陈超不放心，侯春生比较中他意。侯春生曾被敌特列为暗杀对象，生命安全受到严重威胁，林庆和独眼特务军官被消灭后，威胁得以解除，侯春生进山也少了一重担忧。陈超已经接任本县书记，他打算让侯春生直接任五区区委书记，讨论时有人提出意见，觉得侯春生到本县后做了不少事情，溪坝事件中立了功，但是也存在轻敌、主观，自作主张擅自行动等问题，因此吃过处分。特别是侯春生轻信连文正，一再为连说话，甚至跑到刑场救下连文正，导致连文正杀害前线我军保卫干部，逃跑丧生。此刻直接重用侯春生为区委书记，不利于接受教训，不如先安排区长，待工作取得进展之后再提任。侯春生作为陈超爱将，平时没少挨陈超骂，此刻安排职务，人家提的意见也合理。陈超改了主意，同意让侯春生去当区长，区委书记则空缺，实际上让侯春生全盘负责，待时机成熟再提任。

侯春生向陈超提了个要求：五区历来匪患严重，需要加强武装防卫，他本人不是军事干部出身，希望有个能打战的助手。侯春生提到了刘胜利。溪坝事件中刘胜利把侯春生吊起来，侯骂刘胜利是“瞎猫”，却感觉刘这个人很不错，立场坚定，胆大心细。刘胜利在地下党游击队期间曾在北山活动过，情况比较熟悉，开辟五区工作，这个人能起较大作用。刘胜利是独立团的连长，县里够不着，侯春生明知不可为偏要为，他锲而不舍，一再游说陈超出面与连文彪协商，说感觉连文彪应当会同意。当时恰因地方工作需要干部，地委有意安排一批军事干部转业支援地方，陈超向连文彪提出要人，连一听是想把刘胜利派到五区配合侯春生，竟一口答应，如侯春生所料。

于是刘胜利被任命为副区长兼武委会主任，与侯春生联袂上山。

还有一家人跟着他们到了北山，那就是吴铁板三口。吴铁板一家流浪在外已经数年，其间妻死子残，众多惨痛。全县解放了，他们还不敢回乡，因为连文彪犹存，如日中天，只怕碰上了吃大亏。侯春生进山之前特意去吴家探望小猴子，他们一家住在县城外围一间破庙，与一些流浪汉在一起。侯春生向吴铁板了解北山区情，告诉吴铁板，北山马上要进入新世界了。吴顿时睁大双眼。

“连文彪怎么样？”吴铁板问。

侯春生说，时代不一样了，连文彪也得按照新世界的规则行事。

“我跟侯同志回去。”吴铁板说。

他早在盼望回家。侯春生是他儿子的救命恩人，他知道侯春生不会允许任何人欺负他和他的孩子，因此决意相随。侯春生也希望吴铁板返乡。吴性格刚烈，爱憎分明，为人可靠。他在崎峰土生土长，作为一个打石匠，在北山各乡村都干过活，地理熟，人头也熟，对侯春生了解、掌握当地情况可有帮助。

吴铁板在崎峰乡的家早被烧光，他亡妻的娘家有一间废弃的旧房，位于村子边，被他先借用，整修一下暂容栖身。侯春生到任后迅速在五区各乡村成立农会，建立工作基础。在侯春生支持下，吴铁板被当地农人推举为崎峰乡农会主席。五区工作刚在开辟，匪患此起彼伏，农人们心中多有疑虑，担心侯区长热情宣讲的新世界未必可以依靠，只怕日后该是谁家地盘还是谁家。很多人悄然观望，不愿意出头。吴铁板不一样，他还怕得罪谁吗？一切都置之度外，敢想敢为，坚决跟随侯春生，工作非常积极。

侯春生进山前，专程到溪坝镇独立团驻地拜访过连文彪，一方面报告自己被派往五区任职事项，一方面做工作联系，当务之急是给区公所找一个办公地点。侯春生提出暂借连家大楼给区公所使用。连文彪问为什么看中那座楼？侯春生称北山历来土匪多，眼下依旧三天大闹两天小闹，该楼易守难攻，有助防匪。连文彪骂一句：“你个侯打土豪分田地吗？”侯春生表示只是临时借用，待五区局势平稳后会另觅区公所办公地点。连文彪说：“替我管着点。”手一摆，五区区公所得以有地方安顿。

连家大楼占地大，位于崎峰乡南端，这里靠山临水，地势相对比较开阔。除有防匪之利，大楼所在位置也有利于联系周边村庄。崎峰乡几个自然村都建在沿河山岭河谷间，从下游往上游延伸，吴铁板的自然村比较偏远，位于上游，距区公所有三里地。

今天凌晨，天还没亮，吴铁板匆匆跑到区公所找侯春生，报告了昨晚一个情况：深夜间，他已经睡下，外头狗叫不止，把他吵醒了。他起身到屋外察看，忽然听到天空中有“嗖嗖”声响，抬眼一看，意外发现有只黑色大鸟从半空中掠过。当时空中有一轮圆月，照得山岭林子一片亮。吴铁板看大鸟在空中静悄悄盘旋，而后忽然传出轰鸣声，大鸟往崎下乡方向飞走，迅速消失不见。

侯春生不禁一拍大腿：“咱俩一样的耳朵。”

他记起那个声音。接近午夜两点，他也听到半空中似乎有一个轰鸣声，爬起来跑到阳台上看，什么也没看到。

“不是什么大鸟。肯定是飞机。”侯春生说。

“飞机来干什么？怎么没扔炸弹？”

侯春生说，飞机除了扔炸弹，还可以干其他事。

“它怎么会静悄悄在天上兜圈？”吴铁板问。

侯春生把刘胜利叫了过来。刘昨晚睡得很好，没察觉动静。听吴铁板把情况一说，刘胜利即显紧张。他分析，吴听到的“嗖嗖”声应当是飞机关掉发动机，在天上滑翔的声响。飞机滑翔时动静很小，不像开发动机时轰隆轰隆声音大得吓人。但是飞机滑翔会越飞越低，越飞越慢，到了不能再低再慢的时候它就得赶紧加油发动，否则就会从空中掉下来。眼下咱们这边还没有飞机，只有敌人有。这只夜半大鸟一定是从台湾那头飞过来的，它飞到五区不会有什么好事。它关掉发动机在山间滑翔，一定是不想让我们觉察动静，坏了他们要做的事情。

侯春生说："得赶紧搞清楚。"

他决意亲自去弄个明白，要吴铁板带路，立刻动身。却被刘胜利拦住了。

"情况不明，要加强防备。"刘胜利说。

刘胜利提出他带区小队去察看，侯春生留在区公所等消息就可以了。侯春生放心不下，还是决定一起行动。

根据吴铁板的描述，敌机盘旋区域大体位于崎峰乡与崎下乡接合部，那里是大片山岭，基本没有村落，比较隐蔽。侯春生确定重点察看那一带。他们赶到吴铁板家，从那里翻过一道山岭，向崎下乡方向走。路上他们遇到了一个猎户，猎户证实吴铁板说的情况，还提供了一个动态：大鸟盘旋之后，山腰处有手电筒亮光闪烁，鬼火一般，黑暗中一闪一闪好几个，闪了好一阵子。

侯春生问："哪个山腰闹鬼？"

"像是五尖山。"

猎户带着侯春生一行赶到五尖。黄水金的窝棚就在这座山岭的山腰间。

敌情得以明朗。侯春生决定返回区公所，迅速报告县里。黄水金夫妇的遗体留在窝棚里，请猎户代为看顾，他们下山后即通知黄的亲友上山收殓。另一具男尸则重新埋进土坑。一行人收拾清楚，正准备动身，忽听猎户在山坳处大叫："快来这里！"

一块大石头下又发现一具尸体，是个女婴，将近一岁模样。女婴蜷缩成一团给扔在草丛中，身子冰凉。

是黄水金夫妇的小女儿。她是给掐死的。

侯春生嘴里“咝咝”抽气，痛恨不已。

他扭头问刘胜利：“你觉得掉下来的几个脚丫子会往哪里去？”

刘胜利分析，这些人从半空中跳下来，一定有要紧勾当。他们恐怕不是准备待在北山，因为如果要与这里的各股土匪会合，他们没必要拿解放军军装做伪装。五区目前没有驻军，突然来了几个解放军，目标很大，立刻就会引起注意。因此这几个家伙可能是要往溪坝方向去。溪坝有独立团驻守，部队已经统一着装，这些凶手穿军装在溪坝活动，人们会误认为是独立团人员进行军事行动，不会太在意。

“为什么他们不直接空投到溪坝，要落到北山这里跟咱们闹鬼？”侯春生问。

“可能为了隐蔽行踪。”

侯春生说：“咱们去问一问。”

他决定不回区公所，改为去追那几个凶手。凶手既然要隐蔽行踪，就不会在北山大摇大摆公开活动，很可能是白天隐蔽，夜间行动。从墓坑里的罐头罐可以判断，他们从天上跳下来后并没有找地方睡觉，而是连夜行动，行动前吃点东西补充体力。他们在山路上走几小时，天亮之前一定要停下来休息。此刻他们可能就藏在某个林子或者山洞里睡觉，等天黑再爬出来潜行。因而可以趁他们睡觉之际追上去，赶到他们的前头。从北山往溪坝必经上流隘口，提前赶到隘口就有望截住凶手。凶手只有三或四人，刘胜利所带区小队加上侯春生有八人，力量至少两倍于敌，有把握消灭他们。

刘胜利连连摆手：“区长，这不行！”

“不行吗？”

刘胜利认为即便敌人只有四名，火力却可能远比我们强大。他们有飞机可坐，武器必定精良，不需要机枪，只要两支冲锋枪，那就足够压制住我们。我们虽然人多，却是轻装，两把手枪五支步枪加吴铁板一支纤担，这样的火力完全没有优势。这种情况下冒冒失失追上去很危险，不仅不可能歼敌，反可能被敌人打烂。应当如侯春生原本考虑，迅速返回区公所，将敌情报告给县里，同时安排防范。也可以与独立团联系，请求独立团派兵封锁上流隘口。这会更稳妥。

侯春生思忖片刻，点头道："说得有道理。"

他命刘胜利立刻带一名战士返回区公所安排。此刻五区与外边还不通电话，需火速派人赶到溪坝，找三区区委书记王文明报信，请王文明把情况报告县里和独立团。

刘胜利问："区长你呢？"

侯春生依然要带剩下人员沿路追赶，插到上流隘口阻敌。如果独立团也能及时赶到隘口，那就更有胜算。

"区长，不行！"

刘胜利坚决反对冒失追敌。如果侯春生非追不可，那么他服从，但是人必须换，刘胜利带队去追，侯春生回区公所布置、安排。

"为什么？瞎猫会打，侯不行？"侯春生问。

"你是区长！"

侯春生说，连小婴孩都杀的魔头不抓住，他算什么区长。

刘胜利叫："又来了！又来了！"

他让侯春生冷静。这女婴不是小猴子，而且已经死了，没救了。此刻不能一味去追，敌人的目的还不能确定。如果他们并不即行潜往溪坝，而是留在北山呢？万一他们要联合此间土匪进攻区公所，企图杀害区干部包括侯春生区长，那怎么办？

侯春生抬手摸了下自己的脖子："要我这条命的家伙早都死了。"

3

他们管他叫"林长官"。臭丸入列是林长官亲自挑选的。

当时有二十几人在金门强化训练，林长官负责确定小组人选。

林长官并不具体负责训练日程，但是跟得很紧，政训课他坐在后排，徒手格斗课他站在一旁，泅渡训练时他要张椅子坐在岸边，手中拿一副望远镜。这位林长官话不多，队员们却最怕他，因为他军服上的军衔是上校，官大，也因为他面目狰狞。林长官是阴阳脸，其左脸寻常，色白，而右半边脸恐怖至极，脸上疙疙瘩瘩，黑得像木炭，皮肉疙瘩挤入他的右眼，让那只眼变形，拉成一条细缝，一丝幽光在细缝里打转，看上去非常骇人。这种脸面只有画像中地狱里的厉鬼才有。

关于林长官的半边黑脸，队员中有种种传闻。有人称那是烧伤。去年十月解放军攻打金门期间，林所在部队受友军燃烧弹误击，林被严重灼伤。没有谁敢问林长官传闻是否准确，有如没有谁敢去招惹阎王。

训练日程非常紧张，时间紧迫。临近结束时，林长官找队员一一谈话，接受谈话者必须挺胸立正，双手别在身后，大声回答问题。林长官谈话安排并不随机，其排名顺序与训练表现高下相关。后来证明，进入行动小组的都是最前边的几个。

臭丸排名却不靠前。这个人体型细高，耐力较差，军事课目成绩一般，政训记录一般。训练队安排队员处决金门战役中被捕的解放军政工俘虏，要求用匕首割喉，别的队员下手干净利落，臭丸表现胆怯。在林长官谈话安排中，臭丸名列倒数第二，据此可以推定无论长官问些什么，他已经出局，不可能进入行动小组。

林长官问了臭丸几个问题。

“老家叫崎峰？”

臭丸表示不是崎峰，是相邻的崎下乡。

“什么时候到金门的？”

臭丸曾在连文彪部当过小队副。后连文彪部分裂，臭丸由连文彪把兄弟中的老二带到溪坝，改编为保安团分队。不久保安团分队人员被黄松再策反，拉回北山重归连文彪部，此前臭丸因枪支走火负伤，滞留在医院，没有跟随返回。后来他被招募为特工到了厦门，厦门失守前随部退到金门。这一次参加特训是奉上峰之命。

“知道任务吗？”

“潜回。”

“打过仗吗？”

“打过。”

“怕死吗？”

臭丸略迟疑，垂首道：“家里还有老母。”

“把自己当作死了。”

“是。”

臭丸入列。本小组组员一共八名，臭丸为最后一名。

那一天跳伞选择在崎峰与崎下乡交界部位，那一带没有居民点，可保证行动的隐秘。光头山一侧，崎峰河上游两个山间水塘相接，都有一定水面面积，在月光下依稀可辨，空投时可作为地形参照。这里没有大的林子和大树，可避免跳伞人员悬吊于树梢无法脱身。圆月时的能见度亦有利于跳伞后人员集合。没有料想到的只是石头：那地方石头真多。自林长官以下，潜回小组八名人员一一跳伞，其他七人顺利，唯臭丸例外。他命中注定落到家乡近侧五尖山一块巨大的石头上，也怪他素质不行，过于紧张，本已经顺利落地，站到石头上，却没有细察周边情况，也不等眼睛适应，匆匆忙忙摸黑就要离开，结果一脚踩空，从那块巨石上掉落，摔到下边另一块石头上。上下两石直线距离不超过三米；却已经足够臭丸摔断右腿，当下就趴在地上起不来。

五尖山腰有一个寮棚，孤零零立于一片梯田边，寮棚前有一片小空地。林长官命组员将臭丸抬到寮棚那里处理。寮棚在月光下影影绰绰，形单影只，像是已经废弃，不料里边竟睡着一对农人夫妇，身旁还有一个女婴。

这一家人必须死亡，尽管非常无辜。潜回行动必须保持隐秘，最忌过早为人发现。于行动而言，几条生命无足轻重，谁碰上了谁死，只怪自己不该碰上。三条人命本来可以在一起结果，反正都是死，林长官却做了点特别安排，要求把女婴抱远一点，没让父母看到女儿被掐死，也没让女儿看到父母被割喉。尽管并无意义，也算有恻隐心。

此刻臭丸成为一个问题。

林长官吩咐大家吃东西，补充体力。接下来没有飞机可坐，只能用两条腿爬山。眼下不能生火做饭，只能用事先发给大家随身携带的罐头充饥。这种美制罐头里有青豆、肉末，可提供足够能量。组员们听命，从各自包里取出罐头，围坐于窝棚外空地用餐，吃得悄无声息。有四个组员没有时间吃罐头，因为另有要务。这四个人是林长官、孙大棒、发报员和臭丸。

孙大棒是本小组副组长，林长官的助手。在大家吃东西之际，孙大棒把一张地图铺在地上，用一块黑布遮罩手电筒，只露出一个光圈投在地图上。林与他一起在地图上确定所在方位，规划夜行路线。两位是指挥官，指挥官可以命令部下吃饭，也可以自行决定自己什么时候来一点。发报员的要务是把随身携带的小型电台打开，向基地发出潜回行动的第一份电报。臭丸不是没有时间吃饭，是吃不下去。他骨头断了，疼痛难熬。从他的“咝咝”抽气中，可以感觉他在拼命忍耐剧痛，竭力不呻吟出声。

本地人所谓的“臭丸”即樟脑丸，往衣柜里放臭丸可防蟑螂和蛀虫。臭丸父母拿那东西给他取名，是因为叫个臭名好养。

林长官问：“你那个大名谁给取的？”

臭丸曾读过几年书，学校里的先生用土话谐音给他取个大名，叫晁万，梁山泊晁盖宋江那个晁，万一的万。他姓朱，朱晁万。这名字他不怎么用，一直都叫臭丸。

“臭丸，朱晁万。我记住了。”

林长官起身招手。孙大棒上前，一刀了事。

此刻臭丸必须死，因为他已失去行动能力。小组不能背着他爬山，也不能把他留在窝棚让共产党捕去。如此结局，从参加行动小组训练时起，他自己就非常清楚，早如林长官所说：“把自己当作死了。”

他们把臭丸埋在那个坑里，以他的伞衣做陪葬。林长官吩咐把空罐头也扔到里边，不算随葬品，只为尽量掩盖行迹。不需要永久掩盖，能掩盖数日也就足矣。

处理完臭丸，小组匆匆离开，借月色于山路前行。

4

侯春生一行回到区公所。

如果不是刘胜利坚决反对，以侯春生的脾性，此刻一定会在通往隘口的山路上追敌。侯春生是区长，本区长不能容忍匪徒在辖区内屠杀生灵，残害婴童。匪徒冒充解放军远自九天而下，人虽不多，却滥杀无辜，一落地就显得格外残暴，如果不迅速消灭，不知还有多少人要受害。为了救那些人免遭杀戮，必须立刻追赶上去。但是刘胜利那些话把侯春生说中了：如果推测有误呢？万一敌人并不那么迅速离开五区，而是潜藏在北山，侯春生带人追赶便毫无结果，而敌人则会乘虚作乱，北山这里又会有人头落地，这是侯春生不能接受的。此刻北山匪情严峻，侯春生他们进驻后频遭匪徒袭扰，周边多股土匪虎视眈眈，蠢蠢欲动。乡中谣言纷传，有称土匪将联手进军崎峰，攻打区公所，把区长砍头，把共产党赶出北山。此刻旧匪未去，新敌再来，所谓来者不善，这些人从天而降，格外需要提防，不能掉以轻心。

侯春生带队匆匆返回。到区公所后立刻安排通信员赶到溪坝送信、报告。同时命紧急通知各乡、村农会主席到区公所开会。北山村落分散，农人们都忙于农事，临时召集开会不容易。直到中午时分，与会者才陆续到达区公所。

黄水金一家遇害的消息已经不胫而走，且立刻产生压力，特别在崎下乡。崎下乡因地势较平，土地较多，为北山较富庶之处，有若干集地主、土匪为一身的大户，势力较大。连文彪的把兄弟，溪坝事件中自杀的黄松为其中之一，黄氏为崎下大姓。侯春生他们进山，在各村发动群众，建立农会，一些大户于暗中联手对抗，以致乡农会主席没人敢干。黄水金被杀后，崎下即有谣言，称侯区长把黄叫去区公所谈话，准备让黄当乡农会主席，结果把黄送上死路。传闻中杀害黄水金的凶手被说得神乎其神，农人们搞不清飞机和降落伞，只传说来了天兵天将，一刀割了黄水金的喉咙。传言的直接后果，是崎下乡所辖数个村庄有半数农会主席没有到会，或称病，或通知时找不到人。其中可能有人确实有事，但是肯定也有人是害怕了。

会上，各村农会主席各自三言两语报告情况，其中有些涉及土匪活动及谣言，听起来与降落到五尖山的凶手多没有直接关联。不速之客目前深藏不露。他们当然不会像冬眠的蛇那么一直藏着。

侯春生安排联防护村之际，通信员跑进来报告，称外边有人找侯区长。

侯春生问：“不是天上掉下来的吧？”

“说是县教育科派的。”

侯春生点头：“很好，及时雨。”

他让通信员赶紧把来人带到办公室，请喝水，稍等一会儿。

十分钟后会议结束，几个重点村农会主席被留下来，由刘胜利给他们具体布置防范事项，侯春生自己匆匆回办公室。他的办公室在另一侧厢房，与充当会议室的大厅间隔着一道门。跨门走进办公室，侯春生不禁一愣。

竟是“欢乐颂”徐碧彩笑盈盈坐在办公室板凳上。她的身边端坐个小男孩，是胡萝卜。他长高了一些，在板凳上坐得笔直，像是个乖孩子。

"侯区长。"徐碧彩站起身打招呼，"您会议开完了？"

侯春生问："你来干什么？"

她笑笑道："看望侯区长啊。"

侯春生也笑一笑："谢谢。现在已经看望了。回去吧。"

"我还没吹口琴呢。"她开玩笑，"侯区长不能赶我走。"

她告诉侯春生，她到旧货店去买了一支口琴，也是"和来"，音质很好，跟侯春生那支琴一样。边说她边掏书包，不是掏口琴，是取出一个信封递给侯春生。侯春生打开一看，却是一份公函，盖有县教育科的方形公章。公函送五区区公所侯春生区长，内容是派遣徐碧彩到五区负责筹建北山小学，请区公所予以帮助。

侯春生不禁"哎呀"一声："这怎么搞的？哪跟哪呀！"

"侯区长觉得哪里不对？"

"你不合适。"

"我当然合适。"

徐碧彩当年在家乡教过书，最近这几个月她都在城关小学代课，怎么就不合适？侯春生表示不是徐碧彩不合适当老师，是她到五区不合适。他把那封公函往徐碧彩手里一塞："回去吧。告诉他们，我不同意你来五区，让他们另外派一个。"

"可是没有谁愿意来，也没有谁比我更合适。"徐碧彩坚持。

"你真以为啊？"

"当然。"

徐碧彩称除了会教书，她还会用口琴给童声合唱伴奏。侯春生一定记得，用C调口琴和童声得变调，很少有谁会，她没问题。学校办起来以后，她会教孩子们唱歌，他们的合唱是世界上最好听的声音，侯春生一定会非常喜欢听的。

侯春生看着徐碧彩，好一阵说不出话。徐碧彩把手中的介绍信又递了上来。

"我算报到过了吧？"她问。

侯春生摇了摇头："你得马上回去。这事由不得你，没商量。"

徐碧彩再三请求，侯春生不松口。说着说着，徐碧彩眼泪突然掉了下来："侯区长可怜可怜我们胡萝卜吧，我们娘俩需要这份工作。一个月给一百斤大米呢。"

胡萝卜圆睁双眼看着侯春生，眼中竟也有泪水在打转。

侯春生一时无言。末了一扭头，把通信员叫过来。

"给徐老师安排客房，今晚先住下来。"他交代。

徐碧彩赶紧抹掉眼泪："胡萝卜，谢谢侯区长。"

胡萝卜还不怎么会说话，眼睛里依然泪珠打转。大约是看到母亲哭泣，他害怕了。

侯春生让徐碧彩不要谢他，事情并不是到此为止。他说过了，徐碧彩到五区教书不合适，特别是眼下。她和胡萝卜在客房先住下来，然后还必须回县城去。回去后的工作和大米都不必担心，他会给予帮助。

侯春生回到大厅。会后留下的几位农会主席也都走了，刘胜利独自坐在桌边擦枪。一看侯春生，刘胜利就问："听说来了个女老师，还有个小男孩？"

侯春生说："这个人不合适，得想办法赶紧送神，让她走。"

刘胜利诧异。侯春生简单说了徐碧彩的情况。刘胜利"啊"了一声："是那女特务啊！"他竟也听说过徐碧彩的事情。

侯春生说："她不是女特务，只是长得太漂亮，咱们这座山神庙容不下。"

刘胜利却警觉："天上刚跳下来几个，她忽然跟着进山。有这么巧吗？"

侯春生说："不要胡乱怀疑。"

刘胜利却放心不下，担心徐碧彩有问题。让徐住进客房，那就是住在大楼里，跟区公所的干部和区小队战士在一起。如果她真是特务，岂不等于引狼入室，为她侦察军情提供方便？如果敌人要来攻打区公所，他们需要里应外合。徐碧彩在大楼里刚好可以做内应，时候一到把门打开，或者在楼里放一把火，那就严重了。

侯春生道："当初还有人怀疑她要暗杀我，拿支打不响的玩具手枪。"

"这个也得防。不如让她到外边老乡家里去住吧。"

"我说过了，她不是女特务，就是长得像。"

"安全起见啊。"

侯春生认为不行。五区匪情复杂，眼下还常有半夜三更来历不明人员摸入村子，如果让徐碧彩母子住在老乡家，万一出事怎么办？徐碧彩是县教育科派来的老师，算是我们的人，她和她孩子的安全跟我们的干部一样必须保证。让她住进来，也有利于观察她是不是有问题。

"不会让她住久的。"侯春生说。

刘胜利不再反对。

这件事其实是侯春生自己找的麻烦。侯春生刚被派到五区就向县教育科要求派老师来办学，这个要求听起来有如天方夜谭。北山多年来一直是地方势力割据，战火不息，政令难及，学校教育无法开展。早年间曾有若干私塾在北山乡间自生自灭，学校则从未正经办过，迄今为止一片空白，有钱人家必须把孩子送到溪坝或者县城读书，一般人家的孩子则只能在村头地角玩泥巴。侯春生认为五区进入新世界了，应当尽快把学校办起来，让孩子们能有书读。他的道理当然没错，只是北山形势还不稳定，作为匪患重点区域，剿匪生死攸关，办学校还不是时候。偏偏侯春生固执己见，锲而不舍，每到县里开会，必找教育科反映，于是忽然就派来个徐碧彩。

徐碧彩曾因特嫌两度被捕，特别是第二次被捕非常蹊跷，竟自称是连文正的妻子，称其子胡萝卜是连文正的儿子。但是连文正矢口否认徐碧彩与之有关，侯春生也亲证连、徐二人根本就是互不相识，徐碧彩的供词便成为一大疑问。除了突然跑到连文正家外，没有更多证据表明徐碧彩是特务，她本人否认参加过任何特务组织与活动，因此在连文正死讯传来之后，尽管徐依然没有为自己与连文正的关系提供合理解释，郑勇还是决定释放她，同时继续观察。徐碧彩一给放出来，就抱着胡萝卜到县民政科找侯春生，哭哭啼啼，言辞凄惨，请求侯春生好人做到底，救救他们娘俩。

侯春生嘴上坚决拒绝，心里却不忍。当晚他就找县教育科长商量，要给徐碧彩找个事做。徐自称当过小学老师，她懂五线谱，唱歌、吹口琴都会，看来应当确有教育背景。县城各小学正在复办，有文化有资格的人不是太多，可以安排她当个老师吗？

教育科长面有难色。此刻百废待兴，复办学校是一大要务。县教育科已通告全县，所有公、私立学校老师一律先留用，公立学校老师的重新聘用手续也在办理，薪金暂以粮食支付。由于经费紧张，除聘用原有老师，难以增聘新人。

“这个人情况特殊。”侯春生坚持，“她是外地人，无依无靠，还带着一个孩子。”

让侯春生最放不下的还是孩子。无论胡萝卜的父亲是谁，眼下他是个无助的孩子。新世界里不应该再有孩子挨饿。

几经周折，教育科长终于想了个办法，让徐碧彩进城关小学当了代课老师。

侯春生感觉欣慰，因为那个孩子可以无忧饥寒了。侯春生离开县城到了五区后，在找教育科长交涉五区办学事项时还曾顺便打听过徐碧彩，得知其母子并无异常情况，他也就放心。想不到此刻徐碧彩忽然携子进山来了。徐碧彩不可能不知道五区的复杂与危险，为什么要让自己和胡萝卜陷入险地？此刻恰有几个杀人凶手自天而降，两件事一起发生纯属巧合，还是别有玄机？难道会是刘胜利担心的里应外合攻打区公所？

侯春生与刘胜利在大厅里商量下一步行动，通信员领着两个农民打扮者从边门走了进来。两个来者都戴斗笠，衣衫破旧。

通信员说：“区长，有老乡找。”

侯春生抬眼一看即大喝：“捆起来！”

众人大惊，却见其中一个农民把斗笠一掀，哈哈大笑。

竟是郑勇。他只带一个公安队员，化装前来五区。侯春生与郑勇熟，郑勇从边门一跨进来就被侯认出，所以开玩笑大喝捆人。

侯春生说：“郑胡子好大胆，不知道五区遍地土匪吗？”

郑勇说：“不怕土匪绑票，只怕这侯犯傻。”

侯春生道：“傻人有傻福。刚好火烧屁股，县领导就从天上掉下来。”

他招呼给郑勇他们倒水喝，而后赶紧汇报情况。郑勇一听天上掉下凶手，当即警觉：“真有这种事？”

“确切无误。大鸟夜间飞，麻袋坑里埋。”

“这可不寻常。”郑勇说。

侯春生请示怎么办？郑勇不吭声。隔会儿突然发问：“是不是还来了另外一个？”

“谁？”

“你那什么‘欢乐颂’？”

“徐碧彩啊。”

郑勇竟跟刘胜利一样，把天上掉下的凶手与地上走来的徐碧彩联系在一起。不同的是刘胜利纯属猜测，郑勇却完全不是。

郑勇告诉侯春生，今天他到五区是临时决定的。这两天他在溪园乡检查工作，县公安局有人赶去，报称徐碧彩上了北山，他感觉不放心，觉得必须立刻找侯春生面谈交底。

郑勇要跟侯春生交什么底呢？竟是徐碧彩。原来徐碧彩到北山任教是他安排的，事前县教育科长找他请示，他报经陈超同意，决定派遣。徐碧彩疑点很多，最近又发现新的疑点，县公安局对之实施密切监视，她忽然要求到匪患频出的北山工作，表现比较反常。根据所掌握的情况，怀疑徐碧彩上山有特殊任务，县领导决定顺水推舟、引蛇出洞。徐碧彩待在县城，固然有利于公安队密切监视，却也令其格外警觉，不轻易动作，这就减少了暴露的机会。让她上北山，一旦她展开特务活动，其真实身份就会被掌握，还可借她的联络活动深挖敌人情况，实施准确打击。这个任务要交给侯春生。侯春生必须心里有数，可以让徐碧彩觉得侯依然相信她、保护她，让她有恃无恐去干她那些勾当，于不动声色间监控、追踪。郑勇向侯春生交底同时也提醒并警告，务必牢记轻信连文正的教训，再也不要为徐碧彩所误。

侯春生不以为然："我不要这种天大好事。"

他告诉郑勇，他已经把教育科的介绍信退还给徐碧彩，明确表态，徐在五区工作不合适，不能留在五区，让她回县城去。

"不行，她得留在你这里。"郑勇斩钉截铁，"这是剿匪反特需要。"

侯春生固执己见，认为徐碧彩不会是特务，除了说谎，她没有更多专业素质。这个人确实有诸多可疑，其中必有缘故，这些缘故需要搞清楚，但是无须因此把她跟特务扯上。侯春生两度审过她，他认为自己不可能搞错。把徐碧彩派到五区，指望她现出特务原形，想通过她把特务、土匪一窝端，那是一厢情愿。侯春生不想让徐碧彩留下，主要是担心安全。眼下北山土匪活动猖獗，要在这种环境下办学，男子尚且困难，一个单薄女子对付不了。事情办不起来是一个问题，万一遭受不测被土匪伤害就更糟糕，日后还有哪个老师敢上北山？

"她敢要求上山，就是对自身安全有把握。不需要你为她操心。"郑勇说。

侯春生说："我不操心她，我操心胡萝卜。"

"那不是你的事。"

"那么是你的事？"

郑勇恼火，呵斥道："侯春生！服从命令！"

侯春生不说话了。

郑勇板着脸，强调徐碧彩非常可疑，派她到五区，把监视任务交给侯春生是陈超下的命令。侯春生必须坚决完成任务。如果发生任何失误，唯侯春生是问。

侯春生说：“这是要我死啊？”

“不服？”

侯春生盯着郑勇看：“死算个啥？我怕过吗？”

郑勇正色：“你个侯！别不当回事！”

“放心，我眨眼间想个办法就把她扔还给郑胡子。”

“你给我试试！”

郑勇告诉侯春生，他早就打算进山来跟侯春生当面交底，只是没料到这么急。县教育科给徐碧彩开介绍信时，交代给徐半个月时间准备。不料徐头天听命，第二天整理，第三天就抱着孩子，雇一辆牛车离开县城，经溪坝转赴北山。为什么如此着急？郑勇在溪园听了，感觉诧异，所以走险途急赴五区。到这里一听原来来了天兵天将，立刻怀疑其中有关联。或许徐碧彩着急上山，是因为这些贵客光临？

“不会那么巧。”侯春生不赞同。

郑勇命令：“给我使劲盯着点。”

说完事情，郑勇把手一拍，决定立刻走人。他原本打算在侯春生的大楼里住一宿，跟这个侯好好说点话。现在看来不行。情况很特别，也很严重。所谓来者不善，那些人从天上掉下来，必有大事要做，情况需要尽快报告给上级，同时迅速在全县范围内组织应对，郑勇得立刻赶回县里去。北山这边的防范由侯春生全权负责，尤其需要防备敌人里应外合攻打区公所。

“别把你这条命丢在这里。”郑勇警告。

侯春生称无妨。想要他这条命的人都已经死了。

“眼下五区土匪个个都想要你这条命。”

侯春生问：“我是哪里得罪你了？见了面光是骂，板凳还没坐热就要走。”

郑勇问：“你个侯什么时候变小心眼了？”

侯春生哈哈一笑：“我还得大心眼吗？”

他问郑勇准备怎么离开五区？周边土匪蠢蠢欲动，所有的道路都有匪，郑勇两人两枪，哪怕化装成乞丐，怎么走都不安全。如果郑勇打算原路返回，攀绳走崖，翻北山到溪园，他从溪园回县城还得两天。待他走到，几个天兵天将只怕已经杀得满地死人，消灭他们的良机已经错失。

“说得是。”郑勇问，“你个侯有什么好建议？”

侯春生谈条件，只要郑勇同意收回徐碧彩母子，他就有办法让郑勇快且安全返回。

郑勇毫不松口，称任务不能讲条件，“欢乐颂”死活都归这个侯。

侯春生道：“那么郑胡子别走了。”

“你敢把我扣在这里？”

侯春生叹气，称真是没有办法，官大一级压死人。不对嘛，那是旧世界的东西。

他即起身安排，命刘胜利派人上楼扛竹排，命人赶紧去请吴铁板来，命区小队抽出四个战士，准备出发。

郑勇问：“你搞什么名堂？”

原来侯春生安排郑勇走水路。从北山到溪坝，主要交通是陆路，却也有一条水道可通，就是沿崎峰河下行，一直可以通到溪坝码头。崎峰河水面不宽，水量不大，许多地段水浅，大船过不去，只有小船和竹排可行。也不是常年可通，冬季枯水期用不上，夏秋涨大水时也不好走，只眼下这段时间水量不大不小，可以利用。由于崎峰河早就不通货运，土匪通常不加注意，此刻突然坐竹排顺河下行，不太可能遭遇土匪，远比陆路安全。

郑勇一拍大腿：“这个好！”

不一会儿吴铁板到。侯春生让吴铁板帮着找两个能行船撑排的老乡送郑勇出山。

郑勇说：“一个就可以了。”

侯春生说：“不行。必须确保安全。”

吴铁板想了想，说有一个撑排人一叫就到，另一个恐怕有点麻烦。或者叫一个就成，他自己来顶一个吧。

侯春生怀疑：“你是石匠，难道你还能拿铁凿子撑排？”

吴铁板笑。不就是拿根竹竿这里捅一下那里捅一下？没问题，他撑过，翻不了。

5

他们在藏身的山洞接到了回电：欣慰，嘉奖。望勿松懈。等等。除了几句空话，并无具体指令。这是因为行动细节事前已经反复商讨，也因为需要防止来往电报被对方电台截获并破译。行动小组空降成功后，曾于五尖山寮棚边匆匆发去一份电报，告称行动顺利，全体人员安全。也是不提到具体情况，没有臭丸丧生，没有涉及下一步动作。这是行动隐秘之所需，最重要的只在电报来去本身。

小组全体隐蔽于山洞中，等待白天过去。为了保证安全，电台在白天只收不发，以防发报声泄露天机。对林长官而言，收到回电也就够了。

他知道此间的一举一动都在张容成的密切注视中。

数月之前，解放军在攻克厦门十余日后发起金门战役，遭遇重大挫折，金门未下，数千渡海人员折损。而后解放军继续集结兵力、搜集渡船，加紧训练，准备二次攻金，报仇雪耻，台湾海峡战云密布，波涛汹涌。这种时候，于大陆后方组织重大行动，干扰以至打乱解放军攻金部署，对保住金门、守住台湾至关重要。本次行动不是一个孤立动作，是一系列重大行动的先声。本小组执行具体任务，却直接牵动大局，不仅将作用于当下的金门攻防，可以想见也将对未来双方更大范围内的攻防提供范例。

张容成做如是说时，他表示:“谨遵训示。”

本小组直接听命于张容成。小组指挥官由张容成亲自物色并向上峰举荐，确定以“橄榄核”为代号，对外仍称“林庆”。

他们商量了行动的细节。张容成强调没有特殊情况，必须严格按计划行事。他表示完全服从，坚决执行张容成之命。

结果一落地他便自行其是，没有按计划连夜沿避人耳目的山路直趋隘口，反是折转进入人烟稠密区域，潜伏于村庄近侧。所谓“将在外君命有所不受”，那其实只是一个说辞，他知道自己要干什么，早已深思熟虑，只是不说而已。孙大棒显然有疑问，他是张容成的人，作为副组长，一旦组长不能履职即自然顶替。显然孙大棒还负有监察林庆之责，但是孙虽有疑问，此刻却还不敢违抗，因为张容成在海那边已遥不可及，只靠空气中若干藏头露尾语焉不详的电波勾连，而林庆面目狰狞，阎罗王般就在身旁。林庆杀人不眨眼，在他眼中没有妇孺，没有自己人，需要就杀，没有例外。

他们于天亮前进入一个石头洞穴藏身。洞穴位于山腰间，从洞口可以远望山脚的村落，低矮破旧民房星星点点沿河畔延伸，远远地，有一片建筑高大显眼，凸起于山坳，那是连氏庄园，当地俗称“大楼”，眼下的五区区公所。

他们在洞穴里不吭不声蛰伏，像地里的甘蔗虫，直到太阳落山，山间光线迅速暗淡。天色完全暗下来后，林庆命令出发。一行人迅速离开藏身的山洞，向山下疾行。

他们在村头发现了巡逻队。巡逻队有三人，着便衣，扛鸟铳，队形散乱，一望而知就是一帮没有训练的泥腿子，于行动小组这些专业人士而言，消灭易如反掌。

林庆却命令隐蔽。

巡逻队从他们藏身的林子前走过，顺小路转向村子另一侧。待他们走远后，林庆率小组人员匆匆起身，沿小路进村。一行人猫一般轻手轻脚，绕过一个水塘，迅速扑到路头。孙大棒领头上了大路，前方不远处就是区公所。

林庆举手制止，命队伍折转，走上一旁小路，绕开区公所，扑向村子北侧。

十几分钟后他们到了一面山坡下，坡上有一间破房子，孤零零立于坡坎上，有昏暗的油灯光透出窗口。

行动小组人员四散，隔着一段距离，从各攻击角度围住破房子。

孙大棒拿眼睛看林庆，等待发令。

林庆命令："侦察。"

一个组员被派上去察看虚实。他没走小路，躬身从草坡往上攀。没待他走近破房子，就见一个黑影从屋里蹿出来，冲到草坡上方，猛烈的狗吠响彻山谷。

这条看家狗颇忠于职守，它发现有人入侵。

侦察兵停下脚步，卧倒于草坡。看家狗没有直扑下来，只是站在草坡上咆哮，恐吓、驱赶入侵者。这时有人从破房大门走出，是个老婆子，她不住叫唤。

"哦批，哦批！西告！"

是土话。"哦批"意即"黑鼻"，这条看家狗大名叫黑鼻。黑鼻已经察觉危险，其主人却还浑然不知。老婆子以为黑鼻淘气吵人，骂它"西告"也就是"死狗"，让它住嘴。黑鼻感觉委屈，满腔怒火不得不压抑，咆哮转成低吠，一串狗叫在牙齿间滚动，呜噜呜噜，还在对入侵者提出警告。

侦察兵趴在地上一动不动。狗吠平息之后，林庆命孙大棒模仿一声鸟叫，示意侦察兵停止，不必急着再去应对黑鼻。

行动暂缓。目标很可能不在家中，否则出门察看动静的不会是老婆子。

他们伏在破房四周，等了相当长一段时间，小路上忽然传出声响，脚步声、说话声由远而近，从村子那边往这头过来。一会儿工夫，几个人影从坡下一处民居后边出现，顺小路上坡，直趋坡上的破房子。

黑鼻又蹿出破房，站在屋前大叫。这一阵狗吠含义不同，显得快活无比，那该是在欢迎主人归来。间隙中，也有几声示警之音，似乎是在报告敌情。

林庆不动声色，身边组员安静无声，像是融进了夜色。来的一共四位男子，或扛鸟铳，或扛扁担，有如村头那几个巡逻者。行动小组人员成倍于对方，均训练有素，消灭这四个并无正经武器的农夫不在话下，但是林庆并不发令，他要绝对把握。

农夫们没有注意到黑鼻的警告，也没有发现周边有何不祥之兆。他们走到破屋边，在门前小空地上站了一小会儿，边说话边抽烟。几分钟后他们分别，三个人走下山坡，主人在坡上招招手，回身走进破屋，关上了门。

一直等到三个人影消失在坡下民居后边，林庆才示意行动。几分钟内，组员们从各个角落扑向破屋。黑鼻再次从屋里蹿出，站在屋前空地狂吠，那时便有一支大棒朝它猛击，一棒击中其一条后腿，黑鼻大叫一声，被打下山坡。屋里的人被外头的动静惊动了，只听“哐当”一声，有人从里边把房门拴上，油灯“呼”地被吹灭，有一个男子在里边大叫:“土匪！”

已经迟了，冲到破房门前的组员抬腿猛踢，只一脚就踹开破房门。几个组员一起扑进屋子，时男主人正抓着一支鸟铳从里屋跑出来。没待他喊叫出声就被扑倒于地，随即一刀割喉。另一侧老婆子也被一刀结果，一左一右死在厅堂中。

林庆亮起手电筒察看，确认无误，目标已经死亡。

“孩子呢？”他问，“在哪里？”

组员面面相觑。他们没看到孩子。破屋只有一个厅堂，一间里屋，里外都已经仔细搜查过，只有两个死者，没有第三人。

林庆走进里屋。手电筒光圈从屋里扫过，一张破桌，一只方柜，两把破椅子依次闪过。光圈最后落到床上。这张床在这个破屋里显得非常特别，是一张旧式架子床，俗称“眠床”，架子床的木架子雕有各种花纹，通常见于大户人家。

林庆拿手电筒仔细察看架子床，包括床下看了个遍，没有发现任何异常。他转身准备离去，手掌抓住架子床的一根支柱，忽然感觉支柱似乎在发抖。他立刻回转身，拿手电筒照床架，床架上挂着一副破蚊帐，看不出有什么异常。他随即拉过一旁的破椅子，抬腿踩到椅面上，头探伸到床架顶架上方，打亮手电筒察看。

有一个孩子趴伏在顶架上。两只恐怖的眼睛在手电筒光圈上闪着幽光。

林庆看着那孩子，一声不吭。

孩子在瑟瑟发抖。

几分钟后，林庆从里屋出来，一招手道：“走。”

他们悄悄离开。出村又遇到了巡逻队，林庆一如既往，命大家隐蔽，待巡逻队走过后再迅速撤离。

此后的任务是全速赶路，目标为上流隘口。杀人行动耗费了当晚一半时间，剩下的一半时间不能有丝毫浪费。小组人员一个跟着一个，在山路上奋力疾行，每一个人都汗流浃背，除了脚步声，没有一丝其他声响。月亮升起来了，依然如昨晚般明亮，山间林子影影绰绰，时有夜鸟惊叫，林庆的恐怖嘴脸在夜空中显得尤其狰狞。

远远看到了那座隘口。那时夜色已经渐褪，东方开始显亮。

孙大棒请示：“林长官，歇一下再上？”

“上去再歇。”

马不停蹄一直走到这里，大家都已经累得不行，林庆自己也不例外。但是他拒绝部下喘息，逼着大家务必爬上隘口。上流隘口有一棵独立树，是棵歪脖子松树，孤零零长在隘口处，远近可见。从山脚到独立树有六百多级台阶，此刻这六百级台阶对大家有如酷刑，但是大家宁愿忍受酷刑，也不愿面对林庆的狰狞。

他们往上攀爬，众人气喘如牛，终于登上隘口。

刹那间枪声响彻山岭。

是孙大棒先开的枪。孙大棒走在小队第一位置，他第一个踏上隘口。独立树边有一块石头，孙大棒刚在石头上坐下，就听另一侧传出动静，有人忽然冒出头，从山岭那一边爬上隘口。此刻天已放亮，晨光中可见来人穿黄布军装，扛着一支步枪，满头满脸，大汗淋漓。来人登上隘口时一抬眼皮，见到坐在独立树下，身着同样军装的孙大棒，表情顿时发僵，即问了一句：“哪一部分的？”

孙大棒吭都不吭一声，抬起手枪一勾，把对方打倒在地。

而后双方大打出手，隘口处子弹横飞。得益于率先占据隘口，行动小组居高临下处于有利地位，加之火力远较对方强大，一接火即占上风。林庆屏息静听，从隘口下的还击枪声中听出对方作战人员仅有四名，三支步枪，一支手枪。

“消灭他们。”林庆下令。

此时已经不再需要隐蔽，也不可能继续隐蔽。以小组的力量，足以消灭眼前意外遭遇之敌，要点只在尽快。小组成员被分成两部分，一部分沿隘口往下，排枪阵阵，步步进逼。另一部分爬上隘口一侧山坡，以山坡上的石头、树木为掩护向下运动，做出包抄架势，威胁藏身于下方阶梯山石林木间的对方人员。对方寡不敌众，一边拼命反击，一边收拢下撤。几轮攻防下来，对方渐渐陷入绝境。隘口这一侧山势险峻，除了蜿蜒乱石间的阶梯，没有其他路好走。对方且战且退，火力单薄，只有招架之力。在孙大棒压制下，其退却速度非常缓慢，已被紧紧咬住，只待完全被歼。

还击枪声突然消失，对方一行人忽然不见于山坡，像是人间蒸发了。

林庆下令：“搜。”

他们在乱石中发现了一个山洞。行动组员靠近洞口，有子弹从里边射出。

对方藏入山洞，实已走投无路。但是洞内光线昏暗，也让孙大棒难以攻击。

孙大棒命人往山洞里扔手榴弹。手榴弹爆炸声惊天动地，却没有摧毁山洞里的抵抗，显然该洞结构不利攻击，手榴弹掉落爆炸位置是死角，弹片未能造成有效杀伤。孙大棒提出火攻，拿烟熏。林庆点头。组员们四散而去，搜集枯枝碎叶扔进洞口，这片山坡上资源充足，不缺那些东西。

这时一个组员赶来报告："他们是五区区小队的。"

这个组员留在后边审问伤员。伤员就是被孙大棒打倒在隘口的那个。该伤员腹部中枪，伤势严重。林庆留下一个组员审问伤员，问出若干情况后，伤员即被处死。

"带队者是五区区长侯春生。"组员报告。

林庆沉下他的阴阳脸，满腹狐疑："怎么会？"

如果是五区也就是北山区人员针对本行动小组发起行动，他们从五区追赶到上流隘口，该是与行动小组同方向行军，或比小组先到，或比小组后到，怎么会是反方向，从溪坝上流方向爬上隘口，与小组正面相逢？

"他们是坐竹筏子到上流村，再从那里往回走。"组员报告。

林庆点点头。

果然冤家路窄，侯春生这条命终究又落到了林庆手上。

6

徐碧彩有一条狐狸尾巴，抓住这条尾巴却不容易。

前些时候，一个傍晚，有一个篾匠来到县公安局报告，称发现可疑人物于徐碧彩家附近转悠。郑勇立刻命两个公安队员化装随篾匠前往太古桥，密切监视。

郑勇始终对徐碧彩保持警惕。徐碧彩两度被拘，两度获释，都因为主要怀疑被排除。但是怀疑排除的同时亦有新疑问产生，而她本人始终谎话连篇，自我解释非常不可信，在疑问完全解开之前，必须予以密切注意。

徐碧彩当老师后，从原租住的寡妇家搬了出去，到太古桥附近巷子另外租了个房子，说是离学校近。郑勇很是怀疑。徐碧彩的新居是单门独院，且靠近连文正旧宅，其迁居只是寻求更避人耳目，或者竟跟连文正的旧有关系相涉？徐碧彩新居的斜对面有一家篾店，师徒二人都比较可靠，公安队悄悄找了篾匠，请他帮助留意徐家的动静，篾匠愿意配合。

被篾匠发现的可疑人物是一位陌生男子。当天下午五时左右，该男子走进巷子，手里拿着一个纸包，衣着寻常，头戴一顶斗笠，斗笠檐拉得很低，似为不愿让人看清脸面。这人在巷子里走了个来回，像是路过，漫无目标。篾匠注意到该男子走过徐碧彩租住的房子时，抬眼朝左右看了一下，突然折转身子，直接到徐家叩门。那个钟点学校已经放学，平常时徐碧彩和她的儿子会在家里，这天却特别，徐碧彩母子未归，陌生男子叩门无人回应。而后陌生男子离开。过了二十来分钟，他忽然又出现在巷子里，举止与上一次相仿，这一次叩门依然无人回应。当晚徐碧彩回家出奇晚，直到篾匠前来报告，依然未见其母子出现。

两个公安队员着便衣，假扮谈生意的客户到了篾店，刚刚坐定，就见徐碧彩抱着孩子回家。事后得知，徐碧彩是去家访，学生家长好客，非留老师吃饭不可，徐碧彩便在人家那里吃了晚饭。徐的儿子寄放在他们原租的那户人家，由寡妇母女帮助照料，寡妇待他很好。徐碧彩于晚饭后去寡妇家抱回孩子，一起回家。

公安队员在篾店耐心等待。徐碧彩母子归返后，也就一小会儿，篾匠报告的那个陌生男子再次出现，果然是篾匠所说的那副打扮，手中一个纸包，头上斗笠拉得很低，低着头悄悄藏起他那副嘴脸。天已经黑下来，陌生男子丝毫未敢懈怠，依旧藏得很紧。他走到徐碧彩住所，扭头四望，看看周边无人，即上前打门。很快地门开了，徐碧彩站在门边，与男子说了几句话，就把男子让进屋子，房门随后紧闭。

两个公安队员迅速交换意见，决定立刻行动，迅雷不及掩耳，先把陌生男子掌握住，搞清楚怎么回事。他们离开篾店，直接上前打门。

徐碧彩在屋里问："谁呀？"

"公安队。"他们回答，"请开门，有事找徐老师。"

里边好一阵磨蹭，过了一会儿，徐碧彩端着一盏油灯，过来把房门打开。

"请问有什么事？"她问。

公安队员说："我们要见一见你家的客人。"

她大张嘴巴，表情非常惊讶："客人？哪来的？"

她声称屋里就他们娘俩，没有第三个人。

"不是刚进来吗？"

"公安同志一定看走眼了。"

她坚称无客，不信可以进屋看看。

两个公安队员跟她走进屋子，屋里有一张大竹床，一个平柜，还有桌子条凳。徐碧彩的儿子端坐在平柜上，睁着两只眼睛，一声不吭，很乖的模样。屋里除了这孩子，确实没有另外的人。徐碧彩特意打开平柜，把油灯拿到地上，照一照竹床底下，里边除了几双木屐，什么都没有。

陌生男子进入徐家，是两位公安队员亲眼所见，绝对不可能一起走眼。但是此刻该男子踪迹全无，像一股烟似的消失了，真是怪异无比。徐碧彩果然非同寻常，明明刚把那男子让进家门，此刻矢口否认，表情非常无辜，像是确实从没发生过。

公安队员离开徐家。走过小院时，他们注意到院墙边有一座石磨，石磨边还长着一棵木瓜树。石磨和木瓜树与院墙几乎紧挨在一起。

出了徐家，公安队员立刻去敲相邻人家的大门，不料那门一推就开，里边的房子只剩断壁残墙，一个人都没有。公安队员打亮手电筒匆匆搜索，在与徐家相邻的院墙下发现了异常：那里掉着一只布鞋。布鞋看起来还新，尽管鞋底沾点泥巴，鞋面却很干净，不像这院子里的所有东西无不落满破败的尘土。

显然是刚被遗弃在院墙下的。

从各种迹象判断，进入徐碧彩家的男子在公安队员叫门时紧急逃离，借助小院的石磨和木瓜树爬上院墙，跳到另一侧荒废院子，黑暗中掉了一只布鞋。这个人顾不上找到布鞋穿好，慌不择路，匆匆离开。

此人肯定不是好人，所以一听公安队打门，拔腿就跑。篾匠从未见过此人，应当是初次上门。他去找徐碧彩干什么？从各种迹象分析，很大可能是接头。眼下还有哪些人需要如此秘密接头？除了土匪特务，其他人无须。

公安队员请求即抓捕徐碧彩审问，查个清楚。郑勇听罢直摇头。徐碧彩早就“二进宫”了，两次都没有拿下，因为证据不足。这一次让疑似接头者跑了，只找到一只可疑布鞋，同样没有掌握足够证据。以徐的特点，既然她一开门就否定有客光临，此刻更不可能改口认罪，除非有确凿证据让她无可撒谎。

郑勇决定加强监视。如果徐碧彩和陌生男子是在接头，那么其接触刚在进行就被打断，需要再次接触。这一次必须将他们逮于现场，人证物证俱在。不料没待发现新问题，县教育科长找郑勇报告：徐碧彩称得知县里正在物色人选派到五区创办北山小学，她主动请求前往。徐碧彩进城关小学当代课老师时，郑勇曾把徐的情况跟教育科长交底，因此徐的异常动态科长会直接向郑勇报告。

“她为什么想去？”郑勇了解。

她自称需要这份工作。到五区有望成为正式聘用人员，薪酬比代课要高。她还提到自己认识五区区长侯春生，她去后会想办法争取侯春生支持，把北山小学办起来。

“除了侯春生，她还认识北山什么人吧？”郑勇问。

“她没提起。”

“她当然不会提起。”郑勇说。

北山匪患严重，眼下首要事项是剿匪，不是办学。教育科之所以考虑物色老师，主要出于区长侯春生的一再要求。对县教育主管部门来说，下边区里重视教育是好事，积极性要保护，能满足要尽量满足。从北山教育一张白纸的现状出发，万事开头难，要找教室、置办课桌椅、招学生，事情既多且杂，派一个身强力壮的青年男子上去比较合适，单身女子身边还带着一个拖累的徐碧彩根本不在考虑之中。问题是眼下教育科手中可派的老师不多，且老师们多谈北山色变，顾虑重重，没有谁想上，只有徐碧彩自告奋勇。徐碧彩与侯春生相熟，确实是有利因素，创办学校任务繁重，需要各种支持包括经费筹措，没有区公所和区领导的重视不行。

“我看可以。”郑勇说，“既然这么积极，就让她去。”

徐碧彩突然想上北山，未必是想去办学校当老师。或许竟与那位翻墙逃跑的陌生男子相关，是那次被突然打断的接头活动的接续。徐碧彩显然清楚自己仍处于被监视中，在接头活动被公安队员破坏之后，她一定感觉到危险临近，此刻三十六计走为上。五区与县城情况不同，侯春生刚刚上山开展工作，力量薄弱，广大区域里还处于权力真空地带，土匪来去有如出入自家菜园。如果徐碧彩真是特务，跑到五区就好比回到老窝，那里一定有她认识的某些人。如果她能以奉派办学为名上山，则离开县城师出有名，上山后既能侦察情报，又方便与敌接头联络。这或许就是她积极争取的缘故。五区于徐碧彩还有一个特殊吸引力，那就是侯春生，她自己也提到了。她跟侯春生打过几次交道，知道侯春生深信她不是特务。她对侯春生的喜好秉性已烂熟于心，知道怎么跟他抹眼泪，怎么给他《欢乐颂》。这女子一吹口琴，那个侯就把眼睛翻向屋顶，听得如醉如痴。

她一定自认为有办法把侯春生玩弄于股掌间。

听郑勇如是说，侯春生自嘲道：“我有这么神吗？就当是郑胡子抬举我。”

他一如既往，在郑勇提供的徐碧彩案情里找破绽，认为郑勇谈到的陌生男子确实有疑问，但是怀疑为特务接头，也还需要更充分证据。包括徐碧彩进山的动机，在确有把握之前，不能断定徐碧彩就是特务。

“现在要你去掌握确凿证据。”郑勇说。

“干这个事我不可靠。”

那时他们坐竹排顺河而下，撑排的老乡站在排头，跟随郑勇的一个公安队员举着竹竿充当辅助。郑勇和侯春生趴在排上，面前有一只装满谷糠的麻袋。他们持枪警惕河岸的动静，一边低声交谈。他们所乘是第二竹排，第一竹排在前方开道，那竹排上有四个区小队战士，都趴在谷糠麻袋后边持枪警卫，随时准备投入战斗。

侯春生亲自护送郑勇出山，因为这条出山通道是他推荐的。尽管走水路与爬悬崖一样属剑走偏锋，通常不会遇匪，却也不敢说肯定万无一失。此刻郑勇的安全是五区的事情，侯春生不能大意。郑勇是公安局长，又是县委委员，属县主干一级，于侯春生是领导，又是老友，他的安全侯春生必须确保。起初郑勇不让侯春生护送，称五区需要加强防范，侯春生不宜离开。侯春生坚决亲自护送，表示有刘胜利带队留守区公所，可以放心。他送郑勇出山，一路还可汇报工作，交换情况。郑勇听了不再反对。郑勇原打算在五区住一宿，跟侯春生好好一谈，此刻敌情重大，必须迅速返回，借这一路深谈倒是一个办法。由于五区剿匪任务最重，郑勇在县领导分工中包五区，几个月前侯春生率区公所和区小队挺进北山，郑勇曾亲自随队进山，此刻他再到五区，也非常想多了解情况。徐碧彩问题尤其让郑勇放不下，利用乘竹排出山之机，把来龙去脉进一步交底，强调其严重性，让侯春生接下任务且不出问题也非常需要。有些话别人不好说，郑勇可以说，彼此老友，完全可以直言不讳。

出发时大约是下午四点。竹排撑动那时，侯春生鬼使神差，想起自天而下的那些凶手。此刻他们在哪里？准备干些什么？如果他们果真白天隐蔽，晚间行动，那么现在他们应当还是躲藏状态。几个小时后太阳下山，天色暗下，他们大概就要出动了。他们会怎么行动？留在五区作乱，或者潜离？

竹排顺流而下走得很快。崎峰河在山间蜿蜒，有的河段水面宽阔，有的相当狭窄，一些地段水流落差大，水流湍急，有若干河段流速平缓，布满浅滩。途中最大的障碍是这些浅滩，竹排搁浅，乘客们得下船蹚水，帮助把竹排推过去，再上排继续前进。

侯春生一路汇报工作。进山以来发动群众、建立农会、组织民兵、动员土匪自新等等，一一谈及。郑勇颇为认可。

“开局不错。”他表扬。

工作之外，彼此间少不了一些轻松话题。郑勇关切侯春生的破牙刷在五区怎么样？是不是变得好使一些了？

侯春生称北山风水好，破牙刷一变成了金牙刷，刷牙神速。

“真的吗？”

侯春生才笑：“不瞒你说，听起来还像杀猪。”

“带着吗？”

口琴不占位置，也不重，侯春生总把它搁在皮包里。他出门总是随身背着皮包，此刻也带在身上。

郑勇让侯春生吹口琴。以前在县城，每天早晚，总听到破牙刷在民政科那边“呜啊呜啊”吵人，烦死了。这几个月忽然没声了，头几天觉得清静，感觉不错，渐渐就不行了，非常想念。难得一起坐竹排，破牙刷拿出来刷一刷吧，听一听纯金几成。

夜幕已经降临，两只竹排顺流下漂，这里已接近上流村，河面宽敞了许多，有风在河上吹过，把口琴声吹得断断续续。郑勇听得发笑，称侯春生的破牙刷进步大了，以前听起来像杀猪崽，现在听起来更像在锯大树。

河岸上突然传来喊声："河里什么人？"

侯春生脸色一变，枪一拔握在手中。

"回答！"岸上厉声命令，"不然开枪了！"

侯春生大声问："哪部分的？"

"你们是哪部分？"

"是独立团三连吗？"

"你是谁？"

"不记得刘胜利吗？"

"老连长？快过来！"

侯春生把枪收起来，松口气道："护送郑胡子任务圆满完成。"

两条竹排靠到河岸。岸上站着一排持枪者，果然是三连战士。溪坝事件后，三连从岸边村移驻北山门户上流村。这晚该连进行晚练，训练结束，部队解散，有一班战士沿河岸回营房，忽然听到了河里的动静，就此跟侯春生接上了头。

他们一起去了三连连部。眼下三连连长就是溪坝事件时的副连长李东来。李东来见到侯春生非常高兴。也顾不得叙旧，侯春生赶紧把郑勇托付给他，请他派兵护送前往溪坝见连文彪，再由连文彪安排转送县城。

侯春生、郑勇已经商量过，由郑勇负责向连文彪通报情况，研究搜捕空降之敌，侯春生管自己区里的事情即可。因而侯春生没跟李东来细说情况，只是急如星火，赶紧返回。侯春生亲自送郑勇出山，除了确保郑的安全、深入汇报情况外，心里其实另有考虑。他们返回北山必须走陆路，如果空降凶手留在北山作乱，彼此不会相逢于途。如果敌人潜出北山，只要侯春生这队人抓紧时间赶夜路，双方便有可能迎头撞上，那就提供了歼敌良机。对方是小股，三四人而已，侯春生自认为对付得了。

侯春生带队急行军返回。这条路在溪坝地面特别陡峭，走起来格外费劲。天亮时分终于赶到隘口，居然就在那里遭遇对手。侯春生不敢自称料事如神，至少这回是撞上大运。双方一开打，侯春生就断定对手正是空降匪徒，不是本地其他土匪，因为他们穿军装，与埋在五尖坑里的男尸相同。侯春生也立刻发现了自己的致命失误：根据他们丢下的罐头盒，侯春生判断他们只有三到四人，因此只带四个区小队战士他也敢碰。到了打起来才知道错了，仅从这里一枪那里一梭子判断，对方人数远在自己之上，且火力尤其猛烈。侯春生心知不妙，他一心想要消灭敌人，眼下弄不好反会让敌人消灭。这时只能先求自保，侯春生率队且战且退，最后钻进山洞里。如果该山洞与其他山洞暗通，不失为一条逃生途径，不料钻进去才发觉是个死洞，没有其他出口。所幸山洞石块的凹凸恰形成死角，阻挡了对方手榴弹的弹片，可容大家暂时躲避。

当对手往洞里扔枯枝碎叶时，大家面面相觑，都知道大限到了。山洞背部有一道狭窄石缝，有光线从上边透下，人过不去却可供透气，对方火攻烟熏时，这条石缝便成了走气通道，它会把烟气引过来，灌满整个山洞，把困在里边的人全都熏死。

侯春生说：“不要慌。坚持住。”

他命令大家解汗巾，没有汗巾的把背心脱下来，弄湿它，没有水就往上边尿。烟熏过来时拿它捂住口鼻。

7

林庆命小组沿左侧小路急行军，往山上爬。这是一条岔道，通往一座山间小庙。隘口遭遇战枪声一起，上流村驻军很可能循声而上赶来救援侯春生，因此必须及时撤出战斗，同时必须走岔道，避免狭路相逢。

小组人员快速行动，在陡峭山路上爬得气喘吁吁，登上一道山岭，终于走到了山间小庙。小庙已经荒废，屋顶全塌了，墙也倒了一面。林庆命大家进庙，略事休整。

经一夜奔波，加上隘口一打和急行军，组员们都已经累得不行。走进小庙，大家席地而坐，有几个直接就地躺倒，几乎立刻鼾声如雷。

林庆推开地上的碎瓦片，把地图铺在上边，与孙大棒研究下一步行动。这时忽听小庙外传来动静，似有树枝被踩折。孙大棒跳起来，跑到庙门边一看，不好，外边是黑洞洞一圈枪口，小庙被包围了。

孙大棒大叫："快起来！"

外边开始喊话："里边的人出来！缴枪不杀！"

林庆让组员们不要慌，做好战斗准备。他们握着枪趴在地上，听着外头的喊话。

"快投降！解放军优待俘虏！"

林庆站起身，拍拍身上的灰尘，把头上的军帽整了整，抬腿走出庙门。

"不要开枪！"他高举双手："自己人！"

他站在庙前空地，面对一圈枪口，抬手将枪套解下，连同手枪一起扔在地上。

"我要跟你们指挥员谈谈。"他把双手拍拍，"请出来吧。"

对方并没有立刻现身，只是下令："让里边的人都出来。"

林庆回身向孙大棒招招手，命全体人员走出小庙，把枪支都放到地上。

对方指挥员从树丛里走了出来，径直走到林庆面前。是个年轻人，他圆睁双眼盯着林庆全是疙瘩的右脸颊看，目不转睛。

"别害怕，看看就习惯了。"林庆笑笑，面目更显狰狞，"战斗中负的伤。"

"哪部分的？"年轻人问。

林庆说："咱们到旁边说。"

"为什么？"

"需要严格保密。"

他们走到右侧一株树下，在双方人员密切注视下低声交谈。林庆告诉年轻人，自己是解放军前线部队作战部参谋，奉命率一支小分队背着电台进山，执行一项秘密任务。任务很重要，事关二次攻金战役的开展。具体情况他不能说，是军事机密。

“你们属独立团吧？”他问，“哪个部分的？”

年轻人是独立团侦察排排长。

林庆请排长带路，立刻前往溪坝镇独立团团部。他要面见连文彪团长。

“为什么要见我们团长？”

“机密。”

林庆还有个要求：他本人以及小分队在这里与独立团侦察排相逢的过程同样属于机密，请排长与他的战士们严格保密，不得向任何人说起。这一命令待见过连文彪团长后，团长会亲自下达，此刻他就是先交代一声，以免同志们不小心误言。军人泄露军事机密将受到军法惩处，严重者将予以处决，大家都清楚。

“相信你们都受过保密教育。”林庆说。

两位参谋一前一后押送，把林庆领到了团部，直接送到连文彪面前。

连文彪仔细察看林庆，林庆也直视连文彪，彼此一声不吭。

“你到底是谁？”连文彪终于开腔。

林庆请求其他人先回避一下。连文彪没有多话，手一摆，身边两个参谋迅速退出。

“说吧。到底是什么人？”连文彪问。

林庆看着连文彪，突然头一低，拿手掌往眼睛上一抹，流下了眼泪。

“是我呀，大哥。”他说。

“你，”连文彪大惊，“你来干什么？”

“我来害你。”

8

侯春生回到区公所，立刻听到了噩耗。

他没有片刻耽搁，转身就跑，跑出大楼，穿过村子，直奔出事地点。

现场已经被看管起来。两个区小队战士，三个民兵布置在破房子周围。没有村民围观，大家都知道出事了。这种事很可怕，没人敢来看热闹。

现场还保持原状，尸体尚未处理。刘胜利闻讯后已经赶来察看过，他命令先不清理，侯区长回来，看过现场后再处置。

侯春生快步跑进破屋大门，门厅里惨不忍睹，遍地鲜血，一头倒着一具尸体，男左女右，都是脸面朝下趴倒于地。侯春生走到男尸旁，把他翻过身，只看一眼，侯春生的眼泪就掉了下来。

死者是吴铁板，确切无误。吴铁板怒目圆睁，死不瞑目。他的喉管被利刃割开，伤口皮肉外翻，触目惊心。昨日上午，吴铁板带着侯春生一行搜索不速之客，于五尖山腰窝棚发现黄水金夫妇的尸体，他俩死于割喉。不料当夜吴铁板与其母亲竟被同一伙凶犯用同样的残忍手法杀害。

此刻侯春生才意识到自己为什么会在上流隘口与那帮家伙交手。他们为什么迟至清晨才赶到隘口？就因为他们先潜入崎峰杀人，而后才匆匆赶路。如果说黄水金被杀是偶然相逢，被屠杀灭口。吴铁板之死则肯定属于蓄意谋杀。这伙从天而降的匪徒为什么要害吴铁板？难道因为他跟从侯春生就给自己招来了灭门之灾？

从踏进本县那一天，侯春生就与吴铁板一家，包括他的儿子小猴子结下不解之缘。吴铁板曾经误会侯春生害他孩子，待到认定侯是儿子的救命恩人，他便铁心相随，对侯春生从来没有二话，侯春生也对他信任有加。此刻他突然被杀，于侯春生有如被砍掉一只胳膊，他痛惜不已。

侯春生站起身，询问身边的区小队战士：“小猴子呢？”

屋里只有吴铁板及其母亲两具尸体，不见小猴子的身影。区小队战士与民兵已经在屋里屋外找个遍，没有见到小猴子哪怕一根手指头。根据村民反映，昨晚晚饭后，小猴子曾跑到村中找其他小孩玩耍。而后他奶奶到村里，拉着他的手领回家去睡觉。当晚十点钟左右，村农会几个年轻人送吴铁板回家，当时吴家没有异常，安然无恙，吴母在家，小猴子肯定也在家。匪徒摸进来时，小猴子只可能在床上睡觉。他的奶奶和父亲遇难，他不可能幸免，蹊跷的是遗体无处可寻。

侯春生抬脚走进里屋。里屋有一张雕花架子床，看上去古香古色，富丽堂皇。侯春生看着那床，忍不住眼泪又在眼眶里打转。

这张床原本不是这破屋里的东西。吴铁板跟随侯春生回北山后，由于自家祖屋早被夷为平地，其亡妻的娘家恰有这处废弃破屋，拾掇拾掇还能住，吴铁板便借以先安家。侯春生关心吴家安顿情况，发觉破屋里只有一张竹床，吴铁板铺张破席子睡地板。侯春生便命区小队从大楼搬一张闲置的架子床，送到吴铁板家让他们用，说起来该架子床的产权应属连文彪，侯春生权当先借用，日后再跟连去说。这么大一座庄园都借给区公所了，一张架子床不算什么。这张床解了吴家燃眉之急，吴铁板把它放在里屋，让母亲和儿子用，他自己睡厅里竹床。哪想架子床犹存，这家人却给灭了门。

侯春生命区小队战士与民兵在破屋周边再寻踪迹。这伙匪徒杀人不眨眼，孩子都不放过。

那几个人在破屋周边又仔细检查了一遍，没有放过任何一个角落，还是一无所获。

侯春生心里一抽一抽，感觉异常痛苦。他的脖子似乎还被一只孩童手臂紧紧抱住，耳朵边似乎还响着孩子怯生生的问候：“阿叔，阿叔。”这孩子曾经被他从母亲的血泊中拉出来，曾经被他从乱坟岗上抱起，可是终究死于匪徒之手。

侯春生下意识地抬腿走进屋里，再次察看那张架子床。昨天夜里，小猴子与其奶奶就睡在这张床上。而后事情便发生了，他会给弄到哪里去呢？

架子床木然，未曾给出片言。

侯春生转身，离开前手掌按在一支床架上。他忽有所感：那床架似在微微颤动。侯春生不觉大惊，抬眼看架子床上方。床的顶架下张着一面黑乎乎，到处补丁的破蚊帐，蚊帐遮得一片黑，什么都看不到。侯春生当即拉过床边一张破椅子，爬上去站到椅子上。椅子摇摇欲坠，侯春生抓着床的支架稳住身子，把脖子伸到顶架上方。顶架上黑乎乎一片，什么都看不清楚。侯春生皮包里恰有一支手电筒，他把电筒打亮一照，只见顶架上边蜷伏着一团黑影，黑影中有两颗亮点在手电筒光下闪烁。

“搞啊？搞啊？”侯春生试探着喊了一句。

顶架上传出一个微微声响：“阿，阿叔？”

侯春生身子打个寒战，脚下的破椅子突然翻倒，把他从床架边掀下，摔倒于地。他立刻从地上翻起来，顾不得揉一下摔痛的膝盖，只是大叫：“快来啊！在这里！”

人们一起拥进里屋。侯春生坐在地上指挥，几个人有的在上有的在下，七手八脚把顶架上的孩子弄下来。果然是小猴子，他竟然还活着！

孩子给吓坏了。他面无血色，什么完整话都说不出来，只知道用他唯一的那只胳膊抱紧侯春生，再也不肯松手。侯春生把现场后事处理交给其他人，自己抱着小猴子往回走，两个区小队战士护送他们回到了区公所。

路上，侯春生用所懂的一点土话，问小猴子都记得些什么？他哆嗦：“鬼。鬼。”

小猴子看到鬼了。这可能是幻觉。如果他真的看到鬼，那么鬼也看到他了，他们会把他立刻拖走，不可能让他还活在这个世上。

“为什么一直不吭声？没听到大家到处找你吗？”

他回答：“阿爸，阿爸。”

小猴子只有一只胳膊，以其情况，危急时刻不可能自己攀上顶架，他的奶奶反应不会那么快，也没有那么大的力气。只有一个可能：吴铁板在情急中把儿子举起来放到了顶架上。小猴子瘦小，重量轻，架子可以支撑住，可以不为人注意，这可能是当时的唯一救命办法。或许吴铁板还交代儿子一动不动，一声不吱，谁叫都不要应，出于求生本能，孩子不敢违背。他不知道发生了什么，只知道发生的事情非常可怕，他自己无法爬下床架，只能按照父亲的交代，一动不动，一声不吭地蜷伏在那里，整整蜷伏了十几个小时，无论外头如何闹腾也绝不出声，直到被侯春生发现。

侯春生把小猴子抱进大楼。他想把孩子放到天井石椅上，打水给孩子洗一把脸，孩子却死死抱着他，根本放不下。几个区小队战士帮着哄，想把孩子从侯春生身上哄下来。小猴子吓得浑身发抖，真像是见了鬼一样，越发死抓着不放。

侯春生道：“算了，别动他。”

有一个年轻女子分开众人走过来。对大家喊：“不要围着。他害怕。”

却是徐碧彩。

徐碧彩把大家叫开，自己上前哄那孩子。她让孩子叫她“姨”，说她房间里有小弟弟，有图画书，还有好听的歌。跟她去玩吧，可好玩了。

小猴子目不转睛看着徐碧彩，眼神漂浮。徐碧彩让孩子看着她，想方设法把孩子的注意力牵扯住。这个人确实会哄孩子，她的声音轻柔好听，脸上笑盈盈非常亲切，她反复再三，诱导孩子喊她“姨”。孩子架不住劝，终于张开嘴，迟迟疑疑叫了一声：

“姨啊。”

“看，多乖。”她顺手一抄，把小猴子从侯春生的怀里接了过去。

她把小猴子抱进她住的二楼客房。

侯春生在天井边的石条上坐下，心头滚着一团怒火，也有一股懊恼在啃咬，有如清晨在隘口附近的山洞里。

昨天下午，原本准备让吴铁板充一个撑排人，随侯春生送郑勇走水路出山。但是侯春生不放心，追问半天，得知吴铁板虽撑过排，却只是撑着玩，在河塘上打转兜圈而已，并没有沿崎峰河下行过，于水路不熟悉。侯春生担心安全有问题，万一在水中翻排就麻烦了，因此坚持不让吴铁板上。吴铁板想办法又去找来一个人，把自己换下来。如果当时同意吴铁板去撑那只竹排，即便竹排翻在河里，也不会有他被杀。如果侯春生不是一心想扑到上流隘口去拦截敌人，可以把护送郑勇的任务交给刘胜利，自己留守区公所，那样的话，吴铁板可能会跑到区公所跟侯春生说事，他们一聊会聊到天亮，屠刀将失去机会。可是一切都已经晚了。吴铁板遇害，杀人凶手遁走，于五区和侯春生已经鞭长莫及。

侯春生听到一阵悦耳的口琴声从二楼客房传了出来。是《欢乐颂》。

眼泪从他眼眶里滴落下来。

几天后，通信员从山外带来消息：空投匪徒窜入溪坝，独立团迅速在防区内组织搜捕。部队追查到四个可疑人员，于王爷岭将他们截住。可疑人员顽抗，被全部击毙。根据情况判断，这四人很可能就是自天而下的那批匪徒。

侯春生惊讶：“完蛋了？真的吗？”

侯春生提出疑问：他们不止四人。究竟有多少个还无法准确判断。隘口交手中，侯春生感觉对方人数远在自己之上，不是原先估计的三至四人，但是侯春生无法提供更多情况。目前可能见过这些人的幸存者，唯有小猴子一个，这种年纪的孩子无法准确描述他见到的人物，只能以“鬼”表述，无法作为依据。因此无从断定被击毙于王爷岭的那些人是或者不是。根据目前的追捕记录，这股空降匪徒或可被列为完全消灭。

第二章　欢乐颂

据我了解，那张雕花架子床一直湮灭无闻，直到“美丽乡村”时才忽然浮现。

所谓“美丽乡村”说来笼统，北山当地村民择要直观言之，讲的是那个农民公园。我理解该公园当是当地旧村改造的一个方面，也就是根据发展乡村旅游作为新产业的需要，对乡村环境进行整治，让其美丽起来。该农民公园建设中，有一些旧民居被拆掉了，那些旧民居原先位于村庄中心位置，只是日后因为道路的变迁，农家新建住宅向新交通通道靠拢，新的聚落形成，村庄中心渐渐迁移，旧日中心渐渐边缘化，以至无人居住，变成一片破败的旧宅基。拆除这片旧宅基，建设一座农民公园，也就成了一个项目，一个政绩。

据说农民公园建设期间，除了若干工程队忙碌其间，也有许多贩子不辞劳苦穿梭于旧屋废墟之中。贩子来自县城、市里甚至省城那种大地方，个个目光炯炯，眼神飘移，嘴唇抹油，手脚麻利。他们专捡破烂。旧宅基上的条石、旧窗框上的木雕、旧仓库的农具、旧厨房里的器具，包括铜质的旧锁、木质的箱柜、竹质的簸箕、陶质的夜壶，什么东西都有人要，出价都非常低，以破烂之价席卷而去。有消息称这些乡下破烂被他们倒卖到城里，竟有数十甚至数百倍的赚头。

雕花架子床被他们从一个破房子里弄出来。该床早已无法使用，顶架已经坏了，后档断成两截，床板残缺不全。一个贩子作百般犹豫之态，终以一百元的柴火价从一个村民手中收购了这张架子床，却在运出北山途中被拦截。原来这堆柴火的产权有些问题，卖主有一个堂弟提出异议，称该床为祖上传下来的，其堂兄无权擅自卖掉。这位打横炮者直接向乡长告状，声称该床价值连城，绝对不是柴火。时任乡长一听还有这事，便关注了一下，命人把贩子和东西先截下来，搞清楚再说。于是架子床未离开北山，给扔进乡政府旁粮站的一个空置粮库。而后贩子、卖主及打横炮者三方施展解数博弈，有投诉有上访有告状，打得不亦乐乎。僵局未曾解开，又有一个勇者杀进战场，这个人比较了得，是本县党史办一个资深研究人员，该研究人员发觉这张架子床不寻常，其最初主人其实是北山巨匪连大木。尤其不寻常的是它还可以视同革命历史文物。根据他研究，1938 年初，有一位游击队长在这张床上睡过一夜，这位游击队长日后成了解放军一个高级将领，曾在他的回忆录中详细记载了那个寒冷的冬夜。

雕花架子床的归属就此画上句号。我到北山寻访故事时，它摆在连家大楼，据称是当年连大木的主房里，墙上挂着一面说明牌，简要描述它的来历。它已经被完全修复，涂上新油漆后富丽堂皇。

我注意到它被认定为连大木遗物，主要依据是贵重。这架子床被视为烂木头时，没有人在乎它的质地，一旦较起真来，人们才发现它竟是楠木床，它身上的雕刻非常讲究，号称“千工床”，要工匠一千个工作日才能打造出来。当年在北山，最贵重的东西只有连大木敢用，也只有他才用得起，如此推断有一定合理性。如果它真是连大木遗物，那么研究人员提到的游击队长回忆录里的那张床确实很可能就是它。我不是这方面的研究者，无从加以判断，但是我觉得还可以补上一段陈述：如果这张床真是他们说的那一张，那么还有一个人曾经使用过它，就是吴铁板。吴铁板遇害的时候，这张床就摆在他的破房子里，它还成了吴的儿子小猴子的逃命之所。为什么我敢如此断言？因为连家大楼曾在上世纪五十年代初经历一场叛乱，而后被彻底焚毁，里边的家具荡然无存。在此之前，它曾是五区区公所所在地，里边的一张雕花架子床被当时的五区区长侯春生借给乡农会主席吴铁板安置家小，所以它才逃过了后来的那场大火。

这张床或许只是个例子。世间许多器物深究其前世今生，可能都会有类似故事，让它们承载了许多东西，包括人的命运与时代的风貌。

1

1938年初，一个北山集日，保安队在巡查集市时，发现两个陌生人似有嫌疑。这两人是外地口音，为首一个自称是福州来的茶商，另一相随者为其徒弟。保安队从徒弟身上搜出一张薄纸片，却是一份“农会会员证”。徒弟声称该纸片为路上所捡，打算用来卷纸烟。两个人即被关入大牢。保安队长派人飞马赶往县城报告连大木。

那时候连大木还没当县长，其部却已控制本县全境，省政府以抗战和剿共需要为由，收编连部为保安部队，委任连大木当保安司令。连大木率部进驻县城，大儿子连文彪于身边辅助，留有一队人马驻扎老巢北山。连大木得知可疑人员被捕获，即命连文彪回山处置。连大木说，所谓茶商十有八九是红军游击队人员，需要搞清楚他们到北山干什么，有什么打算，然后不要留，送上路杀掉。

连文彪往天上一指：“不合作吗？”

“咱们不管那个。”

那时国共合作谈判等事项已见诸报端，但是下边明里暗里，依然刀枪相向。连大木身为保安司令，对所有可能危及自身统治者均严加防范。

连文彪回到北山，亲自到大楼后院禁闭室观察两位疑犯。他注意到自称茶商者年龄略长，身材高大，神态镇定，显然不是一般人物。连文彪下令看守把牢门打开，放出疑犯，解开捆绑绳索，带到前院大厅。那里已经备下一桌酒菜。

连文彪说："晚来一步，两位受委屈了。"

他什么都不问，只做心知肚明状。对方也什么都不说，似乎心领神会。吃过饭后已是晚间，连文彪命手下打开主房，请茶商到房内喝茶聊天，徒弟则先到一旁客房休息。这间主房是连大木所用，家具陈设都是大楼里最好的。连大木进驻县城后主房闲置，不是连文彪发话，没有谁敢把它打开。起初连文彪与茶商坐在前厅茶桌边喝茶聊天。深夜里外头起风，天气寒冷，两人披着棉衣，都止不住打哆嗦。连文彪说坐着不如躺着。于是两人脱了鞋子，上了里屋的雕花架子床，一人一头，半卧半坐，身上盖着被子，被子里捂着炭笼子，就那么聊天，整整聊了一夜。

他们聊什么呢？各自见闻，道听途说。茶商走南闯北，见过不少世面，知道不少道理，连文彪很想听听。茶商自称知道的也不多，却很健谈，一谈谈出了很多见闻，多是天下大事。茶商提到西安事变后的国共谈判，七七事变，日本大举进攻，南方八省红军游击队将组建成新四军，红军主力长征后于福建各地坚持游击战争的红军游击队近期正在集结，准备开赴抗日前线。

连文彪感叹："这是正道。"

"连先生也这么认为？"

连文彪说，眼下他父亲连大木是保安司令，他本人是副司令，说起来像是很风光，其实背地里还是被指为打家劫舍派黑单的土匪。他们连家本来就是土匪，起家的时候是，现在好像不是，其实未必，日后说不定还得回到山上干老行。

茶商说："可以改弦易辙，未必需要一条道走到黑。"

"先生一定有高见？"

茶商称国难当头，匹夫有责。可否考虑投奔新四军？连文彪询问投奔新四军的前途胜于保安司令吗？茶商说，无论保安司令，或者土匪队长，那都属于旧世界。新四军也从旧世界来，却是志在战胜日本侵略者之后，创造一个新世界。

“先生一定是他们的人。”连文彪说。

“只是道听途说。”

连文彪感叹，称自己与父亲毕竟是两辈人。他父亲聚众山林，打出一片天地，认定杀人放火为所欲为就是正道。他心知未必，世界在变化中，未来实未可知。但是他也不可能背弃父亲，或许最终只能一条道走到黑，有如命中注定。

茶商说：“来日方长，或许有一天连先生会另有考虑。”

他们聊了一夜。第二天连文彪亲自送茶商上路。那时候崎峰河还有航运，茶商坐五篷船顺水往溪坝去。行前，连文彪告诉茶商，按照土匪的黑话，送上路其实就是杀掉了事。但是他宁愿交个朋友，给茶商的新世界送一份薄礼。

连文彪给了茶商一张路条，路条上手写“所有关卡一律放行”字样，签有他的名字。在本县境内，这张路条可保证数日内茶商畅行无阻。连文彪还解下腰间手枪给了茶商：“路上不平安，先生多保重。”

茶商拱手道谢：“相信还能相会。”

几个月后，这位茶商在省城福州找到了连文正。时连文正在省城读书，为高中二年级学生。茶商已经恢复其本来面目，身着军装。

他叫沈振道。他在闽南、闽西山间率队打过三年游击，此刻在新四军福州办事处工作。前些时的那次北山夜谈中，连文彪告诉他，四弟连文正在福州读书，这个弟弟聪明灵秀，资质远胜于三个哥哥，或许四弟应当走另外一条路，往那个新世界去。沈振道有感于连文彪相助之情，特意找到连文正，问连是否愿意去新四军。当时连文正一心求学，得知西南联大在昆明成立，他与几个同学商量，准备高中毕业后即去报考。沈振道说：“那也好，来日方长。”

当时都没想到，十年之后，他们在济南重逢，却是分属两个阵营，时沈振道已是解放军高级干部，而连文正以国民党军中校身份在济南战役中被捕，成了解放军的阶下囚。沈振道在军官俘虏名单里看到连文正的名字，派人把他从战俘营接到纵队司令部见面，请他吃了一顿饭。连文正把自己这些年的经历告诉他，也讲了家乡的变故，包括连大木的惨死和连文彪的重新为匪。沈振道感慨不已。

“你大哥早有预感。”沈振道说，“他也早希望你另走一途。”

沈振道认为连文正还有机会做出选择。当年连文正没有参加新四军，却也参加了抗日战争。以往可以一起打日本，现在也可以一起建设新中国。连文正非常感激，称沈振道没有因为他这个晚辈为敌军效力而嫌弃，他无以言谢。他也很想跟从沈振道，但是自忖已经找不到归属感了，不敢劳烦沈振道关照，只怕到头来反而会连累沈振道。

沈振道说：“不要被那个‘军中之鹰’给绑架了。”

连文正称兵败被俘，自感翅膀已经折断。

“对日后有什么想法？”

连文正不敢再图作为，只求能被释放回家，让他与家人过自己的日子去，终得善终，不要落得父亲那种下场。有时他会害怕本性难移、情势难违，父亲的鬼魂在他身上重生。他知道对他来说那是最坏的结果。

“可以让你回去。”沈振道还是那句话，“来日方长。”

他们本来还有第三次见面，不想止于呼啸而至的迫击炮弹，连文正烟消云散。

但是鬼魂或许真能重生。

2

意外突然发生。

那时不过下午五点，天还很亮。徐碧彩与肖家林从山边林子经过时，林中突然蹿出几个人，举枪对准他们，大喝：“不许动！”

土匪。

徐碧彩与肖家林面面相觑。徐碧彩表情惊恐，突然丧失理智，当着一排杀气腾腾的枪口转身就跑，似乎自以为对方不会射击，或者跑得过子弹。土匪毫不客气，当即开枪。一排枪响过，徐、肖两人都倒在地上。肖家林腰部、腿部中弹，痛得大叫不止。徐碧彩满脸是血，却是摔伤，非子弹命中：在她转身逃跑之际，肖家林从后边把她一把推倒，帮她躲过了子弹，却让子弹把自己打成筛子。

土匪冲上前，“砰”一声给肖家林补了一枪。有两个土匪扑到徐碧彩身边。徐双手撑地正想爬起，土匪把她踢倒，一左一右架着她，迅速拖进林子。

她大叫：“救命！”

眨眼间土匪带着被劫持的徐碧彩跑得不知去向。

侯春生在区公所听到了那阵枪声，他立刻就想到徐碧彩。也就十几分钟前，徐碧彩和肖家林才离开大楼。当时徐特地向侯春生打招呼，说自己要去附近村里家访。有个女孩几天没来上课，说是病了，其实是女孩的母亲不让她读书。女孩机灵得很，不读书可惜了。徐碧彩想去说服女孩家长，动员她回校上学。侯春生点头认可，吩咐肖家林注意保护徐老师。由于天色还早，加之不走远，这个时间还安全，通常不会有土匪摸进村活动。却不料忽然就枪声爆起。

侯春生着急，拔枪大叫：“快！跟我走！”

他快步冲出大楼。刘胜利带着区小队几个战士在院子里擦枪，一听侯春生招呼，刘胜利即命大家跟上，一行人快步朝枪响方向跑去。不一会儿到了出事地点，发现肖家林浑身是血倒在地上。刘胜利跑过去翻起肖家林，他人事不省，却还有气。除了腰上、腿上的伤，头上也挨了一枪，那一枪偏了，子弹从左腮打进去，从右腮钻出来，打得满嘴鲜红，却没伤及大脑。

区小队战士拿出急救包为肖家林紧急包扎。侯春生蹲在地上一遍遍大叫“小肖”，肖家林眼皮一睁，似乎醒了过来。

“徐老师呢？”侯春生喊，“在哪里？”

肖家林眼睛一合又昏迷过去，一句话都没有。

不用他说，现场不见徐碧彩踪迹，她肯定是被土匪抓走了。

侯春生抬头四望。前方山路在山岭间蜿蜒，未见人影。天上乌云四合，山风强劲，像是要下雨了。山风吹过路旁的林子，树梢在风中摇晃。近期五区地面活动的土匪多化整为零，小股活动。光天化日之下，小股土匪当是钻进了林子。

侯春生说：“快追。救徐老师。”

他拔腿就走，命留下两人处置肖家林，其他人跟他追击土匪。刘胜利想拉他，一把没抓住，便带着区小队战士跟着追。事后想来侯春生还感觉后怕：当时有些急了。如果土匪有诈，此时埋伏于林子中，他们一头撞进网中，那就吃大亏了。

幸而土匪顾着撤离，没在林子里做手脚。侯春生一行钻出林子，毫发无伤。

前方山头突然传来激烈枪声，乒乒乓乓打得开锅一般。这阵枪响得蹊跷，两边对打旗鼓相当。那会是谁跟谁打？难道土匪火并？听得出交战双方火力都远超于侯春生他们。此刻情势紧急，时间越拖延，救出徐碧彩的可能性越小，但是敌情不明，不能急急忙忙一头撞上去。侯春生强按住心里的急切，命大家卧倒，守在小山坡上。还好山头枪声没有持久，很快平息。有一队人马闪出山坳，顺小路向侯春生这边匆匆而来。远远看去有二十多人，都穿着军装。

侯春生低声命令：“不要动。刘胜利搞清楚。”

那队军人走得近些，刘胜利大喊：“哪一部分的？”

对方唰一下就地散开，举枪相向，高度戒备。彼此喊了几句话，明白了，是自己人。来的竟是刘胜利的老部下，驻扎于上流村的独立团三连一排。

双方会合于山坡。刘胜利突然向队伍中一个小个子军人立正，敬礼。

“康政委！”他喊，“你怎么在这里！”

是独立团政委康明。康明曾是地下党时期的游击队长，当时刘胜利是他的部下。

侯春生感觉有异。康明亲率小分队翻山越岭到达五区，一定有特殊任务。溪坝事件中侯春生滞留于独立团，时康明到军分区汇报，侯春生没见到他，却总听到他的名字。此刻一见，果然如所传一样。康明个头小，精干敏捷，表情很严肃，不苟言笑。康跟侯春生握了握手，点头说了一句话：“我听说过你。”

他没有谈此来何为。一排长告诉刘胜利，昨夜上流村外围山地有可疑人物活动，康政委率该排追查，发现可疑人物为陈国辉部土匪。双方在山间发生短暂交火，而后土匪退往北山。他们一路追击直到这里，敌人不知去向。刚才部队于山头处休息，忽然听到山下枪响，部队即紧急追赶，从山坳转出时，恰看到对面山坡有一队武装人员钻出林子，像是他们追了半天的对手。双方隔着一条山沟对打，对方没有久战，很快又钻入林子不见了。由于天气不好，像要下大雨，康政委决定停止追击，下山到五区区公所找刘胜利，没想到在这里恰与侯、刘会合。

由于战斗突然而短暂，部队战士没有谁注意到土匪队伍里是否有被劫持女性。但是有人于乱中似乎听到土匪们喊叫：“跑了！跑了！”当时以为是土匪招呼撤退。

侯春生即命刘胜利领康明他们到区公所。大家追敌追了一天，一定又饿又累，赶紧先安排吃饭休息。侯春生自己带区小队人员继续上山察看情况。

康明问：“有什么问题吗？”

侯春生报告说，那伙土匪刚刚袭扰下边村子，打伤一个区小队战士，劫持了一个学校女老师。他和刘胜利赶上来，希望能救回这个老师。

康明即命令：“一排长，你们配合侯区长行动。”

于是分头行动，康明随刘胜利去区公所，侯春生带队伍上山。有独立团战士相助，力量大增，不怕土匪袭击，只是时间拖延了，也不知还能否追得上。这时天上响雷，雨哗哗哗下来了。山坡上无处可躲，顷刻间大家都成了行走于雨中的落汤鸡。

他们爬上山岭，赶到土匪与一排接火后撤进林子的地点。那里有一面陡坡，坡上遍布乱石。大雨之中，湿淋淋的山岭、林子和陡坡上已经找不到土匪的踪迹，被劫持的徐碧彩更是消失得无影无踪。

侯春生却不死心，命身边战士向坡下大声招呼。只听得雨声哗哗，没有任何回应。

“再喊。”侯春生下令。

“徐老师！徐老师！”

雨势稍减，侯春生屏息静听，忽然脸色一变。

他听到下边似有声响。

“别出声！”他大叫，“把耳朵拉直！”

大家都竖起耳朵。

“救……我……”

侯春生下令：“快，下去几个！”

几个战士抓着树枝、藤条攀下陡坡。不一会儿他们原路返回，有的推有的拽，七手八脚拉上来一个人，正是徐碧彩。她满身泥水，头上脸上全是血。

侯春生长长喘了口气。

徐碧彩居然是自己跳下陡坡的。劫持她的土匪跟独立团战士对打时，她横下心，一闭眼睛就跳了下去。那时一心只想趁乱逃走。胡萝卜还小，可不能没有她。她从山坡上滚下去，卡在坡中石头上，身上脸上痛得很，幸而未曾伤及筋骨，只是轻伤。

“谢谢区长救我。”她说。

侯春生一声不吭。

队伍撤出，顶着雨沿路下山。到达区公所时天已经黑了。

当晚独立团战士住在大楼里。侯春生到康明那里，两人单独交谈，侯春生这才明了康明忽然带队前来五区的用意。

康明了解两件事情，一是吴铁板被害情况，二是空降特务情况。两件事都发生于五区，表面看与独立团无关，深究起来却有特殊关联，牵扯到团长连文彪。康明说，他听到了一些传闻，感觉事关重大，需要尽快了解清楚。因为需要严格保密，才以带队追击小股匪徒为名前来五区了解情况。

侯春生谈了所知情况。他清楚吴铁板与连文彪的过往恩怨，就这次吴铁板遇害本身，感觉似与连文彪没有直接关系。从各种迹象分析，杀害吴铁板的凶手不是从溪坝派来的人，而是远至海那边的空降之敌。这些人为什么要飞到这边杀害一个乡农会主席？背后因素或许是连文彪。可能是要帮助连铲除仇家，或者是要给连制造麻烦，甚至嫁祸于他。究竟是什么，只有抓住空降匪徒才能弄清楚。如果这些匪徒已经全部在王爷岭被击毙，那么他们的目的便成为无解之谜。对此侯春生有疑问，因为侯曾在上流隘口与他们交过手，战斗中感觉他们人数远在自己之上，至少有七八个。

“最初情报是你提供的，说他们大约三到四人。”康明说。

侯春生承认，他是直到双方交手才发觉判断失误。

“王爷岭那一仗有疑问。”康明说。

他没有具体说明疑问，侯春生却可以想见。全部击毙也就是不留活口，符合连文彪行事风格，却也肯定会令人生疑。侯春生无法判断死在王爷岭的那些人是或者不是，所能提出的问题只是感觉人数不对。如果那些人是替死鬼，或许其制造者是根据侯春生最初所报敌情来安排替死鬼人数。

康明说：“这些情况都需要核实。”

侯春生问：“康政委在五区能多待几天吗？”

他们只能待一天，后天即返回溪坝。

“想给康政委和部队同志找一个麻烦。”侯春生说。

被土匪打伤的区小队战士肖家林伤势很重，五区这里的乡间土医生解决不了问题，必须尽快送医院。侯春生已经做出安排，要用担架把肖家林送往县城。能否让伤员随独立团部队撤离五区？这样的话，路上安全才有保障。

康明非常干脆："没问题。"

康明担心该伤员只怕赶不到县城。溪坝有一个医院，是传教士办的，独立团伤病员都由他们救治，那里的医生不错。不如让肖家林先到溪坝医院治疗，不行再转送县里。独立团可以帮助安排。

"太感谢了！"侯春生道。

"还有什么问题？"

侯春生略犹豫了一下："还有一个人。说起来是一个半，一大一小。"

"几个都没关系，有需要尽管说。"

第二天，侯春生早早起床做操。他看到对面客房开门，徐碧彩出门洗漱，额头上还缠绕着层层纱布。

他走过去问了一句："伤口怎么样？"

徐碧彩苦下脸低声道："还疼。"

"孩子怎么样？"

"都在睡。"

徐碧彩的屋子里有两个孩子，小猴子和胡萝卜。自侯春生把小猴子抱进大楼之后，就再也没让他离开。小猴子在村里还有阿姨和姨夫，侯春生却没让他们带走孩子，原因是其姨夫好吃懒做，在村里名声很差，侯春生担心孩子交给他安全没保障，会给耽误，甚至给拿去卖掉。其姨夫也不想照料小猴子，可能担心招惹麻烦。侯春生当区长事情很多，不可能亲自管小孩，他跟徐碧彩商量，请徐帮个忙。徐碧彩自己有一个胡萝卜，那孩子很乖，徐碧彩上课时，他静静地坐在后边听，徐碧彩有事外出，就把他寄在大楼附近一个老婆婆处。侯春生提出小猴子暂时交徐碧彩照顾，跟胡萝卜做个伴，让徐去请一个老人帮着带孩子，小猴子和老人的生活费由侯春生负责解决。

徐碧彩断然拒绝："不要。"

"孩子太可怜，他还愿意跟你……"

"不要你拿生活费。"

原来她愿意帮忙，且不要侯春生负担。侯春生是供给制，零花钱很少。

侯春生心情非常矛盾。徐碧彩一到五区，他就决意让她返回，不愿她带着胡萝卜待在北山。即便在郑勇匆匆进山交底之后，侯春生依然不打算留下她，打定主意只让徐待一小段时间。侯春生坚信徐不是特务，不可能有异常活动，到时候可以以没有发现问题为由把徐送回县城，交还给郑勇。但是北山学校一办起来，侯春生就拿不定主意了。侯春生在他的区公所办公，一边旁听乡下孩子们拉长声调读课文，一点也不嫌其吵。课间休息时，徐碧彩会给孩子们吹口琴，侯春生会情不自禁放下手里的事情，眼皮一翻看着天花板，倾心细听。徐碧彩还教孩子们唱歌，拿她那支口琴为孩子们伴奏。徐碧彩到五区报到那天就称会教孩子唱好听的歌，果然没有食言。孩子们的合唱声在大楼里外回荡，传到侯春生的耳朵里，他听得如痴如醉，有如回到十二岁那年。徐碧彩把侯春生心里的天籁之声送到了他的耳边。侯春生怅然若失，一再拖延，无法下决心驱赶徐碧彩离开，直到徐险些被土匪掳走才痛感自己有误。此刻满山枪声，还不是听孩子们合唱的时候，事情不能再拖延了。

侯春生对徐碧彩说，明天一早，康明将率部队离开五区返回，送肖家林去医院。他会多安排一副担架，送徐碧彩一并到医院检查治疗。

"不需要。"她说，"我没什么事。"

如果确定身体没有大问题，徐碧彩可在溪坝雇一辆牛车，直接前往县城，到县教育科报到。五区区公所会给一份公函交徐碧彩带去，说明徐在五区办学卓有成效，表现优秀。鉴于目前五区形势恶劣，学校暂时停课，请教育科为徐重新安排工作。

徐碧彩大惊，茫然无语，感觉非常突然。

“日后我到县里办事情，还会去为你专门解释。”侯春生道。

“孩子们怎么办？”她问。

“胡萝卜你带走。小猴子我另想办法。”

徐碧彩突然眼睛一红，伸手抹起眼泪。侯春生一句话也说不出来，掉头走开。

早饭后，侯春生、刘胜利带着康明等人冒雨上山，他们去看了吴铁板惨死的破屋，又到了五尖山黄水金遇难的窝棚，拿锄头、铲子挖开了山坡边那个土坑。埋在土坑里的尸体已经高度腐烂，身上的军装却还基本可辨。康明带来的一个班长是连文彪旧部，他从尸体嘴里的缺牙，断定确是臭丸，那缺牙是臭丸在一次战斗中摔掉的。埋在坑里的织物被确认为降落伞，四个空罐头罐子也没有错。

康明亲自带队，如此深入调查空降特务情况，显然很不一般。对此他不做具体解释，只是意味深长讲了句话。

“溪坝闹鬼。”他说，“我们是抓鬼的，像古时候那个钟馗。”

溪坝闹鬼，怎么跑到北山来抓？他不明确说，侯春生、刘胜利也不能随意打听，只能尽力配合，提供所能提供的情况。

返回大楼时已是下午。一行人湿漉漉进了区公所，侯春生一眼看到徐碧彩额头上包着纱布，正在伙房门口忙碌。她烧了一锅姜茶，把大家的搪瓷杯都集中到一张大桌上，给每个杯里倒满姜茶。侯春生招呼大家喝姜茶驱湿，自己先回到办公室放皮包。有人推门走进来，却是徐碧彩。她用侯春生的茶杯装了一杯姜茶，端到了侯春生的房间，一声不吭放在桌上，转身出了屋子。

那一刻侯春生下了狠心，无论如何一定要让她离开。

徐碧彩的抱怨确实不错，尽管侯春生曾不顾一切去救她，却从没把她当作自己人，她被留在这里的原因只在让她露出马脚。迄今为止，并没有发现她与敌人有任何接触，除了昨日被土匪劫持。土匪对她感兴趣，或许只因为她年轻好看。无论是不是，这一意外事件给了侯春生把人送走的合适理由。徐碧彩在五区很不安全，不能再为她搭上谁，不能让胡萝卜在五区沦为孤儿。她必须离开，是不是特务交还给郑勇去查吧。

当晚，侯春生让通信员请来徐碧彩，与她又谈了一次话。

侯春生救过伤兵，救过小猴子，还曾经想救连文正，他似乎总在干救人这种事。此刻他在五区当区长，也把消灭坏人当作救人，救那些可能会被坏人杀害的无辜者。说起来，有一个人他应当救却没来得及，那就是吴铁板。想起吴铁板及其母亲被杀，他便万分痛苦。这个悲剧绝对不可以再重演，他感觉现在有一个人他得赶紧救，在还来得及的时候，这个人就是徐碧彩。救徐老师也就是救胡萝卜和小猴子。

“侯区长，我好好的，不需要你那么费心。”徐碧彩说。

“是我需要徐老师费心。”

侯春生声称自己这一次无论如何一定要把徐碧彩救下来。明天清晨徐碧彩必须带上孩子随独立团部队行动，没有商量的余地。为了确保救徐碧彩成功，侯春生要亲自送徐一行到县城，他会带徐到县教育科汇报，要求他们给徐安排一个新的工作。就此徐碧彩可以相信他，只有那样，才算把徐老师救到家了。他也有一件事想请徐碧彩帮助，就是小猴子。小猴子是孤儿，残废，他很同情，决心尽自己的能力帮助，把孩子培育成人，告慰其父吴铁板。他工作忙，拿不出更多精力管孩子，最近这段时间都是徐碧彩帮助照料。他得说，无论是他本人，还是小猴子，都不可能找到比徐碧彩更好的人了，确实无可替代。徐碧彩帮助小猴子走出了亲人惨死的恐怖记忆，让他重新有一个温暖的家，重新像一个正常的孩子，为此他要感谢徐碧彩。他非常担心，如果小猴子离开徐碧彩，只怕会再次经历失去亲人般的痛苦，因此他想跟徐碧彩商量，让小猴子跟她和胡萝卜去县城生活，由她继续帮助照料。徐碧彩到县城后可以请个保姆，所需要的费用，包括小猴子的生活费，侯春生会一起承担。只要他去县城办事开会，就一定会去看望两个孩子，给他们讲故事，一起玩，设法弥补他们没有父亲的缺憾。让徐碧彩负担小猴子的时间或许不会太长，待环境好了，小猴子的安全不成问题之后，可以另想办法，让徐碧彩解脱。在此之前唯有拜托徐碧彩。如果徐碧彩能够接受这个安排，那是为侯春生免除一个心病，他会非常感激。

“我愿意照顾小猴子。”徐碧彩恳求，“就留在五区，别赶我们走好吗？”

侯春生摇头。

徐碧彩眼泪落了下来。

她一声不吭，既没有答应，也没有反对。回到自己房间后，她开始整理东西，那时两个孩子都已经睡下，她把他们的衣物折好，一一放进一个布袋里。

隔日上午，雨水平息，康明率部队离开，徐碧彩终于也踏上返回之路，带上了小猴子与胡萝卜。侯春生说到做到，带着一个通信员，亲自护送离境。侯春生是区长，怎么放着区长的大事不干，自告奋勇去当伤员与娘儿们的保镖？原来就在他和刘胜利领着康明到五尖窝棚挖尸抓鬼那会儿，通信员从山外送来一份通知：县里召开扩大会议，命侯春生前去参加。会议时间是大后天，侯春生决定提前动身，跟部队一起走，既保证安全，也把肖家林送医院以及“救徐老师”事项一并解决。

有部队战士帮助，行军速度很快，那天的行程非常顺利，未受土匪任何干扰。下午四点钟，一行人到达溪坝镇。伤员肖家林一路呻吟，终于坚持下来，由担架员直接送往医院，康明还派人去医院交代，侯春生无须多操心。康明本人没有回团部，有事留在上流村三连驻地。侯春生知道康处理的是大事，一句也不多问。由于天色还早，白天也已经长了，侯春生决定继续赶路。他们在溪坝雇了一辆马车，侯春生与通信员，加上徐碧彩和两个孩子坐上车前进，预计六点来钟穿过王爷岭，八点左右可以到达县城。自野鸭铺突袭消灭林庆，以及独立团展开数次军事打击后，王爷岭一带环境大有改观，土匪活动已经少见，基本可以安全通行。

马车刚刚走出镇区，就见几个持枪军人站在路头一棵树下，举手拦车。侯春生下车交涉，其中一个军人向侯春生举手敬礼，大叫："侯科长！好久不见！"

却是独立团参谋连火。

侯春生回礼，问："连参谋在这里等谁？"

等的居然就是侯春生。连文彪听说侯春生来了，命连火赶来拦人，相请，务必留住侯春生，连文彪要见一见。

侯春生没料到连文彪如此消息灵通。他笑道："连团长真看得起。"

他请连火转告连文彪，感谢相请，因为得赶到县城开会，今天就不打扰了。待县里会议结束，返程时如果团长有空，他再来找团长讨一杯水喝。

"团长说，县里会议是后天的事，没那么急，你不能走。"

"我还有事。"

"请到团部跟团长说吧。"

连文彪发了话，如果请不到侯春生，唯连火是问。侯春生要是不听命令，擅自走人，即派兵抓回。这当然是调侃。只是话说到这个程度，侯春生不去见一下连文彪怕是过不了关。此刻侯春生不是自己一人，车上还有徐碧彩一大两小及通信员，他们怎么办？留下来随侯春生去见连文彪吗？

侯春生考虑中眼睛一瞥，意外发觉连火带来的两个人分立两侧，竟然都把右手按在手枪套上。他心里猛然一惊，感觉挺诧异。

那时容不得拖延，侯春生立即做临时安排，命通信员带着徐碧彩等三人继续前进，乘马车赶路。他独自留下，待见过连文彪后相机行事。

通信员说：“我们还是等区长一块儿走吧。”

侯春生板起脸道：“听命令。”

看着马车动身，侯春生才转身随连火离开。他们前往团部，一路上侯春生与连火并排行进，另两人跟在身后。侯春生注意到两个跟随者始终把手按在手枪套上，做随时准备拔枪状。那是为客人提供警戒，或者竟是押送？

到了团部，连文彪在会议室里开会。侯春生在厅里等了一小会儿，连文彪从会场门口走出来，一见侯春生就指着骂：“妈的，到了我的地盘，不告诉我一声。你这个区长好大，比人家县长难搞。”

侯春生自称也很想见一见连文彪，只因为有事急着去县城，没敢打扰。

连文彪也不多话，当场拿起桌上的电话机，给县委书记陈超挂了个电话。电话挂通，连文彪跟陈超打哈哈，说有一个猴子当了区长，眼头高了，架子大了，事情也多了。此猴现被扣在独立团团部，他觉得必须赶紧跟陈书记报告一声，请示如何处置。

陈超也跟他打哈哈，表态称听凭独立团处置。连文彪便说行了，得让那侯无话可说。到时候把人准时放回就是了，耽误不了开会，保证胳膊腿不缺，猴屁股没有变白。

侯春生自知一时走不脱了。

连文彪命连火把侯春生带去安顿，待他开完会再聊，时间有的是。他还说，侯春生的老婆孩子通信员也都截回，已经安顿下来了。

侯春生大惊：“什么老婆孩子？”

“你小子可以啊。”连文彪调侃，“没听说娶老婆，孩子都那么大了。”

侯春生嘿嘿：“团长开我玩笑啊。”

他不做任何解释，心里却非常震撼。他们居然连马车也截了下来！侯春生安排徐碧彩一行急奔县城，原本是出于安全考虑，“救徐老师”。事实上此刻徐碧彩的安全在溪坝似乎还没有受到直接威胁，她所带的小猴子却有问题。侯春生不想让小猴子在溪坝暴露并滞留，因为他是吴铁板的儿子，曾差一点在溪坝事件中被取为“粉肝”。

难道连文彪知道这孩子被送上门来了？

侯春生提了个意见，称连文彪对他太上心了，派连火去村头通知他来已经足够，何必再加两个卫兵？从村头走到团部，一路过来就像押解人犯似的。

连文彪哈哈大笑：“你这条命太悬乎，不能大意。没忘记在我这里吃过一颗手榴弹？”

3

根据孙大棒报告，康明先是对团部侦察排产生怀疑。侦察排原本直接听命于连文彪，康明作为政委，基本不插手。前些时候侦察排长项城调去三连时，康明并没有太在意。孙大棒和几个新兵进入侦察排，康明也没有特别注意什么。直到王爷岭那一仗打过，侦察排击毙四人，勾销空降事件，康明才有了怀疑。他亲自跑到现场察看，还验尸，说谁下的命令？怎么一个伤的也没有？真的是那伙人吗？

“那个活做得粗了点。”孙大棒承认。

连文彪表扬道：“我早说康明长了个狗鼻子。”

孙大棒报告说，康明已经带三连一排从北山返回，随行的有五区区长侯春生等人。康明在北山察看吴铁板家的破屋，还在五尖山山腰窝棚刨地挖坑，从坑中掘出一具快烂光的尸体。有人认出死者是臭丸。他们还挖出埋在坑中的一个降落伞，确定所追人员自天而下。在北山期间，康明曾数次与侯春生、刘胜利密谈。从北山返回途中，康明又与侯春生谈了一路。而后康明没有返回溪坝，继续留在上流村三连驻地。

“康政委好像已经有点眉目。”孙大棒说。

连文彪称没事，让康明折腾去，自有办法让他白费劲。

孙大棒此刻是独立团侦察排教官。连文彪以孙大棒枪法好，会武功，特别会使刀，是他从兄弟部队挖过来的人才为说法，把孙放在侦察排当教官，负责训练新兵，日后再考虑重用。原排长项城已调到三连，新任排长尚未确定，侦察排交孙大棒悄悄掌握。事实上孙教官最主要的任务不在调教新兵，而在掌握情报和联络。

侯春生被扣了下来，连文彪却没办法跟他多谈，因为发生了紧急情况。

军分区来了一份急电，由团参谋长魏如龙送到连文彪手上。连文彪看了急电即签字，命魏如龙发通知召开紧急军事会议。

“通知康明政委立刻返回团部。”连文彪下令。

魏如龙道：“我马上打电话。”

连文彪手一摆：“不要电话。”

他命魏如龙带上几个人骑马前往上流村，把电报交康明过目，要康以最快速度返回。军令如山，耽误不得。魏如龙必须把康明带回来，这是重要任务，如果带不回来，魏如龙自己也别回来。

魏如龙匆匆离去。

魏是山东人，军分区派来的干部，顶替溪坝事件中自杀的黄松。魏原在解放军野战部队当参谋，被调到地方部队加强工作。他熟悉军事事务，长于制订计划，此时已经有两套行军方案由他交给连文彪应急选择。军分区这份急电来得很是时候，可以据以召康明回来，特别是派了参谋长，手中拿着电报专程去请，康明不能不当回事，长着多大的豹子胆也不能抗拒。康明在三连一定还有不少重要内容需要深入挖掘，有如他在五尖山腰挖的那个死人坑，哪怕已经挖得眼睛发绿，此刻他不能不立刻放下手中的铁铲，匆匆往回走。而后那个被挖得底朝天的坑或许立刻会被人填上，里边的死人骨头转眼间便消失得无影无踪。

连文彪自认为对付得了，无须为之紧张。康明又不是没折腾过。只要在独立团范围内，无论康明摸到了一些什么踪迹，连文彪都有办法顺手把它抹除，让康明无可奈何。这么多年来，连文彪什么风浪没遇到过？眼下这些不算个啥，尽管走着瞧。到头来独立团还是独立团，连文彪还是连文彪，一根毫毛也不会少。

炊事班长给连文彪端来饭菜，连文彪忽然想起侯春生："客人吃晚饭了没有？"

炊事班长称几个客人都吃过了，大人小孩，一人一碗面条。

"去，把那个侯给我叫来。"

只一会儿，侯春生来到连文彪办公室。随行的有连火，还有那两个卫兵。进了连文彪的办公桌，连文彪一摆手，连火和卫兵便退了出去。连文彪坐在办公桌后吃饭，他的对面已经多摆了一副碗筷，还有一只酒杯。

侯春生表示他吃过面条，且从不喝酒。

"你以为啊？摆样子，没你喝的。"

侯春生笑："团长真客气。"

连文彪跟侯春生旧事重提，称去年秋天第一次见侯春生时，他曾提出让侯春生来当政治部主任。侯春生嫌官小，不来，让他感觉很不爽。后来侯春生跑到独立团挖墙脚，挖走一个连长刘胜利，弄到北山，两人合伙占据他们连家大楼。那座大楼他父亲费老大劲修起来，他本人再费老大劲重修，侯春生两片嘴唇一碰收入囊中，天底下还有这么便宜的事情！让他想起来就觉得手痒。侯春生今天终于撞到他手上，这一回肯定要让侯春生有来无回。

侯春生道："连团长可不敢这样开玩笑。"

连文彪称自己不是开玩笑，侯春生在劫难逃。

"跟你说一个事情，第一等军事机密。"

独立团马上就要开拔了，将迅速部署于沿海前线，准备参加再攻金门以及解放沿海岛屿的战斗。独立团是地方部队，本地战士多，到前线的主要任务是为一线野战部队提供保障与支援。由于任务需要，溪坝事件后被调到市区驻防的独立团一营将重归建制，与二营一起开拔前线。这项安排早在数日前就在分区军事会议上研究过，只待上级最后批准。今天来了一份电报，命令正式下达。本团将于今晚召开紧急会议，宣布上级决定，确定行动部署。连文彪为什么要跟侯春生讲这个事？因为侯春生将随独立团一起出发上前线。部队执行战斗任务，除了军事工作要抓紧，政治工作也得跟上，康明政委不能总在山沟沟里挖死人，政治部主任那个位置不能总空着，侯春生得去填补。但是一步登天当主任也不行，侯春生需要到前线吃吃子弹，看看能否顶住。顶住了就当主任，顶不住拉倒。别小看主任位子，如果康明意外被流弹击中，光荣牺牲，侯春生马上可以接上去当代理政委，那个官可就不算小了。

侯春生不由一笑："团长说得就像真的。"

连文彪说："现在有个事你先给我参谋一下。"

说的却是行军路线。独立团到前线有几条路线好走，魏如龙提出两个方案备选，连文彪考虑既要遵照军令，也要用心安排，不能走得太寻常，有如得手窃贼匆忙逃离。

"我准备打回北山去。你说怎么样？"他问。

北山是独立团当年活动的主要区域，战士中多有北山子弟。进军前线之际让大家在乡亲们面前亮一亮相，也算给大家一个交代。

"走北山是不是有点绕了？"侯春生问。

"看来侯区长不欢迎？"

独立团进入北山，不欢迎的只有土匪，其他人都会高兴。侯春生表示，如果确定进山，他会马上交代刘胜利率五区区公所做好支前准备。

连文彪嘿嘿一笑："这就对了。"

他让侯春生不必忙着去交代，跟着部队进山再安排就可以了。

"我得去县城开会。"侯春生说明。

连文彪让侯春生别管那什么会，首先任务是支援前线。独立团马上就要开拔，地方必须配合好。侯区长跟着独立团回山，出山时大概就是侯主任了。

侯春生笑："连团长吓唬我呀。"

连文彪眼睛一瞪："不信？看我马上给陈超打电话。"

侯春生不由叫道："团长，这种事不能这么办！"

连文彪哈哈大笑："着急了？"

听起来半真半假，原来确是玩笑。

"我还要问你几个家务事。"

连文彪话锋一转，单刀直入，问吴铁板怎么回事？是谁替连文彪除掉那愣小子？侯春生报称目前没有准确线索，怀疑是空降匪徒所杀。

"康明说是我干的？"

康明去看过吴铁板遇难现场，并未提到怀疑谁。侯春生本人向康明汇报，认为凶手来自天上，不是来自其他方向。

连文彪点头："你这人还公道。"

他说吴铁板确实该死，但是运气好，赶上连文彪投共当团长，不再跟愣小子计较。说实话，如果他想要吴的命，还需要等吊死鬼从半空中跳下来下手吗？康明没脑子。

侯春生不吭声。

连文彪一边吃饭一边与侯春生谈话，东一榔西一棒，从侯春生嘴里了解情况。他注意到侯春生虽与孙大棒在隘口交过手，却无从看清对方的长相、模样。侯春生承认自己对对方人数估计有误，一打就居于下风，只有招架之力。最终只好躲进山洞，不料却是个死洞，对方扔下一堆枯枝碎叶，眼看要让人家熏死在洞里，奇怪的是对方竟没工夫划根火柴，轻易放过了他们。

连文彪一拍桌子："你以为人家没工夫吗？"

"是很奇怪。"

"这里边有鬼。"

连文彪说，那些家伙一落地就杀人，根本不把人命当回事，他们为什么要放对手一条生路？显然洞里有他们不想弄死的人，很可能是他们的人，内鬼，通敌分子。那个内鬼是谁？不会是侯春生吧？

侯春生笑："我会吗？"

"我看有点像。"

连文彪板起脸，声称这个事要好好查一下。查无问题才好弄来代理政委，否则引进一个内鬼可不大好。

这时门外有人大喊："报告团长！"

连文彪喝道："进来。"

孙大棒走进屋子。

连文彪指着侯春生问孙："认识他吗？"

孙说："可是侯区长？"

连文彪问侯春生："这个人认识吗？"

侯春生摇头。

连文彪说："从现在起他负责审查你。你能不能当主任，看他审查结果。"

"那个位置别给我，给他吧。"侯春生打趣。

连文彪清楚孙大棒一定有重要事情报告，当即摆摆手打发侯春生离开，明天再说。

"马车上那女的怎么回事？"他最后问，"真是你老婆？"

侯春生含糊道："没的事。早呢。"

他不多谈，连文彪也无意查实，只说："到时候记得给我发喜糖。"

侯春生走后，孙大棒问："团长问出点东西了？"

连文彪说："你那两个卫兵是不是把人家盯得很紧？"

孙大棒承认，是他故意那么安排，给侯春生施加点压力。

连文彪指示可以明松暗紧，确保把侯春生扣在溪坝就可以。接下来看情况再说。

"明白。"

孙大棒报告一个要紧事项："康明回来了。"

此刻军令如山，康明当然必须回来。但是康明却不是一拍屁股离开三连，他在返回团部之前下了重手，命人把项城捆起来，用一辆牛车拉着，派一队战士押送到溪坝，关进岸边村的一间禁闭室里。

连文彪不禁拉下脸来："有这事？"

"千真万确。"

"项城让他抓到什么把柄了？"

孙大棒不得而知。

项城原任侦察排长，不久前被派到三连，拟提拔为副连长。这项任命已经上报军分区，在分区同意之前，先以代理副连长身份行事。

孙大棒说："听说康政委还在了解畅山闹鬼那件事。"

"康明真是狗鼻子。"连文彪摇头。

"只怕项城坏事。"孙大棒说。

"不怕。"

当晚，团部召开紧急会议，宣布上级命令，确定开拔时间，对各相关事项做了部署。会上连文彪谈笑风生，称独立团准备撑船渡海，打进金门，扬名天下。他还要康明做好鼓动。待到散会，会议室只剩团长、政委两个，连文彪就拉下脸来。

"听说你把项城抓了？"他查问。

康明称正准备与连文彪谈这件事。项城到三连后正经事不做。天天跟上流村一个地主混在一起，号称是喝茶。康明带人闯进地主家，发现项城和那地主两个躺在烟床上，正在抽大烟。

"这个啊。"连文彪道，"至于吗？"

连文彪这帮老部下当年谁没抽过几口？连文彪本人也抽过，后来说戒也就戒掉了。这么点事就抓？康明莫不是想把半个团都抓起来，团长也抓？

康明说："革命军人不是土匪，不能干那种事。"

连文彪即大叫："魏参谋长，过来！"

他决定亲自去教训那个大烟鬼，使劲抽项城两个耳光，看日后还敢不敢在康政委眼皮子底下抽大烟。同时要问问这小子除了犯大烟瘾，还作奸犯科干了些什么。

“需要劳驾政委一起前往。”他说，“如果政委不想去，那么我代劳。”

康明紧绷着脸不吭声。

几分钟后，一行人骑着马离开团部。团长、政委、参谋长三巨头，加上警卫员和参谋，一起奔岸边村去。不一会儿赶到禁闭室，一行人下马。

禁闭室房门紧闭，外边有三个战士持枪守卫。

连文彪喝问：“项城呢？还在抽大烟？”

守卫称项城已经上床睡觉。

连文彪命守卫人员开锁，随即一脚踢开门。

“项城！”他大叫，“你小子滚起来。”

屋里黑洞洞的，没有人回答。

魏如龙打开手电筒察看，床上空荡荡根本没有项城的影子。大家一惊，不约而同拿手电筒四处照，这才发现屋子另一角落里吊着一个人，地上有一只翻倒的板凳。

连文彪大叫：“快把人放下来！”

吊在屋檐上的正是项城，他已经僵硬。从现场看，他是自己把绳套套到了脖子上，再踢倒板凳自杀身亡。

几个看守战士目瞪口呆。他们保证曾仔细检查过房间，确认里边没有可以致死的物品，包括绳索。一定是有人把绳子从窗外扔进了屋里。

连文彪转头看着康明：“政委，这怎么回事？”

康明气坏了：“这里有鬼。”

“告诉我是什么鬼？”

连文彪紧逼不放。项城是代理副连长，康明说抓就抓，事前没有报告，也没有商量，事后才说是抽大烟。抽大烟算得上死罪吗？

怎么就这样搞死了？项城是康明抓的关的，死在康明关他的地方，康明脱不了干系，必得说明清楚。

康明没有马上回应，抬手指指屋里几个战士，让他们先出去。那几个战士拿眼睛看连文彪。连文彪一摆手表示认同。大家迅速退到屋外，屋里只剩下三个团首长。

康明说："这件事我们三人中谁最清楚？连团长你。"

"难道你事先跟我说过？"

"项城已经交代了一些事。"

"莫非张三李四合伙抽大烟？"

康明盯着连文彪的眼睛问了个问题，涉及独立团侦察排在上流村外山间小庙的一次行动。那一回项城他们抓住了一队人，身着军装，带有电台，为首者长相骇人，阴阳脸，半边脸全是疤，一只眼睛陷在疤里，模样有如阎罗恶鬼。此人自称解放军前线部队参谋，带队进入深山执行秘密任务。侦察排把这些人带到团部。这事有吧？这些人是干什么的？现在在哪里？

连文彪转过身，对直挺挺躺在地上的项城大喝："项城！给我起立！老实说！"

那死人还站得起来吗？

连文彪说："康政委，现在我该去问谁？你说的事真有吗？咱们前线部队老大哥，不能找个长相周正点的当参谋？非要一个模样像恶鬼的家伙？"

康明说那是假解放军。从时间上分析，应当就是天上掉下来的那帮匪徒。

"他们好像都给灭在王爷岭了。"连文彪说。

"那是真的吗？"

"难道还让我去问项城？"

康明称不仅仅项城可以问。项城的事不仅仅是抽大烟，他还参与了一些活动，牵扯到重大问题。有人怕他说出来，做手脚，谋杀灭口。这种事杀个人就能捂住吗？除了项城，也还有其他知情者，别指望把所有的口都灭掉。不要心存侥幸，不管当初是怎么考虑的，此刻赶紧坦白，悬崖勒马，把那些藏起来的鬼交出来，也算戴罪立功。

连文彪指着地上的项城问：“都是这死人跟你说的？”

康明还是那句话：“项城已经交代了一些事。”

“还有什么好听的？跟我们说说。”

康明不提供更多消息。

连文彪说：“这件事咱们报告上级吧。”

他说，重大问题不能胡乱指控，必须有确凿证据。说是死人讲的就可以吗？那叫做死无对证，谁知道是死人讲的还是活人编的？现在有确凿证据的就是三连代理副连长项城死在禁闭室，人证物证俱全。在部队接到命令，即将开赴前线的时候，项城被康明擅自逮捕关押致死。康明必须就此对全团战士说清楚，对上级做交代。

康明一甩手走出屋子离去。

连文彪随后回到团部。

当晚，有一个电话打到连文彪的办公室。当时连文彪还在跟孙大棒谈事，接电话后他使个眼色，摆一下手，孙大棒立刻起身离开，把门从外边掩上。连文彪看着孙大棒离开，对电话应了一句：“怎么样？”

对方报告得很简略：“已经定了。”

“什么时候？”

“下个月初。福州。”

“我知道了。”

4

侯春生从团部回来时，徐碧彩和孩子们还没有睡。

当晚他们几个人给安排在团部附近一个民居院子，院子主人已经搬走，房子给独立团做临时客房。侯春生与通信员一个房间，徐碧彩与两个孩子一间，两个房间相邻，中间隔一层薄墙，不太隔音。侯春生听到徐碧彩在隔壁哄孩子睡觉，她给孩子吹口琴，吹的曲子侯春生熟悉，听她说过那是《摇篮曲》。后来她又吹《欢乐颂》，侯春生不知道这是吹给孩子们入睡，还是吹给隔壁听。他一动不动躺在床上听，直到琴声结束。

如侯春生所称，现在的问题是“救徐老师”，徐老师自己却不在意。徐碧彩所乘马车被拦截，随侯春生滞留溪坝，她并不为之紧张，反是兴高采烈。见到侯春生时她说，侯本来说好亲自送他们到县城，事到临头就不提了，一句话打发他们自己坐马车走，弄得她心里七上八下，只怕有大祸，到了马车也被拦下来带回溪坝才放下心来。她流露出抱怨情绪，也对被留在溪坝感觉意外。侯春生一声不吭，因为他自己还需要搞明白情况，考虑清楚。

他想了一夜，早上起床后即去敲隔壁的门。徐碧彩在里边应道：“进来吧。”

徐碧彩正在料理两个孩子。胡萝卜坐在床边，吃力地自己穿衣服。徐碧彩在床的另一侧帮小猴子。小猴子只有一只手，需要依靠“姨啊”。

“跟你谈件事。”侯春生说。

“等我一下，马上好。”

她匆匆跑到脸盆边拎毛巾，给孩子们洗脸。先洗小猴子，然后才是胡萝卜。侯春生在一旁看着，感觉到心里忽然一挫。

通信员把两个孩子带到外边玩，侯春生随手把门关上。

“你必须有个准备。”他对徐碧彩说。

他打开黄皮包，从里边取出一支小手枪放在桌上。徐碧彩看着手枪，张大嘴巴说不出话。这支手枪于她不陌生，正是当初从她身上缴获的那支，当时它是块废铁。侯春生修好以后一直留着备用。这次出山特意带上，没想到还派上用场。

侯春生向徐碧彩示范使用，装卸弹匣，开关保险，瞄准射击。

他让徐碧彩跟着做，徐碧彩问："这为什么？"

"以防万一。"

她笑了笑："这种东西也敢给我？"

侯春生不多说，只让徐碧彩持枪。徐却缩手摇头，称还是算了，她不想碰枪，免得再惹麻烦。

"需要就必须碰。"侯春生严厉道，"为了胡萝卜，小猴子，还有你自己的命。"

徐碧彩勉强接过手枪，按照侯春生的示范做了几回。

"行了，凑合吧。"侯春生说。

他把手枪留给徐碧彩，让她务必藏好，不到万不得已不用。安全到达县城后，手枪不能私留，必须交还。

徐碧彩问："咱们什么时候动身？"

侯春生没吭声。

"区长跟我们一起吧？"

"有些新情况。"侯春生说。

侯春生称自己不能前往县城了，很快将随独立团返回五区，安排支前，直到送独立团开拔前线。

徐碧彩竟嫣然一笑："太好了。我们跟区长回去。"

"你们必须去县城，没有回头路。"

"不去。"

徐碧彩把手枪推还给侯春生，称自己不要这个，也不去县城。

侯春生说："你怎么啦？早都说好的。"

徐碧彩分辩道："说好一起走的。"

她称自己并不是不去县城。如果侯春生去县城，那么她咬咬牙相随。如果侯春生回五区，她和孩子也跟回五区。她现在只认侯春生一个，死活跟着走。说心里话她确实不愿意回县城，宁愿待在五区，不是山沟沟更好，只因为她在县城感觉更不安全。

"为什么？"

她说在那边总有人把她当特务。

“如果不是就不用怕。”

“还有很心烦的事情。”

“告诉我。看有多烦。”

她讲了一件事：在城关小学当代课老师时，有天傍晚回家晚了，两个公安队员敲她家门，说她屋里有客，他们要见一见。她让公安队员进门察看，连柜子和床底下都让他们看，表明屋里只有她和胡萝卜，并没有其他人。

“这件事区长听说过吗？”她问。

侯春生一声不吭。

徐碧彩称自己其实很不得已，不敢说，因为确实来了一个客人，在公安队员敲门时，客人匆匆忙忙翻过院墙跳到隔壁跑了。这个人叫郭维基，是城关小学副校长。当晚他用一个纸包，包来一只盐焗鸡，说是要带给胡萝卜吃。

“送一只鸡怎么啦？又不是做贼，跑什么？”侯春生诧异。

郭维基道貌岸然，人却好拈花惹草，看徐碧彩独自带个孩子，便一直示好，打她主意。郭维基已有家室，他是倒插门，老婆家是大户人家，丈人叫张泰顺。他老婆醋劲大，他偷鸡摸狗，最怕闹出去给老婆知道。他不能让人知道自己在跟下属女老师来往，因此一听敲门声就跑。隔日在学校见面，他还偷偷问情况，让徐碧彩千万别把他说出去，他保证关照徐母子。城关小学没有校长，郭维基虽属留用人员，却是他在管事，徐碧彩想保住工作，就不能得罪郭维基。她也考虑即使自己把郭说出去，人家可以拒不承认，自己的名声反而受损。因此尽管知道惹了很多怀疑，她始终没有说出真相。她之所以想到五区教书，除了侯春生在这里当区长，也是想离开城关小学，躲开郭维基纠缠。那个人让她恶心。之所以以前不说，是因为实在不想让人知道这个，特别不想让侯春生听到。为什么现在要说？因为侯春生不知道她的苦衷，非让她离开，她得跟侯春生说明白。她希望侯春生知道就好，不要告诉别人，免得她日后没脸见人。

“原来是这样。但是我能相信你吗？”侯春生道。

“反正我相信你。”

尽管她谎话连篇早有记录，侯春生却本能地觉得她不是在撒谎。

“看我都坦白了，让我跟你回五区吧。”徐碧彩道。

“能说说连文正怎么回事吗？”侯春生突然发问。

她垂下眼睛，一声不吭。

“如果相信我，你该让我明白。”

“别逼我。”

侯春生不再发问。他说，徐碧彩不把那些事交代清楚，怎么可能让人信任？但是他不会逼她，所谓时到花便开，等徐碧彩想明白了自己说。徐碧彩无须担心郭维基再纠缠，一旦发生，他会帮助解决。至于让徐碧彩回五区，那不可以。他已经说过，趁还来得及，赶紧救徐老师，现在他感觉尤其紧迫。如果有可能，他会亲自送徐碧彩到县城，但是现在情况不允许，一来连文彪不让走，二来有重大事项，可能非常危险，他决定留下来把情况搞清楚，必需的，这也是救人。同时他还必须确保徐碧彩安全离开。他会迅速做出安排，希望徐碧彩好好配合。

徐碧彩听罢很紧张：“侯区长不是吓唬我吧？”

“不慌。现在你们没有危险，只要及时离开。”

“侯区长呢？有危险？很危险？”

“不需要你担心，我知道怎么办。”

“你总想救人，可谁来救你啊？”

“不要多操心，我们有很多同志。”

“侯区长是怕我跟着，拿这话骗我吧？”

“你相信我是那样的人？”

她看着侯春生，满腹狐疑，末了摇摇头。

“不行，我不走。”

如果这里有危险，那么有难同当吧。从第一次见面起，她就知道自己和胡萝卜的命都得指望侯春生，虽然无论她做了多少事，侯春生从来没把她当自己人。昨天傍晚她和孩子被拦下来带回溪坝，她感觉这是天意。侯春生不管他们，老天爷不答应。现在她只听老天爷的，铁心相随。侯春生生气也好，恼火也罢，骂也行打也行，反正她揪着不放，一跟到底。

“你甭想再把我们推开。”她斩钉截铁。

“你要懂得利害！”侯春生说。

他把小手枪留在桌上，走出门去。

没有时间多说，必须迅速做出安排。侯春生匆匆离开客房，带着通信员去了三区区公所。连火如影相随立刻跟上来，两个卫兵却不见了。

“只剩连参谋单枪匹马，一不留神让侯区长跑了怎么办？”侯春生调侃。

连火嘿嘿一笑：“侯区长多关照，我只是听命令。”

他们到了三区区公所。王文明带着两个人刚要出门，三人三辆自行车被侯春生拦在区公所院内。

“这个侯啊！”王文明大叫，“什么风把你吹来了！”

侯春生问：“这是要去哪里？”

“县里开扩大会。”王文明说，“你不也得去？”

侯春生说：“有件事找你，要紧。”

王文明对身后两个干部说：“等我跟侯区长说几句话。”

侯春生忽然扭头往后看，果然不出所料，后边有监视者，两个。天刚亮不久，街头人不多，晃来晃去者目标都大，比较容易辨别。侯春生注意到两个监视者一左一右，藏在街旁“五脚矩”柱边，伸脖子朝这边张望。两人均着便衣，一只手臂都显得发僵，总按在腰间衣服上。

原来两位卫兵并没有离开，只是变个模样隐身，他们似乎也不特别在意隐藏，不怕人看到，只防侯区长趁机逃跑。侯春生会突然撒腿跑掉吗？当然不会。不说别的，单单为了忽然享用的如此严重保护，他也要搞个明白。这是怎么啦？到底为什么？

进了三区区公所办公室，王文明给侯春生倒杯开水。听说侯春生昨晚就到达溪坝，他问："为什么不来找我？"

"给连文彪绊住了。"

王文明大笑："谁让你招人家土匪头喜欢。"

侯春生问区公所的电话可能通？他需要赶紧给陈超打个电话。

王文明说："你运气好。昨天刚修起来。"

他赶紧去摇电话，一边摇一边告诉侯春生，这条电话线时好时坏，有时是机器坏，有时是电线杆倒，最讨厌的是土匪破坏。刚说着，电话通了。

通过总机接转叫人，几分钟后侯春生跟陈超通了话。侯春生报告陈超，独立团很可能取道北山去前线，如果路线确定，他得请求陈超同意他请假，不参加县里会议，随部队返回五区安排支前事宜。

陈超奇怪："怎么走那条路？那不是绕了？"

"连文彪考虑团里有不少北山人。"

"五区不是还有刘胜利吗？何必你再进去？"

侯春生告诉他，这是连文彪的意思。

"那不行。本来都说好的。"

连文彪曾保证把侯春生准时放回，不耽误开会，不能说变就变。陈超在电话里命侯春生收拾收拾立即出发，可以跟王文明他们同行。他会直接给连文彪打电话交涉。

侯春生告诉陈超，他在溪坝碰到了一些情况，比较特殊，电话里难以细说。他怀疑事情与北山空降特务有关联，需要进一步搞清楚。待情况明朗后他会立刻回县城报告，同时补课学习会议精神。

陈超感觉诧异："听起来很严重？"

侯春生说："如果情况属实，确实很严重。"

陈超当即下令："少废话，给我回来。"

"书记！不能错失时机。"

"回来。不要找死。"

陈超挂了电话。

按照陈凶的性格，他一定会立刻给连文彪去电话，要求让侯春生回县城。接下来怎么样可以走着瞧，反正侯春生主意已定。

他赶紧安排徐碧彩撤离事项，对王文明提要求："能帮我捎几个人吗？"

王文明问了具体情况就摇头。王文明必须在午饭之前赶到县城，这是陈超的命令，有重要任务要研究。王文明他们是骑自行车前往，自行车后架可以带人，但是徐碧彩携两个孩子，其中一个才两岁，放在后架不安全，也妨碍赶路。

"我给你想个办法，保证没问题。"王文明说。

他立刻把副区长范平叫过来，交代范帮助找个马车或牛车，送人前往县城。

"没问题，马上可以走。"范平问，"人在哪里？"

连火突然带着一个战士闯进门来。

"报告侯区长，紧急情况。"连火敬礼。

他带进门的是团部传令兵。连文彪团长命侯春生速到团部，有重要事项。

或许是陈超给连文彪打电话了？连文彪迅速反应？

"我跟王书记还在商量事情。"侯春生道。

传令兵不理会，称团长命令，请连参谋领侯区长务必立刻动身。军令如山。

侯春生即朝范平比了一下手，示意请范平抓紧准备："咱们随时联系。"

此刻必须提防，不能当着连火的面商量徐碧彩撤离事项。加之徐碧彩闹情绪，还需要点时间说服，眼下只能先做准备。

侯春生随连火起身离开，王文明把他们送出区公所。走到门外，侯春生突然站住。

“还有个事。”

他问王文明，听说近来溪坝闹鬼，那是怎么回事？王文明听了一愣：“什么鬼？”

“没有吗？”

他眨巴眼睛，一拍大腿说：“有。”

溪坝镇外围有一个山头，当地人称“后山”，也有人管它叫“畅山”，山上都是墓地，有很多乱坟头，一般人很少上去。不久前，有两个小孩跑到山上掏鸟窝，不知受了什么惊吓，回家后脸色发白，手脚冰凉，话都说不出来。大人问了半天，小孩只会说：“鬼，鬼。”村里人认为被鬼撞掉魂了，家人找道士作法驱鬼收魂，弄出好大动静。

“这地方人特别迷信。”王文明说。

侯春生说：“只怕有些缘故。”

他与王文明告别，匆匆赶往团部，直接去了连文彪办公室。

“听说四处跑？搞什么鬼？”连文彪问。

“不搞鬼。”侯春生说，“团长有什么任务要我完成？”

“马上去找参谋长，他跟你说。”

此刻陈超肯定已经就侯春生离开事项找连文彪交涉过，连绝口不提。这在侯春生预料中，应该说也恰合侯春生心意。

侯春生说：“团长，我得先回住所去安排一下。”

“安排老婆孩子？”

“不是。”

“到时候把他们带上就是了。”连文彪不由分说，“今晚让他们来吃大肉包子。”

所谓大肉包子即部队会餐。部队开拔准备工作很多，连文彪加了一条，要搞一次会餐，做大肉包子让大家吃个痛快。

连火带着侯春生去了参谋长那里。那里果然在制定行动方案。

魏如龙告诉侯春生，已经决定独立团取道北山往前线。行动方案此前已经拟就，现在需要具体确定行军宿营相关细节。侯春生是区长，区情最清楚，要请侯提供帮助。

侯春生说：“没问题。”

侯春生在团部待到傍晚，一直没有脱身。一来有连火盯着，脱身不便，二来他决意坚守岗位。此刻他的岗位就是独立团团部，除了连文彪给他布置的任务，他还有一个自己给自己布置的任务。他向陈超请假不去县城开会，目的就是完成这个任务。该任务是否就是“找死”，如陈超所骂？说来也是。究其要害，任务其实非常简单，就是找出一个人，侯春生断定这个人一定会在团部出出进进的那些人中出现。

但是侯春生始终没有见到他。

晚饭时间，侯春生被从团部直接带到会餐地点，没给他片刻空闲。当晚会餐地点安排在溪坝镇边晒谷场，一个场地排下了三十几个饭桌。团部及三四两个连队除留下值勤人员外，都集中到晒谷场吃肉包子，每桌还安排一大罐当地百姓家酿的红曲酒。侯春生作为地方客人被安排在主桌，范平也给请到，就坐在侯春生旁边。他们刚到片刻，连文彪也来了，一看侯春生他就问：“老婆孩子呢？”

侯春生表示那几位不需要连文彪操心，免了吧。

连文彪斩钉截铁：“去给我叫。”

侯春生称两个孩子玩了一天，估计累了，晚上得早点让他们睡。孩子不会喝酒，会吵闹，还动不动尿急，带到这里只会找麻烦，不会给连文彪助兴。

连文彪说：“那女的，你老婆，她也动不动尿急？”

“不是我老婆。”

“那么她是谁老婆？”

“回头我问清楚了再向团长报告。”

“你想糊弄我？”

连文彪并未穷追徐碧彩底细，或许他其实并不太在意该女子。他只是调侃侯春生，说侯看上去心事重重，不是想老婆是什么？侯春生把个娘儿们带进带出，不是老婆也差不多。侯春生自己喝酒吃肉包子，让老婆孩子躺在床上咽口水，这怎么可以？不像话，区长可以这么干吗？政治部主任绝对不可以。

他扭头对连火喝道："火子，你去。"

他让连火去请人，把徐碧彩母子仨带来参加会餐。如果娘儿们走不动，那么就去弄一抬轿子，抬也得给抬过来。

"不会是长得很丑，怕见人吗？"连文彪问侯春生。

侯春生说："既然这样，不麻烦连参谋。我去叫。"

"这就对了。"连文彪大笑。

他不让侯春生独自离开，命连火带上卫兵随行。

此刻连文彪掌控事态，难以强抗。连文彪并不清楚徐碧彩底细，未曾相识，见一面没有关系，只是需要给徐交个底，避免于问答中引起注意。同时必须设法不让连文彪见到小猴子，这就需要侯春生前去暗中安排。连火跟着有所不便，但是尚可对付。

侯春生带着连火到了徐碧彩母子所住客房，一进门即大惊失色：屋子里空无一人，徐碧彩与两个孩子消失不见了。

娘儿们似乎走得很仓促。桌子上摆着两个粗瓷大碗，里边各有半碗水，放着一支汤匙。水似乎是让孩子们喝的，然后就弃之不顾。地上丢着废纸叠成的纸鸟、纸船，像是孩子们在玩耍中突然被拉走，玩具丢在地上顾不得收拾。他们肯定不是临时出门，因为柜子里的包袱不见了，侯春生记得徐碧彩一路带着那个包袱，里边的主要物品是孩子们的衣物。包袱不在，表明他们已经离开这里。

侯春生追问连火："你们把人弄哪里去了？"

连火目瞪口呆："我不知道啊！"

侯春生匆匆赶回晒谷场。

连文彪问："人呢？怎么不带来？"

侯春生说："团长跟我开玩笑吧？"

"开什么玩笑？"

一听说徐碧彩母子不见了，连文彪表现吃惊，脱口道："胡说！"

连火证实徐碧彩失踪。连文彪即盯着侯春生，满眼狐疑："跟我说怎么回事？"

"我正想向团长问个明白。"

"自己的老婆孩子看不住，赖我？"

"那么我该去找谁？"

"不会是你搞的鬼吧？"

"请团长赶紧安排找人，找到就清楚了。"

"你以为我找不着？"

连文彪似乎果真怀疑侯春生做手脚，他一定想起侯春生曾百般推托，不愿去请徐碧彩参加会餐，因此更加怀疑。连文彪的反应不像是装的，听说徐碧彩失踪，他跟侯春生一样吃惊。如果确实如此，就表明他并没有下令带走徐碧彩母子。

"如果连团长确实不清楚他们的下落，那么我再去找。"侯春生即转身要走。

连文彪大喝："急什么。"

他说只要侯春生没有搞鬼，那么好办，独立团驻地发生的事情不怕查不清楚，找一个女子两个孩子不是什么天大的事。现在这件事放一边，先吃包子。

那时候菜已经开始上桌。但是大家不能动筷子，因为领导还没讲话。

连文彪问："政委呢？怎么还没到？"

话音刚落，康明由魏如龙陪着从镇区走了过来。侯春生发觉康脸色凝重，脚步显得沉重，跟几天前在北山给他的感觉非常不一样。侯春生心头不免诧异。

连文彪宣布："鼓掌。"

于是全场掌声。坐在晒谷场里的独立团人员，站在一旁看热闹的乡下人和小孩，大家一起拍手，场面好不热闹。

他们给康明一个台子，是一辆翻倒过来的牛车。康明站到上边，对场上人员讲话，做出发动员。康明个头小，嗓音却洪亮，他大喊一句："同志们！"晒场的每个角落都听到了，一时鸦雀无声。

这时有个人从一旁走出来，却是孙大棒。

侯春生忽地站起身来。

侯春生在独立团团部留意一个白天，想要找的就是他。事实上这个人于侯春生彻头彻尾是个陌生人，连他的名字叫什么都不知道，也就是昨日在团部连文彪处才第一次打照面，但是侯春生一见难忘。

这是因为记忆中的一个声音：那一回侯春生被敌围困于上流隘口的岩洞里，洞外敌人扔进了半洞枯枝碎叶。有一个声音大叫："给我火柴！"一连喊了两遍。在清晨的山谷那个声音像刀锋一样尖利。然后在连文彪的办公室里，侯春生又听到了类似尖利的话音："该是侯区长吧？"他立刻想起自己曾经躲藏的那个幽暗山洞。

这个人会是那一个吗？仅凭一个记忆中的声音确实难以推定。但是在连文彪的房间乍一见面，侯春生当时就有一种异样感，事后细想，感觉越发强烈。这个人长相魁梧，脸面并不特别恐怖，似乎不像是鬼。如果他真是山谷里那个尖声喊叫者，那么鬼一定就在他的背后。这个人在连文彪的房间进进出出非常自如，可见是团部常客，只要守在团部，再逢应当不难，再逢后便可了解来历，打听虚实。侯春生清楚此事重大。如果这个人真的与记忆中的声音对上了，他就是敌人中的一个要角。此刻他居然成为连文彪手下，那么他背后不仅有一个鬼，还有一个连文彪。如果独立团团长通敌，那么侯春生留在溪坝就让自己陷入险境，他的追踪可能会让自己身陷灭顶。

但是他执意捉鬼，决不罢休。

侯春生终于如愿以偿，在会餐现场看到了他追索的人。只是一切都已经迟了：只见孙大棒一步向前，忽然拔枪射击，"砰"的一声，站在牛车上讲话的康明一个前扑栽到车下，血从胸口直喷出来。

全场大乱，随之喊声大作，几乎每个角落都有人喊叫，还有枪声。侯春生心知不好，从板凳上一蹦而起。没待他拔枪，便有人扑上来把他用力推倒，然后有人一拥而上，把他脸朝下牢牢按在地面，双手反剪，手枪即被抢夺。

十几分钟后，侯春生被五花大绑，拖到镇外一个土坡下。这里有一个大坑，是附近砖窑取土留下的。大坑周边防卫严密，架着数挺机枪，坑旁还丢着一排铁铲。侯春生被推下坑时，坑里已经挤下十几个人，魏如龙、范平、李东来都在。除了若干逃脱者，部队里的党员骨干都被集中到这里，个个给捆得结结实实，嘴巴全被堵上。大家拿眼睛互相看，都明白究竟发生了什么。

连文彪公然叛变。

孙大棒大声发令："铲！"

侯春生感觉到泥土飞下来砸到身上。

那一刻他的心情竟非常平静。他抬眼看着天空，夜空漆黑，不见星星闪烁。但是他知道经过一个黑夜，太阳还会升起，那是新世界的太阳。明亮的阳光会照在所有人的身上，小猴子和胡萝卜也会在阳光里。

5

林庆初到溪坝时先住在畅山。那里离镇区不远，却又僻静，很少有人会到乱坟岗子上穿行。山头附近有一座已经荒废的道观，林庆他们就藏身在里边。

林庆脱下军装，换穿一件黑色长袍。偶尔他会穿着长袍在乱坟间散步，身后跟着一个队员，两个人悄无声息行走在阴森森的墓地。

有一天午后，林庆经过一棵龙眼树时，听到一个树枝折断的声响。他抬头去看，只见一个坟头上站着两个男孩，眼光直勾勾看着他。两个孩子一大一小，大的约莫七八岁，小的大约四五岁，都是蓬头垢面，穿着破汗衫。

林庆站住，侧过脸瞅了一下俩孩子。只一眼，那个小的就“哇”地放声大哭。大的更显恐怖，他如遭雷击，当即从坟头滚下地，而后拔腿狂奔。

“鬼啊，鬼啊！”他们一路狂叫。

后来被广泛传播，引起很多注意的“畅山闹鬼”就是如此而来。

这件事发生的第二天，林庆一行搬离溪坝，住进了林家祠堂。

连文彪悄悄到祠堂来看林庆。连文彪管林庆叫“阿林”，林庆管连文彪叫“大哥”。大哥和阿林促膝谈心，说来话长。

那时候孙大棒已经带着几个队员悄悄进入独立团，孙大棒成了教官，队员成了新兵。只有两个队员跟随林庆待在林家祠堂，一个是警卫，一个是电报员。为了避人耳目，他们化装成借住的照相师徒，有时会在祠堂正厅煞有介事摆弄一架相机，出头露面的都是那两个人，林庆深居简出，最多只现出一个背影。林氏在该村是小姓，其祠堂早已破败失修，管堂者乐得有人交租借住。这祠堂平日里很少有人进出，祠堂外围几个道口都有暗哨看管，安全没有问题。

连文彪告诉阿林，早先那个林庆也曾住在这个祠堂，是黄松瞒着连文彪安排的。溪坝事件后林庆逃走，终死在野鸭铺。没料转眼又来了一个林庆。张容成怎么搞的？就想不出个更好听的名字？明明是阿林重生，为什么非要橄榄核还魂？

林庆发笑：“想来咱俩跟他有缘。”

“真不是善缘。”

“我就是来害大哥的。”

林庆很坦然，从见面时起他就直言不讳。他杀了吴铁板母子，既是给连文彪送一份见面礼，也是把连拖入泥塘。如果连文彪不甘愿，尽管把他交出去，让共产党审判枪决，那种事没什么了不起，他已经经历过。他什么内情都不会说出去，也不会有一句怨言，因为完全理解，只要大哥好，他死也无憾。

连文彪说:“鬼话。”

他问林庆为什么那般死心眼，已经逃出一条命，好好一个阿林弄成这个样子，干吗还要跑回来送死？林庆感叹称，虽然已经人不像人鬼不像鬼，毕竟还有软肋。心愿未了，寝食难安，命也就轻了。

“你不会以为真能成事吧？”连文彪问。

“走一步看一步，走不下去就了结了。”

“都一样啊。”

“把大哥拖进来，也是没办法的事。”

“不说那个。”

那时候连文彪心存观望，迟迟不下决心，不轻言举事。林庆并不着急劝说，他知道自己得有耐心，连文彪把他们悄悄收容下来本身已经足够，而情况总在变化中。连文彪不愧一方枭雄，没有他不敢干的，也自认为没有他掌握不住的。他可以一方面当共产党的独立团团长，一方面把林庆橄榄核藏在自己的腋下。对连文彪而言，这个世界有一些东西是他不能没有的，例如彼此情分，那东西与通敌与否无关，只是彼此间的事情。连文彪跟随父亲聚众山林后靠的就是这个，谁投到他的麾下，认他当大哥，死心塌地跟从他，他就会把谁罩起来。当年山大王时如此，如今也一样，只是情况已多有不同。当年土匪老大谁也管不着，如今上有军分区领导，下有康明睁着眼睛找事，不再那般方便。连文彪却自信可以对付，只要在他控制的范围内，天大的事情都可以掩盖住，当老大就得有办法，才会有人追随。

林庆耐心等待时机，时机如期而至，说到就到，非连文彪所能控制。

独立团奉命前往前线，这一调兵意味深长。独立团起自山地，属地方部队，在解放军再打金门的部署中不会有多重的分量，不可能被委以越海登陆作战重任，更多的只是完成辅助任务，例如征调船只、安全防卫、后勤服务等。这一调动最实际的后果就是独立团与原有地盘分离，完全离开它的起源地。或许它会一去不返，再也不会回到本县，从此切断与“北山王”的历史关联。或许它本身的存在也将成为过去，它会被整编、改编，融合进入解放军部队。这意味着连氏父子苦心经营数十年拉起的队伍从此消失。事实上，从连文彪率队投向地下党时起，这支队伍已经不再姓连，他自己心里非常清楚，无论是否甘愿。

还有一个情况对连文彪形成压力：在独立团开赴前线之后，连文彪将立刻离开部队，去省军区干部训练班学习。这个消息早已有人向他透露，这个人是当年地下党武装与连文彪之间的联络员，解放后到军分区当了科长。由于旧有关系，加上连文彪始终悄悄与之联络感情，非常讲义气，让他感觉欠了情分，便会把一些相关事项提前给连打招呼，让连有个心理准备，说来也属好意。项城自杀的那天晚间，连文彪在团部接到一个电话，来电话人就是这个科长，告知已经确定让连文彪去福州学习，下月初动身。这意味着不仅独立团与老地盘切断，连文彪对部队的指挥也被切断。尽管团长的身份还在，那些兵已经不归他管了。这个学习既可能是洗脑，还可能是审查，即便最后让他学成归来，未必会回到独立团重新指挥部队。

一个危险因之凸显出来，就是康明的追查。康明孜孜不倦捉鬼，盯住了原侦察排长项城。项城在上流村附近小庙扣押林庆一行，带到溪坝交给连文彪。这个人跟随连文彪多年，知道不少内情。连文彪安排他离开侦察排去三连，既是提拔安插，也作为预防措施，防备林庆一行情况的泄露。不料康明还是跟到了三连，通过追索项城接触到核心事项，离真相相去不远。连文彪知情后迅速采取措施，项城被迫自杀，康明手中的线索被切断。如果部队没有调离溪坝，连文彪没有离开指挥岗位，事态依然还是可控的。此刻情况骤变，康明没了牵制，捉鬼便可能成真。

连文彪已经没有时间犹豫，必须做出选择。或者是认命，交出一切，任人宰割，接受清算，承担自己所作所为的全部后果。或者就是叛乱。

连文彪问：“阿林，我们有多少胜算？”

林庆回答：“没有胜算，大哥。”

从收留林庆开始，连文彪就完蛋了。阿林真是来害大哥的。不过细论起来，连文彪不收留林庆，哪怕把他交出去，依然还可能面对清算，结果未必更好。

连文彪说：“既然是个死，那就死个痛快。”

叛乱时间确定于会餐之际。由于事先安排隐秘，行动发起突然，所确定的目标虽然未曾一网打尽，也控制住了大多数。当晚被从晒谷场拉到大土坑的一共有二十二人，他们被集体活埋，唯一人例外，就是侯春生。

林庆提出留侯春生一条命。如果想杀，侯春生已经死在上流隘口那个山洞里。现在杀掉，当时留他一条命就没有意义了。

“还有未了之愿啊。”林庆说。

“这‘瓮北’我也有些舍不得。那就一报还一报。”连文彪同意。

他命令连火去现场带侯春生，带回后在临时牢房关押，交林庆全权处置。

当晚连火被林庆叫来问情况。连火报告说，他跳进土坑往外拖侯春生时，侯甩着肩膀拼命挣扎，像是不愿被单独剔出来。嘴给堵上了，只能呜呜乱叫。侯春生拖出土坑后给绑在一旁树上，看孙大棒活埋那些人。连火注意到他掉了眼泪。

“尿裤子吗？”

“不会。”

隔日上午，林庆提审侯春生。说是提审，其实并不直接，林庆坐在审讯室角落一张八仙桌边喝茶，观察旁听。主审官是孙大棒，他按照林庆确定的路径执行审讯。

侯春生双手绑在身后被带进审讯室，坐到屋中孙大棒指定的一把椅子上。

孙大棒说："我给你交代一下政策。"

他的政策就是"坦白从宽，抗拒从严"。他说，本来侯春生这条命已经没了，跟那二十一个人一起活活埋进土坑里了。为什么大家都得死，独独把侯春生挑出来看热闹？因为连文彪念他在溪坝事件中救驾有功。如果侯春生愿意合作，把自己知道的都交代出来，那么还准备重用他当主任，政委也可以考虑。如果抗拒，那么就大刑伺候。他孙大棒干特务出身，本事很多，最拿手的是折磨囚犯逼取口供。如果侯春生想试一试，保证让侯痛不欲生，恨不得昨晚就被活埋在土坑里。

侯春生不吭声。

"我先问一个问题，于你非常简单，最容易回答。"

孙大棒问的却是女人。听说侯春生带着一个女子两个孩子出山，那女子好像是个什么老师。她叫什么名字？是侯春生的什么人？

侯春生不予回答。

孙大棒指着身边两个手下："去帮我问问。"

两个手下上前，轮起手臂打耳光，每人三掌，都使足了力气。一轮下来，侯春生已经满嘴是血，滴滴答答顺着嘴角流淌。

"这是小意思。开胃菜。"孙大棒说，"接下来还有满汉全席，一道道上。"

侯春生闭起眼睛。

孙大棒说："现在我再问你：那个女的带着孩子忽然失踪了，是不是你把他们藏进了哪个老鼠洞？"

依然没有回答。

"他没力气说，给他壮阳菜。"

这一道壮阳菜号称"牛鞭"，那其实就是拿鞭子抽，没有太多技术含量，但是一鞭下去皮开肉绽，隔着衣服也能打出一条深深血痕。

"现在问第三个：胡萝卜在哪里？"

林庆注意到侯春生眼皮跳了一下。

孙大棒从主审位上起身，绕过桌子走到侯春生身旁，突然抬腿猛踢，一脚把侯春生连同那把椅子一起踢倒。而后他又把侯春生从地上拖起来。

“今天不问更多，就这一二三。”他说，“先不要着急回答。”

他命手下再上，这一次不要太猛，要清淡一点。

那就是拿水浇。整整一桶水浇到侯春生身上。这道清淡菜比前几道猛菜更甚，水一浇，浑身伤口火辣辣痛，侯春生忍不住大叫了一声。

孙大棒笑：“瞧，尊口始开。”

他命手下再加料，让客人快活叫好。于是那些人一拥而上，有的浇水，有的扯衣服，侯春生痛叫不止。这一顿满汉全席其实只在制造大量疼痛，让侯春生难以忍受。按照事前商量，暂不伤筋动骨。

孙大棒看看差不多了，走上前拿手托起侯春生的下巴，强迫侯春生张开眼睛。两人眼睛对着眼睛，互相瞪了好一会儿。

“嘴巴动一动。”孙大棒道，“眼睛又不会招供。”

侯春生喉咙里发出一阵咕噜响。

“招供啥了？大声点。”

侯春生紧盯着孙大棒的眼睛，还是不说话。孙大棒转身，走回主审位子，从地下抓起一个黄皮包丢在桌面上。

是侯春生的皮包。孙大棒把手伸到里边，掏出一个手帕卷，打开，拿出了侯春生那支口琴。他把口琴含在嘴里，使劲吹，口琴发出轰响，似乎就要散架。然后他使出全身力气吸，口琴尖声怪叫，痛苦不堪。孙大棒吹得兴起，索性举起口琴，鼓槌一般用力在桌上敲了一下。

侯春生张嘴开骂：“混蛋。”

孙大棒把口琴扔回桌上，大笑：“糟蹋了？”

“放回去。”

“舌头完好嘛。”孙大棒说，“继续说。”

“我不跟你说。”

“是吗？你看中谁了？”

侯春生忽然扭头，朝向坐在一旁的林庆。

“我跟他说。”

孙大棒一怔，不由得也回头看了一眼林庆。

林庆没料到侯春生忽然冲他而来。记得侯春生刚被带进屋时，曾往这边扫了一眼，或许感觉待在审讯室角落的这个人有些奇怪。整个审讯期间，林庆脸上毫无表情，嘴里一声不吭，像是不存在似的。不想侯春生居然能感觉出他是这里的支配者。

林庆站起身走到侯春生面前，他看着侯春生，依旧一声不吭。

侯春生看着林庆那张阴阳脸，全神贯注，似乎在竭力寻找某种记忆。

林庆把眼睛眯起来，似笑非笑。他那只陷在疤里的眼睛挤成了一条线。

侯春生忽然发问：“你就是那个鬼吗？”

林庆没有回答，转身离开，走出了审讯室。

6

侯春生突然惊醒。黑暗中一只手掌紧紧捂住他的嘴。

“别吭声。”那人说。

竟是连火。黑暗中，连火三下两下把侯春生身上的绳索解开。侯春生动动肩膀，感觉肩膀以下至手指尖几乎麻木，双臂已经变成了两根木头。

“要我背吗？”连火轻声问。

侯春生咬牙道：“我能走。”

连火把侯春生扶下地。侯春生活动一下双腿，感觉没有问题。

“咱们怎么出去？”他问。

“跟着我。”

连火牵着侯春生的手走到门边，轻轻打开虚掩的门扇，走出了牢房。门厅那边亮着煤油灯，有一个鼾声非常响亮。那是看守。凌晨时分看守犯困，一不留神睡熟了，连火抓住了空当，偷偷拿钥匙开了门。

他们不走前门，走的是后墙，这个乡村大宅有个后院，院墙挺高，有一扇紧闭的后门，门上扣着一枚大铁锁，锁匙也被连火弄到。连火开了锁，带着侯春生钻进一条巷子，七转八转到了一座马厩边。连火从马厩里牵出两匹马，把侯春生扶上马去。

“侯区长能行吧？”他问。

侯春生感觉到手臂肿胀，疼痛钻心。尽管难以忍受，却表明两条胳膊还好，没有成为木棍，也算万幸。

“没问题。快走。”他说。

连火一跃身子上马。

侯春生问了一句：“为什么要救我？”

连火说：“我不想当土匪。”

他们骑着马离开。马还在瞌睡，没精打采。刚走出村子，就听村中响枪：“砰砰！”

“不好。他们发现了。”侯春生说。

他咬紧牙关，用力踢马，马忽地一跃，精神突然来了，纵身蹿了出去。

两人一路狂奔。一直跑到王爷岭，东边天空已经明亮，侯春生才终于相信，自己真的再次成功逃脱。

连火是连文彪的远房侄子，却不是其堂叔的旧部。连火之父早年从北山迁居溪坝，连火出生在溪坝镇上。他的家境不错，他本人从小读书，在溪坝上初小，县城上高小和初中，还跑到省城读了一年高中，直到战乱学校停课才回到溪坝。独立团进驻溪坝后，连火的父亲带着他去拜见堂叔，连文彪让连火留下跟他，连火就成了连参谋。作为一个知识青年，他要当的是解放军，不是土匪。连文彪公然叛变，很多人不愿跟随，趁乱跑了。他没敢跑，心里却非常痛苦。听说侯春生被孙大棒打个半死，什么都不招，他非常钦佩，忽然想到如果自己救出侯春生，也等于救出了自己。大家都知道他是团部参谋，连文彪的亲信，因此他跑来踩点准备，出出进进，别人没有提防。

侯春生问他是否知道那个鬼：“一边脸全是伤疤的那个？”

连火称那人很可怕：“团长管他叫阿林。”

“姓林吗？”

“他叫林庆。”

侯春生吃了一惊：“他也叫林庆？”

“他还有个外号叫橄榄核。”

“怎么会！”侯春生叫道，“不可能！”

天底下同名同姓者多了去，但是同名同姓且外号也相同者，概率要低得多。眼下这个林庆与被击毙于野鸭铺的那个听起来是同一个人。难道林庆没有死，他逃脱了，而且还泅渡到海那边，再从台湾飞回来掉到本地？或许林庆虽然给打死了，却又僵尸复活，变成坐在审讯室八仙桌边的那个鬼？如此假设简直荒唐。有一个巨大反差非常耐人寻味：早先那个林庆被连文彪视为死敌，必杀之而后快。现在这个林庆成了“阿林”，他和他的同伙被连文彪保护起来，双方联手叛乱。

侯春生心急如焚。此刻叛乱已经发生，连文彪部转眼可能进入北山，刘胜利他们非常危险。让侯春生放心不下的还有徐碧彩和两个孩子。

但是此刻侯春生只能飞马直奔县城，因为叛乱顿起，情况紧急，必须迅速向陈超报告，以便上级部署平叛。

他们赶到时，小县城还像往常那样平静，溪坝的枪声似乎还未传到。侯春生带着连火匆匆跑到县政府，陈超正在二楼会议室开会。侯春生一头撞进会场。进门时他的头还是肿的，脸上又是血又是汗，模样吓人。

陈超喝了一声："侯春生！怎么搞成这样！"

侯春生大叫："连文彪叛变了！"

然后他一屁股坐在地上喘气，站都站不起来。

几个人拥上来，七手八脚把他抬出会场，送到一旁房间里休息，给他喝水。几分钟后郑勇赶到。

"真的叛变了？"郑勇问。

侯春生点头。

从前天晚间起，县里与溪坝已不通电话。昨日有几个从溪坝逃出来的独立团战士到了县城，报称大事不好。县里已向地委报告，并得知军分区与独立团的联系也被切断了。地委命本县迅速掌握情况，郑勇正在全力收集情报，陈超召集会议也是在紧急研究应对。侯春生来得正好。

侯春生把情况报告了郑勇。郑勇听得大张嘴巴："你个侯命大啊！"

"连文彪准备进五区，得赶紧告诉刘胜利。"侯春生说。

已经着手防备了。昨日听到溪坝动乱传闻，陈超即命郑勇安排人赶到溪园，设法爬崖进入五区通知刘胜利。

"我也去走这条路。"侯春生说。

他打算立刻返回五区。郑勇制止："你去干什么？逃出来再送上去？"

"我那些人都还在里边，我这个区长能躲在县城吗？"

"已经命令刘胜利负责。他知道怎么办。"

"有些情况他不清楚，没我不行。"

"什么情况？"郑勇追问，"跟我说你还操心谁？"

侯春生觉得郑勇问得奇怪。他直截了当，提到小猴子和徐碧彩母子。他们有可能已经回到五区，掉入匪窝。

郑勇不吭声，打开身上背的挎包，取出一支小手枪放在桌上。

正是侯春生给徐碧彩的那支枪。侯春生大惊："这怎么回事？"

徐碧彩于昨日下午来县公安局找郑勇，上交了这支枪。徐碧彩称该枪为侯春生给的，让她以防万一，安全到达县城后必须上交。因为侯春生不到县城，要回五区，她担心手枪留在身边一旦有事说不清楚，因此赶紧上交给郑勇。

侯春生吃惊："她居然跑回县城了！"

"说是你让她来的。"郑勇问，"谁让你同意她回县城？"

侯春生说明不是徐本人要求回县城，是他命令的。徐碧彩出了意外，差点被土匪弄死，继续待在五区太危险，所以他坚持让徐走人。徐本人不愿意，直到阻于溪坝，还吵着要回北山。连文彪叛乱之前，他发觉徐失踪，一时非常着急。没料这女子居然自己跑回县城，事前说都没说一声。好险，幸亏她没有擅自返回北山，否则麻烦大了。

郑勇听了徐碧彩失踪和孙大棒审讯情况，情不自禁拍手："你个侯又上当了！"

他认为孙大棒是装的，他们不是不知道徐碧彩在哪里，是有意让侯春生这么感觉。徐碧彩不是自己跑回来，是他们送回来的。他们接上头了，徐被派来县城执行任务。

"不可能！"侯春生断然否认。

他感觉孙大棒真是在找这个女子，并非有意设套。孙大棒如此用心追索徐碧彩母子一定有特殊原因。徐本人有疑点有问题，却肯定不是特务。

"你就是不见棺材不落泪。"郑勇道。

"我还要查你呢。"侯春生说。

查的是野鸭铺之战。该战为郑勇亲自指挥，侯春生本人不在现场。侯了解林庆被击毙的细节，确实是在战斗中给打死的吗？

郑勇很吃惊："为什么问这个？"

侯春生提到孙大棒背后的鬼。连文彪称之“阿林”，大名林庆，外号橄榄核。

郑勇大叫：“胡说！”

“是这么回事。”

林庆被击毙时，郑勇就在现场。死尸从溪里捞出来后让俘虏认过尸，确认无误。林庆死于手榴弹弹片，胸脯上好几个洞。脸面基本完好，有一个尖脑壳和尖下巴，肯定不是别人，就是他。

侯春生也觉得不会错，那个林庆肯定是给打死了。现在敌人又派来一个，还用那个名字，弄得像是死鬼重生，可能意在隐蔽这个鬼，让人摸不着头脑。孙大棒审讯时，鬼也在现场。虽然一句话都没说，一张阴阳脸看上去恐怖狰狞，侯春生却隐隐约约觉得似曾相识，特别是没给弄成满面疤的阳脸一侧过来，看上去似乎跟一个谁有点像。那肯定不是林庆，因为侯春生从没见过林庆。侯春生有点疑心是不是那一个。

“难道是连文正？”郑勇问。

侯春生点头。

“活见鬼！”

侯春生承认：“真是，大白天活见鬼。”

“是你想他了。”

“他不该我想念吗？”

如果这回是连文正闹鬼，连文彪收容鬼并联手叛乱就有了解释。而孙大棒为什么追索徐碧彩也有了解释。厦门战役时，侯春生到前线提审连文正，曾提起过徐碧彩与胡萝卜，或许事出于此？连文正死亡的消息是前线部队传来的，按照通报的情况，他在逃跑时死于海中，这就是死不见尸，其死亡属于推测，不能完全排除还活着的可能。问题是无论连文正死亡或者复活都没有确切证据，无法认定。此刻最重要的是叛乱已经发生，当务之急是迅速应对，特别是五区，偏偏侯春生远在县城，只能干着急。

郑勇让侯春生先休息，缓口气，让卫生员过来给他的伤口上点药。郑勇要去跟陈超报告情况。侯春生连说自己不要紧，只问："徐碧彩是不是带着小猴子？"

郑勇不清楚。他只知道徐进山时带着个胡萝卜，不知道出山还多了个小猴子。

此刻胡萝卜不是问题，徐碧彩在哪里，他一定也在。小猴子呢？他并不是徐碧彩的孩子，谁能要求徐碧彩一直把他带在身边？侯春生自己都不能如约为他们提供帮助，徐碧彩把小猴子舍弃同样不缺理由。如果真是那样，小猴子就危险了。

侯春生感觉不安。他想知道徐碧彩此刻何在，听说人在文庙。侯春生立刻站起身道："我马上去查一下。"

"别走，陈超开完会一定还会找你。"郑勇说。

"马上回来，不耽误。"

郑勇同意，交代侯春生千万不要轻信，重点要搞清楚徐碧彩是谁送回来的。这个女的曾自称连文正老婆，如果连文正真的死鬼还魂，是不是俩公婆喜相逢了？

"他们俩原本互不相识。"侯春生说，"我亲眼见的，拿脑袋担保。"

"记住你担保过谁！"

侯春生匆匆离开县政府。连火守在楼下等他。

"跟我走。"侯春生说。

他们赶到文庙，这里现在是城关小学。他们找到大殿东侧厢房，徐碧彩正蹲坐在天井一口水井边洗衣服。听到动静她抬头一看，顿时愣住了。

"侯区长！"她叫道，"受伤了？"

侯春生问："小猴子呢？"

"你不是回五区吗？"

侯春生不再发问。他看到徐碧彩手里抓的小衣服，那是小猴子的。

徐碧彩把衣服丢在木盆里，起身带着侯春生他们俩向后走，推开最边上一间屋门。那是一个储藏间，堆着一些断腿破面待修的学生桌椅。储藏间的一角整出一块空地，摆了一张竹床，两个男孩坐在床下玩耍，一大一小，是小猴子和胡萝卜。

徐碧彩从墙角一张破学生桌的抽屉里抓出一个小包，从里边找出一个玻璃瓶。那是红药水，她要侯春生坐在床上，让她处理一下伤口。

侯春生自嘲："满头满脸吓死人，其实没伤太重。"

徐碧彩不由分说，按着侯春生上药："怎么弄成这样？"

侯春生没有回答，只问："是谁帮你离开溪坝的？"

"是你吗？我自己。"

当初她带胡萝卜进五区报到，是在溪坝雇一辆牛车拉他们到上流隘口下，再徒步上山。昨天上午她去找了那个赶牛车的师傅，人家恰好要到县城拉货，有位子，可以送他们走，她便带上孩子动身。为什么不说一声就走？因为人家师傅要出发了，不能久等，她也不知道自己什么时候可以见到侯春生。侯春生说了情况严重，可能有危险，要赶紧走。既然侯春生自己要回五区，还不让他们跟，那还等什么？能走就走吧。

侯春生问："包袱呢？"

是求牛车师傅帮着去客房拿的。徐碧彩看到街上有巡逻队走来走去，不知道出了什么事，因此不敢离开孩子，只能请师傅进去帮拿包袱，反正门没锁，也没多少东西。师傅人不错，帮了忙。当时管理员可能跑出去上茅房了，师傅没见到他。

侯春生说："很好。你把自己救了，也帮了我们。"

"你不是去五区吗？"她问，"难道是不放心，特地跑到县城找我们？"

侯春生说："溪坝出大事了。"

这时一串枪声突然响起："砰砰砰砰！"县城的平静被一举击破。

侯春生与徐碧彩面面相觑。只听一阵嘈杂声响隆隆传来，文庙里外一片喧哗。

7

中午时分战斗部署完成，连文彪下令发起强攻。

首先是火力攻击，布置在周边几个临时火力点的机枪一起射击，砰砰砰砰！整座楼被雨点般的子弹打得尘土飞扬。

“迫击炮。”连文彪下令，“轰。”

他们带来两门迫击炮，由于急行军不容太多辎重，只带了十几枚炮弹。连文彪觉得已经足够。两门迫击炮一起轰击，先各打三炮，那座楼的楼顶被炸出几个大窟窿，破瓦片飞了满地。有两枚炮弹打在楼正面土墙上，墙被炸出两个坑，居然都只炸落浅浅一片灰泥，离洞穿还差得远。

连文彪道：“我们家老头厉害，不服不行。”

按照与林庆的策划，连文彪在聚众叛变后出其不意，在制造足够假象，让众人都以为他拉队伍重返北山之际，忽然带着人马急行军直扑县城，在对方猝不及防间包围县衙，也就是眼下的县政府。对方反应也算相当快，连文彪部刚进城时有人射击报警，县大队和公安队即紧急收缩，大部人员跑进县政府楼内布防应急，除一些不及撤离的干部散落于全城各地外，县政府机关人员基本集中到县政府大楼里。打下这座大楼也就端掉了一个县级政权，其影响将有如重磅炸弹爆炸。此刻攻打县城于连文彪具有绝对胜算，因为力量对比悬殊。连文彪部号称独立团，实际目前仅一个营两个连，叛乱中跑掉了一些人，跟随连文彪多年，枪林弹雨中滚出来的旧部却大体都在。此刻县境内没有解放军正规部队，县城除了地方干部，就是公安队和组建不久的县大队。对手无论人数、战斗经验还是枪械、火力都难以跟连文彪部相比，唯一可资抗衡的是他们倚仗的据点，也就是连大木建起的县衙，其坚固有如碉堡。

连文彪观察对方的还击。他们通过墙体上的枪眼往外打，基本都是步枪射击，一声一声，机枪保持沉默。县大队有两挺机枪，那还是其成立时由独立团团长连文彪慷慨相赠。现在这两挺机枪成了这座碉堡的火力支柱。他们的机枪子弹应当不太多，因此得省着用，以免要紧关头变成两根废铁。

连文彪觉得差不多了，即下令："坦克。开上去。"

连氏土坦克又给推上阵来。该坦克的任务就是运送炸药，炸掉县衙大门，让碉堡门户洞开，后续人员便可冲进楼内开火。

连文彪站在临时指挥所，看着土坦克从巷口开了出来。躲在板车、门板和沙包下的几个兵缓缓行进，乌龟般爬向大楼。周边火力点一起射击压制对方，还有人扔出烟雾弹，整个楼雾气弥漫，土坦克的身影给掩在烟雾里，对方无法看清。

连文彪说："得感谢人家魏如龙。"

土坦克攻城战术原本为连文彪无师自通搞的，用于攻击敌对土楼。创设时没太讲究，也就是不怕死的往前拱，周边射击掩护。魏如龙是正规部队出身，懂的东西多。他到独立团当参谋长后对连氏土坦克战术很感兴趣，认为这一带土楼多，剿匪用得上。魏如龙研究土坦克，琢磨了一套配合作战战术，照此训练部队，很有成效。此刻魏如龙训练的兵按照他改进的战术进攻县政府，而他本人已经给埋进那个土坑里。

土坦克终于运行到县衙大门边。乌龟壳下的几个兵迅速跑出来，顺着楼墙边缘跑开，那里是对方的射击死角。导火索在他们身后哒哒燃烧。

"轰隆！"

爆炸声惊天动地。连文彪拿起望远镜观察，他看到烟雾散去，门洞现出形状。

没有炸开。这个门洞比他们以往炸过的都要结实。

连文彪骂道："老头子真是，也不会偷工减料一点。"

他命令预备队上，开出第二辆土坦克。

有一个传令兵跑来，递给连文彪一张纸条。

“林长官报送团长。”传令兵报告。

连文彪打开纸条看了一眼，随手塞进口袋。

枪声大起，第二波进攻展开。

连文彪在前方强攻县衙，林庆待在后方基地，基地设在文庙，与前方靠传令兵联络。连文彪部一个后勤主任驻于文庙，负责往前方送水送饭，安排卫生兵给抬下来的伤兵包扎。另外还有一项任务就是挖坑。

林庆指着大殿下边的一块空地，命后勤主任催促开工。士兵们从周边民居找来十几个年轻力壮人员，临时充为苦工，各自手握一把锄头，在文庙里动起土来。

后勤主任惴惴不安问：“林长官，这个坑得多大？要埋多少人？”

林庆一声不吭。

前方枪声一阵紧似一阵，文庙里挖坑苦工个个挥汗如雨。林庆不慌不忙，在大殿内外转来转去，身后跟着一个卫兵。

此刻文庙东侧厢房关着六个人，为占领文庙时扣押的，均为城关小学教师。

林庆与孙大棒去了东厢房。林庆眼光在屋里一扫，指着一个人问：“你是郭维基？”

“是，是。”

这人有三十三四模样，瘦高个，微微弓着背。

“你当了副校长？”

“是县教育科……”

“你出来。”

郭维基脸色发白，站着不动：“长官……”

孙大棒抬腿上前，一把揪住郭的衣领，把他拽出屋子。

郭维基进了临时审讯室，即扑通跪倒：“长官饶命。我上有老下有小啊。”

他极力表白，称自己并不想做什么副校长，但是县教育科非让他干，他也不敢拒绝。自己只是个教书的，谁都惹不起。

“不要怕。好好回答我的问题。”林庆说。

林庆问了一些外围事项，学校什么时候复办，多少学生等等，郭一一回答。林庆再问几个老师各自情况，郭维基也细加介绍。然后林庆话头一转：“说一说徐碧彩。”

郭维基一愣：“徐老师？”

他的表情顿时显得特别，眼光闪烁不定。

林庆看在眼里，说：“告诉我她怎么样。”

郭维基略显支吾：“我，我也不是太清楚。”

“知道什么说什么。”

郭维基提供了基本情况：徐碧彩由县教育科介绍到本校代课，后调五区任教。

“五区？”

“是的，就是北山。”

“你好像对她很关照？”

“没有没有。”

林庆突然拉下脸：“老实说，你对她干过什么？”

郭维基张大嘴巴，竟一时无语。

孙大棒大喝：“快说！”

郭维基伸手，不住作揖：“长官行行好，本人鬼迷心窍，但是确实没干什么。”

为了表示合作，他提供了一个最新情况：昨日徐忽然返回本校，称奉命离开北山回县城工作。这一情况尚需教育科公函确认，本校无权擅自接收。但是徐非要他帮助，还怪罪当初郭害得她不得不离开。郭自觉有所亏欠，又看到徐带着孩子颇为不易，无奈先容徐在文庙住下来，暂住于后勤库房中。

林庆与孙大棒互相看了一眼。

徐碧彩母子的线索此前只在侯春生身上，却不料稍一追踪，竟落在文庙这里。疑问在这里也对上了，显然侯春生从北山带出来的女子正是徐碧彩。她没有失踪，也不是被侯春生藏匿，竟是自己携孩子跑回县城。

“带我们去看看她。”林庆说。

郭维基领着他们去了后勤库房。该库房大门洞开，不像有人住。林庆推门看看，只见满屋破桌椅，从地上一直叠到天花板，乱七八糟倒了一地，屋子角落还有一架竹床，已经倾翻。没有一个人影，不见有小孩，也没有大人。

郭维基称这里原本没那么乱，可能是队伍进来时搜查房间，把破桌椅弄倒了。徐老师刚返回，尚未复职，还不承担本校教学任务，无须待在文庙内，她和两个孩子目前只是借这里暂时栖身。可能是在枪响之前就离庙外出了。

“她生了两个孩子吗？”林庆问。

徐原本只有一个孩子，小名胡萝卜。昨日徐从北山归来，却带着两个男孩，一个两岁，一个六岁。问另外那个孩子怎么回事？说是她在那边领养的。

“她丈夫呢？”

“说是战乱中失散了，她还在四处打听。”

“带郭老师回去吧。”林庆对孙大棒使了一个眼色。

孙大棒心领神会。他领着郭维基往回走，走过一个门洞时忽然伸手一拽，郭维基一个踉跄，孙大棒伸出手扶住他，顺手一刀划开了郭的喉咙。

那时文庙大殿那头传来喊声：“快看啊！”

坑里挖出了东西。

林庆赶到大殿。时挖坑的苦力和后勤主任都站在坑边发呆，坑里有一条当地人称的“谷达”，也就是晒谷用的粗篾席，谷达盖着一包一包物品，都用油布仔细捆扎好。

林庆命令把谷达掀起来，起出下边那些包包，在殿边一一码好。不许打开，不许弄破。他还命后勤主任去找一辆马车拉货。

原来这个坑不是预备活埋人，而是取出预埋其中之物。

林庆命孙大棒："去找那个人，还有那孩子。"

那时东北方向的枪声如闪电雷鸣，连文彪正在对县衙发起总攻。

8

他们藏进阁楼。阁楼空间很小，堆着一些零碎物品。两个孩子躺在楼板上，身上盖着大人的衣服。两个大人并排坐在一旁，背后就是倾斜的屋脊。

文庙内外突然喧闹起来时，侯春生意识到危险，举头四望，发觉满屋子破桌椅一直顶到天花板，透过胡乱叠加的桌椅支架，隐约可见房间后部上方有一个小阁楼。侯春生赶紧搬动破桌椅，清出一条通道，把几张稍微完整的桌椅叠起来，架起一个临时梯架，把徐碧彩和两个孩子送到阁楼上。侯春生最后爬上阁楼，随手将一旁乱七八糟叠起来的破桌椅推倒，满屋混乱，临时梯架给掩盖住了。时文庙内外哗哗喧闹，时有枪声，屋里的动静没有被注意。

他们刚在阁楼上安顿下来，呼啦啦就有一队人马从门外走过。有人大喊："搜查！都看清楚了！"

侯春生把手枪握起来。他的驳壳枪在连文彪叛乱时被缴走，此刻手中只有一支小手枪，是徐碧彩上交给郑勇那支，这支玩具枪只算聊胜于无。

他们听到房门"吱呀"一声，搜索队闯进门来。随之屋里轰隆轰隆响，破桌旧椅被推得哗啦啦东倒西歪。

"那边有张床。"

有人走过去把竹床掀起来，翻个底朝天。

"没个鬼。走吧。"

然后又是轰隆轰隆一阵响，屋子终于安静下来。侯春生这才发觉徐碧彩紧紧挨着他，双手抱住他的左胳膊，浑身发着抖。

“别怕。”他小声道，“走了。”

徐碧彩放开他的胳膊，声音还在打颤：“吓死我了。”

两个孩子很听话，侯春生交代他们安静躺着，别出声，他们便一动不动，像两根小树枝一样。小猴子遇险不是第一次了，他知道怎么死死不动。难得胡萝卜在发烧，他不知所措，只能学着小哥哥的样子，一边发抖，一边等待。

徐碧彩把胡萝卜抱起来。他忽然咳嗽一声，然后又一声。徐碧彩吓坏了，赶紧拿手捂住胡萝卜的嘴，胡萝卜在她的手掌下又咳了一声。

有人从门外跑进来，大叫：“是谁！”

徐碧彩面如死灰，用力捂紧胡萝卜的嘴。

外边另一个声音：“干什么？”

“有咳嗽。”

然后是笑声：“鬼，鬼咳。”

他们在门边站了会儿，听屋内并无动静才掉头离去。

门口忽然又有动静。听得出是几个人进门察看。他们站在屋里说话，一问一答，谈的竟是徐碧彩和她的孩子。

徐碧彩把嘴巴凑到侯春生耳边，轻声耳语：“说话的是郭维基。”

侯春生低声问：“另一个呢？”

她摇头。

侯春生举起一根手指放在唇边，示意徐碧彩安静。那几人转眼离开。

侯春生没说起另外那个声音似曾相识。他记起孙大棒审问他时，那个据说叫林庆的鬼走到他面前，一句话都没说，转身离去。

文庙里的闹腾稍显平静，阁楼上的两个孩子还在昏睡，体温迅速蹿升。

侯春生说:“这样不行,得想办法。”

他让徐碧彩照顾孩子,他要下去一下。徐碧彩一把拉住他的胳膊:“别走。”

“需要给孩子喂点水。外边有满满一井。”

“危险!”

侯春生把她的手拉开,悄悄起身,沿着晃晃悠悠的梯架悄悄下到地面,躲到门边张望。有一队人沿厢房走廊跑过,侯春生待他们过后一跳出门,不慌不忙往前走去。

那时这一侧厢房比较安静,来来去去者多匆匆忙忙,没有人注意侯春生。

侯春生走到水井边,徐碧彩洗衣用的那只水桶还丢在井沿。侯春生把水桶放进井里,打上来一桶水。没有片刻耽搁,立刻转身,拎着水桶往回走。

忽然背后传出喊声:“喂!前面那个!提水的!”

侯春生身子一震。他强迫自己平静,做若无其事状,停止脚步,扭头看了一眼。

是一个卫生兵,胳膊上扎着条白布,站在文庙东侧小门喊叫。

“来帮个忙。”那人向侯春生招手。

侯春生把水桶放在天井上,朝卫生兵走过去。那人嫌他磨蹭,一把拽住他的胳膊,快步把他拖出门去。

原来是临时抓差。地上有一副担架,担架上躺着一具尸体,浑身血肉模糊。担架边坐着另一个卫生兵,正拿烟纸卷烟抽。拖侯春生的那人是班长,他命令侯与抽烟的兵一起抬尸体到前边山脚下,交那里人掩埋。

侯春生他们俩抬走了那具尸体。抽烟兵一路骂班长偷懒,还跟侯春生说这说那。侯春生只是“嗯嗯”回应,不敢说话,以免暴露口音。

埋尸场周边有一片小林子。侯春生注意到这里防卫松弛,周边地形比较复杂，担架一丢就可以跑，钻进山林就脱离了险境。

他没有跑，他当然不会。

他们返回文庙，从大殿正门匆匆进庙。里边乱哄哄的，侯春生看到殿前空地被挖出一个大坑，心里暗暗吃惊，不知他们在那里干什么。抬眼一看，侯春生有如触电：坑边站着鬼，或称林庆。他的阴阳脸黑白分明，远远看去分外狰狞。林庆站在大殿西墙边看那个坑，身边有卫兵，却不见孙大棒。

侯春生放下担架，转身走开，一边走一边东张西望，伸出手去解裤裆上的扣子，做找地方解手状。没人喊他，片刻间他穿过大殿的侧门走到西侧厢房。他一看周边无人，即拔腿跑开。这里有两条通道，一条往后，绕过大殿后厢房，可顺走廊转到他们藏身的东侧厢房。另外一条通道往前，通向西侧小门出文庙。侯春生一出大殿就顺通道往前边小门跑，却不出门，只是跳下走廊，站在天井边，抬眼看了看位置，随即从口袋里掏出了一颗手榴弹。

这是一颗美式手榴弹。刚才抬尸体时，侯春生从尸体的武装袋上取下的，侯把它藏在口袋里，此刻派上用场。侯春生拿它干什么呢？炸鬼。他注意到林庆站在西侧墙边，与这边只隔着一面高墙。这个还魂之鬼是杀害吴铁板、黄水金的首犯，也是连文彪叛乱的首犯之一。所谓擒贼擒王，此刻出其不意消灭他，将是对叛乱的沉重打击，或能打乱敌作战部署，支援前方坚守县政府的同志。

侯春生单枪匹马，手中没有更好使的武器，只有这一颗手榴弹。他知道自己举手一扔，那就是陈超所说的“找死”，其效果有如往马蜂窝里扔一枚鞭炮，眨眼间马蜂乱哄哄炸窝，立刻就会冲他而来。但是机不可失，安危只能置之度外。或许在西侧这里发起突袭，也能掩护藏身于东侧厢房阁楼上的徐碧彩母子。

侯春生一扬手，用力把手榴弹抛过高墙。他听到那边顿时传出喊叫。

他拔腿就跑。西侧小门就在眼前，几步就可以跨出去。他却不往那边去，转身向后，跑向后厢房。刚跑出几步，就听高墙那侧“轰隆”一声巨响，手榴弹爆炸了。侯春生竭尽全力冲到后排厢房，马不停蹄转到东侧。他看到那桶水还放在天井里，这一边人员杂沓，为手榴弹爆炸惊扰，或从边门跑往大殿，或从前边小侧门跑出庙去。

几分钟后，侯春生回到阁楼。徐碧彩一手搂着一个孩子，三个人在阁楼上发抖。两个孩子都醒了，像两粒刚从火堆里扒拉出来的烤地瓜。

侯春生拿着水桶，手上还抓着一个碗：“快给孩子喝水。”

徐碧彩接过水桶和碗，她的手抖个不停，装了半碗水又洒回桶里。这时外边乱到极点，吆喝声不断，枪声砰砰直响，像是遭遇了一次全面进攻。

徐碧彩恐惧：“是冲着你的？”

侯春生把手指一举：“嘘。”

有一阵脚步声从外边传来，有人用力踢门板，大叫：“出来！给我出来！”

徐碧彩目瞪口呆。

侯春生当即伸出右胳膊一把勾住她，把她的脸压到自己的肩膀上。那时枪声响起，“砰砰砰砰！”屋子里子弹乱飞。而后一切归于平静。

徐碧彩趴在侯春生的肩膀上不住发抖。

隔壁厢房也传出枪声。他们在搜查袭击者，但是他们不知道他在哪里。

好一会儿动静平息。侯春生把徐碧彩放开，低声说：“没事了。”

他支起身，想再爬下去侦察。手榴弹是否炸中了目标？鬼是给炸死了，或者还活着？还有敌人在大殿挖的那个坑究竟是为什么？

徐碧彩一把抓住他的胳膊：“天哪，求你别再扔下我们。”

侯春生说：“放心。没事的。”

她忽然掉下眼泪：“我害怕。”

徐碧彩求侯春生帮她抱孩子，她好给他们喂水。侯春生没动，她抬手抹起眼泪。侯春生说了句："别这样。"

他把胡萝卜抱起来。徐碧彩给孩子灌了一碗水。胡萝卜很听话，咕噜咕噜喝光。

"乖宝贝。"徐碧彩说，"侯叔叔在，你不会有事的。"

"妈妈我要睡。"

侯春生把胡萝卜放在楼板上，再抱起小猴子。小猴子烧得迷糊，闭着眼睛，头转来转去不喝水。徐碧彩低声哄着，喊他乖孩子，说等烧退了给他吃糖，终于把那碗水给灌了下去。小猴子睁开眼睛，咕哝道："木木。"

徐碧彩问："什么？"

第二次说清楚了："妈妈。"

徐碧彩眼睛一抬，亮闪闪看了侯春生一眼，随即低头告诉昏昏沉沉的小猴子："好好睡。妈妈在，爸爸也在。"

侯春生什么也没说。

外头乱七八糟的响动还在轰隆不息。他们俩似乎已经麻木，无论喊叫，哪怕枪声，都不再让他们感到有什么特别。开始打哈欠，只打两个哈欠就脑袋一歪，靠在侯春生肩膀上睡着了。

她已经疲倦到极点，侯春生更加疲倦。但是他知道自己此刻不能瞌睡。他强忍着一阵阵袭来的倦意，也不知过了多久。突然之间他浑身一震，发觉不好。

有烟味，刺鼻烟味在屋里弥漫。

侯春生往下一探头，火已经在角落里烧了起来，火舌顺着破桌椅呼呼向上。

徐碧彩也醒了。她失声大叫："救命！"

这时已经顾不着动静如何，只能逃离干柴烈火。侯春生跳起来，跑到阁楼另一侧，伸手往屋顶扒拉，屋瓦被他扒开一片，屋里的烟顿时从扒开的天窗中涌了出去，火舌也顿时强势，朝上猛蹿，而徐碧彩那头的烟雾略显稀薄。侯春生跑回去，把头上帽子一摘，蘸上水，往胡萝卜口鼻处一罩，吩咐孩子拿手捂紧。徐碧彩也用一旁孩子的小衣服蘸水罩住小猴子。侯春生迅速爬到梯架上，背上背着小猴子，右胳膊上抱着胡萝卜，靠左手抓攀下梯架。由于重心不稳，只爬了几级，原本摇摇晃晃的梯架整个儿倒了，侯春生与两个孩子摔在地上，幸好距地已不太高。侯春生从地上爬起来，一只手拽一个，冒着烟雾拼命冲到门边，把两个孩子一起扔到门外天井里。

屋里火光熊熊。徐碧彩还在阁楼上，而梯架已经倒塌。

侯春生站在下边大叫："跳下来！我在这儿！"

徐碧彩"哇"地大哭。

侯春生平静道："不要哭！闭上眼睛，跳！"

徐碧彩从阁楼上跳下来，砸到侯春生身上，两人一起摔倒于地。

他们冲出了房门。两个男孩依偎着站在天井里，看着他们蹿出火海。那时候整个天井、走廊都已空无一人，每个厢房里都有火苗蹿出。

"他们放火，跑了。"侯春生道。

他和徐碧彩各抱起一个孩子，飞快地顺天井往前，一直跑到东侧小门边，小门门扇虚掩着，已经给点着了，烧得啪啪响。侯春生把小猴子放在地上，抓起地上丢着的一支晾衣竹竿，用力去捅那个门扇。只几下，门扇就被捅歪，带着一团火倒地。侯春生再用力一挑，把门扇推到一旁，捅到外头台阶下。而后他丢下竹竿，对徐碧彩大叫："快跑！"徐碧彩抱着胡萝卜冲出门。侯春生回身刚要抱小猴子，就听徐碧彩在门边大叫："救命！别开枪！"

侯春生顿时紧张，立刻放下小猴子，再把长竹竿操起。待他回身时，就见堵在门口的徐碧彩被人用力推开，一个脑袋从门口探了进来。竟是孙大棒。

后来想来，是徐碧彩的喊叫和站位给侯春生争取了几秒钟。如果徐碧彩吓得出不了声，或者没站在门口，侯春生抱着小猴子跑出门去，那就无可挽回。

侯春生抡起竹竿朝孙大棒使劲捅去。孙大棒一缩头躲开，身体失去平衡收不住，一歪摔倒，而后滚下门口台阶。

侯春生扔掉竹竿，抱起小猴子回身往里冲。他听到孙大棒大叫：“打死他！”

侯春生脚下一绊摔倒，小猴子被他甩开。这时身后枪响：“砰砰砰！”

紧接着又有一排枪声密集跟上：“砰砰砰砰砰！”

孙大棒大叫：“他们来了！”

第三章　初起的阳光

我到达那个乡村广场时，阳光初起。

他们在跳广场舞，音乐欢快。时下广场舞哪里都有，不新鲜，只不过这里的景象相对特别。人们都知道有一个专属名词叫“中国大妈”，说的是全国各地广场舞者多为中老年妇女。据说大妈们曾经把广场舞跳到法国巴黎卢浮宫去，弄出好大动静。但是我眼前这些在阳光下欢舞者基本不够大妈级别，她们偏年轻，三四十岁者居多，最多可称大姐。她们的身份各异，机关、学校、医院公职人员，商铺女主人、小超市女收银员等等，其中亦不乏农妇。乡间广场舞者，看来比城市同类人物要先锋一些，年龄要小一些。尤其特别的是此间的领舞人不是大姐也不是大妈，竟是个老男人。此人白发童颜，着装齐整，气闲神定，在一群花枝招展的女子面前举手扭腰，挥洒自如。调侃言之，有如一只老公鸡领着一群小母鸡在乡间晒场上大跳其舞。

我感觉该场面有点怪诞，容易让人产生疑问。因此听说该老男人曾经被袭击过，有人往他家的院子里扔过石头，我不感觉吃惊。比较吃惊的只在他并未改弦易辙，依然领舞于众小母鸡之前。群山环抱之中，一个旧日穷乡僻壤、著名匪窝，眼下有了高速公路，有了“美丽乡村游”，有了农家乐和温泉度假村，同时也有了洒满阳光的广场舞。这里的广场舞确有地方色彩，除了舞者年龄与领舞男子之外，伴乐亦小有特点。我注意到他们使用的伴奏器械非常简陋，就是一只圆形电子播放器，体量仅小儿拳头大小，却中气十足，音质尚可。这当是领舞老男的私家财宝，他把它装在一个小袋里，挂在广场边一棵树上，它便欢快而歌。其播放的歌曲基本耳熟能详，以人称的“红歌”为主，亦掺杂《两只蝴蝶》《老鼠爱大米》等网络歌曲。相信这些歌大同小异，眼下均于早晚间竞相展现在全国各大小广场。有一支歌显然是此间独一无二，令我感觉非常陌生，又似曾相识。这支歌让我循声而去，从我所旅居的民宿找到了近在咫尺的那个原本是乡村晒谷场的舞蹈广场。

这是一支童声合唱曲，或称儿童歌曲。童声清脆悦耳，听来让人喜欢，但是其中若干歌词不甚清晰，特别是隔一点距离，从我所住的民宿去听。其第一部分似乎比较平实清楚，听起来大约唱的是：“我的家乡群山起伏，教室里书声琅琅，我的老师美丽动人，未来光明美好。”等等。

我向领舞老男请教这支歌。原来是当地名曲，叫《北山学校校歌》。领舞老男是本地人，退休前为北山学区校长。据称该歌作于本世纪初，时本地开展创作与传唱“村歌、校歌”活动，北山学校请了省里一位著名作曲家谱曲，该作曲家邀请经常合作的金牌搭档写歌词，两人联袂创作了这首歌，此歌曲调好听，加之北山学校毕业生遍布本乡，本歌在本地家喻户晓、人人皆知，因而被退休校长录入本广场舞曲目之中。

我问了一个问题：“你们学校都是些女教员吗？”

这个问题有些不敬，因为退休校长本人虽混迹于众广场舞女中，毕竟是个男子。我之所以提出，原因在于歌词中有一句“我的老师美丽动人”，通常这不合适于形容男教员。退休校长回答称，由于是农村校，以往数十年里，本校教员主要都为男性，直到近年女性比例才显著上升。校歌里不仅仅唱到女老师，在第二段歌词里有“我的老师学识渊博”，说的就是那些男教员。

我还问了一个更为不敬的问题，那就是该歌的知识产权。尽管只在一个乡镇地面上传唱，毕竟也属公开行为，是不是有人反映这首歌涉嫌剽窃，至少有部分剽窃？

他坚决否认，称该歌曲创作后曾参加某评选活动，获得优秀歌曲奖。

我问他是不是知道一首歌，里边有一句著名歌词："欢乐女神，圣洁美丽。"他表示不了解。我告诉他那支歌叫作《欢乐颂》，是一支世界名曲，作曲家为贝多芬，据说他为德国著名诗人席勒一首诗谱了这首名曲。我在领舞老男的校歌里听到了几段旋律，基本上是从那首名曲里脱胎出来的。我本人并无太多音乐造诣，我都能听出来的东西，著名作曲家怎么可能听不出来？他把那些旋律塞进这么一首校歌里也叫创作？

退休校长坚决否认我的说法，称河是河沟是沟，那肯定不是一回事。

"作曲家拿了你们多少钱？"

居然分文未取。为什么？原来他是北山人，本是个农家孩子，是建国之初北山学校创办时的第一批学生之一。

于是恍然大悟。

"一定是她教过的学生。"我说。

据我所知，北山学校创建之初只有一个女老师，她有一支口琴，她喜欢拿那口琴伴奏，教她的孩子和学生们唱歌，他们常唱的歌就有《欢乐颂》。校歌里的旋律就是从那里来的，作曲家把他记住的童年旋律，包括一段用口琴演奏的过门写进了他的曲子里。他无疑倾注了感情，所以才有"我的老师美丽动人，未来光明美好。"

退休校长问："你说的可是徐碧彩？"

"还有其他人吗？"

"她是个特务。"

我不讨论那个说法，只探讨作曲家的记忆。当年的作曲家还是个学生，小孩子，他未必清楚他的女老师背后还有一些人，其中有一位有一支“破牙刷”，那其实也是一把口琴。当年那位女老师让孩子们合着口琴齐声歌唱，实与那个人有莫大关联。

那个人喜欢孩子的歌声。

1

春天里王彩萍休学，从省城合肥回到家中。她家在乡下，离六安城不远，是一个大宅院。她母亲病重，来日无多。母亲想女儿了，让人把彩萍从学校叫回来。彩萍在省城读音专，是教会办的学校。她已经读了两年，再有一年就可以毕业，但是母亲有病，她不能不放下学业回家尽孝。

父亲说：“回来也好。天下大乱，女孩子不要待在外头。”

时山雨欲来风满楼，北方的隆隆炮声正在逼近。作为当地有名的富户，为求自保，父亲出人出钱，拉起一支步枪队，主体是护院的家丁，队长是她大哥。这支步枪队训练有素，武器精良，远近闻名，一般人不敢招惹。

那一年夏天，表姐风尘仆仆，从远方来到六安。表姐是母亲的外甥女，管母亲叫大姨。母亲娘家在江苏扬州，有两姊妹，彩萍母亲是姐姐，表姐的母亲是妹妹，亲姐妹从小一起长大。母亲嫁到六安后，她小妹远嫁四川，两姊妹没断过来往。表姐比彩萍年长一岁，小时候曾被小姨从四川送到安徽交给彩萍的母亲照料，在彩萍家住了一年多。当时彩萍与表姐天天在一起过家家，形影不离。后来表姐被小姨带回四川，与彩萍时有书信联系。十数年过去，表姐突然归来，见到母亲时叫声“大姨”，即号啕大哭。母亲抱着她也泪珠涟涟。

表姐家境原本殷实，她父亲做布匹生意，一家人日子过得兴旺。不料抗战时遇到日军轰炸，有一颗炸弹从半空中掉到她家布店，一声爆炸把什么都炸光了。她父亲、母亲、哥哥、弟弟一起死于非命，家产一扫而光。如果不是那一天她刚好外出，也难幸免。当时表姐还在读高中，家里遭灾后不得已辍学，在重庆一所学校代课。

那一年暑假，表姐的学校被军队借用为临时兵营。有一天表姐走过学校操场，看到一个青年军官直挺挺站在操场边，一动不动，若有所思。表姐看了他一眼，走过后回头又看了一眼，忽然问了一句：“你是那个人吗？”

他说：“我是。”

这年轻军官出自西南联大，能讲流利英语，还能打仗。他在缅北战场带一个连士兵与日军作战，勇猛异常，立下战功，被上峰夸奖为“军中之鹰”。有一个记者为他们拍了一张照片，那张照片和他的故事登载于《中央日报》上。表姐在报纸上看到了，把那张照片和新闻剪下来放在剪报夹里。后来表姐在报纸上又看到这个年轻军官的消息，他被请到母校向学弟学妹介绍从军故事。他还被重庆一些抗敌团体请去演讲。这些报道都被喜欢做剪报的表姐剪下来，放在同一个剪报夹里。

表姐问：“‘军中之鹰’很荣耀吗？”

他说：“那就是一种鸟。”

不久表姐与他结了婚。

内战爆发后表姐夫的部队奉调去上海，表姐本人暂留在重庆，准备待表姐夫安定下来后团聚。不料那年夏天发大水，学校被大水冲毁，表姐的工作和住所都被大水毁了。几经折腾无处栖身，她横下一条心，买张船票离开重庆到上海寻夫。她在上海扑空，丈夫的部队已经调防，听说是到山东去了。这时表姐已经没有多少时间，不敢再跑到山东碰运气，只能前来六安投亲。

表姐身孕明显，腹中孩子已经有八个月。一个月后她在大姨的家中生下一个男孩，她本人却死于难产。彩萍陪伴表姐度过她的最后时光。表姐临终时已经说不出话了，只把两只眼睛死死盯着彩萍。彩萍用力握紧表姐的手掌。她们都知道那是什么意思。

那时候刚出生的婴儿在外头啼哭。孩子出生时浑身发红，彩萍给他起个小名叫胡萝卜，大名留待其父亲去取。

母亲给胡萝卜找了一个奶妈，但是从一开始，彩萍就坚持带那个孩子睡觉，履行自己对表姐弥留之际的承诺。不久彩萍的母亲撒手离去，免却了尘世苦难，灾难却骤然降临到他们家：由于解放军迅速逼近，地下党游击队活跃，地方当局组织应变，王家护院队被编为保安队，大哥成了队长，率队参加地方当局的清剿，在大别山间与游击队打了几仗，杀了不少游击队员和山间穷苦百姓。游击队反攻，大哥的队伍以及他们全家人被困于自家大宅。双方打了三天，保安队全军覆没，大宅起火烧光，全家老少葬身火海，只有两人幸免：王彩萍与胡萝卜。

他们能够逃脱灾难纯属偶然：奶妈家里有事，告假一天。胡萝卜饿了，要吃奶，彩萍抱着孩子去找奶妈，奶妈家住大宅附近村庄，不算太远。胡萝卜吃过奶后，奶妈留彩萍在家里吃了一顿饭。还在吃饭时，远处乒乒乓乓枪响，是大宅那边打起来了。

彩萍发觉自己竟跟表姐一样，一朝大难临头，无依无靠。她自知家乡不能待了，父亲和大哥他们都死了，全家只剩她一个人，如果她不一跑了之，父亲和大哥做的那些事、人们积累的所有仇恨都会找她清算。兵荒马乱之中，带着个孩子能跑哪去？她想到了从未谋面的表姐夫，决定远走福建，把胡萝卜送还给他的父亲。

由于家里那些事，她必须隐姓埋名，不让人查清来历。但是她依然还得有一个名字。她本姓王，表姐姓陈，她们俩的母亲都姓徐，因此她以徐为姓。表姐名字里有一个碧字，加上她自己的彩，合起来就成了徐碧彩。

或许因为那支歌其实也是在她的心里。

2

时间已经过了两个多月。连文彪叛变后出其不意袭击县城，攻打县政府，以当时的情况看，如果连文彪不惜付出重大伤亡死攻到底，打到守卫者弹尽粮绝，碉堡未必还能守住。奇怪的是连文彪在守卫者眼看气力不支之际忽然中途罢兵，其部在县城作乱十来个小时后主动撤离，行前放一把大火，把县政府周边街区烧了大片，文庙也被他们烧成一地灰烬。撤出战斗后连文彪部重返溪坝，隔日就从溪坝返回北山。五区区公所干部、区小队人员在刘胜利率领下，按照县里命令已经先行撤出北山，撤退时还把一批农会积极分子带走，以防遭连文彪迫害。连文彪部返回北山后并未大开杀戒。所谓兔子不吃窝边草，他们只是宣布废除农会，将区公所牌子摘了烧掉，把司令部设于大楼，士兵驻扎于周边村庄。其后该部以北山为基地，时而出隘口袭扰溪坝，时而越山岭攻打邻县山区，派单要款，打家劫舍，一如回到旧日“北山王”时期。

五区区公所临时迁居溪坝，借用三区区公所一间房子办公。侯春生从县城赶到溪坝，三区区委书记王文明私下里开玩笑，称眼下侯区长在三区主持五区流亡政府。

侯春生一心重返北山，因为那里才是他的职所。此刻力量不济，不得不暂时撤离，相信时间不会太久。新世界蓬勃而起，不容连文彪长期作乱，侯春生充满信心。他在他的“流亡政府”里密切关注北山动态，通过来往赶集的农人，以及派遣的侦察人员掌握北山情况，随时准备行动。

按照地、县委的命令，本县及周边县地方武装对连文彪叛匪采取防守态势，等待时机。由于前方部队正在展开解放沿海岛屿的行动，而地方武装力量不足，尚难展开大规模剿匪。待解放军完成战斗任务，兵力自可抽回，连文彪部的末日就在那时。但是侯春生不愿一味等待。

他对郑勇说：“我觉得可以想办法掏老鼠窝，把粮食弄出来。”

郑勇听得诧异：“你着魔了？”

“可以出奇制胜。”

时值青黄不接，粮食成为一大问题。本县原本并不缺粮，以往这个时段遇到粮荒，普通百姓拿瓜菜顶替，克服一段时间，新谷上场粮荒便过去了。今年情况格外严重，除因为去年水灾，全县大部分地方减产外，连文彪叛乱是主要原因。连文彪部退出县城前大肆破坏，有意摧毁县城及周边存粮。县里为支援前线筹措的大批军粮被点火焚烧，全部毁弃。民间大户粮商存粮也未能幸免，几乎被一扫而光。兵灾过后，县城粮店基本关闭，县政府多方努力从外地调粮，却因缺口太大，难以补足。此刻县城周边普通家庭基本无隔夜粮，孩子也在挨饿，需要跟家长挖野菜充饥，学校不得不停课。

侯春生说："五区有粮食。只要下决心。"

由于五区地势高不怕水，去年灾年大丰收，余粮最多。侯春生带队进入北山后，为支援前线征集了大批粮食，总计有四万余斤，都囤积在区公所也就是连氏大楼的粮仓中。连大木建大楼时考虑到存粮以抵抗进攻，所积粮食要能维持楼内数月之用，大楼内建有数个粮仓。这些粮仓目前基本装满，全是侯春生他们从一家一户农民那里征来的，在连文彪部叛变后，所有努力都归为零，全部粮食陷于敌手。

刘胜利率队从区公所撤离时，因形势紧张，时间匆忙，加之情况不明，难以下决心毁弃积存的军粮，只能把粮仓大门一锁，留待日后处置。连文彪重返北山后，这些粮食原封不动全部成为连文彪的战利品，未曾运到前线支援解放军，倒便宜了叛匪。据说他们连门锁都不换，照单全收。连文彪部在溪坝存有不少粮食，被他们运回北山，足够一时之需，五区区公所留下的这些礼物便成了他们的战略储备。于侯春生、刘胜利而言，尽管事出有因，却也感觉耻辱。

侯春生提出进北山把粮食弄出来，出于他对连文彪部活动的观察。连文彪以北山为据点，以自家大楼为依托，却不一味固守。退入北山后该部化整为零驻于各村，不时聚集出击，在三县山区边缘作乱，一旦有大的行动便倾巢而出。根据侯春生得到的情报，连文彪全军出动时，北山基本放空，留在司令部里的守卫人员很少，差不多只有一个班。以大楼的坚固程度，通常情况下，这些守卫把大门一关，哪怕来了百十号敌人也无可奈何。连文彪清楚此刻侯春生手中没几个人，也没几条枪，没有本钱进山跟他相争，加之大楼易守难攻，因而并不忌讳偶尔放空北山。

恰在那时有情报从北山传来：连文彪部集结离开北山，前往蕉山。蕉山与北山接壤，不属于本县，也是土匪丛生之地。那里有一个陈国辉。陈以往与连文彪时分时合。早先那个林庆策动溪坝事件时，陈国辉受林指派占据北山，骚扰溪坝，他的一个小队被独立团消灭于上流村土楼。但是连文彪叛乱后，陈国辉又跟他勾结一起，陈成了纵队副司令。最近陈国辉部与该县县大队打了几场恶战，实力大减，处境困难，连文彪突然出兵蕉山，估计是与陈合兵对抗邻县剿匪，可能会制造出又一个重大事件。

侯春生请求："咱们趁机干吧。"

郑勇斟酌："情报可靠吗？"

侯春生认为可靠。从几个渠道来的情报都一致。

"连文彪亲自率队吗？"

这一点未能肯定。连文彪自重返北山后一反常态，几乎不出头露面，可能是出于保命需要，怕动向被掌握，遭暗杀铲除。尽管不能确知连文彪动态，根据以往情况却可推断，如果其部离开北山，连文彪不会独自留下。

郑勇给陈超打电话报告情况，建议通过地委向邻县通报连文彪部动态，请他们做好防范。郑勇也报告了侯春生的想法，请示陈超意见。

陈超沉吟道："有把握吗？"

"并没有十足把握。"

陈超提到眼下非常需要粮食帮助群众渡过粮荒，确保不要饿死人。五区那几万斤粮很顶用的，能这样丢给连文彪吗？

郑勇说:“那我们拼一下?”

“考虑得周全一点。”陈超下了决心,“我看值得。”

郑勇有一个建议。本次行动属虎口拔牙,有巨大不确定性。郑勇决意亲自负责,五区这边让刘胜利为主配合。侯春生不要进山,让侯即去县政府报到。

陈超完全赞成:“这样好,就说是我的命令。”

郑勇向侯春生传达陈超命令,侯春生大失所望,反应强烈。

侯春生说:“郑胡子,抢粮食是我提议的,有危险。让你们去冒险,我自己躲到县城保命,你喜欢我这么勇敢?”

郑勇咬紧牙关不松口,侯春生直接给陈超打了电话。侯春生强调他对这一次抢粮行动考虑比较多,想得比较细,一旦发生意外,他来处置比较有把握。有许多饿肚子的人在等着粮食接济,北山抢粮能保他们的命,但是抢粮民工的命也必须保,百十号人的民工队,安全带进带出不容易,责任重大,必须他亲自来做。让刘胜利去配合郑勇集中力量做好军事和保卫工作,这样才更有胜算。

“需要的话,我愿意立军令状,承担一切责任。”侯春生说。

“你不会给人装进套子里吧?”

侯春生保证不会,陈超无须担心。他很清楚,当前主要目标就是那些粮食,不是其他。他确实很牵挂被敌人抓走的那一对母子,每想起他们是在他眼皮底下给逮走的,他就感觉耻辱。但是他清楚这一次还够不着,只能日后想办法解救。

百十号民工的安全确实也是个大事,侯春生这些话把陈超说动了。

行动按计划展开,侯春生得以率队挺进北山。

那天天不亮,大队民工即从溪坝整队进山。为了保密,所有民工都由三区负责征调,方向没有宣布,民工们都以为是准备挑货去县城,直到队伍上路,才知道是去北山。五区区公所干部以及随区公所撤到溪坝的北山各村农会主席都安排到民工队里,一路宣传鼓动,确保民工情绪稳定。

郑勇带着县大队人员全副武装，在队伍前头开道。从溪坝往北山是上坡路，由于民工是空担，行军速度很快。天刚亮时已经翻越上流隘口。按照事先安排，郑勇与县大队主力停止前进，留在隘口布防，占领咽喉部位，以防敌控制隘口。县大队部分人员护送五区干部与民工队继续快速前进，直奔崎峰乡连氏大楼。

侯春生走在队伍前头，他表情镇定，手心里却有一把汗，越往前手心越湿，一边紧张行军，一边在苦等一个消息。接下来何去何从全系于它。

队伍前方，山路上突然闪出一个人影，农人打扮，破衣草鞋，头上戴顶斗笠，匆匆忙忙，快步迎面而来。侯春生一举手，民工队伍停下。

来人赶到侯春生面前，摘下斗笠，却是区小队战士小吴。

“报告区长。”他举手敬礼，“刘副区长命令我来接你们。”

“情况怎么样？”

大楼已被占领。攻击出其不意，顺利得手。

侯春生喜笑颜开，心里一块最大的石头终于落地。

整个行动里，这是最关键环节。此刻粮食在大楼里，大楼有敌人守卫，只要守兵把大门一关，侯春生无可奈何，百余远道而来的民工只能白走一趟，行动将完全失败。因此必须在大队伍到来前先行占领大楼。这个任务交给区小队，由刘胜利负责。刘带着区小队早在昨日黄昏就提前行动，潜入崎峰，埋伏于大楼边。今天清晨，大楼守兵伙夫出门到地里摘菜，楼门一开，刘胜利他们一拥而入。当时守卫都还在睡觉，被堵在被窝里，一枪未发，抓获九人，大楼被控制。事前侯春生交代刘胜利，无论是否控制住大楼都要派人速返回报信，以便确定下一步行动。如果刘胜利得手，则队伍继续前进。如果失手只能中断行动，全体民工原路返回。

刘胜利拿下最重要的第一环节。侯春生顿时情绪高涨。

“急行军！快！”他下令。

最后一段路几乎是跑下来的。队伍冲进崎峰，刘胜利打开大门，大楼里已经弥漫着米饭的香味。

他们做了几大锅。民工们一到就分成两拨，一拨直接开吃，一拨到粮仓装粮。每个民工都带着两条麻袋，每人都要装上百十斤。而后两拨人互换，装好粮的去吃饭，吃完饭的去装粮。大家都装了吃了，一声哨子集合，马不停蹄，整队返回。由刘胜利带区小队武装护送。

侯春生守在大楼门边，看着最后一个担子挑出大楼。

“关上大门。”他下令。

他和几个留守人员留在大楼里。闹哄哄的大楼此刻非常安静。

他们的任务只完成了一半，粮仓里还有两万余斤粮食，等待第二批民工队来挑运。预计刘胜利他们将在道路中途风岭一带与第二批民工队接上头，而后将掉头护送第二批民工队进山，与侯春生再次会合于大楼。

把运粮民工分成两批，实有些不得已。由于需要抢运的粮食数额很大，时间又非常紧，全部抢出来需要动员大批民工，而粮仓通道窄，作业面小，制约了装袋进度。如果把征用的民工一起带进山，大家都拥入粮仓，那里必定大乱，效率低下。因此经反复探讨，决定民工分两批进山。第一批天不亮动身，当天进出，马不停蹄。由于来回路程长，体力消耗大，返回速度会比较慢，估计要到晚上七八点才能走到溪坝。第二批民工则安排于中午前出动，黄昏前可以赶到大楼吃饭、装粮食。挑粮无法走夜路，他们得住一宿，第二天凌晨才动身返回。由于体力已休息恢复，加之返回从高往低，下坡路多，速度可以加快，有望于上午十点左右赶到上流隘口。这样的话就可以赶在前头，避免被连文彪部截击。

直到这个时候，侯春生才稍微喘口气，可以在大楼里四处察看一下情况。他上了二楼，身后跟着连火。连火在溪坝反正后一直跟随侯春生，此时为五区干部。

侯春生察看自己坐过的办公室，这个办公室后来又成了连文彪的叛匪司令部。侯春生发现屋里多了一个家具，竟是一张老式烟床，供抽鸦片之用。地上丢着一些杂物，其中有些东西很特别：沾有血迹的棉花球和绷带，像是换药时换下，没及时清理掉。司令部不是伤兵所，是什么伤员能在这里换药？难道是连文彪受伤了？或者是林庆？侯春生曾在文庙隔墙扔过一颗手榴弹，这颗手榴弹显然未曾完成任务，因为从北山传出的情报中提到林庆的频繁活动。林庆面目狰狞，令人过目不忘，此鬼健在，不可能被搞错。此刻看到地上的杂物，侯春生不禁问自己，或许那手榴弹不是什么都没做？

侯春生还到客房察看。这个客房原安排徐老师和两个孩子住。根据情报，徐碧彩与胡萝卜被带回北山后又住进同一间屋子，这时徐碧彩已经不是徐老师，大楼里也不再有读书声。侯春生注意到客房里很整洁，一如既往。恍惚间，徐碧彩泪眼迷蒙，在他眼前一闪，他心里有一种刺痛。

他之所以提出打回北山，除了粮食，确也因为徐碧彩母子。在文庙那个窄小的阁楼上共同经历过生死之后，他自感难以自拔，情不自禁总会想起她，似乎她还在他的耳边梦话般低语，讲他眼睛里的阳光。徐碧彩身上疑点重重，陷入敌营之后，这些疑点会更加凸显。她究竟是什么人？她是以叛兵俘虏，还是以同伙身份重回大楼，住在那间房里？无论如何，即便她不算自己人，也已经让侯春生无法放弃。他感觉自己的生活，以及他的新世界都不能没有徐碧彩和她的孩子。侯春生心里有一种侥幸，设想连文彪不会带着累赘行动，徐碧彩母子会如同那些粮食一样留在大楼里，交给几个卫兵一并看管。如果那样，抢回粮食的同时还能解救他们。

但是此屋已人去房空。

黄昏时分，村庄里喧哗声再起，刘胜利护送第二批民工如期赶到。大楼里点起汽灯，民工们抓紧时间装袋、吃饭，要在当晚做好所有准备，明晨起床后直接出发。

晚餐是咸粥和地瓜，都备了几大桶，其中有几桶地瓜留为明晨的干粮。侯春生和民工们一起围着用餐。侯春生左手端个大海碗，右手拿双竹筷，稀里呼噜，大口喝粥。他坐在厅堂边的一张长条凳上，区里几个干部跟他坐在一起。有一个小男孩探头探脑，从人群中钻出来，拱到侯春生身后。小男孩比条凳高不出多少，性子却皮，不吭不声，居然伸出手往侯春生的腰间，摸他的驳壳枪。那支枪插在枪套里，枪套垂在屁股后边，枪把从枪套里伸了出来。

侯春生喝粥之际并不懈怠。屁股上一动，他感觉到了，顿时筷子一扔，右手往后一抄，抓住了小男孩的手掌。

“哪个家伙搞破坏？”

他跟小男孩开玩笑，话刚出口，笑容就僵住了。

“搞啊！”他惊问，“你怎么在这里！”

小猴子看着侯春生，嘻嘻发笑，全然没有一点害怕。

侯春生沉下脸：“谁带你来的！”

小猴子抬手指了指厅堂外侧一个中年男子，那人坐在地上，跟一群民工一起喝粥。头也不抬，喝得非常投入。

侯春生交代身边区小队战士：“去，请他过来。”

这人不是侯春生从溪坝带进山的民工，也不是随区公所撤离的五区各村农会主席。他是崎峰本地人，叫黄荣河。大队民工在大楼过夜需要稻草打地铺，区干部找黄荣河帮助张罗，而后他就留下来一起喝粥，小猴子是随他过来玩的。前几天他到县里看小猴子，昨天把孩子接回到崎峰。

侯春生即把脸板了起来：“告诉我是哪一个？谁同意你把他接走？”

黄荣河脸上一片茫然：“我是他姨丈嘛。”

“姨丈也不行。”

黄荣河不知所措。他分辩说，孩子想家了，也答应接回山玩几天就回县里去，他才把孩子带回北山。

侯春生当机立断，吩咐给大人小孩留位子，今晚两个都住到大楼里，不要回家。

几个月前，小猴子与侯春生一起死里逃生后，安置成为问题。徐碧彩母子被抓走，侯春生身为五区区长无法亲自照料孩子。他找到县民政科，请他们帮助给小猴子安排可靠家庭托管。民政科找了几户人家，让通信员许志坚带侯春生和小猴子一一上门看过，最后选中一家，男主人是个补锅匠，女主人慈眉善目，他们有一个小男孩。小猴子喜欢看补锅，也喜欢跟小弟弟玩，于是就把他留在那里。侯春生驻于溪坝，每到县城开会办事，都会带点吃的、玩的去看孩子。孩子总是衣服干净，脸上气色好，看来给照料得不错，侯春生放心了。出于安全需要，小猴子安置情况对外保密，知道的人不多。想不到黄荣河竟能找得到，还把孩子带进北山，有如把一块肉带到狼嘴边。

侯春生决定让黄荣河与小猴子随队行动，今晚待在大楼里，明日一起离开北山去溪坝。到了溪坝后黄荣河可以返回北山，由侯春生把小猴子安全送回县城。黄荣河诺诺连声，表示听从。小猴子年纪小，好新鲜，当晚不回姨夫家，跟大队人马待在一块儿，他很兴奋，一点也不害怕。他管侯春生叫"区长阿叔"，一直黏着不放，除了摸那支驳壳枪，还"嘟嘟，嘟嘟"，不断地讨要，不由得侯春生发笑。

"什么'嘟嘟'？没有。"侯春生说。

小猴子跟侯春生比划，拿手掌在嘴前划来划去，示意就要这种"嘟嘟"。侯春生逗他，东张西望，只说没有。小猴子不听，锲而不舍，嘟嘟不止，死活相讨。侯春生逗了孩子好一会儿，最终从包里掏出了那支口琴。

这口琴曾经随侯春生在溪坝历险，被孙大棒当成鼓槌在桌上敲打。待到连火帮助侯春生逃走时，黄皮包和口琴都不在身边，就此遗弃。不料后来侯春生返回溪坝，竟在那个审讯室墙边的垃圾堆里把它们找了回来。找回时口琴的盖片已经散落，幸而里边的琴格和簧片都还完好。它被侯春生修复，再次成为他皮包中的破牙刷。

侯春生给小猴子吹了一支曲子。一旁干部民工听到琴声，围过来看热闹，侯春生身边围了好大一圈。

他们感觉挺新鲜，都说还好听。

侯春生自嘲："不必客气。拿支破牙刷，吹的杀猪调。"

小猴子说："姨啊好。"

他意思是徐碧彩吹得好。他向侯春生讨："要姨啊。"

"她不在。"

"姨夫说在。"

侯春生顿时警觉，抬头四望，却不见黄荣河的影子。

"黄荣河呢？在哪里看热闹？"

一位区干部跑来报告，神色慌张。

"区长，区长！"他叫，"人不见了！"

是黄荣河不见了。刚才还在屋里晃来晃去，一眨眼间忽然不知去向。

从小猴子的话听来，应当是黄荣河拿徐碧彩哄小猴子进山。徐碧彩在叛匪手里，黄荣河拿她哄诱小猴子肯定有问题，不料没待查问人就不见了。

侯春生沉下脸："那黄荣河长着翅膀吗？"

区干部苦着一张脸检讨，区长让他注意黄荣河的动静，他不敢懈怠，一直盯得很紧。刚才大家围过来听区长吹琴，他也走神了，没想到眨眼间人就不见了。

"快找。"侯春生说。

遍寻大楼，查无其人。找上门去，黄荣河根本就没有回家。

侯春生抬头看了看天，那时天色已经全暗下来。

"注意警戒。"他下令。

枪声在这时响了起来，是机枪，"砰砰砰砰！"

侯春生脸色一变，下令关上大门，所有人员到预定位置警戒，准备迎敌。

黄荣河只是小插曲，最坏的可能竟然发生了：敌人赶到，不是零星小股，是大队人马。短短时间，大楼四周都响起枪声，火把四处点燃，吆喝声此起彼落。

他们杀了回马枪，把侯春生和百余挑粮民工包围在大楼里。这原本不可能发生，如果他们出兵蕉山，根本无法在这么短的时间里赶回来。但是明摆的他们在一片枪声中到达，那就是说他们没跑那么远。难道他们竟是假意出兵，目的只在拿那些粮食当诱饵，把侯春生以及他带进来的人全数装进口袋里？

此刻侯春生已经无路可走。

区干部和区小队人员全部进入战斗位置。二楼监视窗口处，一个区干部大叫：“侯区长！快请侯区长来！”

侯春生匆匆赶到那里。

“区长快看！”

有一个人举着一支火把，独自从前边牛车路向大楼走来。夜色朦胧，行进者在东一枪西一枪背景声中迈步，步伐缓慢。

侯春生伏在窗口边观察，他对身边区干部发问：“你看像谁？”

“是徐老师。”区干部口气非常肯定。

确认无误。侯春生回头大声下令：“不许开枪！”

他在窗口上看着徐碧彩一步步走近。

徐碧彩到达大门口时，紧闭的大门迅速打开，仅几秒钟便又迅速关上。守门的区小队战士高度紧张，所有枪口都对准大门，此刻最怕敌人有诈，趁黑暗掩护突然从徐碧彩身后一拥而上，借大门洞开之机抢攻进来。幸而意外未曾发生，徐碧彩确实是独自到达，并非为伏兵开道。

侯春生一动不动站在大门里，看着徐碧彩迎面朝他走来。

“真是你吗？”

她很平静：“侯区长。是我。”

小猴子突然从一旁蹿出，扑到徐碧彩的身上。

“姨啊！”他大叫，“妈妈！”

徐碧彩一把抱起小猴子。小猴子在徐碧彩身上拼命晃动身子，忽然放声大哭。徐碧彩紧紧抱着孩子，眼泪也落了下来。

侯春生鼻头一酸，他强忍住，一声不吭。

徐碧彩摸着小猴子的身子，扭头说侯春生：“怎么给孩子穿这么少？”

侯春生说：“不够吗？”

“为什么把孩子带进山？”

侯春生没有回答。

徐碧彩指着二楼，说得给小猴子加一件褂子，她房间柜子里有一件。侯春生点头，命连火帮徐碧彩抱小猴子上楼找衣服。

他站在原地不动，看着徐碧彩上楼。一旁刘胜利拉了拉他的袖子，两个人走到天井里，低声交谈，交换看法。

“区长，我看不对头。”刘胜利说。

敌重兵包围大楼，难道只为了护送徐碧彩前来给小猴子添衣物？绝对不可能。无论此刻徐碧彩是敌人的俘虏，或者是敌人的同伙，她进入大楼一定是受人派遣，一定有其任务。这个任务会不会是里应外合？大楼易守难攻，要想顺利打进来，需要有人做内应，徐碧彩就是来干这个的吧？

侯春生说：“不要担心。”

“那她来干什么？”

“我会问明白。”侯春生说。

侯春生上了二楼，二楼徐碧彩的房间大门敞开。侯春生走进门时，徐碧彩正蹲在地上，给小猴子整衣服。一见侯春生进门，徐碧彩即站起身，吩咐小猴子说：“好孩子跟连叔叔到外边玩，我跟区长阿叔说一句话。”

连火看侯春生。侯点点头，连火便抱起小猴子出门。他刚把脚后跟跨出去，徐碧彩就一步上前，手一推把门关上。

侯春生制止："别关。"

她不听，竟一下把门闩上。侯春生走上前想把门打开，她抓住侯春生的手不放。侯春生一松手，她使出全身之力把侯春生挤在墙边，脸埋在侯春生肩膀上。侯春生顿时觉得肩膀火辣辣的，她的牙齿透过军衣，紧紧咬住了他的肩膀。

她浑身发抖，是抽泣。她用力咬紧他的军衣和肩膀，喉咙里还是呜呜不息，越滚越响，无论她如何咬紧牙关都无法抑制，止都止不住。

3

进兵蕉山途中，林庆命令停止前进，就地宿营。

那里是一座石山，到处乱石，有许多山洞可以宿营藏兵。一段时间里，林庆安排队伍频繁出动，有时候打进邻近村镇，有时候只在山间转悠，或者如今天这样钻进山洞休息。没有几个人知道林长官想干什么，只知道必须服从。

林庆对徐碧彩说："说不定可以让你和他见上一面。"

徐碧彩一声不吭。

此次出兵蕉山和此前若干次行动都属虚晃一枪，模仿诸葛亮唱空城计。不同的是诸葛亮拿真正的空城让敌军生疑，而林庆却是要让侯春生误以为北山成了空城，不知重兵就藏在山里。侯春生在北山有情报人员，他们会把连文彪部离开北山的消息传出去，行动必须做得像是真的，也就是兵马走得干净，走得足够远，让对方情报员察觉不到有诈。林庆已经给侯春生制造过若干次偷袭机会，侯没有上当，一直按兵不动，不是侯察觉不对，是其力量不济，不容易下决心。这一次侯春生会扑上来吗？也许会，也许不会，只能走着瞧。有两大因素促使侯春生可能铤而走险，首先是粮食，他们眼下闹粮荒，究其缘由还是林庆一手制造的。其次是徐碧彩，显然她是侯春生一大心病。粮食和徐碧彩并不一直都会待在大楼恭候，随时都有可能被转移，一旦转移便没有戏唱，因此侯春生不抓住眼前机会，可能就再也没有机会。

所谓一物降一物，侯春生对于徐碧彩有如救命菩萨，但是他从徐的嘴里只问出谎话连篇，无法掌握底细。到了林庆这里就不一样了。徐碧彩母子被孙大棒抓获后，林庆给了两个题目让她解答：陈碧是她什么人？六安那个六读作“陆”还是“遛”？徐碧彩顿时发呆，一时什么话都说不出来。

“你知道不能骗我。”林庆说。

徐碧彩忽然问：“你是那个人吗？”

林庆一声不吭，好一阵子。

数年前在一个学校的操场边，有一个女子与一个青年军官邂逅相逢。女子问：“你是那个人吗？”军官的回答是：“我是。”这段对话当时只有他们俩自己知道。

林庆回答：“我是哪一个？”

“军中之鹰？”

“那是什么鸟？”

“难道是表姐夫连文正？”

“连文正有我这么‘好才’？”

徐碧彩无言以对。

“我叫林庆。你得称我‘林长官’，跟他们一样。”林庆说。

徐碧彩问：“林长官怎么知道我表姐的名字和六安？”

“把你的事都告诉我。”

徐碧彩和盘托出。除了林庆凶神恶煞之态令人害怕，不敢不说，也因为在这里她无须隐瞒自己来历，包括她父亲和大哥如何死于非命。

林庆说：“你不容易。”

徐碧彩请求放过她和胡萝卜。她已经家破人亡，看够了打打杀杀那些事。看起来不会再有哪个连文正来认领胡萝卜，哪怕有，她也不会把孩子交出去了。她不能总这样，带着个孩子让人裹胁着担惊受怕，现在只求能去过个安生日子。

“你以为他们还能让你当徐老师？”

她相信可以。她是被抓来的，她没有做不对的事。

“主要是你相信侯春生。”

“无论如何，他会帮助我和孩子。”

“要是他死了呢？”

林庆似笑非笑。他知道此刻自己的表情一定恐怖之至。

他下令优待徐碧彩母子，不得视为俘虏，但是必须严加看管，确保安全。在他的计划中，徐碧彩母子也是一个棋子。

这粒棋子终于把侯春生引入口袋。

现在徐碧彩必须去给侯春生送一个口信，该口信不复杂，就是见个面，或称进行一次谈判。徐碧彩不愿意前往，或许不全是为自己担心，也害怕给侯春生招致杀身之祸。或许她已经渴望把自己的未来与侯春生系在一起，侯春生出事将陷她于绝望。林庆设法打消她的担忧，称此刻他只想见见侯春生，无论结果如何，不会动侯春生一根毫毛。如果他想要侯春生的命，侯早就死了。因此无须多虑。如果徐碧彩也想跟侯春生见上一面，那么只有眼前这个机会。

“还有小猴子。你不是总想他吗？”林庆说。

“小猴子怎么会在这里？”徐碧彩吃惊。

小猴子非常想念“姨啊”，所以林庆想办法让黄荣河把孩子接进山来。此刻孩子被侯春生扣在大楼里。林庆准备跟侯春生谈判什么？主要就谈这个孩子。

徐碧彩终于举起火把走向大楼。

林庆给她一小时为限。一小时后她走出大楼返回。

侯春生同意谈判。时间为明晨八点，地点在崎峰村头大松树下，约定双方各自只带一名警卫。大松树是崎峰的一个地标物，位于开阔处，一举一动都在众目睽睽之下，双方火力都可有效覆盖。

林庆说："很好。"

他看到徐碧彩两眼发红，问她是否在大楼里痛哭一场？徐没有否认。徐碧彩是否见到小猴子了？是的。小猴子抱着她，一只胳膊死死勾着她不放，一会儿叫"姨啊"，一会儿叫"妈妈"，还问她要弟弟。她告诉孩子，弟弟很好，一直在想哥哥。她离开大楼时，小猴子在地上打滚，吵着要跟她去找弟弟。

"侯春生不让走？"

侯春生也命她就此留下，不要离开大楼。侯春生称林庆杀人如麻，却绝对不会伤害胡萝卜，徐碧彩无须担心孩子安全。但是徐碧彩不能离开孩子，孩子也不能离开她。她决意返回，侯春生无可奈何。

"你劝他跟我见一见吗？"

徐碧彩称自己把林庆谈判、保证安全的口信带到了。她反复劝告侯春生不要接受，因为林让她特别害怕，其保证未必可靠，她担心侯春生遇到不测。刘胜利也不赞成侯春生离开大楼。但是侯春生不听劝阻。

林庆笑笑："很好。你没说谎。"

隔日清晨，林庆带着孙大棒提前到达大松树下。几分钟后大楼门开，侯春生带着一个警卫朝这边走来，该警卫却是连火。

林庆说："既然都是熟人，咱们不必客气。"

大松树下有几块大石头，林庆与侯春生在石头上相向而坐。孙大棒和连火分别站在两人的后边，右手都按在手枪把上。

谈判从小猴子开始，果然如林庆对徐碧彩所言。

"那孩子还好吧？"林庆问，"昨晚做噩梦没有？"

侯春生说："他睡得很好。"

"假话吧？"

侯春生立刻把话题转开："这支队伍现在姓什么？连还是林？"

林庆说："连司令是老大，目前由我指挥。"

"他受伤了？"

林庆称侯春生猜得不错。侯春生问连是否在攻打县政府时被打伤？所以才草草收兵？林庆不直接回答，只表示感谢关心，连文彪伤得不重，静养两天就没事了。

林庆打听侯春生近两天可曾浏览报纸，或者听过无线广播？侯春生摇摇头回答，由于忙于准备进山，加上邮路不通畅，消息相对闭塞。

“有什么大事发生吗？”侯春生问。

“最大的事情是一只小猴子被你扣在大楼里。”

“除了他，剩下的都是鸡毛蒜皮？”

还有一件事情。几天前朝鲜爆发战争，朝鲜部队突破三八线南进，南韩兵一败涂地。两天后，美国总统杜鲁门命令美国海军第七舰队进入台湾海峡，阻止解放军渡海进攻台湾。国际形势和台湾海峡形势就此发生了重大变化。

侯春生问：“你好像没表现出太高兴。”

林庆认为不值得高兴，因为他和连文彪的末日已经到来。

侯春生表情惊讶。

林庆解释。由于朝鲜战争和美国介入台湾海峡，此刻前线解放军面对的敌人除了国民党部队，还有美国兵，一打起来就不是国内战争而是国际战争，要打赢得有更多准备，不能匆忙发动。因此可以估计，解放军二次攻打金门将会推迟，巩固后方则上升为主要任务。将会有大批解放军部队转赴山区剿匪。所谓枪打出头鸟，连文彪发动叛变，火烧县城，必被列为首先打击目标，集中重兵加以消灭。

“你是个明白人。”侯春生略带调侃。

“所以要跟你谈小猴子。”林庆说。

早在带着一小队人空降到北山之际，林庆就清楚自己此行有来无回，试图在解放军后方开辟一块反共根据地不切实际，但是做出一些惊天动地的大事让人们记住却是可能的。策动兵变火烧县城算是一件，这一件惊动各方，实际效果其实不大。没把县政府打下，没有多少缴获，只是制造一起粮荒，祸及一些百姓。林庆觉得不够，还需要制造更大的事件，否则无须他从天上跳下来，把自己和连文彪的命抵上。他要制造的大事件姑且称为“北山惨案”，其重点是杀人。

“把小猴子给我，其他一笔勾销。”林庆说。

侯春生拒绝交出小猴子，反而提出让林庆把徐碧彩母子放了。林庆自称末日将临，继续抓着徐碧彩母子不放，难道不是要他们一起灭亡？如果林庆确实为他们着想，那就应当交给侯春生，徐碧彩和胡萝卜也就可以同小猴子团聚。两个孩子将正常成长，他们会有一个美好新世界。

林庆说：“我向你要一个人，你居然要我两个。”

所谓人皆有归属，徐碧彩和胡萝卜本来就不属于侯春生，侯春生无须相求。侯春生只有两个选择，或者交出小猴子，或者搭上百十号人的性命。一旦大开杀戒，小猴子同样保不住。侯春生死抓着个孩子不放，等于是蓄意谋杀带进山的一百多个人。

“有一个现成办法。可以拿我交换，顶那个孩子。”侯春生说。

“你有这么了不起吗？”林庆嘲讽，“小小一个区长，抵得上一百条命？”

侯春生称自己是此地本方最高指挥官。他必须为他带来的人负责，也可以代表他们。林庆的两个选择他绝对不会接受，小孩子和那一百人哪一个都不能少。他愿意也给林庆两个选择，一个是他，一个是那些人。杀害他可称敌对双方你死我活，杀害那百余人则完全是泯灭人性。林庆该没有完完全全变成鬼吧？哪怕活鬼也该还有些残缺人性，至少该明白什么“北山大捷”纯粹就是滥杀无辜。屠杀绝对不能得人心，那不是“军中之鹰”，不是荣耀，只是耻辱。

“你这些话真把我说动了。”林庆道，“我先让你看看你这条命有多值钱。”

他抬头喝一声：“连火，举枪！”

连火拔出手枪，举起来竟对准了侯春生。

原来连火救侯春生也是林庆一手安排，当时徐碧彩和胡萝卜还没找到，侯春生还不能死。此刻看看连火的枪口就清楚了，如果林庆想要，随时可以杀掉侯春生。侯春生这条命本来就在林庆手上，凭什么拿他抵那一百多人？

侯春生好一阵说不出话。他盯着林庆的脸，看了又看。

“你真是那个人吗？你不该是这个样子。”他说。

“鄙人应当是谁？”

“你参加远征军在缅甸打过日本兵。你在济南被解放军俘虏后释放。你在文庙帮我躲过一枪，我也在南山下救过你。小猴子还是我们一起从空袭中救出来的。”

“你说的是谁？”

“你不是那只鸟吗？”

“那是个什么鸟？”

“你本来是‘好才’。我担保过。”

“鄙人这个样子还‘好才’？”

“人真的会忽然变成鬼吗？”

“看来你担保错了。”林庆揶揄。

他追问侯春生是否曾在文庙把一颗手榴弹扔过高墙？侯春生直言不讳，称如果手榴弹完成任务就好了。这个世界将减少许多哭声，增加许多笑声。

林庆说：“承蒙看中。”

侯春生反问一件事：他在扔手榴弹前，看到林庆他们在文庙大殿下的空地里挖出一包包东西，有一大堆，那是些什么宝贝？

林庆称那是军事机密，不能泄漏。但是今天例外，就冲着侯春生奋勇前来“一命抵百命”，他愿意稍微透露一点：那不是炸药，不是什么秘密武器，也不是什么宝贝。就是一些烟土，或称“鸦片”。连文彪部以前是干什么的？进了独立团后官兵们只能偷偷摸摸吸一点，憋闷已久，眼下那些东西最能提振士气，强于弹药，可以抵充军饷。

“原来是这样。”侯春生说。

现在他确信无疑，人还是那个人，但是已经变成鬼了。以前的疑问有答案了：当初那个人腿脚完好却不跑，心有不甘，是因为等一根胡萝卜。那个人变成鬼又跑回来，想找回那根胡萝卜。谁安排那一包包东西埋进文庙大殿？一定是原先那个军事科长。叛乱队伍攻打县城目标之一就是取走那些东西。看来是一只鸟让那个人自认归属，即便折翅也难割舍，最终便成了鬼。现在那个人似乎还想重振翅膀，闪亮登场，制造惨案，再博一个大名，让他的上司与同伙再次刮目相看。但是这种行为可比当年吗？当年那是一只鹰，如今充其量只是一个恶鬼。

林庆说：“很好。有趣。”

他告诉侯春生，按照民间说法，水鬼必须把活人拖下水，变成水鬼替身，自己才能超生。可见人一旦变成鬼就要以人为敌，恐吓人、摧毁人，把人捉去做鬼，让人间变成鬼境。此刻把侯春生拖下水，让菩萨变成凶手，救命者变成害命者，再有趣不过了。侯春生把百余无辜者带入死地，拒不交出小猴子，断绝了这些性命的唯一逃生途径，协助制造“北山惨案”，双手血淋淋。没有什么比这个更让林庆心满意足。

侯春生问：“胡萝卜呢？他会怎么说？”

“他还小。”

胡萝卜正在成长，很快就将长大成人。有朝一日胡萝卜会知道往昔那些事情，那时候新世界的阳光普照，一切都成为过去，包括敌对与分裂，战争与仇恨。那时候不再是“你们”和“我们”，大家有了更高的、共同的归属，就是国家和民族。那时胡萝卜会怎么看自己的父亲？是报效祖国，与侵略者血战的军中之鹰，还是为了自身褊狭杀人不眨眼，悍然对自己乡亲举起屠刀的恶鬼？是为国家发展、民族兴盛做好事，或者犯下大罪？那个人还记得自己的初衷吗？当年求学从军之初，他是怎么想的？

林庆说：“不谈这些。事不过三，去死吧。”

谈判破裂。林庆称自己言而有信，不会在这里对侯春生下手。侯春生回到大楼后战斗就将开始。里边百来条性命全都得死，无一例外。是侯春生害死了他们。

“你还可以改变主意。”林庆说，“趁你还活着。”

侯春生道：“你对我很了解。”

4

刘胜利原本坚决反对侯春生冒险出去与敌谈判，这些人已经走上不归路，不可能再回心转意了。侯春生承认刘胜利说得不错，但是依然可以谈判。对敌人不能抱丝毫幻想，却可以通过谈判了解虚实，搞清楚他们想干什么，同时也争取一点时间，延缓敌人进攻。此刻郑勇肯定在千方百计组织营救，拖敌人一小时，就多一小时的机会。

“理由再多我也不同意。”刘胜利说。

侯春生笑笑：“难道你怕徐碧彩暗中牵线，我要去叛变投敌？”

刘胜利对侯春生还不了解吗？从他在岸边村把侯春生吊起来审问那时起，他就知道侯春生即便粉身碎骨也不会叛变投敌。但是他对侯春生极不放心，怕只怕侯春生为了救大家不顾惜自己这条命，有去无回。

侯春生不担心这个。杀死他并不解决问题，大楼里还有一个刘副区长，前独立团三连连长，刘胜利懂得打仗。有刘胜利在后边支持，侯春生就有底气，即便敌人出尔反尔，要杀就杀，没什么了不起，他已经屡次经历过了。

“我估计他们未必现在就要我这条命。”侯春生说。

“为什么？”

他调侃：“我的命大。”

他的直觉准确无误。回到大楼，刘胜利松了口气：“谢天谢地，你没给打死啊。”

侯春生自嘲：“我们家孙猴子从来打不死。”

他没有提起对方将血洗北山，不涉及小猴子任何一个字，以免造成恐慌。为了加强防卫，侯春生下令民工们分散藏进一楼各房间，搬空的粮仓也成了避难所。已经装进袋里的粮食被一袋袋堆放于门后和几个关键部位，成为应急工事。

“先把人保住，保住人就有粮食。”侯春生说。

延至中午，匪徒发起进攻。开打后他们用机枪组织强大火力，封住了大楼正面和左右两侧的枪眼，三面墙被他们打得灰土飞扬，雾蒙蒙一片。没待扫射平息，他们冲锋了。匪徒跃出村头工事，举着枪，一边射击一边冲向大楼。他们几乎没有遇到抵抗，原因是刘胜利他们还被雨点般的子弹压制在枪眼后边，大楼墙面被雾气笼罩，看不清前边的动静。待大家反应过来时，敌军已经扑到大楼门边，真所谓不费吹灰之力。

这里是射击死角，二楼的枪眼看不到够不着，可容敌人聚集藏身。侯春生悄悄靠在门边，静听外头动静。外边的敌人越来越多，他们拍门，吆喝，骂娘，说他妈的这门真是硬。快快开门投降，不开门一会儿统统剁成肉泥！

然后他们开始撞门，用的是圆木。北山一带山林多，村头村尾，到处堆放着木料。敌人让村民领着，从外头扛来一根粗大的圆木，几个人一起抱起来，喊着号子撞击门板，试图用圆木把大门撞开。

他们在撞门之前还喊了话，要躲在楼里的人出来投降，省得大家麻烦。他们喊道：“瓮北！赶快投降，林长官有赏！”

侯春生一声不吭。

连氏大楼门板厚，当初设计时一定已经考虑到需要对付圆木，所以门闩也造得特别结实，轻易难以撞开。重击之下，门板发出闷响，虽然尚可支撑，似乎也挺吃力。如此持续不绝，哪怕造得再结实，终究也会垮掉。

侯春生说：“胜利，你欢迎他们一下。”

刘胜利站在门厅谷包工事后边，要过一旁区小队一个战士的步枪，是把日本旧式三八大盖。他端枪，把枪管支在谷包上，用力一扣扳机。“砰”地一响，一颗子弹射出枪膛，从门板穿了出去。只听“哎哟”一声惨叫，外头扑通扑通一阵乱响，有人倒了，圆木被扔在地上，然后枪声响成一片。土匪拿起他们的武器朝门板射击，门板发出一连串闷响，剧烈摇晃。

很奇怪，刘胜利隔着门板，一枪打中一个。土匪隔着门板往里开了无数枪，留下白花花一片枪眼，竟没有一颗子弹钻过那两扇木板。也不知是因为枪支、角度、距离或者就是巧合与运气。

一个倒霉鬼倒在门外。这人被击中脖子，血水喷射而出，抬到一旁，没喘几口气就呜呼哀哉了。倒霉鬼之所以中枪，是因为他站在圆木的最前端，他很卖力。这人不是土匪，却是本村一个村民，昨晚他就坐在这大宅里，跟区干部和民工一起喝粥，今晨他却变到了外头，带着土匪一起往里撞门。

他就是黄荣河。原本吃喝嫖赌，名声不佳，眼下竟也从匪。小猴子被他从县城带回，显然是遵从土匪之命。他是小猴子的姨夫，对外甥一条小命竟毫不顾惜。如果不是侯春生警觉，小猴子早就落入敌手。黄荣河在小猴子被留下后借机溜走，家也不敢回，直接跑上山找土匪。哪想不过几个钟头，等到他随土匪回村，抬圆木卖力破门之际，居然被刘胜利隔着门板一枪打死。

刘胜利那一枪也给大家暂时解了围，黄荣河一倒，土匪只怕再挨冷枪，丢下圆木一哄而散。他们远远躲开，朝大门胡乱射击，暂时停止进攻。

他们喊话，辱骂“瓮北”，威胁说，再抵抗下去他们就放火了，把侯春生等人尽数烧死在宅子里。

侯春生说："别怕。他们放火，咱们浇油。"

所谓打狗也看主人，烧房子当不例外。这房子是谁的？匪首连文彪的老巢。连文彪打算自己放火烧掉它吗？眼下还未必。

而后土匪再次发动进攻，依然是一扑扑到门边，再次组织撞门。由于死了一个黄荣河，他们格外小心，不再像原先那样撞得肆无忌惮，只要楼里动静大点，他们就扔下圆木一哄而散，虽然再无第二个枪弹穿透门板。

黄昏临近，敌人收兵休息。收兵之前他们又拿机枪、步枪猛打一通。对打之中有一枚木柄手榴弹隔着高墙扔进大楼天井。

这颗手榴弹没有爆炸，几分钟后它被送到侯春生手上。

有一张纸条绑在手榴弹柄给扔进天井。侯春生一眼认出，是郑勇的字迹。

郑勇让人化装为土匪，用这种方式把命令传递进来。郑勇命侯春生做好一切准备，明日凌晨率众突围，他会带队打入北山接应。

侯春生不禁捏了把汗。郑勇把突围时间定在明日凌晨，可能是考虑民工们从外地进来，对北山的地形不熟悉，晚间行动两眼一抹黑，乱哄哄一跑就散，难免出意外。凌晨如能顺利突出大楼，天很快就亮，可以看到路了。凌晨时敌人都还在睡觉，反应相对迟钝，是突围的合适时间。问题是这么多民工要跑出去，没有掩护肯定不行，而县大队的人员与火力目前都远不如敌，打起来怎么有胜算？如果林庆是把大楼做成一个口袋要把侯春生装进去，此刻会不会是把侯春生和他的百余民工也当成鱼饵，要郑勇和县大队上钩，一举消灭？眼下侯春生他们给包围在楼中，毕竟有一座坚固大楼提供保护，对方投鼠忌器，不想彻底打烂自家大楼，没拿迫击炮轰、炸药炸，侯春生他们固守不出，对方未必容易打进来。如果突围而出，会不会反而方便对方屠杀，制造林庆所称的"北山惨案"？或许郑勇着急组织突围，恰是上了林庆的当？

侯春生被困在大楼里，无法与郑勇联络，只能按照传进来的命令，为突围做准备。希望他的担忧郑勇已经有应对之策。大楼里的所有人员奉命当晚不得脱衣服，随时准备应对敌人。为防止被敌人预先察觉，突围行动及其时间和具体安排严格保密，只有侯春生、刘胜利两人知道。

刘胜利问了一件事："粮食怎么办？"

"只能先丢下。"侯春生说，"空手，撒腿快跑。"

刘胜利有所不甘："妈的，打进来就是冲这些粮食。"

侯春生也觉得可惜，眼下抢出一斤粮食，就是帮一个粮荒中的孩子。但是大敌当前难以两全，人最重要，保住人就有粮食。还好已经抢出一半粮食，不算白走一趟。

当晚侯春生彻夜不眠，他与刘胜利轮流巡察，督促各项突围准备悄然推进，同时密切监视村中动静。村中敌军未见异常，折腾了一天，他们也累了，需要吃个饱，抽点鸦片，睡个好觉。

侯春生特意去看了一下小猴子。小猴子住在二楼客房，就是早先徐碧彩母子和他三人的那个房间。孩子刚睡，区小队战士小赵守在一旁，点着油灯擦枪。

侯春生命小赵抓紧时间休息。一旦开始行动，务必保证小猴子安全。孩子年纪小，体力不支，如果跑不动，小赵要背他。孩子只有一只胳膊，务必交代他死死抱住。

"明白。"小赵说。

小赵个子矮，却很壮实，体力好，所以被侯春生挑来照料小猴子。如果可能，侯春生愿意亲自背这个孩子突围。可惜明晨这场战斗吉凶难卜，作为现场最高指挥官，侯春生不能只顾一个孩子。此刻所有人的生命都系于他一身，是他把这些人带进了北山，他必须千方百计把大家带出险境，逃过林庆的屠杀。

不眠之夜过得非常快，转眼接近凌晨。四点来钟，村外突然枪响，而后全面开火，寂静的夜空被猛烈枪响震碎。

侯春生大喝："行动！"

民工们已经被编成小队，由区干部和农会主席分别带队，集中于大楼天井，准备行动。侯春生一声令下，大门洞开，区小队战士在刘胜利率领下冲出大楼，直扑楼外村庄。村头处有敌军火力据点，敌兵就在周边民居宿营。刘胜利率队打进村去，要与村外打进来的郑勇呼应，让敌首尾难顾。由于力量对比不利，他们只能靠突袭把敌人打蒙，拖住敌兵，掩护民工突围，而后设法趁夜色撤出战斗。

但是刘胜利扑了个空。敌火力据点只剩掩体，没有人，也没有机枪。冲进周边民居也未见敌兵。刘胜利立刻率队跑回，向侯春生报告。

"只怕有诈！"他低声耳语。

或许敌人有意不设阻碍，让开一条路，让民工出楼，以便在田野、山间大开杀戒？民工们手无寸铁，又失去大楼可以躲藏，到时候会像一群羊一般任狼蹂躏。此刻大队民工已经涌出大楼，在区干部带领下，顺着左侧小路向村外奔跑，其势不容回头，只能走一步看一步，相机行事。

侯春生说："跟上！掩护！"

他们快跑。离开村庄时，后边开始响枪，机枪子弹风一样从队伍头上刮过。时天空还黑，对方无法瞄准，只是不停地打枪，还有人大声吆喝："给我追！"

侯春生命刘胜利带区小队快步前进，掩护民工队撤退。他自己带后卫小组四个战士留下来，利用路边一处小山包阻击追兵，拖住敌人。

刘胜利说："侯区长走。我来！"

侯春生把枪一挥："快走！"

侯春生决意迎敌。此刻以小队伍阻敌，可以延缓追击，有助于民工逃离，但是力量单薄有如以卵击石，必须他自己来。进山抢粮是他提出的，如果这件事失之估计不足，上了林庆的当，他必须承担责任。此战需要有人战死的话，首先应当是他。

刘胜利只得掉头跑开。

侯春生等人伏在山包上向追兵射击，对方遇阻即躲进石头、树木后边，举枪还击。从枪声推测，这股追兵人数不多。敌主力还在村外与郑勇激烈对打，那边枪声炒豆子一般，打得火热。但是村子侧边亦有枪声响起，蒙蒙晨光中，可见一些人影在晃动，正向这边快速靠拢。

侯春生停止射击，伏在小山包上观察了一小会儿，下了决心。

“咱们打回去。”他说。

几个战士全都没吭声，完全听从指挥。

他们收起枪，弓着腰离开临时掩体，以路边山石、树木为掩护，悄悄向下方追兵方位运行。侯春生带头前进。靠近时，敌人忽然从蒙蒙晨光中跑出来，聚拢在山路，搜索前进。侯春生大叫：“打！”几个战士一起射击。对方猝不及防，还手都顾不上，一起掉头往山下跑，有人发出惨叫，从山坡上滚了下去。

“快追！”

他们一直追到山包下，这一队追兵给打散了，跑得不知去向。一挺机枪被遗弃在路边。侯春生下令：“扛起来。”

小山包四周枪声此起彼伏，侯春生下令边打边撤。一行人一路射击，一路奔跑，竟不是反身爬山去追赶撤退队伍，而是跑回大楼。天色还未放亮，直到扑到大楼门前，侯春生才看清大门依然洞开。

“冲进去！”

他们再次进楼，关上楼门。大楼里空无一人，敌人还顾不上占领它。他们或许认为该楼已入囊中，无须先行驻守，没想到侯春生还会杀回马枪。重占大楼后，侯春生即命把机枪架起向敌人射击，引那些人从各个角落向大楼包围过来。村子右侧山岭的密集枪声此刻渐渐远去，郑勇在引开敌大队人马。他不会想到侯春生会返回大楼，让自己再次陷入重围。

这时候大楼里已经没有区小队和民工队，只剩下区区五人。

侯春生脸色沉重。不是因为身陷危险，是心头有不祥感。今天的突围似乎过于顺利。林庆有那么容易对付吗？

他下令："猛打，告诉他们我们在这里。"

无须太费劲，人家知道，枪声正在从四周向大楼集中。

侯春生站在二楼瞭望口，暗淡晨光中敌兵的身影开始在村中奔跑。大楼大门对面村头两侧的两个火力点再次吐出火舌，两挺机枪向大楼射击，打得大楼墙面火光四射。侯春生命令机枪还击。不要顾惜子弹，把它们全部打光。

双方枪战几个回合，打得很热闹。天还未大亮，能见度差，射击除了虚张声势，没有太大实际效果。看看打得差不多了，侯春生下令："撤退。"

侯春生重占大楼，并没有真想守它，时间越是过去，守它就越失去意义。他们一共才五人，即使有大楼依托，也无法坚持太久，时候到了必须设法撤出。他们怎么撤呢？大楼深院，铁壁铜墙，只靠一个大门进出，敌人堵住大门口，枪口一个个对着，他们要是打开大门冲出去，肯定出一个打一个，打一个倒一个。

侯春生说："咱们走后门。"

几个人不吭不声，从各自阵地撤出，扛着枪背着子弹带集中到大楼后院二楼。

这里并无后门，却有侯春生预先安排的退路。

连家大楼建于崎峰村北侧，背后是山，大楼傍山而起，后墙与山坡间留有一段间距。为了保护墙体，靠宅这一面山坡建有护坡，护坡顺山坡走势，分几层，做台阶状砌建。连氏父子盖大宅时，以防范固守为首要考虑，大楼后墙全以石块砌成，从上到下，不留一门一窗，严严实实有如铁板一块，没有一丝破绽，让敌方无法从后墙攻入。墙上没有门窗，采取在二楼房间顶上开设天窗方式采光。这些房间多建有放置杂物的小阁楼，爬上去伸手可以摸到天窗，这就为屋里逃生者提供了一个特殊途径。

侯春生让一个战士爬上阁楼，借着楼外土匪枪声的掩护，用枪托把天窗玻璃捅破，再向天窗四周略加扩展，打出了一个可容成人穿身而过的顶洞，从那里爬上屋顶，把一条麻绳在梁上系紧，穿过天窗沿屋顶放下，悬垂到大楼后墙。从这里下去就是后墙与护坡之间的底沟，可以沿墙路绕到大楼前部，也可以攀上护坡，从后边山岭遁走。

侯春生让战士放枪，吸引门口土匪注意，掩护大家撤退。从第一个人爬出天窗开始行动，到最后一个战士爬上护坡，前后也就十来分钟时间，神不知鬼不觉间，五个人全部撤出大楼。

那时天色比较亮了，山上的草木已经显露出身形。

侯春生低声下令：“别出声，快走。”

他们迅速翻过大宅背后的护坡，进了山后的林子。穿过林子，山下有一条小河，一行人跳下河涉水渡河，河水最深处只及大腿，但是相当冷。侯春生让大家拉开距离，前锋后卫首尾照应。涉过小河，前锋爬上河边一块大石，突然低喝：“有人！”

前方有动静。脚步声扑通扑通，还有叮叮当当轻微的金属敲击声，急急切切，从山路朝河岸这边快速而来。

“别慌，”侯春生低声道，“放他过来。”

脚步声很单薄，可能只是一个人，从声音上听，可能有枪。崎峰村在河那岸，近在咫尺，村里土匪很多，此刻不能弄出大的动静，以免惊动土匪，引火烧身。

侯春生一行埋伏在河岸边，待那人跑到，大家一跃而起，于对方毫无提防间把他按住，压在河边。这人果然背枪，没待他抓武器，枪就被缴下夺走，没待他发声，嘴巴即被用力捂住。他刚要挣扎，抓他的人就放了手。

原来不是土匪，是自己人，年轻战士小赵。小赵从地上爬起来，一看眼前站着侯春生，突然眼睛一眯，哭了起来。

“不许哭！”侯春生低喝，“敌人拉着耳朵呢。”

年轻战士赶紧把嘴捂住：“侯，侯区长。”

“怎么回事？”

“我，我，我……”

侯春生心知不好。

小赵独自一人离队往崎峰村跑，肯定不是受命前来接应。会不会是害怕打仗当逃兵甚至准备投匪？看来也不像。只有一种可能，那却是侯春生最为担心的。

“小猴子丢了！不见了！”小赵哭诉。

“胡说！”

却是真的。今天凌晨行动开始前，区小队长命全体队员到天井集中做动员。小赵出门下楼，那时小猴子还在床上熟睡。区小队长知道小赵负责照料小猴子，没给他派任务，只是临时抓差，拿了几匣子手枪子弹命小赵赶紧送去给刘胜利。那时刘胜利正在二楼瞭望口察看外边动静。刘胜利拿了子弹，命小赵立刻去把区小队长叫来，有急事。小赵不敢耽误，反身跑去叫人，不料小队长已经不在天井。小赵怕出意外，即吩咐区小队战士小苏到楼上叫醒小猴子，把孩子带下来，准备行动。等小赵找到小队长时，外边已经开始响枪，刘胜利跑下楼到了门边，命大家不许动，听命令。几分钟后侯春生下令行动，大门一开，刘胜利往小赵肩膀上一推，命令他冲，小赵便跟着大家冲向村头据点。他得服从命令，也因为已经交代小苏带小猴子，觉得不会有问题，回头再找小苏把孩子要回来就行了。民工大队冲出大楼后即往山上撤退，小赵随队护卫，一边到处找小苏，黑灯瞎火总是见不着人。后来突然与小苏打个照面，一看小苏扛支步枪，身边并没有小猴子，小赵大吃一惊。一问，原来小苏并不是不当回事，小赵把小猴子的事交代给他后，他立刻就上楼去了，不料没看到，那孩子不在屋里。

“不可能！”小赵大叫，“他肯定在那里边！”

为什么如此肯定？小赵出房间时小猴子还在熟睡，他担心孩子醒来后乱跑走失，出门时特意把门从外头闩上。即便孩子醒了，自己从里边是打不开门的。会不会是谁无意中发现孩子在里边，拉开门闩把他带出来？小赵问遍队伍里的人，没有谁看到小猴子。确认小猴子没跟上，小赵急了，未跟任何人请示，当即离队，掉头往回跑。崎峰村枪声阵阵，侯区长带着人还在村里打，小赵觉得自己赶去，也许还能救小猴子。直到被按倒在河岸边，他才知道战斗已经结束，小猴子已经陷入匪阵。

侯春生听罢，张着嘴巴说不出话来。

他记起逃离大楼前的一个细节：他们从二楼前部撤往后院时从走廊上跑过，恰经过那排房间，他记得同一排几个房间都是房门敞开，只有徐碧彩母子和小猴子的那间关着门，拉着门闩。当时他心里还闪过一个念头，觉得小赵挺细致，撤退还不忘闩门。这个记忆跟小赵的述说对得上，显然孩子在那里边。当时如果侯春生没有那么匆匆跑过，停下脚步打开门看一看，那就万事大吉。可惜现在已经迟了。

侯春生看着小赵，好一阵才说：“你啊，该死。”

小赵的眼泪又掉了下来。他把眼睛一抹，站起身往河里走。

“干什么？”

“我去找他。”

“回来！”

远处忽然传来密集枪声，侯春生顿时变色。

是民工队撤离方向。

5

爆炸声惊天动地。呛人的尘土和硝烟散去，只见门洞塌了一侧，大门歪在一旁。

孙大棒下令："冲！"

敢死队从炸开的门洞冲进大楼。没有遇到抵抗。

大楼里已空无一人。

孙大棒大叫："人呢？难道飞了？"

查了半天，他们在二楼后堂一个房间的阁楼上发现了那条绳子，它通过后窗，从后墙垂落到地沟。

现场未被破坏，留待林长官勘查。

那时林庆在村里祠堂，临时指挥部设于该祠堂。

有一副担架被抬进祠堂，放在祠堂大厅。林庆走过去，掀开担架上的被子，喊了声："大哥。"

连文彪从担架上坐起身子。两个随员一左一右，把他扶下担架，坐到厅堂中部的太师椅上。连文彪右手勾在胸前，手臂上着夹板。他的上衣只穿了一个左袖，右袖耷拉在腰下。因为右胸有伤，绑着绷带。

确如侯春生所猜，连文彪在指挥攻打县政府时被流弹击伤，所以中途罢兵。连文彪受伤后强撑着指挥撤退，回到北山后即隐居养伤，把指挥权交给了林庆。

林庆向连文彪报告，刚才那一声巨响是炸门。汲取了炸县衙的教训，这一次加倍用炸药，以他估计，这么多炸药不可能炸不开。

连文彪骂："也不替我可惜。不是自己盖的不心疼。"

林庆笑："大哥跟我计较了。"

连文彪也笑："总得让我计较一下吧？其实命都不要了，管它什么大门。"

林庆原本没想动那个门。昨日攻打时不用炸药，只拿圆木去撞，其实更多的还是吓唬。不能让那些人死困在楼里，要把他们轰出来，像把一群羊赶出羊圈。今天凌晨果然他们出圈了，事前县大队摸到村边大打出手，掩护羊群出圈。林庆让手下往热闹里打，权当送客，出了楼就好解决。没料到对方用小股人员杀回马枪，转过身又把大楼占了，目的可能是吸引追兵，掩护那群羊。此刻大楼让这些人占着会影响队伍行动，所以他下令炸门，迅速消灭。

孙大棒快步跑来报告，称已经攻进楼内，对方人员提前从后院天窗逃离了。

连文彪骂道："妈的，白搭我一个大门。"

林庆说："赶紧行动。"

临时指挥部这边顿时忙乱，有人大声吆喝整队，不一会儿，一队人马匆匆离开，抬着电台，扛着辎重小跑步前进，移驻大楼。

林庆没有前往大楼，他带着几个人护送连文彪到了河边。连文彪不坐担架，坚持自己走，与林庆一路说话。

林庆告诉连文彪，此刻沿水路从北山一直到溪坝，不会有任何阻挡。县大队的主力全部给拖在北山，沿河一线一个兵都没有，不会有人打扰。溪坝码头那边已经安排了接应，电台都联络妥当。

连文彪感叹："真的就这么走了？"

"大哥，留得青山在，不怕没柴烧。"

"阿林多加小心。"

林庆称自己会安排好。到目前为止，事情基本按计划进行，没出太多意外。本部主力早已趁夜运动到风岭一带设伏，最多再半个钟头吧，那群羊就将进入埋伏圈，包括民工、区干部和武装护卫。他们会在那里被打成一沟烂肉。

这时有两架竹排被抬到河边。正是藏在大楼里，曾被郑勇用过一回的那两架。

林庆扭头看："徐老师在哪里？"

徐碧彩被带了出来。林庆朝徐碧彩身后看，她身后没有孩子。

"胡萝卜呢？"

徐碧彩说胡萝卜昨晚不舒服，闹了一夜，进大楼后刚在床上睡下。

林庆道："现在不是睡的时候。"

他命立刻把孩子抱过来。徐碧彩问："这是要做什么？"

“送你们走。”

“去哪里？”

“不要问。”

徐碧彩说：“我不走。”

林庆没吭声，即招呼：“连火！”

连火应声而出。林庆命他跑步前往大楼，把胡萝卜抱过来。连火听命，转身就跑。徐碧彩跟着也要走，被林庆喝止。

“徐老师站住。没你的事。”他说。

一会儿工夫连火跑了回来，脸色大变：“报告！小孩不见了！”

他到了大楼，进了徐碧彩那个房间。房间床铺上丢着胡萝卜的被子，人却不知去向。连火在楼里喊叫，没人回应，也没有人注意到那孩子。

徐碧彩大惊失色，立刻掉头往回跑。

“连火！跟上。”林庆下令。

连火追徐碧彩而去。林庆转回身，对连文彪一耸肩膀。

“大哥抓紧时间走吧。不等他们了。”他说。

“孩子怎么办？”连文彪问。

林庆另想办法，女人、孩子相对好办。

连文彪被扶上担架。林庆抓着他的手，一直送到竹排上。

连文彪说：“阿林，多保重。”

“大哥放心。”

“那只猴子，能来替我了吧。”

如果一切正常，小猴子很快将在风岭了结。没有谁逃得过那里的机枪子弹，大人不用说，小孩更不在话下。如果这孩子真那么命大逃过风岭枪子，林庆还会另行处置。

“我可以放过一百条命，也不会再放过他。”林庆道。

连文彪拱手：“替老爹拜托了。”

他的担架被搁上竹排，四周堆有从大楼里搬来的粮包。有一队人马分散于两条竹排，负责护送连文彪安全离开。尽管县大队的主力已经被拖在北山，水路一线没有任何设防，连文彪作为曾经的独立团长、眼下的纵队司令，此刻是本地最大的目标人物，他曾经驻防的溪坝是他的危险雷区，穿过这片雷区很不容易，需要周密的计划与保护。

竹排顺流而下，缓缓东向。远处山岭间天色大亮，太阳即将升起。

林庆返回大楼。

徐碧彩和连火还在大楼四处搜索胡萝卜。这孩子才两岁，性格比较文静，通常不会自己乱跑。徐碧彩把他抱进大楼时，他还半睡半醒，进房间放到床铺上，他一碰枕头就睡着了，怎么可能忽然自己爬起来跑得不知去向？

林庆说："不要慌。"

他命令身边几个随员一起寻找。他自己不吭不声，独自走下楼梯，手按在腰带的枪套上，慢慢地在楼下转悠，推开一扇扇房门，一间一间察看究竟。

他在粮仓外听到了动静。声音很小，像是老鼠在打架。他悄悄推开门，粮仓里光线暗淡，黑洞洞只能看到若干轮廓。他拔出手枪掂在手上，另一手从口袋里取出一支手电筒，打亮，电筒光圈投在背墙上。

这粮仓原本堆积如山的稻谷已被装袋挑走，是第一批民工所为。那批人当天进出，动作太快，难以企及，林庆只能放他们一马。他们挑空了这个粮仓，却没有把粮食全部挑光，地上还铺着薄薄一层稻谷。靠墙处，有几块麻袋丢在谷层上。

林庆拿手电筒光圈锁定麻袋。

"出来吧，胡萝卜。"他说，"咱们不玩了。"

麻袋竟动了起来，眨眼间，一个小脑袋从麻袋下边露出来，果然是胡萝卜。

这个游戏叫捉迷藏，游戏指导老师就是林庆本人。徐碧彩母子被带回北山后，林庆常带着胡萝卜在大楼里玩。林庆在这里人见人怕，只有一个胡萝卜不怕，因为林对谁都凶狠无比，却对胡萝卜亲切有加。他教胡萝卜玩捉迷藏，让胡萝卜设法把自己藏好，无论谁叫都不出声，看人家能否找得到。他还告诉孩子，有一种情况下不能再藏，那就是林庆宣布结束，不玩了，这个时候必须现身。

林庆将手电筒光圈指向一侧另一个麻袋。

“这是谁？”他喝道，“出来！”

麻袋在手电筒光圈下晃动，却没有人拉掉麻袋冒出头来。

林庆跨过仓板，踩着那层薄薄的稻谷走过去。他注意到地上那堆麻袋抖抖瑟瑟越发打颤。他走到麻袋边，俯下身把麻袋掀开。一个小男孩翻身爬起来，伸一只手蒙住眼睛，躲避手电筒光圈。这男孩只有一只胳膊。

“搞啊！”

男孩抬眼看了一下林庆，即发出恐怖尖叫，放声大哭。

胡萝卜不知所措，跟着大哭。

徐碧彩从门口扑了进来。

“胡萝卜！宝贝！妈妈在这里！”

她抱起胡萝卜，回头看到小猴子，大吃一惊。

“小猴子！你怎么在这里！”

这时林庆已经走到门外，孙大棒飞快跑了过来。

“林长官！这里怎么啦？”孙大棒问。

林庆笑了一下。他知道自己这一笑恐怖之至。

徐碧彩拉着两个孩子询问究竟。别说两岁的男孩，六岁的那个也还很难把事情说个明白。徐碧彩耐心询问，渐渐把过程拼凑起来：清晨民工队离开时，小猴子没被带走。他被外边枪声惊醒，爬起来想出门，却发觉门开不了。他害怕，抬头看蚊帐架，那架子很高，他只有一只手，独自爬不上去，只能钻到床铺底下。他在床铺底下等了许久，居然还睡着了。后来他听到门打开，有人走进来，把一个什么东西放在床铺上。那个人的脚步声很轻，他感觉很熟悉，像是“姨啊”。没等他再细听，她又出门离开。他听到床铺上有人说梦话，像是弟弟的声音，悄悄爬起来察看，果然是弟弟。那时他不害怕了，爬上床跟弟弟一起睡。没想弟弟忽然醒了，抱着他喊“哥哥！”两人都不想睡了。他告诉弟弟楼下谷仓打开了，很好玩，稻谷堆里可以打滚。弟弟想去看看，他便拉着弟弟的手出了门，顺楼梯走下去，推开门进了谷仓。他们在谷仓里玩“埋猴子”，小猴子直挺挺躺着，让胡萝卜把地上的稻谷都拢过来，把他整个儿埋起来。胡萝卜也想玩，他便用稻谷把胡萝卜埋起来，他们管那叫“种萝卜”。

林庆听了，“哈哈”两声。

他断定侯春生已经手脚全乱。谈判中他有意施加压力，把血洗北山的计划告诉侯，心知侯会震惊不已。他要侯春生拿小猴子换百余条命，是逼侯无法选择。让侯春生成为杀害小猴子，或者百余民工的罪犯，新世界的人物和旧世界的鬼还有什么区别？林庆更愿意摧毁侯春生，而不只是消灭他。侯春生必须把人一个不剩全都救出去，才能让自己心安，于是便会铤而走险，千方百计逃出大楼，把“羊群”带进林庆为他们摆下的屠杀场。侯春生当然知道力量悬殊中的突围风险，他会忐忑不安，忙中出错，小猴子就这么被遗弃在大楼。把非常珍视的这孩子当作大礼拱手相送给林庆，侯春生一定后悔死了。早知今日何必当初，当初如果听命交出小猴子，岂不一举了事？现在完了，赔了夫人又折兵。哪怕在阴曹地府侯春生也不会原谅自己，他会一直自我折磨，因为他所犯的错误，以及他伙同林庆伤害的这些人命。

徐碧彩一手抱胡萝卜，一手拉小猴子，匆匆要走。孙大棒拿眼睛看着林庆，眼神里有一种询问，林庆轻轻摆一下手，孙大棒会意，让出身子让他们三人离去。

“不急。”林庆对孙大棒说。

忽然有人跑出来大喊：“报告林长官！”

是译电员，他从电台间跑出来，送来刚刚收到的一份电报。

“羊群未至。”

林庆把电报纸对折，交还给译电员。

风岭是上流隘口与北山之间一处险地，小路穿过山谷，适宜于设伏。林庆已让大队人马赶到那边埋伏，要在突围队伍到达时动手屠杀，将羊群全数消灭。为确保消息迅捷，林庆命独立团原配电台随埋伏队伍行动，与司令部保持密切联系。按照时间测算，那里早应当大开杀戒，但是“羊群”没有到达。

林庆命令：“让他们继续观察。”

很快，第二封电报到达。已经向数方向派出侦察人员，确认对方突围人员避开了风岭这条路，有人发现他们向蕉山方向去了。

林庆思忖片刻，对孙大棒下令：“打信号弹。”

孙大棒找来信号枪，对着天空开了三枪。三颗信号弹飞出大楼天井，直上云天。

“注意观察。”

几分钟后，远处山岭有信号弹回应。同样三颗，高高腾起于山岭之上。

这是第二站。再往前还有第三站。由于距离和高差，必须有接力才能让信号被远方看见，确保命令传递到位。

这些信号发给另一路人员，他们属于第二手准备。

“羊群”逃离大楼后，最便捷的通道是原路返回，途经风岭，穿过上流隘口返回溪坝。这条路前段，未达风岭之前有一条岔道通往蕉山，林庆曾经利用这条路虚晃一枪，假唱空城，此刻看来蕉山反被侯春生选择为他们的突围逃生路线。突围队伍舍风岭不走走蕉山，那就不是返回溪坝，是越走越远，跑到人家邻县地盘去了。从那边绕开北山回溪坝，得有两三天的路程。没有人会舍近求远，选择这样的撤退路线，但是侯春生看来是这么做了。为了最大可能保证人员安全，宁可在突围后绕道而行。

这依然在林庆的算计之中。林庆在蕉山方向安排了另一批人员，作为第二手准备。由于主力放在风岭，第二批人员人数较少，但是有杀手锏。根据地形特点，他们在山路一个陡坡处埋设了大量炸药，其药量足以把一座土山完全炸塌。一旦“羊群”进入，炸药爆炸，那就不是埋猴子、种萝卜，是集体活埋。由于不是预设主要方向且设备有限，第二批人员没有电台。他们靠信号弹联络。三颗信号弹是提醒他们“羊群”已经前往。

“还有那个。”林庆对孙大棒比了下喉咙，“找机会办了。”

孙大棒心领神会：“只怕徐老师一直护着。”

“你有办法。”

孙大棒点点头。

“带远一点，不留痕迹。”林庆说。

“明白。”

林长官有恻隐之心。黄水金的女儿被处置就带得足够远，没在其父母面前动手。

徐碧彩突然来了，身后跟着连火。徐碧彩有事相求。

林庆问：“孩子呢？”

徐碧彩称两个孩子都很累，上床又睡了。出门时她闩了门，孩子不会乱跑。

林庆问她是什么事？徐碧彩看着孙大棒，欲言又止。林庆使个眼色，孙大棒会意，转身走出了房门。

徐碧彩想明白了。她已经不可能回头，留在北山继续当老师只是做梦，再也没有机会了。此刻愿意听从林庆安排，无论让她去哪里都行，钻山洞可以，吃野菜可以，坐竹排也行，只要让两个孩子跟着她。

“我答应。”林庆点头。

“求林长官也放他一条生路吧。”徐碧彩说。

“谁？”

"您已经放过他几回，求您再放他一回吧。"

林庆不再问谁，只说："你有那么喜欢他吗？"

她没有回答，只是泪流满面。

"我知道他本来是不会死的。每一个节骨眼上他都有机会让自己活着。"林庆说。

徐碧彩"扑通"一下跪倒于地。

6

侯春生带着他的人返回，静悄悄再奔崎峰村。

天已经完全放亮，村里的枪声全部平息。侯春生率队快速前进。刚打了一场，敌人有死有伤，死了要埋，伤了要抬，还要吃饭喝水，必定忙乱，正可趁乱行事。行动必须抓紧，一旦敌人缓过劲来，安排巡逻放哨，全面恢复戒备，黄花菜就凉了。

他们原路行军，涉过小河，潜入林子，到了大楼后山坡，从护坡下到沟底，紧挨着就是大楼的后石墙。远远地，看到绳子还垂挂在墙后，侯春生松了口气。

这就是希望。

大楼大门已被炸开，于他们却无法通行，因为楼已经易手，目前由敌人占据。村里到处都是敌人，侯春生势单力薄，要救一个小孩，只能暗寻，不可明抢。敌人肯定已经发现了这条绳子，他们没有当即解下，或者割掉它，可能因为需要让他们的头目亲自查看。这条绳子除了证实逃逸方式，已经没有太大意义，让它挂在那里并不碍事，也无危险，因为借以逃生者早已远遁，再没有谁需要它。他们没有想到已经逃生者还会再杀回来，重返大楼，这条绳子居然还能再被用上一次。

侯春生在楼后护坡边安排部署。主要力量布置在护坡各个角落监控掩护。进楼只安排两人，一个小赵，一个小吴。他们进楼必须攀绳，上屋顶走天窗，要求动作迅速，脚轻手稳。侯春生自己守在护坡上，坐镇指挥，随时准备应对异常情况。

“我在外边接应，你们自己小心。”侯春生说。

进楼行动需要格外隐秘，人多了不一定好。按照侯春生安排，由小吴先上。这人比较灵活。此前他们已经攀过一次绳子，那时从大楼里往外爬，眼下换过来，从外往里要费劲一些，毕竟有第一次经验可以借鉴，把握较大。小吴抓住绳子后晃了几晃，很快稳住身子，一下一下往上，一眨眼就上了屋顶，从天窗钻进楼里。紧接着年轻战士小赵跟进，这人却有问题，气力不够，攀绳技巧不好，只爬到半墙就止步不前，揪着绳子气喘吁吁，上不去下不来，局面顿显危险。

侯春生挑小赵进楼，主要是他一直照看小猴子，孩子跟他熟，由他把孩子带出来比较有把握。不料这人虽壮实，却不擅攀爬。时间紧迫，已经没有退路，也不方便临时招呼别人来换，侯春生决定自己上。他从隐蔽点爬起来，迅速顺护坡下到沟底，抓起垂到沟底的绳头晃动，示意挂在半墙的小赵赶紧退下来。小赵明白了，放松手，很无奈地从绳上溜下沟底。

侯春生把自己背着的黄皮包解下来，让小赵背上，交代小赵守在下边接应，自己抓过绳子往上攀爬。侯春生个子大，却身手敏捷。三下两下，已经攀到墙中，咬紧牙关再使把力，很快上到房顶。屋顶天窗洞对他小了点，刚才从洞里挤出来往外跑，已经有些体验，现在从外头往里挤，感觉也差不多。先上去的小吴守在天窗下阁楼里，一看换了人，是侯春生亲自上来，不觉吃了一惊。侯春生示意他别吭声，赶紧行动。

这是本次抢粮中第三次进入大楼。其时大楼里外乒乒乓乓声响混杂，有人在天井里大喊，传林长官命令，让部众把厅堂里的稻草土头垃圾清扫干净。敌兵骂骂咧咧，懒懒散散，分头干活。各种声音主要发自楼下厅堂天井，二楼这边并无特殊动静。

侯春生和小吴悄悄爬下阁楼，摸出房间。从这边往二楼正厅要经过一道走廊门，侯春生让小吴站在门边放哨，自己摸进了正厅。远远一见西侧厢房第二个房间门扇紧闭，铁门闩还紧紧闩着，他顿时松了口气。

看来敌人还没来得及打开这个房间。

侯春生悄悄行动到房间门外，伸手拉开门闩，一闪进屋，回身把门掩上。

屋里很暗，天窗上有光线透下，可见屋中那张床，与原先摆放位置相同，没有变化。侯春生意外发现床上有两团黑影，是两个裹着被子睡觉的孩子。情形一如既往，却让侯春生大惊：怎么不是一个，是两个？趋近前仔细辨认。不会错，两个熟睡的孩子一个是小猴子，一个是胡萝卜。胡萝卜怎么也在这里？显然是徐碧彩回来了，住进了原先的房间，小猴子被发现了。徐碧彩不可能把小猴子整个儿捂起来，恐怕林庆也已经知道这孩子被侯春生落下，他一定喜出望外。在对孩子下手之前，孩子还交给徐碧彩照管。此刻两个孩子在床上熟睡，徐碧彩不知去向，当是有些急事，估计不会外出太久。

侯春生快步挪到床边，把手伸到小猴子的被子下边，打算连人带被一起抱走。不料这时楼板上忽然声响杂沓，有一行人从通道上走了过来。

侯春生闪到门边，就听外边徐碧彩惊叫：“谁把门闩拉开了！”

“咣当”一声，门被用力推开，徐碧彩从门外冲进来，也不看看周围，一头扑向床边。一看两个孩子都还好好睡着，她松了口气，这时才察觉后边动静不对。她转头一看，却见侯春生举着枪，对准跟在她身后的连火。连火两手高举，小声道：“别开枪。”

侯春生缴了连火的枪，抬腿一踢把门扇关上。

“敢出声先打死你。”侯春生警告连火。

“区长饶命。”连火说，“我也是没办法。”

“别说话。”

外边又传来脚步声。徐碧彩赶紧绕过两人跑到门边，把门闩从里边闩紧。

脚步声停在徐碧彩房间门外。有人推门，而后敲打。

“徐老师，徐老师开门。”外边人喊。

“谁啊？”徐碧彩发问。

是伙夫。他奉林庆之命，给徐碧彩母子送一壶开水。

徐碧彩让对方把水壶放在门边。她正在换衣服，待换好衣服后再出去取。对方听命把水壶放了，脚步声离开，渐渐远去。

徐碧彩应对门外伙夫，竭力保持嗓音正常。实际上她挺害怕，她的一只胳膊靠着侯春生，侯春生感觉到她在发抖。

“别慌。”侯春生低声道，“你能行。”

她反身抓住侯春生，“哇”一下哭出声来：“咱们可怎么办？”

连火忽然说话了：“区长，我领你出去吧。”

他保证把侯春生安全送出大楼。此刻大楼里乱哄哄的，正可以趁乱离开。

侯春生说：“不需要。”

他不能相信连火。此刻楼下全是敌人，一旦下楼，无须连火喊叫，只要一个眼神就可以让敌人发觉异常，一旦他们一拥而上，侯春生插翅难逃。即便连火如其保证把侯春生安全送出大楼，那也不是侯春生所需要的。无须哪个人护送，他早已离开这座危险大楼，为什么还会重返险境？只为了床上躺着的这个孩子。

这时孩子醒了，先是胡萝卜爬起来坐在床上，接着是小猴子，他一骨碌坐直身子，揉眼睛，看着屋里的三个大人。

“区长阿叔！”他认出人来，喜出望外。

“区长阿叔！”胡萝卜跟着也喊了起来。

徐碧彩赶紧跑过去，把手指放在嘴上：“别说话！”

两个孩子终于发现侯春生拿枪对准连火，他们目瞪口呆。

胡萝卜哭了：“阿叔阿……”

小猴子一把将胡萝卜抱住："弟弟别哭。"

两个孩子抱成一团。外边忽然又响起脚步声。徐碧彩闻声紧张，身子又抖起来。

侯春生说："徐老师，给孩子唱个歌。"

此刻需要安抚孩子，也需要让外边过往者不察觉可疑。但是徐碧彩喉咙发紧，一声也唱不出来。情急中她掏出口琴，放在嘴里吹。吹口琴比唱歌容易一点，只是她的口琴声也显得气短、紧张。

侯春生说："别急。很好听。"

她吹《欢乐颂》。琴声在屋里跳动。

侯春生轻声道："小猴子，胡萝卜，跟着唱。"

两个孩子很乖，一起张嘴，跟着口琴声唱了起来。

"很好听。好听。"

外边脚步声一阵一阵，一再有人走过。屋里的琴声和歌声显然可以令人放心，没有谁来打搅。《欢乐颂》接近终了，外边忽然又传来敲门声。

"徐老师，我是小吴。"

徐碧彩停止吹奏，脸上一愣："小吴？"

侯春生把徐轻轻一推，拉开了门闩。

他在那一刻想出了一个主意。

区小队战士小吴奉侯春生之命守在走廊门边，亲睹屋子外头惊险环生，他做站岗状，咬紧牙关一直守在走廊上待命，警惕一拨拨穿过走廊者。等走廊清静下来，他赶紧凑过来相帮，来得正是时候。

侯春生对徐碧彩说："徐老师，把小猴子抱过来。"

徐碧彩迟疑："他，他还是……"

侯春生说："相信我。"

徐碧彩不再犹豫，即到床边把小猴子抱过来。

"好孩子先跟小吴叔叔去。"侯春生交代，"一会儿我去跟你们会合。"

小吴说："区长，您带孩子走吧。"

"听命令。"侯春生说，"快走。"

"那，那……"

侯春生不让他多说，赶他快走，片刻不要耽搁。

连火突然插嘴。

"侯区长也走吧。"他说，"您放我一条生路，我不会喊人。"

他的意思很清楚，不只是求侯春生放他一条生路，他也给侯春生留了生路一条。侯春生收枪走人，不要动他，他也不喊人追杀侯春生，听起来很诱人，像是双赢之选。但是他的承诺可靠吗？他会不吭不声听任侯春生带着小猴子离开，走出这座完全控制在他们手中的大楼，脱离险境吗？这种可能不能完全排除，但是仍然还有另一种可能：侯春生一收起手中的驳壳枪，走出房间，不再掌控局面，连火会在第一时间里大叫抓人，这里马上就会变成战场。那样的话不会有其他结果，侯春生必将率区小队战士小吴和小猴子一起丧生于此。

这时是不是还有其他办法？比如押着连火，带上徐碧彩母子一起离开？显然很没把握。这是在人家的老巢，到处都是敌人，稍有闪失都会导致全军覆没。与其冒那风险，不如设法把小猴子先救出去。徐碧彩和胡萝卜尽管还在敌人手中，他们却不会有生命危险。当然还有一个办法，在这里，就现在，干脆利落把连火消灭，然后离开。问题是身在敌巢，不能开枪，不能弄出动静，否则被敌察觉前功尽弃。

时间急迫，容不得太多斟酌，小吴听命带小猴子闪身而去，匆匆走人。离开之前，小吴从腰间摸出一把匕首留在桌上。

"快走！"侯春生催促。

他们离开，楼板上的脚步声快速远去。

连火看着那把匕首，脸上浮出一片恐怖。侯春生把匕首抓起，一把扔到床铺底下。

“老实听我命令。”侯春生说，“我留你一条命。”

连火连连作揖。

即便连火不听命，侯春生也难以下手，无论是拿枪，或者拿匕首。徐碧彩和孩子都在屋里，他不愿让他们目睹一屋子血腥，惊惧终生。

他拿枪控制连火，静静等待时间过去。小吴带着小猴子从西厢房到楼后不用太长时间，爬上阁楼钻出屋顶也还容易，拉绳子往下溜比较困难，特别是孩子，必须得让小吴背着，一起攀下墙。现在天色已亮，敌人已经缓过劲了，村子周边估计开始巡逻布哨，要是被他们发现，只有鱼死网破。

枪声突然响起，在大楼的后部。

连火惊叫一声，有如中枪。侯春生抓住他的衣领，拿枪管抵住他的背，他的身子在瑟瑟发抖，自知大限已到，他害怕了。

“别出声！”侯春生警告。

大楼炸了锅，顿时乱成一片。

“是他们！是他们！”

“快去后坡！”

“卫队，卫队！”

楼上楼下，脚步杂沓。大楼后部的枪声炒豆子一般，已经响成了一片。

侯春生手中的驳壳枪开始发颤。

行动暴露，功败垂成，在最后的关头上。

现在侯春生怎么办呢？

连火扑通一下，跪在地上。徐碧彩坐在床上，把胡萝卜抱在怀里，用身子捂住他的眼睛，她自己也别过脸去。

侯春生开了枪。

他从厢房门出去，大步从楼梯冲下一楼，冲向大门，一路开枪。此刻大楼到处混乱，敌人做一窝蜂状，往后院集中，留在楼下天井厅堂的敌兵没几个，看到侯春生突然出现，开枪打人，一时反应不过来，或者待在那里挨枪，或者就地卧倒躲避。侯春生如入无人之地，也就两三分钟工夫，他冲出了大门。这时院子里的敌人才回过神来，枪弹跟着飞出大楼，打向侯春生。

“快来啊！在这里！”

“瓮北！是瓮北！”

一出大门，侯春生反而不跑了，他卧在门外一个土堆边，反身朝大楼门里的敌人还击，展开枪战。大门口激烈的枪声把扑向后坡的敌兵调回头，成群结队聚拢过来。

这是当天的第二次。凌晨民工队伍突围逃离时，侯春生带着几个人反向冲回村子，重占大楼，据以抵抗，当时他是拿自己牵制敌人，把敌人引到自己身边，让突围队伍能够远走。现在他故伎重演，暴露自己以吸引敌人，减轻大楼后部的压力，争取留在后山坡上的几个人能够带着小猴子迅速离开。跟第一次相比，这一次他显得格外吃力，因为孤立无援，只剩一人一枪。

他在村中与敌兵对射，不断变换阵地，利用各种障碍，且战且走。敌兵从村子的几个方向跑出，在乡间土堆、茅厕、柴草垛和树木的掩护下，成钳形包抄过来。侯春生并不恋战，也不计较自己是否击中敌人，他的目标只在吸引他们，拖延时间。

最终他被逼入绝境。

当时他已经退出村庄，到了田野上，被大股土匪三面包围，他后边再无退路。从他藏身的土堆往后就是崎峰河，宽阔的河面流水哗哗，除了几个低低露于水面的礁石，到处无遮无拦。

他在河岸土堆边抵挡了好一阵，敌人逐渐收拢包围圈。看看子弹所剩无几，没有办法继续坚守，他最终下定决心，铤而走险。

他从河岸跳下河，迈开大步，涉水奔向对岸。这一带河水有齐膝深，河底鹅卵石高高低低很不好走，他咬紧牙关往前冲，把敌人的吆喝声抛在了脑后。

"快投降！"

"站住！"

"开枪了！"

敌兵追到河边，在河岸站成一排，举枪瞄准，等待命令。

侯春生艰难涉过那段河面。远处忽有信号弹飞起，砰！砰！一共两枚。

他不知道那是蕉山方向敌人的信号传递。两颗信号弹的意思是：羊群到达。侯春生安排的民工突围队伍舍近求远，避开了风岭的血洗，却一头钻进埋人的坑里。敌指挥官林庆只要打出一颗信号弹回应，命令会传递到蕉山，敌工兵将点燃那根导火索。

林庆和孙大棒已经赶到河边。林庆阴着他那张恐怖脸面，拿着望远镜，看着侯春生艰难地在河中涉水前行，看了许久。

"成全他吧。"最终林庆说。

孙大棒下令："射击！"

侯春生在离对岸只有一步之距的河边中了枪。他一个前扑扑在水里，而后爬起来，却无法站直身子。那地方河水只及腿肚子深，他爬过那段河面，爬到河岸的石头上。一排子枪再次向他打来。

河水一片血红。天上也是一片红，一轮太阳正从前方东边山岭上升起，新一天的阳光照耀大地。

他听到了远远传来的痛哭声。

是徐碧彩。他知道她会记着他眼睛里的阳光，镇定的，温暖的，直至永远。

他闭着眼睛肢解了自己的驳壳枪，把卸下的枪件分别扔进河里。

尾　声

两个月后，林庆、孙大棒被剿匪部队击毙于北山附近的一个山洞中，一同丧命的还有连火等人。

侯春生在离开房间时没有对连火开枪。连在侯冲下楼梯后跑出门大叫：“抓侯区长！”侯春生被打死后，林庆命连火给胡萝卜叩三个头。如果不是胡萝卜在场，恐怕连火早给打死在那屋里了。连火叩了头，却没能逃过死亡。

由于朝鲜战争爆发和海峡局势的最新变化，二次攻打金门之仗被延后，剿匪成为重点，大批解放军部队从沿海前线撤下来，开赴山区剿匪，情况一如林庆所分析。林庆匪帮被重拳痛击，其覆没彻底消除了北山匪患，却也留下了若干谜团。

一个是民工队伍何以逃出厄运。据查实，侯春生与刘胜利担心突围队伍钻进林庆的口袋，宁可多走路，避开风岭，绕行蕉山。却不料林庆还留了一手，在通往蕉山的一个险要地段布置了一个火药桶，只要一根火柴就会把突围队伍大部活埋于山谷。突围队伍奔逃过程中，有信号弹此起彼落，让逃离者一路忐忑。但是关键的那颗信号弹没有升起，动手命令没有下达，驻守炸药阵地的敌工兵坚持待命，直到发觉附近山头有队伍运动，担心被县大队包围，才匆匆放弃任务，撤离阵地，一起骇人惨案被中止于最后时刻。事后人们感觉不可思议，林庆已经充分表现出嗜血屠夫本性，他处心积虑设置圈套，决意制造惨案血洗北山，怎么可能在最后一刻立地成佛？据事后调查，埋伏工兵打出两颗信号弹请求指令时，林庆在崎峰河边亲自下令杀害了侯春生。然后他一动不动坐在河边一块石头上，看着他的手下把侯春生的尸体抬过河，送到他面前。据说他亲自验了尸。侯春生睁着双眼，死不瞑目，林庆居然伸出手掌替侯合上了眼皮。那时孙大棒在一旁等着打信号弹，林庆一声不吭，像是变了个人。他在谈判中并不接受侯春生的“一命抵百命”，此刻是怎么啦？难道真的是侯春生一条命换得了所有那些人的生命？或者竟是侯春生谈判时的大义凛然把林庆击垮？活鬼林庆已经死于山洞，无法让他供述究竟，唯一确切的是北山惨案未曾发生，突围队伍由刘胜利带回溪坝。

还有一个巨大的未解谜团：林庆到底是谁？许多人包括侯春生生前都断定他就是连文正，被捕的连氏管家胡得贵亦提供一个旁证：连文正从小特别聪明机灵，很得其父连大木喜爱，给他起个小名叫“阿灵”。本地话“灵”“林”读音容易混淆，都以为连文彪管林庆叫“阿林”，很可能叫的其实是“阿灵”。还有一些间接证据指向连文正，但是他本人始终没有向任何人承认，或是成鬼后自惭形秽，不愿污损前生？这个人终以林庆之名被记录于当地剿匪历史中。在那段不长的时间里，前后两个进入本县策动叛乱的敌特头目竟使用同一个名字，先后死于非命，这十分异常。当年还没有后世的“DNA”技术，无以确认身份，加之死者是一个匪首，无论叫张三还是李四，打死就打死了，其名分底细无须太过深究。

连文彪由林庆安排坐竹排逃出后，经敌特接应下海逃往敌占岛屿。后来他在台湾露面，始则被捧为“反共义士”，渐渐无声无息。

徐碧彩与胡萝卜不知去向。数十年后，上世纪九十年代末，有一位美国华裔历史学者辗转来到本县寻根，一直寻到县城文庙、北山大楼和崎峰河。来访学者自称姓胡，前来还母亲遗愿。数年之后人们记起此事，有人从年龄和经历，以及他留下的只言片语，推测他可能就是当年那个胡萝卜。可惜已无从证实。

小猴子作为烈士遗孤受到了很好的照料，他被送进学校，一直读到大学毕业。他读的是农科，大学毕业后进了省农科所，成了一个育种专家。

侯春生被授以烈士称号，让他耿耿于怀的处分未曾撤销，因为该项处分仅为口头，并无记录。他牺牲前拆解扔散的手枪枪件被人们打捞复原，多年后成为县博物馆藏品，同时被收藏的还有他的口琴。侯春生生前未能如愿用这支口琴与孩子们合作他心中的天籁之声，未能长久相伴他身心向往的新世界，他的生命永远定格于崎峰河边。人们记住了他倒在血泊的那个时候，初起的太阳正升上东方山岭，阳光洒布山野。

那一刻应当被记住，以其温暖与悲悯，属于人类与未来。

图书在版编目（CIP）数据

新世界——东南一隅劓匪记 / 杨少衡著 .-- 北京：作家出版社，2019.7 （2023.2重印）

ISBN 978-7-5212-0506-0

Ⅰ.①新… Ⅱ.①杨… Ⅲ.①长篇小说－中国－当代 Ⅳ.①I247.5

中国版本图书馆 CIP 数据核字（2019）第 073183 号

新世界——东南一隅劓匪记

作　　者：杨少衡
责任编辑：史佳丽
装帧设计：未未美书
出版发行：作家出版社有限公司
社　　址：北京农展馆南里 10 号　　**邮　　编：**100125
电话传真：86-10-65067186（发行中心及邮购部）
86-10-65004079（总编室）
E-mail:zuojia @ zuojia.net.cn
http://www.zuojiachubanshe.com
印　　刷：固安兰星球彩色印刷有限公司
成品尺寸：152 × 230
字　　数：268 千
印　　张：21.5
版　　次：2019 年 7 月第 1 版
印　　次：2023 年 2 月第 2 次印刷
ISBN 978-7-5212-0506-0
定　　价：42.00 元